黑暗塔系列 II THE DARK TOWER

THE DRAWING OF THE THREE

三张牌

STEPHEN KING

〔美〕斯蒂芬·金 著

文敏 译

人民文学出版社
PEOPLE'S LITERATURE PUBLISHING HOUSE

著作权合同登记号　图字 01-2016-6294

图书在版编目(CIP)数据

三张牌/(美)斯蒂芬·金著;文敏译.—北京:人民文学出版社,2016
(黑暗塔系列)
ISBN 978-7-02-012065-9

Ⅰ.①三…　Ⅱ.①斯…　②文…　Ⅲ.①长篇小说-美国-现代　Ⅳ.①I712.45

中国版本图书馆 CIP 数据核字(2016)第 235871 号

出 品 人　**黄育海**
责任编辑　**叶显林**
特约策划　**任　战　张玉贞**
封面设计　**陈　晔**
封面插图　**郝　钰**

出版发行　**人民文学出版社**
社　　址　**北京市朝内大街 166 号**
邮政编码　**100705**
网　　址　**http://www.rw-cn.com**

印　　刷　**上海利丰雅高印刷有限公司**
经　　销　**全国新华书店等**

字　　数　**344 千字**
开　　本　**670 毫米×960 毫米　1/16**
印　　张　**29.5**
版　　次　**2006 年 5 月北京第 1 版**
印　　次　**2016 年 12 月第 1 次印刷**

书　　号　**978-7-02-012065-9**
定　　价　**62.00 元**

如有印装质量问题,请与本社图书销售中心调换。电话:01065233595

THE DARK TOWER

目录

序言:关于十九岁

(及一些零散杂忆)

1

在我十九岁时,霍比特人正在成为街谈巷议(在你即将要翻阅的故事里就有他们的身影)。

那年,在马克思·雅斯格牧场上举办的伍德斯托克音乐节上,就有半打的"梅利"和"皮平"在泥泞里跋涉,另外还有至少十几个"佛罗多",以及数不清的嬉皮"甘道夫"。在那个时代,约翰·罗奈尔得·瑞尔·托尔金的《魔戒》让人痴迷狂热,尽管我没能去成伍德斯托克音乐节(这里说声抱歉),我想我至少还够得上半个嬉皮。话说回来,他的那些作品我全都读了,并且深为喜爱,从这点看就算得上一个完整的嬉皮了。和大多数我这一代男女作家笔下的长篇奇幻故事一样(史蒂芬·唐纳森的《汤玛斯·考文南特的编年史》以及特里·布鲁克斯的《沙娜拉之剑》就是众多小说中的两部),《黑暗塔》系列也是在托尔金的影响下产生的故事。

尽管我是在一九六六和一九六七年间读的《魔戒》系列,我却迟迟未动笔写作。我对托尔金的想象力的广度深为折服(是相当动情的全身心的折服),对他的故事所具有的那种抱负心领神会。但是,我想写具有自己特色的故事,如果那时我便开始动笔,我只会写出他那样的东西。那样的话,正如已故的"善辩的"迪克·尼克松喜欢说的,就会一错到底了。感谢托尔金先生,二十世纪享有了它所需要的所有的精灵和魔法师。

一九六七年时,我根本不知道自己想写什么样的故事,不过那倒也并不碍事;因为我坚信在大街上它从身边闪过时,我不会放过去的。我正值十九岁,一副牛哄哄的样子,感觉还等得起我的缪斯女神和我的杰作(仿佛我能肯定自己的作品将来能够成为杰作似的)。十九岁时,我好像认为一个人有本钱趾高气扬;通常岁月尚未开始不动声色地催人衰老的侵蚀。正像一首乡村歌曲唱的那样,岁月会拔去你的头发,夺走你跳步的活力,但事实上,时间带走的远不止这些。在一九六六和一九六七年间,我还不懂岁月无情,而且即使我懂了,也不会在乎。我想象不到——简直难以想象——活到四十岁会怎样,退一步说五十岁会怎样?再退一步。**六十岁**?永远不会!六十岁想都没想过。十九岁,正是什么都不想的时候。十九岁这个年龄只会让你说:**当心,世界,我正抽着 TNT①,喝着黄色炸药,你若是识相的话,别挡我的道儿——斯蒂芬在此!**

十九岁是个自私的年纪,关心的事物少得可怜。我有许多追求的目标,这些是我关心的。我的众多抱负,也是我所在乎的。我带着我的打字机,从一个破旧狭小的公寓搬到另一个,兜里总是装着一盒烟,脸上始终挂着笑容。中年人的妥协离我尚远,而年老的耻辱更是远在天边。正像鲍勃·西格歌中唱到的主人公那样——那首歌现在被用做了售卖卡车的广告歌——我觉得自己力量无边,而且自信满满;我的口袋空空如也,但脑中满是想法,心中都是故事,急于想要表述。现在听起来似乎干巴无味的东西,在当时却让自己飘上过九重天呢。那时的我感到自己很“酷”。我对别的事情毫无兴趣,一心只想突破读者的防线,用我的故事冲击他们,让他们沉迷、陶醉,彻底改变他们。那时的我认为自己完全可以做到,因为我相信自己生来就是干这个的。

---

① 一种烈性炸药。

这听上去是不是狂傲自大？过于自大还是有那么一点？不管怎样，我不会道歉。那时的我正值十九岁，胡须尚无一丝灰白。我有三条牛仔裤，一双靴子，心中认为这个世界就是我稳握在手的牡蛎，而且接下去的二十年证明自己的想法没有错误。然而，当我到了三十九岁上下，麻烦接踵而至：酗酒，吸毒，一场车祸改变了我走路的样子（当然还造成了其他变化）。我曾详细地叙述过那些事，因此不必在此旧事重提。况且，你也有过类似经历，不是吗？最终，世上会出现一个难缠的巡警，来放慢你前进的脚步，并让你看看谁才是真正的主宰。毫无疑问，正在读这些文字的你已经碰上了你的“巡警”（或者没准哪一天就会碰到他）；我已经和我的巡警打过交道，而且我知道他肯定还会回来，因为他有我的地址。他是个卑鄙的家伙，是个“坏警察”，他和愚蠢、荒淫、自满、野心、吵闹的音乐势不两立，和所有十九岁的特征都是死对头。

但我仍然认为那是一个美好的年龄，也许是一个人能拥有的最好的岁月。你可以整晚放摇滚乐，但当音乐声渐止、啤酒瓶见底后，你还能思考，勾画你心中的宏伟蓝图。而最终，难缠的巡警让你认识到自己的斤两；可如果你一开始便胸无大志，那当他处理完你后，你也许除了自己的裤脚之外就什么都不剩了。“又抓住一个！”他高声叫道，手里拿着记录本大步流星地走过来。所以，有一点傲气（甚至是傲气冲天）并不是件坏事——尽管你的母亲肯定教你要谦虚谨慎。我的母亲就一直这么教导我。她总说，**斯蒂芬，骄者必败**……结果，我发现当人到了三十八岁左右时，无论如何，最终总是会摔跟头，或者被人推到水沟里。十九岁时，人们能在酒吧里故意逼你掏出身份证，叫喊着让你滚出去，让你可怜巴巴地回到大街上，但是当你坐下画画、写诗或是讲故事时，他们可没法排挤你。哦，上帝，如果正在读这些文字的你正值年少，可别让那些年长者或自以为是的有识之士告诉你该怎么做。当然,你可能从来没去过巴黎;你也从来没在潘普洛纳奔牛节上和公牛一起狂奔。不错,你只是个毛头小伙,三年前腋下才开始长毛——但这又怎样?如果你不一开始就准备拼命长来撑坏你的裤子,难道是想留着等你长大后再怎么设法填满裤子吗?我的态度一贯是,不管别人怎么说你,年轻时就要有大动作,别怕撑破了裤子;坐下,抽根烟。

2

我认为小说家可以分成两种,其中就包括像一九七〇年初出茅庐的我那样的新手。那些天生就更在乎维护写作的文学性或是"严肃性"的作家总会仔细地掂量每一个可能的写作题材,而且总免不了问这个问题:**写这一类的故事对我有什么意义?**而那些命运与通俗小说紧密相连的作家更倾向于提出另一个迥异的问题:**写这一类的故事会对其他人有什么意义?**"严肃"小说家在为自我寻找答案和钥匙;然而,"通俗"小说家寻找的却是读者。这些作家分属两种类型,但却同样自私。我见识过太多的作家,因此可以摘下自己的手表为我的断言做担保。

总之,我相信即使是在十九岁时,我就已经意识到佛罗多和他奋力摆脱那个伟大的指环的故事属于第二类。这个故事基本上能算是以古代斯堪的纳维亚的神话为背景的一群本质上具有英国特征的朝圣者的冒险故事。我喜欢探险这个主题——事实上,我深爱这一主题——但我对托尔金笔下这些壮实的农民式的人物不感兴趣(这并不是说我不喜欢他们,相反我确实喜欢这些人物),对那种树木成荫的斯堪的纳维亚场景也没有兴趣。如果我试图朝这个方向创作的话,肯定会把一切都搞砸。

所以我一直在等待。一九七〇年时我二十二岁，胡子中出现了第一缕灰白（我猜这可能与我一天抽两包半香烟有关），但即便人到了二十二岁，还是有资本再等一等的。二十二岁的时候，时间还在自己的手里，尽管那时难缠的巡警已经开始向街坊四处打探了。

有一天，在一个几乎空无一人的电影院里（如果你真好奇的话，我可以告诉你是在缅因州班戈市的百玖电影院里），我看了场瑟吉欧·莱昂内执导的《独行侠勇破地狱门》。在电影尚未过半时，我就意识到我想写部小说，要包含托尔金小说中探险和奇幻的色彩，但却要以莱昂内创造的气势恢弘得几乎荒唐的西部为背景。如果你只在电视屏幕上看过这部怪诞的西部片，你不会明白我的感受——也许这对你有些得罪，但的确是事实。经过潘纳维申[1]镜头的精确投射，宽银幕上的《独行侠勇破地狱门》简直就是一部能和《宾虚》相媲美的史诗巨作。克林特·伊斯特伍德看上去足有十八英尺高，双颊上挺着的每根硬如钢丝的胡楂都有如小红杉一般。李·范·克里夫嘴角两边的纹路足有峡谷那么深，在每条纹路的底部可能都有一个无阻隔界（见《巫师与玻璃球》）。而望不到边的沙漠看上去至少延伸到海王星的轨道边了。片中人物用的枪的枪管直径都如同荷兰隧道般大小。

除了这种场景设置之外，我所想要获得的是这种**尺寸**所带来的史诗般的世界末日的感觉。莱昂内对美国地理一窍不通（正如片中的一个角色所说，芝加哥位于亚利桑那州的凤凰城边上），但正由于这一点，影片得以形成这种恢弘的错位感。我的热情——一种只有年轻人才能迸发出的激情——驱使我想写一部长篇，不仅仅是**长篇**，而且是**历史上最长的通俗小说**。我并未

---

① 一种制作宽银幕电影的工艺，商标名。——译者注。如无特别说明，后文中的注解一律为译者注。

如愿以偿，但觉得写出的故事也足够体面；《黑暗塔》，从第一卷到第七卷讲述的是一个故事，而前四卷的平装本就已经超过了两千页。后三卷的手稿也逾两千五百页。我列举这些数字并不是为了说明长度和质量有任何关联；我只是为了表明我想创作一部史诗，而从某些方面来看，我实现了早年的愿望。如果你想知道我**为何**有这么一种目标，我也说不出原因。也许这是不断成长的美国的一部分：建最高的楼，挖最深的洞，写最长的文章。我的动力来自哪里？也许你会抓着头皮大喊琢磨不透。在我看来，也许这也是作为一个美国人的一部分。最终，我们都只能说：**那时这听上去像个好主意。**

3

另一个关于十九岁的事实——不知道你还爱不爱看——就是处于这个年龄时，许多人都觉得身处困境（如果不是生理上，至少也是精神和感情上）。光阴荏苒，突然有一天你站在镜子跟前，充满迷惑。**为什么那些皱纹长在我脸上？**你百思不得其解，**这个丑陋的啤酒肚是从哪来的？天哪，我才十九岁呢！**这几乎算不上是个有创意的想法，但这也并不会减轻你的惊讶程度。

岁月让你的胡须变得灰白，让你无法再轻松地起跳投篮，然而一直以来你却始终认为——无知的你啊——时间还掌握在你的手里。也许理智的那个你十分清醒，只是你的内心拒绝接受这一事实。如果你走运的话，那个因为你步伐太快，一路上享乐太多而给你开罚单的巡警还会顺手给你一剂嗅盐①。我在二十

① 嗅盐，是一种芳香碳酸铵合剂，用作苏醒剂。

世纪末的遭遇差不多就是如此。这一剂嗅盐就是我在家乡被一辆普利茅斯捷龙厢式旅行车撞到了路边的水沟里。

在那场车祸三年后，我到密歇根州蒂尔博市的柏德书店参加新书《缘起别克 8》的签售会。当一位男士排到我面前时，他说他真的非常非常高兴我还活着。（我听了非常感动，这比"你怎么还没死？"这种话要令人振奋得多。）

"当我听说你被车撞了时，我正和一个好朋友在一起。"他说，"当时，我们只能遗憾地摇头，还一边说'这下塔完了，已经倾斜了，马上要塌，啊，天哪，他现在再也写不完了。'"

相仿的念头也曾出现在我的脑袋里——这让我很焦急，我已经在百万读者集体的想象中建造起了这一座"黑暗塔"，只要有人仍有兴趣继续读下去，我就有责任保证它的安全——即使只是为了下五年的读者；但据我了解，这也可能是能流传五百年的故事。奇幻故事，不论优劣（即使是现在，可能仍有人在读《吸血鬼瓦涅爵士》或者《僧侣》），似乎都能在书架上摆放很长时间。罗兰保护塔的方法是消灭那些威胁到梁柱的势力，这样塔才能站得住。我在车祸后意识到，只有完成枪侠的故事，才能保护我的塔。

在"黑暗塔"系列前四卷的写作和出版之间长长的间歇中，我收到过几百封信，说"理好行囊，我们将踏上负疚之旅"之类的话。一九九八年（那时我还当自己只有十九岁似的，狂热劲头十足），我收到一位八十二岁老太太的来信，她"并无意要来打搅你，但是这些天病情加重"，这位老太太告诉我，她也许只有一年的时间了（"最多十四个月，癌细胞已经遍布全身"），而她清楚我不可能因为她就能在这段时间里完成罗兰的故事，她只是想知道我能否（"求你了"）告诉她结局会怎样。她发誓"绝不会告诉另一个灵魂"，这句话很是让我揪心（尽管还没到能让我继续创作的程度)。一年之后——好像就是在车祸后我住院的那段时间里——我的一位助手,马莎·德菲力朴,送来一封信,作者是得克萨斯州或是佛罗里达州的一位临危病人,他提了完全一样的要求:想知道故事以怎样的结局收场?(他发誓会将这一秘密带到坟墓里去,这让我起了一身鸡皮疙瘩。)

我会满足这两位的愿望——帮他们总结一下罗兰将来的冒险历程——如果我能做到的话,但是,唉,我也不能。那时,我自己并不知道枪侠和他的伙伴们会怎么样。要想知道,我必须开始写作。我曾经有过一个大纲,但一路写下来,大纲也丢了。(反正,它可能本来也是一文不值。)剩下的就只是几张便条(当我写这篇文章时,还有一张"阒茨,栖茨,葜茨,某某—某某—篮子"[1]贴在我桌上)。最终,在二〇〇一年七月,我又开始写作了。那时我已经接受了自己不再是十九岁的事实,知道我也免不了肉体之躯必定要经受的病灾。我清楚自己会活到六十岁,也许还能到七十。我想在坏巡警最后一次找我麻烦之前完成我的故事。而我也并不急于奢望自己的故事能和《坎特伯雷故事集》或是《艾德温·德鲁德之谜》归档在一起。

我忠实的读者,不论你看到这些话时是在翻开第一卷还是正准备开始第五卷的征程,我写作的结果——孰优孰劣——就摆在你的面前。不管你是爱它还是恨它,罗兰的故事已经结束了。我希望你能喜欢。

至于我自己,我也拥有过了意气风发的岁月。

斯蒂芬·金

二〇〇三年一月二十五日

---

① 这是在"黑暗塔"中出现过多次的一段童谣。

19

重生
RENEWAL

前情概要

《三张牌》是长篇小说《黑暗塔》的第二部。《黑暗塔》的故事灵感在某种程度上来自罗伯特·勃朗宁的叙事诗《去黑暗塔的罗兰少爷归来》(其实这部作品亦受莎士比亚剧作《李尔王》的影响)。

《黑暗塔》的第一部《枪侠》,交代了罗兰作为一个"转换"了的世界的最后一名枪侠,最后逮住了那个黑衣人——一个他追踪了很久的巫师——至于多久我们不得而知。这黑衣人原来是一个名叫沃特的家伙,他谎称在昔日的世界转换之前曾与罗兰的父亲有过交情。

其实,罗兰的目的不在这半人半巫的家伙身上,他关注的是黑暗塔,而这黑衣人,——更确切说来,黑衣人知道的事——是他通向那个神秘之境的第一道坎儿。

罗兰?说实在的,谁是罗兰?他那个世界在"转换"之前是什么样儿?黑暗塔又是怎么回事?为什么他要去寻究这些秘密?我们对此只能得到一些零落残缺的答案。罗兰是一个枪侠,有如武士一类的人物,对于他那个"转换"的世界,他是那种被指为想保持自己记忆中"充满爱与光明"的世界的那类枪侠中的一个,他想保持这种记忆中的状态使之靳固不移。

我们知道,罗兰发现他的母亲成了马藤的情人后,被迫经受了成为一个男子汉的最初考验。马藤是比沃特更有法道的巫师(罗兰的父亲并不知道沃特是马藤的同盟者);我们知道马藤是有计划地让罗兰去发现,并且期待着罗兰失败后被"送往西部",我们知道罗兰在考验中获得了胜利。

我们还知道什么?枪侠的世界并非和我们这个世界完全不

同。好在那些人工制品，诸如油泵，或是某些歌曲（譬如“嗨，裘德”，或者是那些以“豆子，豆子，音乐的果实……”开头的打油诗）都有幸得以留存下来，还有那些古怪的习俗和礼仪，古怪得就像出自我们自己对美国西部浪漫化的想象。

总有一条脐带把枪侠的世界和我们的世界连结在一起。在辽阔而渺无人烟的荒漠中，在一个小车站里，罗兰遇到一个名叫杰克的男孩，杰克死于我们这个世界。事实上，这男孩的情况是这样的，他被那个似乎无处不在的（也是邪恶的）黑衣人在街角推了一把。正在去学校途中的杰克，一只手拎着书包，另一只手拿着午餐盒，他对于自己的这个世界——我们的世界——最后一个印象，就是被推入一辆凯迪拉克的轮子底下……直面死亡。

在逮住黑衣人之前，杰克又死过一次……这一次是枪侠的选择，这是他生命中仅次于另一情形的最困难的一个选择；他选择了牺牲这个具有象征意义的儿子。黑暗塔还是孩子——很有可能也就是在下地狱与救赎之间做出抉择，罗兰选择了塔。

“去吧，”杰克在坠入深渊之前对他说：“在这个世界之外还有其他的世界。”

罗兰和沃特的最后一场较量发生在尘土飞扬、朽骨遍地的墓地。黑衣人用一叠塔罗牌喻示了罗兰的未来。这些纸牌显示出一个名叫“囚徒”的男子，一个名叫“影子女士”的女人，还有一个更是晦冥不清的压根儿就是死亡的喻像（“但这不是冲着你来的，枪侠。”黑衣人说），这些预言乃为此卷之主题——罗兰去往黑暗塔的艰难之路的第二步。

前一部《枪侠》结束于罗兰坐在西海的海滩边，眺望着落日的情景。黑衣人已经谢幕，而枪侠自己未来的事业却尚无头绪，《三张牌》始于同样的场景，只是发生在将近七个小时之后。

序幕

水手

序幕

枪侠从那个该死的梦里醒来，梦中好像只是单一的场景：那黑衣人从一叠塔罗牌中抽出一张“水手”，预见了（或者声称预见了）枪侠未来的悲惨命运。

他被淹死了，枪侠，黑衣人说，没有人能拉他一把。那个男孩杰克。

但这不是噩梦，是好梦。因为他就是那个正要淹死的人，也就是说，他根本不是罗兰，而是杰克。明白了这一点他松了口气，因为做一个淹死的杰克要比活着做他自己（为了一个冷冰冰的梦想而背叛一个信任他的男孩）好得多。

好，好啊，我将被淹死，他想，一边听着海的呼啸。让我淹死吧。但这不是海洋的声音，这是石块卡在喉咙里似的令人难受的漱水声。他是那个水手吗？如果是，为什么这样靠近陆地？况且，事实上，他不就是在陆地上吗？感觉上好像是——

冰冷的水漫过靴子，漫上他的大腿，一直漫到他裤裆那儿。他猛地睁开眼睛，把他从梦中惊醒的不是下身那球的冰凉（虽说它们突然收缩得像胡桃模样），甚至也不是右边那个可怕的玩意儿，而是因为想到他的枪……他的枪，更要紧的，是他的子弹。枪弄湿了可以很快拆开来，揩干，上油，再揩一遍，再上一遍油，再装回去，而湿了的子弹，就像打湿了的火柴一样，没准就再也不能用了。

那是个爬行缓慢的怪物，肯定是让前一波海浪冲上来的。它拖着湿漉漉的闪闪发亮的身子，费力地沿着沙滩挪行。那家伙差不多有四英尺长，在他右边大约四码远的地方。这蠕行而来的东西用冷峻的眼睛盯着罗兰。长长的锯齿样的喙部突然张开来，发出一阵奇怪的像人说话似的声音，那古怪的口音伤心甚至是绝望地向他发问："是—呃—小鸡？达姆—啊—朋友？爹爹—嗯—可汗？戴德—啊—查查？"

枪侠见过龙虾，可这不是龙虾，虽说这玩意儿跟他见过的龙虾形廓上模模糊糊地有点儿相像。它倒丝毫没被他吓住。枪侠不知道这东西是不是有危险。他对自己意识上的迷糊倒不是很在意——他一时想不起自己在什么地方，是怎么来到这地方的，他是不是真的追上那黑衣人了，抑或这一切都只是在做梦？他只知道自己得趁子弹被浸湿之前赶快离水远点。

他听见了吱吱嘎嘎刺耳的越鼓越响的水声，瞧瞧那家伙，它停在那儿，抬起朝前伸出的爪子，滑稽可笑地像拳击手那样摆出一个起手式，这姿势，柯特曾对他们说过，叫做致礼式；又瞧瞧惊涛拍岸浪花四溅的海潮。

它听见海浪了，枪侠想。不管这是什么玩意儿，它是有耳朵的。他想试着站起来，可是他的腿，麻木得失去了知觉，只好放弃努力。

我还在做梦，他想，即使处于现在这种朦胧状态，这种想法也太诱人，令人不敢相信。他再次挣扎着想站起身来，几乎已经站起来了，却又一头栽下。海浪正好退下去一波。这会儿再不跑开就来不及了。他只好像右边那个家伙一样挪动自己的躯体：他两手抠地，拖曳着身子，肚皮贴着海滩砂石爬行，要躲开波涛。

他挪得不够快，没有完全避开海浪，但也算达到了目的。海水只淹到他的靴子，几乎冲到膝盖这儿了，好在又退了回去。也许第一波潮水还没那么快吧。也许——

天空挂上了半个月亮。在薄雾笼罩的朦胧中，那点光亮足以使他看清手枪皮套的颜色太暗了。那两把枪，准是湿透了。不好说情形有多糟糕，不管是转轮还是枪带里的子弹，沾湿了都挺要命。在检查枪支前，还是先离开海水要紧。他得——

“刀得—噢—塞住?”这声音更近了。他刚才惦记着海浪，忘了这东西也让海水给冲过来了。他朝那儿瞥去，发现它离自己只有四英尺的距离了。它的双爪埋在布满石头和贝壳的砂石海滩中，拖着身子过来了。当它抬起锯齿状的多肉而强壮的躯体时，霎时像一只蝎子，但罗兰发现它末端没有尖刺。

又是一阵哗啦啦的海水上涨声，这回更响了。那家伙马上停了下来，举起爪子，又摆出它那种像拳击起手式的致意姿态。

这阵海浪更大了。罗兰又赶紧拖着身子向海岸斜坡爬去。他两手伸屈之间，那个长爪子的东西也以比之前的移动方式快很多的速度跟上来。

枪侠觉出自己右手一阵阵地作痛，但现在没时间去想它了。他用湿透了的靴子后跟抵着地面，两手奋力向前扒去，努力躲开海浪。

“的得—嗯—小鸡?”那怪物似乎发出一种哀求的声音：你就不能帮帮我吗？你难道没看见我有多着急吗？罗兰看见自己右手的食指和中指正被那怪物吞进锯齿样的大嘴里。它又扑了上来，罗兰急忙闪开滴血的右手，剩下的手指才没给吞掉。

“达姆—嗯—嚼嚼？爹爹—啊—吃啊?”

枪侠摇摇晃晃地站起身。那东西撕开他湿漉漉的牛仔裤，撕开了那双虽说已浸泡得发软但那老牛皮还是坚韧似铁的靴子，从罗兰小腿肚上撕下一块肉来。

他抽出右手正要开枪，这才意识到要靠那两个失去的手指才能执行古老的开枪动作，这当儿，他的手枪又砰地掉到了沙滩上。

怪物贪婪地咬噬枪。

“不，你这杂种！”罗兰咆哮着，抬脚使劲地踢踹。但这就像是在踢踹一块巨石……它撕开罗兰右脚的靴子头，大脚趾头给撕下大半，硬是把靴子从罗兰脚上撕了下来。

枪侠弯下身子捡起手枪，却没能捏住，他嘴里诅咒着，总算抓到了手里。曾经对他是那么轻而易举的事儿，几乎连想都不用想，突然间却成了玩杂耍似的把戏。

那怪物匍匐在枪侠靴子上，连啃带咬像是在断章取义地提问。一阵海浪席卷而来，浪涛顶部凝结的泡沫在昏暗的月光下显得苍白而了无生气。那大螯虾似的东西撇开靴子，又摆出那副拳击手的架势。

罗兰用左手触动扳机开了三枪。咔嗒！咔嗒！咔嗒！

现在他至少知道枪膛里的子弹是个什么情况了。

他把左边的枪插入皮套，可是把右边那支插回去有点麻烦，他得用左手把枪筒摁下，这才让它滑入枪套。血从手掌断指根部汩汩涌出，那铁木镶嵌的磨旧了的枪柄上全染红了，枪套上都沾满了血，跟枪套皮带连在一起的旧牛仔裤也弄得血迹斑斑。

他那只被撕烂的右脚由于过度麻木竟觉不出疼痛，而右手痛得像是在火中烤灼。那两根历练既久而机巧灵敏的神奇手指，此刻已进了那怪物腹中，被消化成一摊浆汁了，可是手指原先所在的地方还在火烧火燎地受着煎熬。

糟糕的事情还在后头呢，枪侠意识模糊地想。

海浪退去了。怪物垂下爪子，在枪侠靴子上又撕开一个口子，它觉得那靴子的主人应该是比这块脱落的皮革更美味的东西。

“达达—啊—嚼嚼？”它在问话。接着就以可怕的速度朝他扑来。枪侠一边挪动仅有一点知觉的双腿朝后退着，一边意识到这东西肯定有某种智力，它挨近他的时候很谨慎，没准它是从很远的地方来到这砂砾地，显然它心里还不能十分肯定他是什么生灵，或者也拿不准他有什么能耐。如果不是涌来的海浪激醒了他，就在他如此冥想的当儿这东西很可能已把他的面部给扯烂了。现在，它觉得枪侠不仅是一道美味的猎物，而且还挺容易制服。

它几乎就要扑到他身上了，这东西长四英尺，高一英尺，体重约摸七十磅，就像那个头脑简单的食肉动物大卫——那是他在少年时拥有过的鹰隼。只不过眼下这玩意儿可没有大卫那种意义不明的忠诚。

枪侠左脚靴子后跟磕在沙滩上突起的一块石头上，身子趔趔趄趄的马上就要摔倒了。

“刀得—嗯—塞塞？”这东西问道，看上去好像很着急的样子，它一边不动声色地朝前挪动，一边暗暗窥视着枪侠，爪子伸出时眼睛骨碌骨碌地转动……这时又是一阵海浪涌来，怪物随即做出那副拳击起手式的致礼姿态。然而，这会儿他俩都被海浪推搡得有点晃晃悠悠，枪侠意识到这玩意儿听见海浪的声音会愣住，现在嚣嚣而来的海浪——在他听来——好像稍稍退缩了。

他后退一步踏上那块石头，海浪咆哮着拍打砂砾地，他又跌了下来。现在他的脑袋离那昆虫似的怪脸只有几英寸。它一伸爪子就能从他脸上把眼睛抠出来，可是它的爪子在颤抖，就像是攥紧的拳掌，一直举在它那宛似鹦鹉弯喙的嘴边。

枪侠摸到那块刚才差点让他绊倒的石头，这块大石头一半埋在砂砾中，他伤残的右手血淋淋的伤口被砂砾地上毛糙尖利的石子扎得痛彻入骨，他不由地嚎叫起来，但他还是猛然发力拽出石头，龇牙咧嘴地把它举了起来。

“达达—啊—”怪物又开始嚷嚷了，涛声渐渐平息，海浪又退下了，它那低垂的爪子再度张了开来。这时候枪侠用尽全身力气猛地把石块砸了下去。

它背壳上发出一阵碎裂声，听上去还有那怪物蜷紧身子的声音。那东西在石块底下疯狂地挣扎着，后背忽地拱起，又砰然落下，拱起来，又落下。愤怒的吼喊渐渐变成惨兮兮的哀号。爪子张开又陡然合拢。只见朝外翻出的口腔胡乱地嚼着结成一团团的砂石。

然而，随着这一阵海浪退去，那怪物又试图擎起爪子，枪侠用那只还穿着靴子的左脚猛地踏住它的头部，脚底下吱吱嘎嘎地发出就像是许多细细的干树枝被折断的声音。一股浓浓的汁液从枪侠靴子后跟下迸射出来，从两个方向溅出来。看上去黑黑的。怪物拱起身子，狂乱地扭动着。枪侠脚下用力更狠了些。

海浪来了。

怪物的爪子抬起了一英寸……两英寸……颤抖着，垂下了，痉挛着一张一阖。

枪侠挪开脚。那东西锯齿状的喙吻，这张从他活生生的躯体上吞噬了两个手指和一个脚趾的嘴巴，慢慢地张了张，又闭上了。一根折断的触角落在沙滩上，另一根还在那儿莫名其妙地抖动着。

枪侠又踏了它一脚。又是一脚。

他咕哝着费力地把石头踹到一边，顺着怪物的右侧走过去，抬起左脚，一脚一脚地踹着，踹碎它的外壳，踹出它苍白的肚肠，踩入灰暗的沙地。它已经死了，但他还是这么一下一下地连踹带踩，在他漫长的传奇生涯里，自己还没有在身体上遭受如此惨重的伤害呢，他完全没想到会发生这样的事。

他一脚一脚地踹着，直到发现那怪物腹腔里差不多要化成泥浆的自己的手指尖，瞥见指甲缝里还嵌着从墓地带来的白灰（他曾在那儿跟黑衣人进行过长久的交涉），这才把眼睛挪开，恶心地呕吐起来。

枪侠像醉汉似的朝海边走回去，用衬衫托着受伤的右手，不时地回头瞧瞧那东西，怕它还没死，就像有些生命力顽强的马蜂，你狠狠地连连拍打它，可它还能抽动，只不过晕过去了，可没死。他回头顾望，提防着它还会追上来，用那恐怖的声音一再发出古怪的问话。

走到中途时，他一摇一晃的身子突然站住了，看着起先呆过的地方，他记起了一些事情。他刚才肯定是睡着了，就在高处的潮汐线下边。他抓起自己的皮包和那只撕破的靴子。

借着皎洁的月光，他又看见了和刚才那东西相同类型的怪物，在两次海潮涌来的间歇中，听见了它们询问的声音。

枪侠急忙退后，一直退到砂石海滩边青草丛生的尽头。他坐下来，这会儿自己该做什么心里还清楚着——他把剩下的最后一点烟丝洒在手掌和脚掌的断茬处，止住流血，他洒了厚厚的一层烟丝，弄得旧伤又添新痛（被撕断的大脚趾也跟着一起痛起来），他只能坐着，在刺骨的疼痛中冷汗直流，恍惚中想着会不会感染，想着自己右手丢了两个指头以后怎么闯世界（他倒是两手都一样使枪，但在所有其他事情上还是右手更强），想着万一这东西有毒，被它咬过的伤口也许已经把毒液注入他体内了，想着不知道清晨是不是还会到来。

囚徒

第一章

门

1

三。这是你命运的数字。

三?

是的,三是神秘的。三就放在符咒的中心。

哪三个?

第一个是黑发的年轻人。他就站在抢劫和谋杀的边缘,一个恶魔附在他身上。恶魔的名字是“**海洛因**”。

那是什么恶魔?我从没听说过,就连我育儿室里的老师都没提起过这个名字。

他想要说话,但说不出来,神谕的声音,星的妓女,风的婊子,全都走了,他看见一张纸牌飘来飘去,从这儿飘到那儿,在慢慢暗下来的光线中翻过来又翻过去。纸牌上面,一个狒狒在一个黑发少男肩后咧嘴而笑,几根像人一样的手指深深地掐在那年轻男子的脖子上,掐进了肉里。凑近些看,枪侠发现狒狒掐住年轻人的一只手里还举着一根鞭子。这倒霉的年轻人似乎在一种不可名状的恐惧中挣扎着。

囚徒,这黑衣人(他曾是枪侠信赖的人,名叫沃特)亲密地低语道。一个惊恐不安的小家伙,不是吗?一个惊恐不安的小家伙……一个惊恐不安的小家伙……一个惊恐——

2

伤残的手上掠过一阵颤悠悠的感觉，枪侠一惊而醒。没错，从西海爬出来的一个有鞘壳的大怪物看上了他，那东西要把他的面孔从脑壳上扒下来，还用怪里怪气的吓人的声音朝他发问。

其实是一只海鸟，被晨曦投射在他衬衫纽扣上的反光惊了一下，怪叫着疾速飞走了。

罗兰挺身坐起。

他手上没完没了地一阵一阵地痛着，右脚也一样。两个手指和一个大脚趾的断口那儿痛感一直丝毫不减。衬衫下摆不见了，剩下的部分也是破烂不堪。他扯下一片布条包扎右手，还扯了一片裹脚。

滚吧，想到那些脱离躯体的手指脚趾，他吼道。现在你们都见鬼了，那就滚吧。

这样一来似乎好受些。不解决什么大问题，还是有点儿用。它们都成了鬼了，行啦，只是活生生的鬼。

枪侠吃了一些牛肉干。嘴里几乎不想吃东西，其实没什么胃口，不过他还是硬着头皮吃了一些。食物进了肚子里，他感到自己稍稍有点力气了。可是牛肉干已所剩无几，他几乎是弹尽粮绝。

但还有事要做。

他摇摇晃晃地撑起身子，向四处逡巡。海鸟俯冲而来又潜入水中，这世界似乎只属于他和海鸟。怪物不见了。也许它们属于夜行动物，也许它们只是时而出现时而消失。但这会儿看来都没什么区别了。

大海是辽阔的，远处海水与地平线交会在一抹朦胧的难以辨明的蓝色光晕处。有好长一会儿工夫，枪侠沉浸在自己的冥想中忘却了死去活来的疼痛。他从来没见过这么辽阔的水域。当然，孩提时代他也曾听说过关于大海的故事，听老师们具体描绘过——至少有一些老师——他知道大海是存在的——然而，当他真正亲睹此景，尤其当经年出没蛮荒僻地之后，面对如此宏伟，如此壮观的海洋，真是难以置信……甚至难以面对。

他长久地注视着，心醉神迷，惊喜若狂，他只想让自己饱览这大海，暂时忘却伤口的剧痛。

然而这一天还刚开始，还有一些事情要做。

他伸手到后袋中找寻那个颚骨，小心翼翼地用掌心去摸索，以免让那玩意儿碰到断指的残根（如果那玩意儿还在的话），把一直痛着的伤口弄得痛上加痛。

那玩意儿还在。

行啦。

下一步。

他笨手笨脚地解开连着枪套的弹囊带，搁到阳光照射的石头上。取出枪，倒空枪膛，把那些废弹壳扔掉。一只鸟飞来停在闪闪发亮的弹壳上面，衔起一枚吞进嘴里，又连忙吐出，飞走了。

枪支是要呵护的，本来就该把它照料好，在这世上或任何其他世界里，一把不能射击的枪也就跟一根棍棒没什么两样，在做其他事之前，他把枪搁在膝盖上，左手在皮革上小心摩挲着。

每颗子弹都湿了，弹囊带上只有横过臀部的一处看上去还干爽。他仔细地把那地方的子弹一颗颗地取出来。做这事时，那只右手出于习惯也一次次地蹿到膝盖上来摆弄，忘了缺损的手指，也不顾疼痛，就像一只傻呆呆的或是疯癫癫的狗，老是跟在人后边撵着。有两次碰上了伤口，他痛得晕晕乎乎的，竟抡起右手使劲拍打起来。

我看见更糟糕的情况还在后头。他又一次这样想。

但愿这些子弹都还好用，他沮丧地把这不多的子弹拢到一处。二十颗。不消说，有几颗肯定要哑火。根本没法指望这样的子弹。他把剩下的那些也都取出来，搁成另外一堆。三十七颗。

好啦，不管怎么说你已经全副武装了，他想着。却又马上意识到，这五十七颗里边能用的是不是真有二十颗，恐怕还大有出入。能用的也许只有十颗，也许是五颗，也许一颗，说不定一颗都不能用。

他把那些拿不准能用还是不能用的子弹放在另一堆里。

这会儿他还捏着自己的皮包。别忘了这玩意儿。他把皮包塞进膝部的裤兜里。然后慢慢把枪拆卸开，跟往常一样就像完成一项仪式似的揩拭起来。这一揩拭，就是两个钟头。伤痛连扯着脑袋也痛上了，想要打起精神去考虑问题已是非常困难。他想睡一觉，一辈子都没这么想睡过。可是他现在身负不可推卸的重任。

“柯特。”他用几乎不可辨识的声音喃喃自语，苦涩地一笑。

他把左轮手枪重新装好，装上估计能用的干爽子弹。摆弄完了，他用左手举枪，扳开枪栓……然后，又把它慢慢压回去。他想确知，一切搞定。想知道当自己扣动扳机时，或者只不过随意的卡嗒一声，是否会有满意的效果。但一声卡嗒也许什么意义也没有，说不定只是把二十颗可用的子弹减为十九颗……也许是九颗……或者三颗……也许全玩完。

他又从衬衫上撕下一块布条，把旁边一堆子弹——那堆沾湿的——裹进布条里，扎得紧紧的——用左手和牙齿。然后把这布包塞进他的皮包。

睡觉，他的身体命令道。睡觉，你必须睡觉，现在，天黑之前，身体的能量所剩无几，你已经耗尽了——。

他踉跄地拖动脚步，举目顾望荒凉的海滩：就像一件长久未洗的内衣，到处黏附着黯然无色的海贝。星罗棋布的巨石从卵石遍地的沙滩上兀然突起，上面沾满了鸟粪，越是古老得像发黄的牙齿似的地表，抹上的污迹就越是新鲜得发白。

一道干燥的海草标出了潮汐线。他看见自己右脚那只碎成一片一片的靴子和盛水的革囊还躺在那附近。他想，这些东西居然没给涨潮的海水冲进海里真是怪事。他一步一挪地走着，奋力走向水囊那儿，这一瘸一拐，真是痛得要命。他捡起一个，放在耳边摇了摇。另一个是空的。这一个还存着一点水。一般人都分辨不出两只水囊的不同之处，但枪侠一眼就能看出，就像母亲能分辨自己的双胞胎一样。他和这两只水囊相伴的时间说来有年头了。水在革囊里晃动着。真好——这是天意的馈赠。那怪物，或者其他什么东西，都有可能撕了这水囊，或是打开它，咬破它，用爪子把它撕成碎片。但什么事都没发生，甚至潮水也放过了它。奇怪的是，这会儿那些怪物竟踪影全无，不过离潮汐线很高的地方有两只已经玩完的东西。也许是被别的食肉动物吃掉了，要不就是被它的同类葬入大海，那种会埋葬自己同类的大型动物他曾在童话故事里听说过。

他用左肘夹起水囊，痛饮起来，分明感到又有某种能量摄入了体内。右脚那只靴子肯定是完了……可是想想心里又燃起一点希望的火花。脚掌还有个囫囵样儿——虽有残缺但还算完整——也许可以把别处切下来植补这儿，如果能顶一阵也好……

昏昏沉沉的感觉整个地罩住了他。他竭力抵拒着睡意，可是膝盖软下来了，他坐倒在那儿，傻傻地咬着自己的舌头。

你不能失去知觉，他严厉地告诉自己。不能倒在这儿，今天晚上没准那些东西还会再来叫你玩完。

于是他死撑着站立起来，把那只空水囊系在腰间，可是走回二十码之外他搁枪和皮包的地方时，他在途中又摔倒了，差点晕过去。他躺了一会儿，侧着脸贴在沙地上，尖利的贝壳边缘在他下巴上划了一下，差点划出血来。他费力地就着水囊喝口水，便朝他起先惊醒过来的地方匍匐而行。海滩斜坡上二十码处耸立着一棵短叶丝兰——那是棵生长不良的树，但至少可以提供点阴凉。

对罗兰来说，二十码就像二十英里那么长。

然而，他还是使出最后的力气爬向那一小块阴凉处。他躺在那儿把头埋进草丛，差点儿昏死过去。他朝天空观察着，试图借此判断时辰。不是中午，但是根据他所躺之处的树影的长短来看，差不多快到中午时分了。歇了一会儿，他举起右臂凑近眼前，察看是否有受到感染的红色条纹——如果有的话就是某些毒素侵入体内了。

手掌上呈现干涩的红晕，不是好的征兆。

我得快点成个左撇子，他想，至少，这只手还管用。

随即，他陷入一阵昏黑，睡了十六个小时，睡梦中西海的涛声在他耳畔经久不息地轰响。

3

枪侠醒来时海洋已成一片昏暗，只是东边天空露着一点朦朦胧胧的光亮。拂晓将至。他坐起来，一阵头昏眼花差点让他一头栽倒。

他垂下脑门歇一会儿。

晕眩过去了，他瞧瞧手掌。是感染了，没错——整个手掌都红了，红肿一直蔓延到手腕处。没有再发展到手腕以上的部位，但他发现身体其他部位也开始有隐隐的红丝显现出来，这红色条纹最终会侵入心脏要了他的命。他觉出自己浑身发热，在发烧。

我需要药物，他想。可是这里哪有什么药物？

难道他走到这里就要死了不成？不，他不能死。如果他注定要死去，那也得死在去黑暗塔的路上。

你是多么了不起啊，枪侠！黑衣人在他脑子里窃笑着说。多么不屈不挠！你那愚蠢的痴心是多么浪漫！

“我操！”他低沉沙哑地吼着，又喝口水。没剩多少水了。他面前是整个的大海，能喝就可以随便喝。水，全都是水，却没一滴是可以喝的。想也别想。

他扣上枪弹皮带，把它系紧——整个过程摆弄下来费了好大工夫，等他完成这套动作，黎明的第一缕光线已昭示白昼确实到来——他挣扎着想站立起来。他不能确信自己是否能做到这一点，结果还真的站起来了。

他左手扶着短叶丝兰树，右臂挟着那个还剩一点水的革囊一下甩上肩膀，接着把皮包也甩上去。身子一挺直，忽而又是一阵天旋地转，他只得垂下脑袋，等这一阵过去，心里祈愿一切无碍。

晕眩过去了。

枪侠一脚高一脚低地走着，脚步踉跄，活像一个喝到晕头转向的醉汉，他费力地折回沙滩，停下来，打量着像桑葚酒似的浑黯的海洋，从皮包里找出最后一点牛肉干。他吃了一半，这一次嘴巴和胃都能接受一些了。瞧着太阳从杰克殒命之处的山后升起，他把剩下的一半牛肉干也吃了——太阳先是攀上了那些寸草不生、就像野兽利齿一般尖尖地耸立在那儿的山峰，一会儿就升得老高了。

罗兰脸朝太阳，眯起眼睛，微笑起来。他吃光了剩下的牛肉干。

他想：好极了。现在一点吃的都没了，我比出生时要少两个手指和一个大脚趾；我是个子弹说不定哑火的枪侠；我被怪物咬了生着病却没有药；剩下的水还够喝一天，如果我拼尽老命，也许能再走十几英里。直说吧，眼下我是濒临绝境。

该往何处去？他从东边过来，可是现在不能继续向西跋涉，因为他再也没有圣徒或是救赎者的力量了。那就只剩下南北两个方向。

向北。

这是他内心的提示。一个没有疑问的答案。

向北。

枪侠开步走了。

4

他一连走了三个小时。摔倒两次。第二次摔倒时，他以为自己不可能重新站起来了。这时一阵波涛卷来，当波涛快要冲到身边时他不由想到自己的枪，连忙下意识地直起身子，两腿抖抖瑟瑟像是踩在高跷上。

他估摸这三小时里自己大概挣扎着走了四英里。这会儿太阳已经非常耀眼，晒得地上越来越热了，但不管怎么说还不至于热到脑袋像挨了重击似的难受，也不至于使脸上汗如泉涌；从海面吹过来的微风，更不至于让他寒意丝丝地哆嗦个不停，身上直起鸡皮疙瘩，牙齿也直打战。

发烧了，枪侠，黑衣人嗤嗤地笑着说。留在你体内的毒素开始发作了。

感染的红丝现在更明显了。从右腕一直延伸到半个小臂。

他又硬着头皮走了一英里，水囊里的水全都喝光了。他把空了的水囊和另一只一起系在腰间。地面上一片单调，令人生厌。右边是海，左边是山，他破烂的靴子踏着贝壳遍地的灰暗沙滩。海浪涌来又退去。他找寻着大螯虾，却一个也没见到。他惘然地毫无目标地走着，一个从另一时间走来的人，似乎已经抵达一个无意义的尽头。

快到中午时，他再次倒下，心里明白自己再也站不起来了。那么就是这地方了，这一时刻。毕竟，这就是终结。

他双膝双手着地仰起头，像一个被击败的拳击手……前面还有一段路，也许是一英里，也许是三，（发热使他两眼模糊，在毫无变化的沙滩上根本无法辨识路程远近。）他看见了一些新出现的东西。有什么东西就伫立在海滩上。

是什么？

（三）

没有的事。

（三是你的命运）

枪侠竭力使自己重新站起。他低吼着，祈求着，那声音只有盘旋的海鸟能听见（如果能从我脑袋上把眼睛抠去它们该有多高兴啊，他想，有这样的美味叨来吃该是多么惬意！），他继续朝前走，踉跄的脚步偏斜得更厉害了，身后画圈似的足印几乎像乱符一般怪异。

他竭力睁大眼睛盯着前面沙滩上立着的一个什么东西。发绺落到眼睛上，他连忙捋回去。可是这么走下去却似乎没有跟那东西挨近。太阳快升到天穹顶端了，那东西似乎还离得很远。罗兰想象着自己再度身处跟那个最后的陌生人的棚屋之间隔着一段距离的荒漠

（音乐的果实，你吃得越多，放屁就越多）

还有男孩

（你的以撒）

正等待他到来的驿站。

他膝盖一下软屈了，又一下挺直，再一软，再挺。头发又落到眼睛上，他不再费神把它捋回去——没有力气顾及了。他看着目标，那目标后面的高地上有一道窄窄的影子，他还在走着。

现在他可以弄明白了，不管是发烧还是没发烧。

那是一扇门。

距离那门不到四分之一英里的地方，罗兰的膝盖又软屈下来，这回却再也挺不起来了。他倒下了，右手划过砂砾和贝壳，断指处的创面又划出新的伤口。断茬处又开始流血。

他只好匍匐身子爬行，西海浪起潮落的嚣声伴随着他的爬行在耳边阵阵萦回。他撑着膝盖和肘弯爬行，在脏兮兮的海草为标识的潮汐线上爬出一道歪七扭八的沟痕。他以为是风不停地吹——一定是风，凉爽的风，这能把他身体的高热带走一些——可是他听到的风声只是从自己肺部呼进吐出的一直吁喘着的粗气。

他靠近那门了。

更近了。

最后，在这近乎疯狂的一天的下午三时左右，在他自己左边的身影已经拉长的时候，他到达了。他蹲下身子，疲惫地注视着。

那门有六英尺半高，用坚实的硬木制成，然而生长这种材质的树木离这地方至少有七百多英里。门把手好像是黄金做的，那上边精工雕饰的纹样……枪侠终于认出了：那是一张狒狒咧嘴而笑的脸。

门把手上没有锁眼，上面下面，都没有。

门上装着铰链，其实什么也没连接——起码看起来似乎是这样的，枪侠想。这是一个谜，最最神奇的谜，但这事确实非常重要吗？你就要死了。你自己的谜底——对任何男人或女人来说最终唯一重要的事——即将揭晓。

凡事皆通，万法归一。

这扇门。这儿本来不该是立着一扇门的地方。它就矗立在潮汐线上边二十英尺的地方，显然像是标志着海洋的尽头，太阳现在转到了西面，把门厚重的影子斜斜地投向东面。

门的三分之二高度上，用黑色的正体写着两个字：

囚徒

恶魔附在他身上，恶魔的名字是“**海洛因**”。

枪侠听见一阵嗡嗡声。起初，他以为是风声，要不就是他自己发烧的脑袋里臆想的声音，但后来他越来越清楚地听出那是发动机的声音……就来自门背后。

打开它。它没锁上。你知道这门不上锁。

但他没去打开门，却蹒跚着绕到门背后去察看。

这门没有另一面。

只有灰色的沙滩，一直向后延展，只有波浪，只有贝壳，潮汐线，还有他自己一路过来的痕迹——靴子的痕迹和他用肘弯撑出的坑眼。他再仔细看，把眼睛又睁大一点，门不在那儿，但影子却在。

他伸出右手——噢，学习使用左手是这么地慢——他放下右手，举起左手。他摸索着，想摸到什么坚固之物。

我摸过去，可是什么也碰不到，枪侠想。临死前做这么件事倒是挺有趣的！

原来该是门的地方摸上去却是空无一物。

无门可叩。

发动机的声音——如果确实听到过的话——也没有了。现在,只有风声,波浪声连同他脑袋里的嗡嗡声。

枪侠慢慢走回原来那边,心想刚才所见一定是自己开始有幻觉了,可是——

他停住了。

他朝西边瞥过一眼——那儿原本只是一望无际的灰色沙滩,堆卷的海浪,可是这会儿,眼前却出现了一扇厚厚的门。他还能看见挂锁,也像是金子做的,上面凸起着插销,似是一个粗短的金属舌头。罗兰把脑袋向北面移过去一英寸,那门就不见了。罗兰再把脑袋缩回,门又回来了。一连几次都这样。它不是出现在那儿。它本来就在那儿。

他绕了一圈走过去对着这扇门,摇晃着身子。

他可以从海边绕过去看,但他明白准是跟刚才同样的结果,而这一次他可能会倒下。

我真想知道,如果我从门里穿过去的话,也像是穿过乌有之物一样吗?

噢,所有这些事情都叫人摸不着头脑,但其实也简单:面对一扇立在绵延无尽的海滩上的门,你能做的就是二选一:打开它;由它去关着。

枪侠隐隐约约有点幽默地意识到自己或许不会像预想的那样死得快。如果他是个垂死的人,那还会有这种惧怕吗?

他伸左手去抓门把手,那玩意儿摸上去既不像金属似的冰凉,也不是那种隐秘花纹给人的灼热感,这感觉倒让他惊奇了。

他转动门把手。拽一下,门朝着他开了。

他什么都料到了,就没料到会是这样。

看着眼前的景象,枪侠呆住了,发出了他成年以来第一声尖叫，然后砰地关上门。那门看似无法关上，却不知怎么还是关上了，关门声吓跑了栖息在岩石上向他观望的海鸟都吓跑了。

5

眼前的地面是从某个高度往下俯瞰的样子，自己似乎是难以置信地悬在空中——那高度看上去足有几英里。他看见云彩的阴影遮蔽了地表，然后就像梦境似的飘浮过去。他眼里的这副情景是鹰才能见到的——而且还必须飞得比鹰还高两倍。

穿过这样一道门也许会一头栽下去，也许得一路尖叫几分钟，然后一头栽进地里。

不，你看见的还多着哩。

身后的门扇已经关闭，他心里转着念头怅然若失地站在沙滩上，受伤的手插在衣兜里。隐隐约约的红丝开始升到手臂上面了。感染很快就会直抵他的心脏，这毫无疑问。

他脑子里有柯特的声音。

听我说，小子们。为你们的生命，听好了，某一天可能这话会对你们非常重要。你们永远不可能看见所有你们在看的东西。他们把你们送到我这儿来的一个原因就是为了要告诉你们，你们看见的其实是你们看不见的——在你们害怕的时候、战斗的时候或是操女人的时候所看不见的东西。没有一个人能看见一切他所见到的，不过在你们成为枪侠以后——你们这些人之中没有去西部的那些——你们在一瞥之间见到的会比人家一生所见的更多。而你们在这一瞬间没见到的东西，将会在事后重现，在你们记忆的眼睛里——如果你们能活到能够回忆的年纪，你们就有机会看到。因为，看见和看不见之间的区别也许就跟活着和死去一样。

从这样的高度俯瞰大地(这似乎要比他那个时代将要终结之际黑衣人突然降临的景象还要扭曲而眩目,因为他透过这道门所见的,没有远景),差不多快要忘却的记忆依然在提示他,看见的那片土地既不是沙漠,也不是海洋,而是某个令人难以置信的间以水流的丰盈绿地,这让他联想到沼泽,但是——

你简直什么也没有留意到,酷似柯特的声音厉声说。你还看见了更多!

是的。

他看到过白色。

白色的边缘。

好哇!罗兰!柯特在他的意识中喊道,罗兰似乎感到结痂的手上又重重地挨了一下。他冷不丁抽搐起来。

他透过某扇窗子在看。

枪侠费力地挺身,向前迈出,忽而感到一阵寒意,又觉出有一丝丝微微发热的能量在抵拒他的手掌。他再次打开门扇。

6

正如所料——令人生畏而难以置信的俯瞰中的大地景象——消失不见了。他现在面对着一些自己不认识的单词。他几乎认不出那些单词,像是一些扭曲变形的大写字母……

在这些单词上面,是一幅没有马拉的车辆图像,类似机动车的东西,在世界转换之前曾到处充斥着这样的机动车。枪侠突然想起杰克曾对他说起过什么事情——那是在驿站,枪侠对杰克施了催眠术之后。

一个围着毛皮披肩的女人大笑着站在那辆不用马匹牵引的车子旁边，那车，可能就是在另一个奇怪的世界里把杰克碾死的一辆。

*这就是另一个世界，*枪侠想。

突然，眼前的景象……

它没变，只是移动了。枪侠脚下摇晃着，感到一阵晕眩，跟晕船差不多。字母和图像都往下降落，这会儿他看见有一条两侧都有座位的通道。有些座位还空着，不过大部分都坐着人，一个个身着奇装异服。他猜那也许就是套装吧，当然在这之前他从来没见过这样的衣服。绕在他们脖颈上的玩意儿也许是领带或是围巾，他以前也没见过。不过，有一点他可以拿得准，他们都没有武器——没有匕首也没有剑，更别说枪了。这是些什么样的羔羊啊，怎么对谁都毫无戒意？有人在阅读印有小字的报纸——那些文字被这儿那儿的画面分隔成一块块的——另外一些人则用枪侠不曾见过的笔在纸上写着什么。笔对枪侠来说倒无关紧要。可那是纸啊。在他生活的世界里，纸差不多要跟黄金等值。他一辈子都没见过这么多的纸张。居然有个人还从他膝上那本黄色拍纸簿上撕下一页，揉成一团，那纸只写了半页，另一面根本没写过。枪侠对如此怪异的恣意挥霍深感惊讶和恐惧。

那些人后面是一堵拱曲的白墙，还有一排窗子。有几扇窗子上覆着遮阳板，但他还是能透过别的窗子瞧见外面的蓝天。

现在，一个身穿制服的女人向门道走来，罗兰也从未见过这样的服装，那是鲜红色的，而且有一部分是裤子。他可以打量到她两腿分叉的地方。他从来没见过一个并非没穿衣服的女人是这个样子的。

她靠近门口了，罗兰以为她会走出来，于是踉跄着朝后退一步，幸好没摔倒。她打量他的眼光里带着一种训练有素的挂虑，这女人好像曾是个仆人，从未指使过别的什么人，除了她自己。枪侠感兴趣的不是这个，他在意的是她的表情，居然没有什么变化。这可不是你期望从一个女人脸上见到的——也不会期望从任何人脸上见到——面对这样一个浑身脏兮兮的臀部横挎两把左轮手枪的男人，摇摇晃晃、疲惫透顶，渗透着鲜血的破布条包扎着右手，工装裤脏得好像那些用圆锯干活的人似的。

“请问您……”穿红衣的女人问道。她还问了一大串，但枪侠不能理解她说的是什么意思。吃的，要不就是喝的东西，他暗忖。那红衣服——并不是棉织物。丝绸吗？有点儿像丝绸，可是——

“杜松子酒。”一个声音回答，枪侠一下子明白了。突然他茅塞顿开：

这不是一扇门。

这是眼睛。

如果不是精神错乱的话，他正目睹眼前的车厢在凌云翱翔。他透过某人的眼睛在看。

谁？

当然他是知道的。他正透过囚徒的眼睛在看。

第二章

埃蒂·迪恩

1

这念头尽管过于疯狂，但似乎是为了印证这一点，倏忽之间枪侠站在那门口看见的景象直竖着朝一边倾斜下去。景象转过来了，(又是头晕目眩，感觉像是站在一块底下有轮子的平板上，可是他看不见在往哪儿移动，)接着，过道从门边飘移开去。他擦身而过的一处地方，一些女人身穿同样的红制服，侍立在那儿，这地方有许多金属家伙，他虽说伤痛难忍，疲惫得要命，但他还是希冀这流闪的景象驻留片刻，好让他把那些金属器具瞧个明白——像是机器一类的家伙，其中一个瞧着有点像烤箱。他刚才看见的那个女人正在给发出招呼声的那儿倒着杜松子酒，她手里盛酒的容器很小，是个玻璃瓶。那个注入酒的容器看上去也像是玻璃，但枪侠觉得那不是真的玻璃。

从门口流闪过去的景象一直在飘移着，他没法瞅得更清楚。又是一阵令他晕眩的倒转，这时他看见一扇金属门。一个小小的长方形标识牌，枪侠能够认出上面的字样：**无人**。

景象朝一侧略略倾斜。一只手从门右侧伸过来拽住枪侠眼前的门把手。他看见了蓝衬衫的袖口，视点向后拉一点，可以看见那人生着鬈曲的黑发，长长的手指，其中一个手指上戴着戒指，上面的镶嵌物也许是红宝石，也许是什么华而不实的垃圾。枪侠宁愿相信是后者——因为它看上去大而艳俗，不像是真家伙。

金属门拉开了，枪侠瞧见里面是他见过的最最匪夷所思的无水箱厕所，全金属的。

金属门擦着沙滩上那扇门的边缘飘移过去了。枪侠听到门对门擦过的声音。他又是一阵天旋地转的晕眩，估计是那双被他借视的眼睛的主人转过身了，转到他身后来锁定他了。接着，眼前的景象真的颠倒了——不是整个儿颠倒，倒了一半——他正注视一面镜子，见着一张以前曾见过的脸……在塔罗牌上。同样的黑眼睛和细鬈的黑发。这张脸平静而苍白，在他的眼睛里——这双眼睛此刻正反视着他自己——罗兰看见了塔罗牌上见过的，被那个丑陋的狒狒掐住而引起的恐惧。

这男人在颤抖。

他也病了。

他想起了诺特，那个特岙的食草者。

他想起了那个魔咒。

恶魔已经附在他身上。

枪侠突然想起他也许知道**海洛因**是什么玩意儿：那是一种鬼草似的东西。

他有点心烦意乱，不是吗？

他想也没想，只是出于一种简单的决意，正是这种决意使他成为最后一个仅存的硕果，最后一个前进再前进的人——库斯伯特和其他那些人，他们要么死了要么放弃了，要么自杀或变节，要么噤口不言，压根儿不提黑暗塔这回事了——而他还能继续向前；正是那种简单的思维方式和无所顾忌的决心驱使着他穿越沙漠，而且多年来一直穿越沙漠追赶着黑衣人。所以，他几乎连想也没有想，就走进了门里。

2

埃蒂要了一杯杜松子酒和汤力水——也许这样醉醺醺地通

过纽约海关不是个好主意，他知道一旦开始动手，自己就一定要干到底——但他必须喝点东西。

你开始干活的时候，可能会找不着路，亨利曾告诉过他，但你不管怎么样也得自己想法子，哪怕手里只有一把铲子。

点了东西，侍者离开后，他便感觉有点恶心想呕吐，倒不是真的恶心，只是可能而已，但最好别有事。两个腋窝下各藏一磅可卡因，嘴里呵着杜松子酒气，这副样子通过海关可不怎么妙；裤子上那些干了的呕吐物在海关那儿简直是灾难，所以，最好别有事。恶心的感觉会过去的，向来都是这样，但最好还是别有事。

然而麻烦在于，他想要慢慢地、时不时地戒毒。慢慢地，而不是突然地戒掉毒瘾。那位聪明透顶而且大大有名的瘾君子亨利·迪恩还有更多的智慧警句呢。

那回他俩坐在摄政王大楼阳台披屋上，不是瞌睡得非睡不可，但差不多也快要睡着了，太阳暖洋洋地照在他们脸上，两张脸都修饰得干净体面……好像回到了过去美好的老时光，那时埃蒂才刚开始吸毒，而亨利则往自己身上扎了第一针。

每个人都说要做冷火鸡①。亨利曾说，但你成功之前，还不如先做一下凉火鸡②的好。

埃蒂听得一愣，疯狂地咯咯大笑起来，因为他知道亨利的意思是什么。亨利呢，笑起来倒不这么疯狂。

从某些方面看，做凉火鸡要比做冷火鸡糟糕，亨利说。至少，你想要做冷火鸡时，你知道自己会呕吐，你**知道**自己会发抖，你**知道**你会大汗淋漓以为自己要被淹死了。可做凉火鸡呢，就

---

① 原文 Cold turkey，美国俚语，意即立刻并永久性地全面戒毒。
② 原文 Cool turkey，美国俚语，意即慢慢地非永久性地戒毒。

像是在等着一道迟早要来的诅咒。

埃蒂记得问过亨利，你把用针扎的那些家伙（那些昏昏沉沉游魂般的日子，肯定是发生在十六个月以前，他俩曾一同信誓旦旦地保证以后决不成为这样的人）叫做什么。

焦火鸡。亨利马上回嘴道。随即，两人都吃了一惊，他们居然说出了那么好玩的话，想也想不到的好玩，两个人你看我，我看你，随即互相揪在一起，嚎叫，狂笑。焦火鸡，太妙了，可现在没那么好玩了。

埃蒂穿过通道，踱到过道尽头，看了看上面的标识牌——**无人**——打开了门。

嗨，亨利，伟大的聪明的大名鼎鼎的吸毒兄弟，在说到我们那些特别的朋友时，你想听听我对那些煮熟的鹅是个什么说法吗？那回，是肯尼迪机场海关的人觉出你脸上表情有点不对劲儿，要不就是因为赶巧他们那些博士鼻子的狗出现在那儿而不是在纽约港务局，狗们开始汪汪大叫，而且在地板上这儿那儿都嗅了个遍，就是你。所有勒着脖子的狗一下子都要扑上来，海关的家伙把你的行李扔到一边去了，把你带进一个小房间，问你是不是愿意脱下衣服，你说行啊，可我在巴哈马惹上点感冒，这儿的空调打得太高了，恐怕这会儿我的感冒得转成肺炎了，于是人们说，是吗，你总是在空调打得太高时出汗吗，迪恩先生，你说得对，行啊，对不起啦，现在我们把空调调低点儿，他们说，也许你最好把T恤也脱下，因为你的样子看上去像是服用过毒品，伙计，你身上那些胀鼓鼓的地方看上去好像是淋巴肿瘤的症状，你都不必再说什么了，这就像那个中路的外场手似的，看着击球手击中了棒球还站在那儿，想着球没准会被击出场外，不妨袖手旁观看着球飞进上面的观众席，心想让它去吧让它去吧，所以你还是把T恤脱下来吧，瞧啊，留神了，你是个幸运的孩子，这些不是肿瘤，除非你把它们叫做社会躯体上的肿瘤，嘎—嘎—嘎，这些玩意儿更像带苏格兰牌宽紧带的游泳裤，顺便说一句，别担心那些嗅来嗅去的东西，那不过是撩拨你，逗你开心呢。

他来到那人身后，拧开扣上的门把手。上面的灯亮着。马达的转动声在嗡嗡低吟。他转向镜子，想瞧瞧自己的模样究竟有多可怕，陡然一阵恐怖的感觉渗透了全身：一种被看的直觉。

嗨，快点，走吧，他紧张地想。你可能是这世上最不多疑的人了。这就是他们把你送走的原因。这就是——

似乎倏然之间镜子里不是他自己的眼睛了，不是埃蒂·迪恩淡褐而近乎绿色的眼睛，（在他二十一岁生命的最后三年里，这双眸子温暖过多少芳心，搞定过多少靓妞啊，）不是他自己的眼睛，而是一双陌生人的眼睛。不是埃蒂的淡褐色眼睛，那是像褪了色的李维斯牌蓝布牛仔裤那样的颜色。这是一双冷冷的、酷劲十足而不动声色的眼睛，是毫厘不爽的射击手的眼睛。透过这双眼睛的反射，他看见——清楚地看见——浪尖上一只海鸥俯冲而来，从水中抓起了什么东西。

他刚才还在想这到底是什么狗屁玩意儿？接着就知道这感觉不会消退了，他还是想呕吐。

就在这一刻，他又看了看镜子，蓝眼睛消失了……但刚才看见的好像是两个人……是着了魔的，就像是《驱魔师》中的小姑娘。

他清晰地觉出一种新的意识挤入了他自己的意识，而且是有声音的思维，他听到了，那不是他自己的思维，而是像收音机里播放出来的声音：我过来了，我在空中的车厢里。

还说了一些别的什么话，但埃蒂没听清。他正对着盥洗槽颇有节制地轻声呕吐。吐完了，还没等揩净嘴巴，就发生了一桩以前从未找上他的事儿。他脑子里突然出现了令人恐惧的一刻空白——仅仅是一个空白的间隙，就像排得齐刷刷的报纸专栏中的一条新闻被涂去了。

*这是什么？*埃蒂无助地想着。*这到底是什么狗屁玩意儿？*

他又是一阵遏止不住的呕吐，也许，这也让他心存惧念，不管你怎么抑止，总是抵挡不住反胃的感觉，只要你胃里翻腾着想呕吐，就甭打算再掂量别的事儿。

3

*我过来了，我在空中的车厢里。*枪侠想。但他接着就意识到：*他在镜子里看见我了！*

罗兰朝后退去——不是离去，而是朝后退，像一个孩子似的朝那个狭长的房间最里边的角落挪动。他在空中的车厢里，也在某个人体(不是他自己)里面。在囚徒的身子里。最初那一刻，当他挨近那家伙身边时(这是他唯一可以表述的情形)，说实在的，他不仅挤入那躯壳，而简直就成了这个人。这家伙病了，不管什么病反正是不舒服了，他感同身受地体会着这人犯恶心的滋味，罗兰明白如果自己需要的话，他可以控制这具身躯。他觉出他的病痛，可能是被什么魔鬼似的东西控制着，当然如果有必要的话，他会出手的。也许他应该退出来，趁人不留意时。囚徒这阵恶心劲儿刚一消退，枪侠就朝前猛一跳——这回真的到前面了。眼下身处这般局面该如何应对，他几乎一无所知，在这种情形下，一无所知将会导致最可怕的后果，所以现在他最需要了解两件事——那实在是最具紧迫感的需要，不管还会发生什么。

那扇门是否还在那儿？从他自己的世界穿越过来的那

扇门。

如果门在，那么他自己的肉身是否还在那儿？会不会已经溃烂？还是奄奄待毙？或者已经死了？还是丢了他的自我意识和思想，仅如行尸走肉一般？即使是他的躯体依然活着，恐怕也只能在白天苟延残喘。因为一到夜间，大螯虾似的怪物可能会带着古怪的问题跑出来，寻找海岸晚餐了。

他猛地扭转脑袋（这一刹那转动的是他自己的脑袋），飞快地朝后瞥去。

那扇门还在，依然在他身后。是通往他自己世界的通道，那铰链就嵌在密闭的金属墙面上。而且，是呀，他就躺在那儿，罗兰，这最后的枪侠，他包扎过的右手悬在腹部。

我在呼吸，罗兰想。我必须回去，让自己能够行动。不过首先我得……

他打消了撇开囚徒的念头，先要观望一下，他想看看这囚徒是否知道他在那儿。

4

恶心呕吐停住后，埃蒂还弯腰趴在盥洗槽上，两眼紧闭着。

脑子里那一刻是一片空白。不知道是什么东西。我有没有四处张望呢？

他伸手摸到水龙头，放出冷水。眼睛仍然闭着，他兜起冷水洗着脸颊和额头。

也许这样的事儿再也不可能避免了，他睁眼向镜子里瞅去。

他自己的眼睛看着他。

头脑里没有异样的声音了。

没有老是被另一双眼睛盯着的感觉了。

你只不过是有那么片刻工夫在神游罢了，埃蒂，伟大的大名鼎鼎的智者瘾君子劝慰他说。只不过是戒毒时偶尔出现的不寻常的幻觉罢了。

埃蒂看一下表。一个半小时到纽约。预计东部夏令时间四点零五分抵达，只是这会儿的午间时分实在难熬。那是最后摊牌的时刻。

他回到自己的座位上。饮料就在搁板上。他吸了两口，侍者过来问他是否需要什么。他张嘴说不……接下来就再也没有什么离奇的空白间隙了。

5

"我想要些吃的，劳驾。"枪侠借着埃蒂·迪恩的嘴巴说。

"我们将供应热餐，在……"

"我实在是饿坏了，"枪侠拿出极度恳切的口气说，"什么东西都行，粕粕客①也行——"

"粕粕客？"穿制服的女人朝他皱起了眉头，枪侠突然间穿透了囚徒的意识。三明治……这个单词像是老远地在一个海螺壳里咕哝着。

"要不，三明治好了。"枪侠说。

穿制服的女人疑惑地看着他，"那么……我们有金枪鱼……"

---

① 原文 popkin，是作者杜撰的一个词。是罗兰的世界里与三明治类似的一种食物。

“那也许不错。”枪侠说，虽说他这辈子都没听说过那种鱼。乞者总不能挑挑拣拣。

“你看上去脸色挺苍白的，”穿制服的女人说。“我想你是晕机了吧。”

“饿的。”

她给了他一个职业微笑。“我会尽快给你搞定。”

搞定？枪侠听着一愣。在他自己的世界里，搞定是一个俚语，意思是用蛮力把一个女人弄上手。别去想它了，食物马上就来了。他不知道当自己拿着食物穿过那扇门回去时，他的躯体是不是早已饿坏了。也许是此一时彼一时吧。

搞定，他暗自嘀咕着，埃蒂跟着摇摇头，好像觉得匪夷所思。

一旦搞定，枪侠将抽身而返。

6

是紧张，伟大的预言者、著名的瘾君子向他保证。只是由于紧张。所有的“凉火鸡”都有这样的经历，老弟。

然而，如果紧张就是这模样，为什么总有一阵莫名其妙的睡意不时袭来——说这睡意莫名其妙，是因为这时候本该感到发痒、发胀，在颤抖发作之前抓耳挠腮地扭来扭去；即使他没有进入亨利所说的“凉火鸡”状态，他也涉险携带了两磅可卡因经过纽约海关——这可是会被判入十年联邦监狱的重罪，可是就在这当口他竟然会突然出现失忆昏睡症状，大脑一片空白。

这还是一种睡意。

他又啜吸饮料，迅速闭上眼睛。

为什么会突然大脑短路？

我没有,不然的话她会飞快地去叫救护车的。

大脑一片空白,那么,这可不是什么好事。你以前从没遇上这种事儿。会有愣怔发呆的时候,可是从来没有过大脑一片空白。

还有他的右手也怪了。隐隐地总有点脉动加速的感觉,好像让什么东西重重地砸过一下似的。

他闭着眼睛伸展一下手臂。没有疼痛。没有急速的脉动,没有射击手一般的蓝眼睛。至于脑子空白,用伟大的预言者和著名的瘾君子的话来说,不过是一只"凉火鸡"和走私者的一种压抑现象综合征罢了。

但我还瞌睡了,他想。那又是怎么回事?

亨利的面孔像一只断了线的气球从他旁边飘过去。别担心。亨利在说。你会没事的,老弟。你飞到拿骚,在阿奎那登记住宿,星期五晚上会有个男人来见你。那是他们当中的一条好汉。他会给你安排好的,会留给你足够的物品过周末。星期天晚上他带可卡因过来。你得把银行保险箱的钥匙交给他。星期一中午你就飞回来,你脸上越是装出一副憨憨的样子越好,你会飘飘悠悠地通过海关。我们日落时将在斯巴克斯吃牛排。一定会飘飘悠悠地通过海关的,老弟,屁事儿也没有,只有飘飘悠悠的凉风。

但这会儿却是热乎乎的微风。

麻烦的事儿在于他和亨利都喜欢查理·布朗和露茜[①]。唯一不同的是亨利偶尔会抱住橄榄球,好让埃蒂能踢到它——不是经常,但偶尔他会这么干。埃蒂甚至曾想过要给查尔斯·舒

① 查理·布朗和露茜(Charlie Brown and Lucy),美国画家查尔斯·舒尔茨所作连环漫画《花生》中的主要角色。这部漫画曾被改编成多部电视剧和舞台剧,查理·布朗和露茜都成了家喻户晓的人物。

尔茨写封信。亲爱的舒尔茨，他会这样写。你**老是**在最后一秒钟让露茜把球撤走，这样会没用的。她应该偶尔把球拿稳。让查理·布朗吃不准，你知道的。有时候，她不妨把球拿住让他能一连踢中三次，甚至四次，接下来的一个月里再让他全踢空，然后再让他踢中一次，然后又踢空三四天，然后，你知道，你已经明白了。这**真的**会让这孩子气翻天的，难道不是吗？

埃蒂知道那确实会让这孩子气翻天。

凭经验他就知道。

他们当中的一条好汉。亨利是这样说的。其实那是个一脸菜色的家伙，还带一口英国腔，瞧那头发、那小胡子，活像是从四十年代的搞笑电影里走出来的，那一口往内歪斜的黄牙，更像是长在一头老迈的动物嘴里。

“你带了钥匙吗，先生？”他问道，那副英国公立中学的腔调真要让人把他看做没毕业的高中生。

“钥匙不用担心，”埃蒂回答，“如果你是记挂这个。”

“那就给我吧。”

“不会是这样吧。你得带些东西来让我打发这个周末。星期天晚上，你得把那玩意儿交给我，我才能给你钥匙。星期一你进城用这把钥匙去取货。我可不知道那是什么货，那就不关我的事了。”

蓦然间，这菜脸伙计手里捏着一把不大的家伙对着他。“干吗不给我呢，先生？让我省点时间和力气，也好救你一命。”

埃蒂·迪恩是那种心如铁石、行事干脆的人：要么干，要么不干。亨利知道这一点；更重要的是，巴拉扎也知道。这就是为什么派他来的缘故。他们大多数人都以为他已经没治了，因为一沾海洛因他又得上瘾。他明白这个，亨利明白这个，巴拉扎也明白。但只有他和亨利知道他本来就是要上瘾的，哪怕再下决心洗心革面也没用。巴拉扎不知道他的决心有多大。操他妈的巴拉扎。

“干嘛不把你那玩意儿拿开,你这小脏货?”埃蒂说。“还是想让巴拉扎派个人过来,拿一把生锈的小刀把你的眼珠子从脑袋上抠出来?”

菜脸伙计笑笑。那把枪像是变戏法似的一下消失了。瞧那手上,换了一只小信封。他递给埃蒂。“只是开个小玩笑,你知道。”

“既然这么说,那就算了。”

“星期天晚上见。”

他向门边走去。

“我想你最好还是等等。”

菜脸伙计转过身,手臂抬了起来。“你以为我想走也走不了吗?”

“我看你这样走的话就成狗屎了,我明儿就打道回府。这么着你就真是一泡屎了。”

菜脸伙计那张脸沉了下来。他坐到房间里仅有的那把安乐椅上,这时埃蒂打开信封抖出一撮褐色玩意儿。一看就是劣品。他瞥一眼菜脸伙计。

“我知道那玩意儿模样不济,看着像低档货,但这是溶解出来的,”菜脸伙计说。“没错儿。”

埃蒂从拍纸簿上撕下一张纸搁在桌上,倒出一点褐色粉末。用手指沾了少许抹到上腭里。稍过一会儿,便吐进垃圾桶里。

“你找死啊? 就这玩意儿? 你是活得不耐烦了?”

“要不要就这玩意儿。”菜脸伙计愈显懊恼。

“我明天就退房走人,”埃蒂说。其实是吓唬吓唬人,但他觉得这个菜脸伙计没法查证这一点。“我自己一手打理,就是为了提防万一碰上像你这般操蛋的家伙。成不成我可不在乎。说真的，既然如此倒让我一身轻松。我不想为这活儿再耗神费力了。”

菜脸伙计坐在那儿琢磨事儿。埃蒂呢，则竭力集中注意力使自己别胡思乱想。他感到有些走神；感觉像是在滑来滑去，乒乒乓乓地撞来撞去，像脱了衣服在跳摇摆舞，抓着想抓的地方，噼噼啪啪地掰着关节弄出响声。甚至还觉出自己的眼睛想要转到桌上那堆褐色粉末上去，尽管他明白那是毒物。他这天早晨十点钟注射过那玩意儿，可是从那时到这会儿已过去了十个钟头。如果他真像幻觉中那么折腾起来，这局面就不一样了。菜脸伙计不光掂量自己的事儿，他还在盯着埃蒂打主意，看看能否从他这儿套出点什么。

“我也许能去查查哪儿出了纰漏。”他最后这样说。

“那你干吗不去试试呢？”埃蒂说。“要是过了十一点还不来，我就把灯关了，在门上挂出**请勿打扰**的牌子，听到有人敲门我就打电话喊服务台，说有人打扰我休息，让他们派个保安过来。”

“操你妈的。”菜脸用他那无可挑剔的英国口音说。

“不，”埃蒂说，“操你妈是你自己这么想的，我才不想和你干呢。你必须在十一点之前带着我能用的东西赶到这儿——那不是什么了不起的东西，只不过是我能用的——要不你个脏货就去死吧。”

7

十一点还差不少菜脸伙计就赶到了，这时候时间是九点三十分。埃蒂猜他车里肯定还有个跟来的家伙。

这回带来的粉末更少。不够白，但至少有点象牙色的意思，看样子不会太离谱。

埃蒂尝了尝，好像就是这货了。比刚才的要像回事儿，不错啦。他卷了一张纸币，用鼻子吸了点。

“好啦，星期天见。”菜脸伙计轻松地说着打算走人。

“慢着，”埃蒂说，好像他成了拿枪的人。用这腔调说话他就是拿枪的人了。这枪就是巴拉扎。恩里柯·巴拉扎，纽约毒品圈一个心狠手辣的人物。

“慢着，”菜脸伙计转过身，看着埃蒂，好像觉得埃蒂准是精神错乱了。“怎么说？”

“嗯，其实我这会儿是在琢磨你，”埃蒂说。“我吸了刚才那玩意儿要是得了病，那就算挂了。我要是死了，当然，那就是挂了。我在想，如果我只是闹点儿不痛快，没准能再给你一次机会。你知道，就像是故事里说的孩子们擦一盏灯可以许三个愿。”

“这玩意儿不会让你得病的。那是中国白。”①

“这要是中国白，”埃蒂说，“那我就是德怀特·戈登。”②

“谁？”

“没你的事。”

菜脸伙计乖乖坐下。埃蒂坐在汽车旅馆房间里，旁边桌上摊着一小堆白色粉末，（不等条子赶到，他很快就能把这些玩意儿冲进厕所）。电视里正在转播棒球比赛，勇敢者队被梅茨

① 中国白，一种纯正的海洛因。据说产自东南亚，经由香港偷运到北美，故毒品交易中有此诨名。

② 德怀特·戈登（Dwight Gooden，1964— ），二十世纪八十年代美国黑人棒球明星。埃蒂说这话的意思是，如果这不纯的海洛因也算是“中国白”，那不如说他就是黑人了。

队——泰德·特纳的荣誉棒球队打得落花流水。阿奎那饭店的屋顶上架设着硕大的卫星天线。上来了一阵晕乎乎的平静感，这感觉好像跟在他的意识后面……当然还有他想来自己应该有的感觉——这来自他看过的医学杂志，是说海洛因上瘾者的神经系统非正常增厚会引起此种症状。

想做一个快速治疗吗？有一次他曾问亨利。阻断你的脊椎，亨利。你的腿就不会动了，鸡巴也一样，不过这一来你就能马上停止注射毒品了。

亨利不觉得这事儿好玩。

说实话，埃蒂也没想过这事儿有什么好玩。如果只有一个办法可以让你甩掉趴在背上的猴子，那就意味着你得对付更麻烦的猴子。这不是什么卷尾猴，不是可爱的小吉祥物似的小玩意儿，而是一个大而丑的老狒狒。

埃蒂开始吸鼻子。

“好啦，”他最后说。“这就行了。你可以滚出房间了，脏货。”

菜脸伙计站起来。“我有几位哥们，”他说，“他们可能要过来跟你商量点事儿。你最好还是告诉我钥匙在哪儿。”

“不在我这儿，用不着这样咋呼，”埃蒂说。“你不是擦灯的孩子。”然后冲他微笑起来。他不知道自己笑起来是什么样儿，但肯定不会让人提神醒脑，因为菜脸伙计一转身就溜出了房间，飞快地撇下他和他的笑脸，都不敢回头看一眼。

埃蒂·迪恩确信他已离开，便加热溶解那些粉末。

扎针。

躺下。

8

这会儿他睡着了。

那个潜伏在他意识里面的枪侠(枪侠还不知道这个人的名字,那个被囚徒认作“菜脸伙计”的家伙也不知道,因为他们压根儿没说起埃蒂的名字)正观望他,就像他小时候,世界转换之前观赏各种表演似的……换句话说他以为自己就是在观赏从前那种演出,他可从来没见过眼前这路表演。如果他见过一种活动的图像,也许首先会想到那上边去。不过,确切地说他从囚徒意识中截获的东西是看不见的,因为二者几乎合为一体。比方说名字吧,他知道了囚徒的哥哥的名字,却不知道这家伙本人叫什么。当然名字是一种秘密,充满了魔力。

这男人的性格没什么可称道的,他有着瘾君子的软弱;而他的刚强又被埋没在软弱里了,就像一把好枪沉进了流沙。

这男人使枪侠痛苦地想起了库斯伯特。

有人走过来。囚徒睡着了,没听见。枪侠没睡,又一次顶了出来。

9

酷呆了,简妮想。他说他饿坏了,我连忙弄了点东西送过去,看上去他真有些可爱,三明治给他弄好了他倒睡着了。

这位旅客——那二十来岁的年轻人,个头挺高的,身上是干干净净有点儿褪色的蓝牛仔裤和佩斯利花呢衬衫——眼睛睁开一道缝,朝她微笑一下。

"谢谢咦，女士。"他这么说——或是就是这么咕哝道。听上去还有点老派腔调……要不就是在说外语。说梦话，是这样的，简妮想。

"不客气。"她露出最职业化的空姐微笑，相信他又睡过去了，可三明治还在那儿，没动过，现在倒正是供应航空餐的时间了。

好吧，这就是他们早就告诫过你的情况，不是吗？

她回到客舱后面去抽烟。

她擦着了火柴，正要点烟，却又停了下来，算了吧，这可不是条令规定你应该做的事。

我觉得他有点儿可爱。他那双褐色的眼睛。

然而，坐在3A位置上的男人把眼睛略略睁开时，她注意到那已经不再是褐色的了，睁开的是蓝眼珠子。但不是像保罗·纽曼[①]那种性感甜蜜的蓝眼睛，而是蓝得像冰山一样。它们——

"哇！"

火柴燃到了手指。她马上抖掉了它。

"简妮？"保拉问她。"你没事吧？"

"没事。胡思乱想呢。"

她又划了一根火柴，这次把烟给点上了。她只抽了一口烟，一个合乎情理的答案就出来了。他戴着隐形眼镜，肯定是这么回事。那种眼镜可以改变你眼睛的颜色。他进过盥洗室。他在里面待的时间够多的，想来是晕机了——他脸色苍白无光，这种脸色的人通常身体欠佳。其实，也许他是想摘掉隐形眼镜以便

---

① 保罗·纽曼(1925—2008)，美国著名电影演员，一九八六年获奥斯卡最佳男主角奖。

睡得更舒服些。肯定是这么回事。

你也许觉察出什么，蓦然间一个声音从不远处传来。某种让你有点儿兴奋的事情。你看见的可能不是真实的。

有颜色的隐形眼镜。

简妮·多林认识的人里边有超过两打是戴隐形眼镜的。他们中间大多数人为航空公司工作。没人提起过这事，她想也许是因为他们都觉得旅客可能不喜欢机组人员戴眼镜——那会让人感到紧张不安。

她认识的那些人当中，大概有四个是戴有色隐形眼镜的。无色隐形眼镜比较贵，有色的价格就相对实惠。简妮的熟人圈子里花钱要这样算计的一般都是女人，她们都虚荣得要命。

那又怎么样？男人也可以玩虚荣嘛。干吗不呢？他长得挺不错的。

不。他不是英俊。也许是可爱，不过，他干脆就是那副样子就好了，那苍白的脸色配着雪白的牙齿。他干吗要戴有色隐形眼镜？

机上的乘客都害怕坐飞机。

这世界上劫机和毒品走私已成家常便饭，弄得航空公司的人也怕起乘客来了。

刚才勾起她这些想法的声音，使她想起在飞行学校时，一个利斧般嘎嘎作响的粗大嗓门：不要忽视你的怀疑。如果你忘记了其他那些如何对付潜在的或公然现身的恐怖分子的种种招数，也一定要记住：不要忽视你的怀疑。在某些案子中，有一些空中乘务人员在事后汇报时说他们一开始根本没发现什么异常状况，直到这家伙掏出手榴弹命令飞机向左飞往古巴，或者机上的人都被卷入空中气流时才如梦初醒。而在大多数情况下会有两到三人——通常是空中服务生——就像你们这种新来乍到的女服务生——会说起她们觉察到的异常状况。比方说 91C 座位上的乘客，或是5A座位上那个年轻女士，让人感到有些不对劲儿。她们觉出不对劲儿，可她们什么也没做。她们会因为这事被炒鱿鱼吗？上帝啊，不会的！你总不能因为看不惯这人抓挠脓疮的样子而把他控制起来吧。真正的问题在于，她们觉察到某种异常的东西……然后就扔在脑后了。

那人在利斧般的话音中举起一根短粗的指头。简妮·多林，和她那批同学一起全神贯注地听完他接下来的一番训示：如果你觉得有异常状况，什么也别做……只是不能置之脑后。因为在事情发生之前，总是有可能让你逮住一个机会来阻止它……比如说不按计划地在某个阿拉伯国家中途停留。

只不过是有色的隐形眼镜，但是……

谢谢咦，女士。

梦话？还是说得含糊的另一种语言？

她要留心盯看，简妮暗想。

她不会置之脑后。

10

现在，枪侠想，我们很快就能明白，不是吗？

从他自己那个世界进入这个躯体是通过海滩上那扇门。他这会儿需要弄明白的是，自己还能不能把事情逆转过来。噢，不是他本人，因为他确信自己是没问题，只要他愿意就可以穿过这道门，重新回到自己那具患毒罹病的躯壳里去。问题是别的东西能不能穿过去？物质的东西行不行？比方说，现在摆在他面前的，食物：那个穿制服的女人为他端来了金枪鱼三明治。枪侠不知道金枪鱼是什么玩意儿，但这东西看着就像他知道的一种粕粕客，虽说那怪样子像是没做熟似的。

他的躯体需要吃的，也许还需要点喝的，但更要紧的是，他的身体需要药物治疗，否则会死于大螯虾啮咬之后的中毒。这个世界也许能有这样的药物，在这个天地之间，车辆居然像强健无比的鹰鹫一样能在空中翱翔，如此看来任何事情皆有可能。然而问题在于，如果他不能携带物质的东西穿过那道门的话，这个世界的药物哪怕再有效力对他来说也毫无意义。

你就呆在这个身子里好了，枪侠，黑衣人的声音在他脑海深处响起。那具被怪物咬过的还在喘气的躯体就随它去吧。不过是一具躯壳嘛。

他不能这么做。首先，这可能是最最要命的失落，因为他可不愿满足于通过他者的眼睛向外头探望，那就像过客匆匆张望马车外边一晃而过的景色。

再说，他是罗兰。如果死亡无法回避，他宁愿作为罗兰死去。他愿意死在爬向黑暗塔的途中——如果那是非走不可的一步。

然而，这念头随即就被他天性中根深蒂固的务实的一面压下去了——没有必要去考虑尚未到来的死亡体验。

他抓起被掰成两半的粕粕客。一手攥着一块。他睁开囚徒的眼睛四下巡逡一圈。没人盯着他（只有过道里的简妮·多林正在琢磨着他，在那儿绞尽脑汁）。

罗兰回到门边要挪移了，手上攥着粕粕客，一下穿了过去。

11

他听见的第一道响声是随即呼啸而至的海浪，接着是他近旁岩石上许多海鸟惊散的动静——就在他挣扎着坐起的时候（那些鬼鬼祟祟的家伙正要蹑手蹑脚地爬上来，他想，它们几口就能把我吞下去，甭管我是不是还活着——那是一些毛色斑斓的兀鹫）。这时他觉出手里攥着的粕粕客——右手上那块——已有半边落在了灰蒙蒙的硬实的沙滩上，因为在穿越那道门时，他是用整个手掌握住它的，而现在——或者说早已——是在用那只已损失了百分之四十的手攥住了。

他笨拙地用拇指和无名指夹起那块粕粕客，好不容易拂去上面的沙子，先是试着咬一口，接着就狼吞虎咽起来，也顾不上没弄干净的沙子硌了牙。几秒钟后，他的注意力又转移到另一半上——三口两口就落肚了。

枪侠原来不知道什么是金枪鱼——现在知道那也是一道美食。味道还行。

12

飞机上，没人留意金枪鱼三明治消失了。没人去注意攥在埃蒂手里掰成两半的三明治，也没人瞧见那白白的面包上显现被咬噬的齿痕。

没人注意到三明治渐而变得透明，然后就消失了，只剩下一些碎屑。

二十秒钟后，简妮·多林掐灭烟头，穿过客舱前部。她从自己包里拿出一本书，而真正的目的是想趁机观察一下 3A 座上那个人。

他似乎睡得很熟……三明治却不见了。

上帝，简妮想。他不是吃，而是整个儿吞下去的。这会儿他不是还在睡吗？你没看走眼吧？

不管怎么说，这3A是挠着她的痒痒筋了，那双眼睛，一忽儿是褐色的，一忽儿又成蓝色的了，始终就这么挠得你心里痒痒的。一定有什么不对劲的事儿。

有名堂。

第三章

接触与着陆

1

埃蒂被机上的播音声弄醒了，副驾驶在广播里说他们即将抵达肯尼迪国际机场，现在能见度很好，机舱外风向偏西，风速每小时十英里，气温是令人舒适的华氏七十度，飞机大约将于四十五分钟后着陆。他曾告诉过他们，如果这回他挂了的话，就全怪他们选择了三角洲航空公司的航班。

他四处张望一下，看见准备下飞机的人们正在翻检着自己的报关单和身份证明——从拿骚过来想必准备好自己的驾照和美国本土银行的信用卡就行了，但多数人还是拿好了护照——埃蒂感到自己体内似乎有一根钢丝在抽紧。他还是不相信自己居然睡过去了，而且睡得那么死。

他起身来到洗手间。那几袋可卡因就塞在他腋窝那儿，稳稳当当地贴在身上，那熨帖劲儿就像是长在他身上似的，那是在旅馆房间里那个细嗓门的叫威廉·威尔逊的美国人给绑扎的。绑扎完了，这个因爱伦·坡的故事而出名的家伙[①]（埃蒂提到这一茬，威尔逊只是茫然地瞪着他，）递给他一件衬衫。只是一件不起眼的苏格兰衬衫，有点儿褪色了，任何一个大学生联谊会男孩在考试前的短途旅行中都会穿的那种……除非是专为掩藏鼓鼓囊囊的东西而特殊剪裁的衣服，没有比这更合适的了。

“当你觉得已经万无一失的时候，再检查一遍，”威尔逊说，

---

① 爱伦·坡曾写过一篇名为《威廉·威尔逊》的短篇小说。

"这样才能确保没事。"

埃蒂不知道自己能否安然无恙,但在**"系上安全带"**的指示灯亮起时他还有机会再去一趟洗手间。尽管挺有诱惑——而且昨晚大部分时间里他一直都念念不忘——他还是竭力克制着不去惦记那土黄色的玩意儿(他们居然把它叫做中国白)。

从拿骚抵达的海关通道不像从海地或是波哥大抵达的海关通道那样如铁桶阵似的密不透风,但也有人把守。一帮训练有素的家伙。他需要稍稍给自己提点精神,只要一丁点儿就行——就那么一丁点儿就能让他爽到极点。

他吸入少许粉末,把揉捏的小纸团冲进下水道,然后洗了洗手。

*当然啦,就算你想戒,你也不知道是不是能行,不是吗?*他想。算了吧。他不可能。他也不在乎。

回到座位时,他看见了那个给他送过饮料的空姐,饮料刚被他喝完。她在朝他微笑。他也颔首回笑,坐下,系好安全带,拿出航空杂志翻看上边的图片和文字,其实什么也没看进去。肚子里的那根钢丝还在抽紧着,**"系上安全带"**的灯刚才亮起时,那钢丝就抽动了两下,把肚子勒紧了。

海洛因自然有效——他刚才吸一口就知道了——但他却不能感受到。

临近着陆时,有件事他是可以感受到的,就是他那不稳定的大脑又出现了一阵空白状态……很短暂,可是确确实实出现过。

波音727掠过长岛的水面开始着陆。

2

那大学生模样的人走进头等舱洗手间时,简妮·多林正在公务舱过道上帮着彼得和安娜把旅客用餐后的餐盒和饮料杯往一起堆放。

他回到座位上的时候，她恰好拉开头等舱和公务舱之间的帘子，迎面之际她几乎连想也没想就冲着他微笑起来，这一来，他也扬脸朝她报以微笑。

他的眼睛又变回褐色了。

这就对了，这就对了。他走进洗手间，打瞌睡之前取下隐形眼镜，睡醒后，他又进了洗手间，再戴回去。看在上帝分上，简妮！你真是只笨鹅！

她不是笨鹅，不是的。她没法明确说出什么原因，但她知道自己不是笨鹅。

他脸色实在太苍白了。

那又怎么样？脸色苍白的人有成千上万呢，其中还包括她自己的老妈，自从做了胆囊切除后那脸色也是这模样。

他那双蓝眼睛给人的印象太深刻了——也许不如他的褐色镜片更讨人喜欢——但肯定非常醒目。干吗要费事这么折腾？

因为他喜欢设计出来的眼睛。这理由说得过去么？

不。

从**“系上安全带”**的指示灯亮起到最后一道巡查前的间隙里，她做了一桩以前从没做过的事儿，她依照脑子里回忆起来的那利斧般嗓音的指示这样做了。她往保温瓶里灌满热咖啡，拧上红色的塑料盖，故意没揿下瓶颈处的锁定按钮。瓶盖已适度旋松，以备随时可以对付她感觉中遭遇威胁的情形。

苏茜·道格拉斯在作最后一次播音，向旅客指示熄灭香烟；告诉他们出舱后要等在一边；飞机着陆后会有检查人员在迎候他们；告诉他们检查一遍自己的海关申报卡和证件，告诉他们如果听到指示，须把杯子、眼镜和对讲机都掏出来。

真让人纳闷，我们居然不检查一下他们是不是瘾君子，简妮的思绪有点散开去了。她感觉到自己腹部似乎有一根钢丝在抽紧。

“站到我这边来。”简妮说。苏茜递过来一杯牛奶。

苏茜瞥一眼保温瓶，又看看简妮的脸。“简妮，你病了吗？你脸色苍白，看上去就好像是——”

“我没生病。站到我这边来。等会儿我再跟你解释。”简妮瞥一眼左侧出口处旁边的回弹式活动坐椅。“我想担任警戒。”

“简妮——”

“站到我这边来。”

“好的，”苏茜说。“好的，简妮。没问题。”

简妮·多林坐在过道旁的回弹式活动坐椅上。手上捧着保温瓶，安全带都没系。她要确定保温瓶完全控制在自己手上，所以用双手紧攥着。

苏茜肯定觉得我是发疯了。

简妮倒是希望自己真的是疯了。

如果麦克唐纳机长着陆的一刹那过猛的话，我两只手上就全是水泡了。

可是她必须冒这个险。

飞机下降了。3A座位上那个眼睛有着两种颜色、脸色苍白的人，突然身子前倾，从座位底下拖出旅行袋。

*就是这个，*简妮想。*他会从旅行袋里掏出手榴弹或是自动武器那些家伙来。*

她明白那是什么情形，就在那一瞬间，她那双发颤的纤手将迅速抖掉保温瓶上的红色盖子，于是，这位真主的朋友就将大吃一惊，脸上即刻布满烫出的水泡，倒在三角洲航空公司901航班的过道上四处打滚。

3A没有打开旅行袋。

简妮准备着。

3

枪侠想起这人——也许是囚徒也许不是——觉得这家伙也许要比他在飞行车里见到的任何人更像古代艺术作品中的形象，大多数人看上去都太肥胖了，虽说一些人看上去还算健康，神态也坦然自在，但他们脸上的神采总像是被宠溺的孩子似的；而那些看上去挺好斗的人，最终还没等真的动手就会没完没了地哀嚎起来，你就算把他们的五脏六腑都拽出来扔到他们鞋子上，这些家伙也不会显露愤恨或是激怒的表情，而只会是傻兮兮的一脸惊讶。

囚徒还算不错……但还不够好，完全不够。

那个军曹似的女人，她轧出什么苗头来了。我不知道她看出了什么，但她看出了不对劲的地方。她明白他不同于其他那些人。

囚徒坐下。翻阅着一本封面破损的书，他想那是《玛格达所见》，虽说这位玛格达是何许人，以及她见到了些什么跟罗兰一点儿关系也没有。枪侠不想看什么书，就算是那样稀奇古怪的故事也不想看，他想看的是那个穿制服的女人。这种冲动非常强烈。但他抑制着自己的这种冲动……最后，机会来了。

囚徒去某处转了转，服了药。不是枪侠想要的那种药，不是治疗枪侠病体的药，而是那种人们须用高价（因为法律作梗）才能买到的药。他要把这药给他的哥哥送去，他的哥哥再把药转给一个名叫巴拉扎的人。巴拉扎出手卖给需要它的人——须验明货真价实，交易才算完成。为了完成这交易，囚徒还得以正确的方式去履行某种枪侠不明白的仪式化的规程(这世界怪就怪在必须完成许多奇奇怪怪的仪式),这就叫做“通关”。

但这个女人看破他了。

她不让他通过海关吗?罗兰觉得好像是这回事。然后呢?坐牢?如果囚徒被关进牢里,那枪侠就没法弄到药物来治疗他受感染而奄奄一息的躯体了。

他必须通过海关,罗兰想。他必须。而且他必须和他的哥哥一起去那个叫巴拉扎的人那儿。这不在计划之中,他哥哥不喜欢这样,但他必须如此行事。

一个跟药品打交道的人,可能对人也相当熟悉,也懂得如何治病。那样的人可能会明白什么人身上什么地方不对劲,然后……也许吧。

*他必须通过海关,*枪侠想。

这个决断如此嚣张而几乎未加思索,因为对他而言这事情跟自己息息相关,反倒不能掂量出事情的轻重了。这囚徒想以走私的手段把药品带出海关,但这是相当棘手的事儿,不消说在这样的情况下肯定有着某种有关如何对付此类可疑人物的训令。罗兰想起在自己的世界里,通过海关,就像跨过友邦的边界,只是一个简单的形式,只消表示对那个王国君主的效忠就行了——非常简单的一个手势——就可以通过了。

他可以把囚徒世界里的东西搬到他自己的世界里去,金枪鱼粕粕客已证明这样做是可行的。他要把那几袋药品像搬运粕粕客一样搬运过去。囚徒一定得通过海关。过后,枪侠再带着药品返回。

行吗?

噢,现在又有一个问题来困扰他了,这会儿他看见他们下边有好大一片水……他们好像在越过一片像是大海一样的地方,此刻正朝海岸飞去。水面变得越来越近。空中飞车下来了。(埃蒂只是好奇地一瞥;而枪侠却像是孩子初次见到下雪似的,眼里露出一阵狂喜。)他可以从这个世界把东西取走,这没问题。然而,是不是可以再拿回来呢?这一点他还不得而知。他得试着做做看。

枪侠钻进囚徒的口袋,然后瞄上了他指尖上捏着的硬币。

罗兰穿过门回来了。

4

他坐下时鸟儿飞走了。这时候它们不敢过来。他浑身疼痛,极度虚弱,还在发烧……好在能让人打起精神来的是他毕竟还有点儿营养物,可助他恢复一下体力。

他打量着这回随他一起过来的这枚硬币。看上去像是银铸的,但边沿上露出的一圈赭红色泽显示此物由某种成色较差的金属制成。硬币一面是侧面人像,那人的面容显得高贵、勇敢、坚定。他的头发贴着头皮,两边都是鬈曲的,一直挂到脖子上,看上去有点自大。再把硬币翻个面一看,他大吃一惊,竟用粗嘎的嗓门叫出声来。

背面是一只鹰,是曾经装饰过他自己的旗帜的鹰,在那些幽暗的岁月里,鹰是王国和战旗的象征。

时间很紧了,该回去了,赶快回去。

然而,他又停留了片刻,还得想一想。只是现在这副脑瓜用来思考已显得愈加困难了——囚徒的脑子可比他的清楚,现在这工夫,至少是现在,一只碗还比他的脑袋更清晰一些。

摆弄硬币的把戏只不过把实验进行了一半,不是吗?

他从弹囊里取出一个弹壳，把硬币塞进弹壳握在手心里。

罗兰又从那扇门里穿了过去。

5

囚徒的硬币还在，攥在握紧的手心里。他并不是一定要检验一下弹壳能否通过这道门，他料知弹壳不可能通过。

他还是想检视一下，因为这件事他必须弄清楚，必须看见。

于是他转过身，好像要调整一下身后座位上的小纸片一样的东西（看在上帝分上，这个世界里到处都是纸），透过门他看见自己的躯体，颓败如前，脸颊上还添了新伤，血从伤口淌出来——肯定是刚才穿过门时被石头划的。

那个和硬币在一起的弹壳就落在那门的旁边，在沙滩上。

还是那句话，囚徒必须通过海关。守在那儿的警卫也许会把他从头到脚搜个遍，从屁眼摸到肚子，再从肚子摸到屁眼。

当然，他们什么也找不到。

枪侠满意地折返，只是还不知道时间是否来得及，这是他还不能掌控的问题。

6

波音 727 降落了，平滑地飞越长岛的盐沼地，拖出一道燃料耗尽的尾痕。在引擎轰鸣声中飞机重重地落在地面上。

7

3A，那个眼睛有两种颜色的人挺身站了起来，简妮看见——真的是看见了——他手里拿着一把短管乌兹冲锋枪，然后才看清那是他的通关申报单，还有一个带拉链的小包，那是人们用来装护照的。

飞机滑行得像丝一样顺畅。

她从虚惊中回过神来，旋紧了红色的保温瓶盖子。

“我是个蠢货，”她低声对苏茜说，现在要系紧安全带也太晚了。她把刚才的怀疑告诉过苏茜了，这样苏茜也好有个准备。“你说得没错。”

“不，”苏茜说，“你刚才做得很对。”

“我太过敏了。今晚吃饭我请客。”

“事情还没完呢。别看他，看着我，微笑，简妮。”

简妮微笑着，点着头，心想，上帝啊，这又发生什么事啦？

“你刚才盯着他的手，”苏茜说着，笑了起来。简妮也一起笑了。“当他弯腰去拿包时，我注意着他的衬衫。那里面够藏下伍尔沃思[①]一柜台的东西。不过我可不觉得他藏的是你也能买到的伍尔沃思的货色。”

简妮脑袋朝后一甩，又笑了起来，感到自己像个木偶。“我们怎么办？”苏茜比她早入行五年，简妮一分钟之前还紧张得要命，现在有苏茜在身旁感到安心多了。

“我们不必动手。飞机进港时告诉机长。让机长通知海关。你的朋友会和其他人一样走过那条线的，只是他得在别人陪同

① 伍尔沃思，美国零售业大公司，在北美和欧洲许多城市设有百货商场。

下通过，然后走进一个小房间。我想，那小房间只不过是开了个头，后面还有一长串事情等着他呢。”

“上帝啊。”简妮微笑着，却不禁打了个寒噤。脸上的表情亦喜亦忧。

飞机反向助推器开始慢慢停止时，她啪地甩开安全带，把保温瓶递给苏茜，然后起身去敲驾驶舱的门。

原来不是什么恐怖分子，只是个毒品走私犯，感谢上帝小小的照应，不过她还是感到有点别扭，本来还觉得他挺可爱的呢。

不算挺可爱，只是有那么一点儿。

8

他还没看见，枪侠愤怒地想，开始感到绝望了。*上帝啊！*

埃蒂弯腰拿起自己那些须在海关出示的纸片和证件，这时他抬头看见了那个军人似的娘们正凝视着他，那双眼睛有点鼓凸，脸色白得像坐椅背后的纸片。那个头上带红帽的银色圆筒，他原先还以为是什么水壶呢，其实是一件武器。她现在正举在胸前。罗兰觉得她或许会把那玩意儿投掷过来，要不就旋开红色顶端朝他射击。

但她又松弛下来，系上了安全带，尽管飞机重重的落地声使枪侠和囚徒都明白这架空中飞车已经着陆了。她转向刚才站在身边的那个军人似的女人说着什么。另一个女人笑着点点头，但看上去不像是真实的笑，枪侠想，他可是老甲鱼了。

枪侠想知道暂时成为了他灵魂的寄居之所的这个男人怎么会如此迟钝。当然，有一部分是因为他放入体内的那些东西……这世界的一种鬼草。但这只是部分原因，不是全部。他既不像有些人一样软弱、也不像另一些人一样不管不顾，但到时候他没准也会那样。

他们就是他们，就因为他们生活在光亮中，枪侠突然这样想。这种文明之光是你曾被告知应该顶礼膜拜的。他们生活在这个没有转换的世界里。

如果这就是人们生活的现实世界，罗兰就不敢肯定自己是不是一定更喜欢黑暗了。“那是世界转换之前的事儿，”在他自己的世界里人们会这样说，听上去那语气通常并无感伤和悲哀……当然，也许是压根儿没想过什么叫悲哀，没考虑过这个问题。

她还以为我/他——弯腰找纸片卡片时是要掏出什么武器来。她看见那些纸片卡片后才松了一口气，就跟其他同伴一样，去做空中飞车落地前要做的事了。现在她和她的朋友在说笑着，可是她们脸上——特别是她那张脸，那个身上带着金属圆筒的女人——那面容不大对头。她们在聊天，没错，但她们只是假装在笑……显然，她们谈论的是我/他。

空中飞车此刻像是沿着一条长长的水泥道向前滑行。他一直盯着那两个女人，但枪侠眼里的余光也瞥见另外一些空中飞车从别的道上朝这边过来。有的在笨拙地蠕动，有的则速度惊人——不像是车子，倒像是出膛的子弹或是炮弹，嗖地射向天空。如果不是自己现在所处的状态如此糟糕，他内心准有一半念头得让自己转过头去观赏那些车子飞向天空的情形。这些全是人造之物，但其中每个小部件都像大费什莱克斯故事里所讲述的那般神奇，大费什莱克斯据说生活在遥远的（可能是想象中的）伽兰王国——甚至可能更神奇，因为这些东西都是人制造出来的。

那个起先给他送来金枪鱼粕粕客的女人松开了自己的安全

带(她系上安全带还不到一分钟)走到一扇小门那儿去了。那儿是驾车人的座舱,枪侠想,她打开门走进去时,他清楚地看见里面有三个驾车人在摆弄着车子。只是一瞥之间,那里无数的按钮、操纵杆和林林总总的指示灯就让他晕了。

囚徒面对眼前的一切,却什么也没看见——柯特肯定会先嘲笑他一通,然后逼着他穿过最近的一堵墙。这会儿囚徒脑子里想的只是从座位底下拉出旅行袋,从头顶行李箱里取出外套……然后面对令人头痛心烦的通关手续。

囚徒什么也没看见,而枪侠看见了一切。

这女人以为他是小偷或者是疯子。他——也许是我,是的,肯定是这么回事——不知道做了什么招致了她这种念头。后来她又不这样想了,可是另一个女人却把这念头接了过去……现在只有我知道她们都想歪了。她们觉出他是要去干一件违反常规的事。

但是,脑海中一道霹雳惊醒了他,他陡然意识到自己面对的问题。首先,那些袋子可不像一枚硬币那么容易被他带往另一个世界,毕竟硬币没有被固定在囚徒身上,而袋子却用一层层胶带粘绑在囚徒上身,紧紧贴着他的肌肤。这胶带就是个大问题。还有,囚徒不会留意一枚硬币的暂时消失,可是他一旦发觉自己冒着生命危险带来的东西突然消失……那会怎样呢?

极有可能出现的一种情形就是囚徒即刻变得狂躁不安,举止失常,随后由于他的冒渎行为很快被人扭送到监狱里去了。这样做显然不妥,因为那些绑在他胳膊下的袋子突然消失不见,只会让他以为自己已神经错乱。

空中飞车已落在地面上,像公牛似的喘着气,费劲地向左边转过去。枪侠意识到时间已经不允许他再多加斟酌了。他必须迈出比预期计划更大胆的一步,他必须与埃蒂·迪恩接触。

就是现在。

9

埃蒂把自己的申报单和护照放入胸前的口袋。那根钢丝现在好像缠绕在他肚子里，越勒越紧了，弄得他几乎像是在油锅里煎熬。蓦然间，一个声音在他脑袋里嗡嗡作响。

不是想象，真的是一个声音。

听我说，伙计，仔细听好了。如果你想平安无事，就得把表情放自然些，装出一副没事的样子，否则会让那些军装女人盯上的。上帝知道她们对你已经挺有疑心了。

埃蒂起初还以为自己戴着飞机上的耳机，听到的是来自机组人员的指示。可是耳机五分钟前就拿掉了。

接着一个念头是有人在跟他耳语，就在他身边。他几乎要扭头朝左边去看了，但隐约间又觉得不是，天晓得是怎么回事，这会儿他似乎又觉得声音就在自己脑袋里边。

没准是他接收到了某种无线电传输的信号——短波、调频、高频，他的牙齿成了接收装置。他曾听说过这种——

笔直朝前走，疯子！你没显出这疯狂样她们对你也够怀疑的了。

埃蒂嗖地站直了，好像被揍了一下。这声音不是亨利的，但真的很像亨利。他们是一起长大的兄弟俩，亨利比他大八岁，他俩中间还有个姐妹，至于她的事儿他已经记不起多少了，斯莉拉让车子撞死时，埃蒂才两岁，亨利十岁。亨利常用这种粗嘎的嗓门对他嚷嚷，每当他看到埃蒂在做那些会让自己过早地占用一个骨灰盒的事儿时……就像斯莉拉那样。

在这里你他妈的这么紧张干吗？

你听到的声音不是那边的，他脑袋里的声音又响起来了。不，不是亨利的声音——更老成些，更干涩——更强有力。却很像亨利的声音……令人无法不信服。首先，你没有神经错乱。**我是**另一个人。

这是通灵术吗？

埃蒂模模糊糊地意识到自己脸上是一副不动声色的样子。他想，在这种情况下还能这样，他的表演应该得到奥斯卡金像奖了。他向窗外望去，看见飞机正向肯尼迪国际机场大楼前三角洲航班的泊位靠近。

我不知道这玩意儿怎么说，但我知道那些军装女人已经知道你携带着……

一个停顿。一阵感觉——说不出的奇怪——幻觉中有一根手指在他脑子里翻检着，好像他是个活的卡片目录。

……海洛因或是可卡因。我不知道哪个是，除非——肯定是可卡因，因为你携带着你不要吸食的这种要去买你吸食的那种。

"什么军装女人？"埃蒂低声问道。可他完全没意识到自己其实是嚷嚷出声了。"你他妈的到底在说些什——"感觉中像是又被人抽了一下……这感受那么真切，好像脑袋上被套了个箍。

闭上你的嘴，你这该死的傻瓜！

好吧，好吧，上帝啊！

脑子里又是一阵被检索的感觉。

那武装的女管事，陌生的声音回答说。你明白我的意思吗？我没有时间来研究你的每一个念头，囚徒！

"你叫我什——"说着又马上闭嘴。你叫我什么？

别管那些，只管听着，时间非常紧迫，非常紧迫，她们知道了。武装的女管事已经知道你带着可卡因了。

她们怎么可能知道？太离谱了！

我也不清楚她们是怎么得知这一情况的，但这没什么关系了。她们中有一个去报告了驾车人。驾车人会把这情况呈报给负责这事的某个牧师。这样，海关安检——

脑袋里那个声音听上去语义晦涩，怪里怪气的句子说着说着就走调了，几乎有点拿腔拿调的意思……可是传递过来的信息却毫不含糊。埃蒂脸上还是不动声色的样子，但牙齿已经痛苦地嗒嗒作响，牙缝里嘶嘶地吸着气儿。

那声音宣告游戏收场了。他甚至都不用下飞机了，因为游戏已经结束。

但这不是真的。这怎么可能是真的。这当儿，他自己的意识蹿出来了，最后一分钟异想天开地玩一手，就这么着。他要撇开这档子事儿。干脆把它扔到脑后，事情倒也——

你**不能**坐视不理，除非你想坐大牢——那我就活不成了！那声音咆哮道。

你到底是什么人？心存畏惧的埃蒂不情愿地问。只听得脑子里那人或是那个什么东西深深地叹息一声。

10

他相信了，枪侠想。感谢所有如今或以往曾存在过的神，他相信了。

11

飞机停下了。**系上安全带**的指示灯熄灭了。机场旅客桥摇摇晃晃地推过来，飞机跟它轻轻地碰了一下，对上了前面登机口的门。

他们到了。

12

你可以把东西放在这儿，这样可以通过海关检查，那声音说。这儿比较安全。然后，当你过了那儿，东西会重新回到你手里，你可以把它交给那个叫巴拉扎的人。

旅客现在都站立起来，从头顶的行李箱里往外拿东西，一边收拾着外套，因为根据机上的介绍，出了机舱仍穿着外套有点热。

拿上旅行包。拿上外套。然后去那个私室——

什么？——

噢，洗手间。头上那个。

如果她们认为你是个瘾君子，她们会以为你是想把东西扔掉。

但是埃蒂明白这多少有些无关紧要。她们不会真的把门砸开，因为这会吓坏旅客的。她们知道你可能会把两磅可卡因冲进飞机厕所里，一点痕迹也不留下。没必要这样，除非这声音能告诉他这地方确实……确实安全。但怎么会是这儿呢？

别多想，该死的！**走啊！**

埃蒂挪动脚步。他最终还是明白了这是怎么回事。虽然看不见罗兰，但凭着多年磨炼出来的精确眼光，他一眼就能看穿机组乘务员那些真实的面孔——藏在微笑后边，藏在帮着递送放在前橱柜里的服装袋子和餐盒的一脸喜眉笑眼的后边。他能看出她们的眼睛在朝他身上扫描，飞快地用眼神抽打着他，一遍又一遍。

他拿上旅行袋，拿上外套。通道的门已经打开，人们走过去了。驾驶舱的门开了，机长钻出来了，也是一脸微笑……也在那儿打量着各自拿着行李挤在前排的乘客，那双眼睛注意到他——不，是锁定他——然后扭过脑袋，跟旁边一个年轻人点点头，拨弄一下他的头发。

此刻他很镇静。不是那种吸毒过量的镇静，就是镇静。他不需要脑子里那个声音让自己稳住神儿。镇静——只要镇静就没事。当然，你得留心别让自己镇静得呆头呆脑。

埃蒂朝前挪动着，往前再走几步朝左一拐就走到通道上了——突然，他用手捂住嘴巴。

“我不大舒服，”他嗫嚅地说。“对不起。”他走到驾驶舱门边，那扇舱门有点儿挡住了头等舱的洗手间，他从右边打开洗手间的门。

“恐怕你得离开机舱了，”埃蒂开门那工夫飞行员上来喝止说。“这是——”

“我恐怕要吐了，我可不想吐在您脚上，”埃蒂说，“也不想吐自己一身。”

说着他便钻入洗手间锁上门。机长还在那儿嚷嚷什么。可是埃蒂没听明白他在说什么，他也不想听明白。重要的是说自己想说的话，而不是叫嚷一气，他做得没错，不能对着差不多两百五十个还等在机舱前门准备下飞机的乘客去嚷嚷。他进了洗手间，暂时安全了……可这会儿该怎么做？

如果你就在这儿，他想，你最好快点把事做了，不管你是什么人。

在这么一个可怕的时刻里，居然什么也没发生。这只是短暂的一刻，但在埃蒂脑子里似乎被拉伸得无限长久，让他饱受折磨，这就像他们还是孩子时，亨利在夏天给他买博诺摩的土耳其太妃糖的经历。如果他表现不好，亨利就会揍得他屁滚尿流，如果他表现好，亨利就给他买土耳其太妃糖吃。这就是亨利在暑假时训练他提高自己责任感的方式。

上帝，噢，耶稣基督，我把所有的情形都想象过了，噢，耶稣，我居然会这么相信，真是疯了——

准备好，那个严厉的声音说。我自己一个人干不来。我可以**过来**，可我不能让你**穿过**来。你必须和我一起来做。转身。

埃蒂突然感觉能够透过两双眼睛看东西，竟有两副神经系统（只是另外一套神经并不都在这儿，有一部分已经不在了，刚刚离去，还在那儿痛苦地尖叫），有十个感官，两个脑袋，他的血液在撞击着两颗心脏。

他转过身。洗手间的一侧有个洞，像是一个通道。透过这个洞，他可以看见灰蒙蒙的砾石遍布的海滩和旧运动袜颜色的波涛。

他听到了波涛声。

他能嗅到盐的味道，那气味闻上去像是从他鼻子里流出的苦涩的泪水。

穿过去。

有人在敲洗手间的门，告诉他必须马上出来下飞机。

穿过去，你这该死的！

埃蒂，呻吟着，步向门道……绊了一下……跌入了另一个世界。

13

他慢慢站起来，觉出右掌让贝壳的利缘划开了口子。他傻呆呆地看着血液顺着手掌的生命线流下来，随后看见他右边的另一位也慢慢直起身来。

埃蒂一副畏缩样儿，最初的晕头转向和梦幻般的错位感突然被楔入内心的恐惧感取代了：这人已经死了，可他还不知道。他消瘦的脸庞如此憔悴，简直皮包骨头，就像是布条缠在尖削的金属上面——马上要被割破似的。这人的肤色青里带黑，脸部颧骨上、脖颈上，以及下颏两边都呈现像是肺病的高热红斑，他两眼之间有一个圆形标记，很像一个孩子费力地摹写出的印度种姓的等级记号。

但他那双眼睛——蓝色的眸子，透着坚毅的目光，完全是神志正常的样子——这副躯体曾是活生生的，充满了顽强可怕的生命力。他穿着一件某种家织的黑色衣服；那件袖子卷起的黑衬衫，几乎快褪成灰色的了，裤子像是蓝布牛仔裤。枪带在臀部交叉成十字状，但弹囊几乎是空的。枪套里的家伙看上去是点45口径手枪——说来点45的手枪几乎是老古董了。枪柄木头磨得光溜溜的，都快赶上枪管的光泽了。

埃蒂，不知道说什么好——什么都说不出来了——但他听到自己在说。“你是鬼吗？”

“还算不上，”这人的声音像枪声一样嘶哑可怕。“那鬼草。可卡因。不管你叫它什么。把它从你衬衫里拿出来。”

“你的胳膊——”埃蒂瞅瞅这男人的胳膊，这个胆大妄为的枪侠有麻烦了，他胳膊上明显现出一根细细的实心面条似的红线，那隐隐透明的痕迹显然是不祥之兆。埃蒂对这种红线知根知底——这意味着血液中毒。这意味着该死的毒液蹿来蹿去比你放个屁还快，它已经钻进血管，搭着心跳往上蹿了。

“别管我他妈的什么胳膊！”那毫无血色的幽灵对他说。“脱下衬衫，解开那玩意儿！”

他听到了海浪声;他听到了一阵廓然无碍的风声;他看见这个疯狂的濒死的男人,一无所有,只有孤寂凄凉;然而,在他的身后,还隐隐约约传来旅客下飞机的嘈杂声和一阵沉闷的敲门声。

"迪恩先生!"那声音在喊,他想,那来自另一个世界。他对此并不怀疑,只是要把这念头植入脑内就如同将一枚钉子敲入一爿厚厚的桃花心木一般。"你必须——"

"你可以把它留在这里,过后会给你的,"枪侠嘶哑地命令道。"上帝,难道你还不明白我只能在这儿跟你说话?我的身体伤得厉害!没时间了,你这白痴!"

埃蒂本该因他出言不逊而杀了他……但又觉得也许杀他并不那么容易,尽管看上去杀了这家伙倒像是对他做了件善事。

但他在这双蓝眼睛里感受到真情的陈述;两人虽说疯狂地对视着,却彼此并没有什么猜疑。

埃蒂开始解开衬衫扣子。脑子里即时而现的冲动是干脆扯开衬衣,就像克拉克·肯特看见洛伊丝·莱恩被绑在火车车厢里时所做的那样,或如此率性而行,可在真实生活中这不见得有什么好处,因为你迟早得解释怎么弄掉了那些纽扣。所以他只是在身后不停的敲门声中匆忙地把扣子从一个个扣眼里抠出来。

他猛地把衬衫拽出裤腰,脱了扔在地上,然后松解着绑扎在身上的一条条带子。他这模样活像是一个即将痊愈的肋部骨折的重症患者。

他朝身后瞥一眼,看见敞开的门……门框底部在灰色的砾石沙滩上蹭出一道扇形痕迹,是出入者——想来是这奄奄一息的家伙——推来拉去弄的。透过门道,他瞧见头等舱洗手间,洗脸盆,镜子……镜子里映出他自己一副惧骇的面容,从额上挂下来的黑发盖住了他的褐色眼珠。他从镜子里瞧见身后的枪侠,沙滩，嚣声尖唳的海鸟，天晓得它们在为什么争吵。

他的手指在带子上乱抓一气，不知撕扯哪个部位，从哪儿找到带子的封头处，一阵晕头转向的绝望笼罩了他。这种感觉犹如一只小鹿或是一只兔子在蹿过乡村小路时，一扭头却见自己已被一束追踪而至的强光锁定。

这是威廉·威尔逊，因爱伦·坡而出名的家伙（他干这个可是大名鼎鼎）费了二十分钟时间给他搞定的。可是再过五分钟，顶多七分钟，头等舱洗手间的门就要被踹开了。

“我没法把这该死的玩意儿拿下来，”他看着面前这摇摇晃晃的人说。“我不知道你是谁，也不知道我在什么地方。但我得告诉你，带子太多，时间太少。”

14

副驾驶迪尔建议麦克唐纳机长别再敲门了，麦克唐纳机长真是气昏了，里边那个3A居然一点没有反应，他只好停下来。

“他跑到哪儿去了？”迪尔问。“他怎么回事？把他自己冲下马桶了吗？那他这块头也忒大了点。”

“可是如果他带着——”麦克唐纳说。

迪尔自己也曾沾过可卡因，说：“如果他带了那玩意儿，那就不会是一丁点儿，他不会扔掉的。”

“关掉水龙头。”麦克唐纳果断地命令道。

“已经关掉了，”领航员（他也有过吸毒经历）说。“我想这倒不是大问题。你可以溶解在水箱里，但总不至于让它消失吧。”他们聚集在洗手间门口，那个**有人**的标志变得越来越搞笑了，所有的人都在那儿低声议论着。“叫缉毒局的人来把水排干，滤出毒品，这一来那家伙可就没跑了。”

“他会说在他之前有人进去过，是前面那人扔的，”麦克唐纳反驳说。他激动的嗓音有些声嘶力竭。他不想这样讨论下去；他得动手做点什么，虽说他清楚地知道旅客还在磨磨蹭蹭地往外走，许多人带着不止是好奇的目光观望围在洗手间门边的机组乘务人员。在他们看来，这帮幸灾乐祸的家伙在这种行动中脑筋都很敏锐——噢，这还用说么——他们在诱捕隐藏在每一个空中旅行者意识深处的可怕的恐怖分子。麦克唐纳机长知道领航员和飞行工程师是对的，他知道那些毒品很可能装在一些印着乱七八糟玩意儿的塑料袋里，但他脑子里似乎有警铃在敲响，总觉得有什么不对劲的地方。脑子里总有什么声音一直在尖叫着*诡术！诡术！*好像这个3A的家伙是一艘水手船上的赌徒，手上攥着一把“A”牌准备甩出去。

“他没想把那玩意儿冲进马桶，”苏茜·道格拉斯说，“也没打算冲进洗脸槽里去。他真要这么做了，我们会听见的。我是听到点什么动静，可是——”

“走开，”麦克唐纳粗率地打断她。他的眼睛盯了一下简妮·多林。“你也走开。这事儿让我们来对付。”

简妮转身离去，脸颊火烧似的一阵灼热。

苏茜平静地说：“简妮盯住这人好长时间了，我也发现他衬衫下面鼓鼓囊囊的有什么玩意儿。我觉得我们应该留下，麦克唐纳机长。如果你想以不服从命令来处罚我们，随你的便吧。但我要提醒你记住，你可能会因为越权而招来麻烦，那些正牌的缉毒局大哥会把你整得灰头土脸。”

他们目光对视着，好像要碰撞出火星。

苏茜说：“我跟你一起飞行已经有七十次，或是八十次了，麦克。我想我们是朋友。”

麦克唐纳看了她一会儿，点了点头。“留下吧。但我要你们两个朝后退几步，到驾驶舱那儿去。”

他踮起脚尖回头张望了一下，看见普通舱最后几位旅客已经走进公务舱了。还有两分钟，也许是三分钟，就该下完了。

他转向机舱门口的警卫，那人正留意着他们。他肯定注意到这里出了什么问题，因为他已经把对讲机掏出机套，拿在手里。

“告诉他我这儿需要几个海关探员，”麦克唐纳平静地对领航员说，“三四个人，带武器的。这就去。”

领航员立刻拨开旅客队伍，连声道着歉挤到舱外，对门口那个警卫低声说了几句。后者马上举起对讲机说了起来。

麦克唐纳——他这辈子都没有用过比阿司匹林更来劲的药物，即使用阿司匹林也只是仅有的一两次——扭头转向迪尔。他的嘴唇抿成薄薄的一道缝，如同一道伤痕。

“等最后一名旅客离开机舱，我们就把他妈的这扇门砸开，”他说。“我才不在乎海关的人在不在这儿呢。明白吗？”

“明白。”迪尔答道。他看见旅客队伍尾端已挪到头等舱了。

15

“拿我的刀，”枪侠说，“在皮包里。”

他做着手势指着沙滩上那个绽裂的皮包。那与其说是皮包，倒不如说是个背囊——兴许会在那些沿着阿巴拉契山脉徒步旅行的嬉皮士身上见到这路玩意儿，那些人一门心思要回归自然（没准也是在时不时地祸害自然），不过这东西看上去倒像是个真家伙，不是那些白痴要弄自我形象的道具；看上去真是有年头了，好像经历了无数的艰难困苦——也许更是可怕的——旅程。

他只是做了个手势，不是指着那儿。因为他不能指。埃蒂明白了，为什么这人撕下自己脏兮兮的衬衫裹着右手：他的几根手指缺了。

“拿上，”他说，“把带子割了。留神别弄伤自己，挺容易划着的。你下手得小心点，动作要快。没多少时间了。”

“我明白，”埃蒂说着在沙滩上跪下来。其实没有一样东西是真实的。就是这么回事。聪明而出名的毒品贩子亨利·迪恩就会这么说，啪嗒啪嗒，蹦蹦跳跳，摇滚摇滚，摇个天翻地覆，生活就是编出来的故事，世界就是个谎言，所以，弄个什么信条，好歹把它吹上天去。

没有什么东西是真实的，所有这一切只不过是异乎寻常的迷幻症状，所以，最好还是顺水推舟低调行事。

这绝对是迷幻症状。他去把拉链弄开——没准他用的也是尼龙粘攀——他发现这人的“皮包”是用十字交错的生牛皮带子连在一起的，有些地方破了，又仔细地重新打了结，结打得很小，那些孔眼还是容易穿过。

埃蒂拽住那上边的拉结，打开皮包，看见刀子就在发潮的衬衫布扎住的一堆子弹下面。光这刀柄就足以叫他差点透不过气来……这是真正的灰白纯银打制的，上面刻着一连串复杂的图案，够抢眼的，他抽出刀来——

他的耳朵嗡地痛了起来，迅即传遍整个脑袋，他眼前顿现一阵红晕。对着打开的皮包，他显得笨手笨脚的，呆呆地跪在沙滩上，朝上看着这个穿着破靴子的憔悴汉子。这不是迷幻症状。那濒死的脸上一双闪闪发光的蓝眼睛最真实不过了。

“过后再欣赏吧，囚徒，”枪侠说。“现在你得拿它干活。”

他觉出耳朵扑扑地跳动，渐渐发胀。

“为什么你一直这么叫我？”

“割开带子，”枪侠喝令道，“一旦他们闯进你那个私室，而你还呆在这儿的话，照我的预感你只能在这儿待下去了。过不了多久，你就得和一具尸体做伴了。”

埃蒂把刀抽出刀鞘。那不是用旧了的；不只是旧迹斑斑，根本就是古代的玩意儿。刀尖几乎被磨蚀得看不见了，看上去像是远古时期的金属制品。

“嘿，瞧着挺锋利的。”埃蒂说，声音有点发颤。

16

最后一个乘客走进通向候机厅的通道。其中有个女士，瞧着足有七十多岁了，还有点风姿绰约的样子，不知是因为多年来第一次坐飞机还是英语不太熟练，她这时停住脚步，向简妮·多林出示她的机票。“我怎么转乘去蒙特利尔的班机？”她问道。“我的行李在哪儿？是在海关的这边还是在那边？”

“在通道口上有警卫，他能回答你所有的问题，太太。”简妮说。

“不过我不明白你干吗不能回答我的问题，”那位老太太说，“门口警卫那儿都挤不开身了。”

“往前走吧，拜托，太太，”麦克唐纳机长说，“我们这儿有点儿事情。”

“嗯，对不起，我是老不中用了。”老太太怒气冲冲地说，“我想我得进棺材了！”

她从他们身边走过时，鼻子故意扭到一边，就像一只狗嗅到还在远处的火就避开的样子，一手挟着大手提袋，一手攥着票夹子（里面夹了许多登机牌之类的东西，让人想到这位太太似乎在地球上绕了一大圈，每一站都换一次航班）。

“这位太太也许再也不会乘坐三角洲航空公司的飞机了。”苏茜喃喃地说。

“就算她能把超人迷住，我都不会操她一下，”麦克唐纳说，“她是最后一个吗？”

简妮迅速穿过他们，瞥一眼公务舱，又看了看主座舱，那儿已经没人了。

她回来向机长报告说飞机上已没有乘客了。

麦克唐纳转向机舱通道，看见两个穿制服的海关警员正奋力挤过人群，一路朝人道着歉，却并不回头看一眼被他们挤在一边的人。旅客队伍最后边的是那个老太太，她的票夹子被挤掉了。票子啦纸片啦四处扬开，她像一只愤怒的乌鸦在那儿尖声叫喊着。

“行啦，”麦克唐纳说，“你们几位就站在那儿好了。”

“先生，我们是联邦海关官员——”

“好啊，是我请求你们来的，我很高兴你们来得这么快。现在你们就守在那儿吧，这是我的飞机，这人在机上就归我管，他下了飞机，就是你们的了，你想把他煮了都行。”他对迪尔点点头。“我想再给这狗娘养的一次机会，然后我们破门进去。”

“我准备好了。”迪尔说。

麦克唐纳使劲用手指关节敲打着洗手间的门叫喊着，“赶快出来，我的朋友！我不再发出请求了！”

没人应声。

“好，”麦克唐纳说，“我们来吧。”

17

埃蒂隐隐约约听见一个老妇人说:“嗯,对不起,我是老不中用了!我想我得进棺材了!”

他身上的带子已割开了一半。那老妇人说话时,他的手抖动一下,这就看见一道血痕顺着自己的肚子挂了下来。

“妈的。”埃蒂骂道。

“现在骂人也没用,”枪侠用他粗嘎的声音说,“赶紧弄完,看到血会让你恶心吗?”

“只有在看到我自己的血时,”埃蒂嘟囔道,开始处理肚子上方的带子。越往上越难弄。他又弄掉了三英寸左右,听到麦克唐纳机长说:“行啦,你们几位就守在那儿吧。”这时候又差点儿割到自己。

“我割完了,也得把自己划得遍体鳞伤,要不你来试试,”埃蒂说,“我看不见自己割在什么地方,我他妈的下巴转不过来了。”

枪侠用左手接过刀子。他的手在颤抖。注视着极其锋利的刀锋,抖个不停的手,埃蒂紧张得透不过气来。

“也许我最好还是自——”

“等等。”

枪侠镇定地看着自己的左手。

埃蒂以前并非完全怀疑心灵感应,但他并不真相信那套说法。可是,现在他感到真的有什么东西,一种明显的就像是置于烤箱上的感觉。几秒钟后他意识到了这是什么东西:是这个陌生人意志的聚集。

如果我都能感受到他那么强的力量,他他妈的怎么会就要死了呢?

颤抖的手开始稳住了。刚开始时有些发颤,十秒钟后就像岩石一般稳当了。

"来吧,"枪侠示意。他朝前跨一步,举起刀子,埃蒂感到又被什么东西烤灼着——一股带腐臭的热浪。

"你是左撇子吗?"埃蒂问。

"不。"枪侠回答。

"噢,耶稣啊。"埃蒂叹道,他想闭上眼睛也许会好受些。这时他听见带子嘶嘶啦啦断开的声音。

"行啦,"枪侠说着又朝后退去,"你现在手脚麻利点,尽量干净利落地把它扯下来。我会给你拿回来的。"

现在门上不再是彬彬有礼的敲门声了,而是拳头在猛捶。乘客都出去了,埃蒂想。他们不再做好好先生了。噢,他妈的。

"快出来,朋友!我不再向你发出请求了!"

"使劲拽!"枪侠咆哮道。

埃蒂两手都抓着割断的带子,使出吃奶的劲儿往下扯。痛啊,痛得要死。别抱怨了,他想。你要是像亨利那样多毛就更糟了。

他低头朝身上一看,胸骨上面出现一道通红的勒痕,差不多有七英寸宽。胃窝上面那块地方还让自己捅了一下。血从凹陷处渗出,在肚脐眼那儿汇成一个红色的血槽。腋窝下,那儿袋玩意儿吊在那儿活像是系得松松垮垮的工具包。

"行啦,"有人在洗手间的门外嚷嚷,"让我们来——"

这当儿,枪侠在他背后撕扯余下的带子,埃蒂被搞得死去活来,那家伙不看肌肤纹理胡来一气。

他忍住了没尖叫起来。

"穿上衬衫,"枪侠吩咐。他那张脸,埃蒂曾以为是活人中最没有血色的，现在这古老废墟上像是被抹上了一点颜色。他左手抓起那一大堆绷带，（这会儿毫无意义地缠成一团，而盛着白色东西的袋子却像是奇怪的茧囊，）随即扔到一边。埃蒂瞅见新鲜血迹正从枪侠右手绷带里往外渗漏。他催促道，"快点。"

砰的一声。这不是有人礼貌地询问是否可以进来。当门震颤的一瞬间埃蒂朝上一看，只见一道光线从那儿射了进来。他们要破门而入了。

他抓起蓦然间变得肥大的衬衫，不由显得笨手笨脚，左边的袖子朝里边翻进去了。他试着穿过袖筒想把它翻出来，可是手麻木了，又拉得太重，袖子缩回去了。

砰，洗手间的门又是一阵震颤。

"你怎么这么笨呐！"枪侠一边叹道，一边把手伸进埃蒂衬衫里，将那只袖子拉了出来。这会儿枪侠举着衬衫等他穿的样子很像是侍者在打理主人着装。埃蒂穿上衬衫，从下面开始系扣子。

"不行！"枪侠吼道，从自己身上已经难以遮体的衬衫上又扯下一缕布条，"把肚子擦干净。"

埃蒂耐着性子照枪侠的吩咐去做。皮肤割破的地方还在流血。那刀子够厉害的，忒快。

他把枪侠给他擦血的布条扔在沙滩上。接着扣衬衫。

砰！这回门不仅是震了一下，门框都变形了。埃蒂透过沙滩上的门道看见洗手间里原先搁在洗脸盆旁边的一瓶皂液掉下来，正好落到他的拉链包上。

他原先被塞得满满当当的衬衫，现在可以扣得熨熨帖帖了，还可以塞进裤子里。突然间，一个更好的念头钻进脑子里。他解开了裤子搭扣。

"没时间考虑别的了！"枪侠意识到他想玩什么花样，那是毫无把握的事情。“这扇门再撞一下就完了!”

“我心里有数,”埃蒂说,但愿能成,说着他转身迈出一步,穿过了两个世界之间的通道,这时牛仔裤搭扣和拉链都散开着。

在一阵痛苦和绝望之后,枪侠也跟着他过去了,肉体及肉体的痛楚转瞬即逝,只有一个冷峻的灵魂留在埃蒂脑子里。

18

“再来一下,”麦克唐纳阴沉着脸说,迪尔点点头。现在乘客已经全部出了机舱通道,海关警员操起了武器。

“开始!”

两人合力扑向门扇。门撞开了,锁头在门把上晃悠着,陡然掉在地上。

3A先生坐在那儿,裤子拢在膝盖上,那件褪色的佩斯利[①]衬衫下摆遮着下体——勉强盖住——他下面那话儿。嗯,这倒让我们逮个正着哩,被搞得疲惫不堪的麦克唐纳机长暗自思忖。唯一的麻烦是,逮着他这行为又不能算是违法,我最不愿听到的就是这事了。突然,他发现肩膀上——刚才用来撞门那地方有搏动似的痛楚——怎么回事?三下?四下?

他大声吼问道:“你窝在这儿到底搞什么名堂,先生?”

“嗯,我正在拉屎呢,”3A说,“如果你们这些人觉得不爽的话,我可以到机场大楼那儿去擦干净——”

“我想你是没听到我们敲门,自作聪明的家伙?”

“我够不到门。”3A伸出手向他们证明,虽说这会儿他的左

① 佩斯利,苏格兰的一个小镇,以出产纺织品闻名。

手已够得着倾侧在墙上的门扇了，麦克唐纳还是明白他说得在理。“我本来是想起身的，可是我当时的情况有点狼狈。两只手都没法腾出来。不知道你是否能明白我的意思。我不想这副样子去开门，如果你能明白我的意思的话。”3A 微笑着，带着傻乎乎的好像是占了上风的笑意瞧着麦克唐纳机长，那表情活像是九美元上的头像。听着他说话，你会以为他根本就不懂什么叫耍乖卖巧。

“起来。”麦克唐纳说。

“我很乐意从命。你能不能叫女士们退后一点？”3A 迷人地微笑着。“我知道这年头不兴这一套了，可我还是忍不住要这么请求。我是正派人。事实上，我在许多事情上都是中规中矩的。”他举起左手，大拇指和食指伸开半英寸的样子，对着简妮·多林眨眨眼睛，后者马上满脸飞红，退到舱外的过道上去了，苏茜紧跟在她身后。

你看上去并不正派，麦克唐纳机长想。你看上去像是一只叼了奶酪的猫，你就是这副嘴脸。

机组乘务人员离开视线后，3A 站了起来，提上短裤和牛仔裤。他转身去摁冲水按钮，麦克唐纳机长马上把他的手掰开，摁住他的肩膀，把他扭到过道上。迪尔把他一只手扭到身后塞进他的裤子里。

“别搞人身侵犯，”埃蒂说。他轻松的话音倒也显得振振有词——他自己这么认为，不管怎么说——然而在身体里面，每样东西都像是自由落体似的往下掉。他可以感到另外那个人，可以清晰地感受到。那人在他的意识里面，密切注视着他，稳稳当当地呆在一边，如果埃蒂把事情弄糟的话，他就该出手了。上帝，所有的一切不都是一场梦吗？*不是吗？*

“站稳了。”迪尔说。

麦克唐纳机长朝马桶里瞥了一眼。

“没屎。”他说，话音刚落，领航员忍不住爆发出一阵大笑，麦克唐纳瞪着他。

“得啦，你知道是怎么回事，”埃蒂说，“你可真是运气太好了，你误解了。我倒是拉过一点屎，我是说，我还在那儿放出许多沼气呢，如果三分钟前你在那儿划根火柴的话，就能烤熟一只感恩节火鸡，明白吗？那肯定是我在登机前吃下去的东西，我——”

“别管他了，”麦克唐纳说，迪尔依然反扭着埃蒂的手臂，推搡着他走出机舱，走到舱外旅客桥上，守候在那儿的海关官员一人抓住他一条胳膊。

“嗨，”埃蒂喊，“我要我的旅行袋！还有我的外套！”

“噢，我们得扣押你的一切物品，”一个海关官员说。他浓重的嗓音混合着美乐士胃药和胃酸的气味，直对着埃蒂脸上喷去。“我们对你的东西很有兴趣。现在，我们走吧，小家伙。”

埃蒂一再要求他们别过分，别那么毛手毛脚，他会好好走的，可是过后他回想从波音 727 的舱门到机场大楼之间的航空旅客桥时，记起他的鞋尖只在地板上沾了三四下，那儿至少有三个海关官员和半打的航空安全警察。海关的人在等着埃蒂，警察把一小群围观的人向后推去，那些人神情亢奋而饶有兴致地看着埃蒂被带走。

第四章

塔

1

埃蒂·迪恩坐在椅子上。椅子摆在一个小小的白色房间里。房间里只有这一把椅子。这个白色小房间里挤满了人。白房间里烟雾腾腾。埃蒂穿着内裤。埃蒂想要一支烟。另外六个人——噢,是七个——全都衣冠楚楚。那些人围着他站着。三个,不,是四个——他们中有四个在抽烟。

埃蒂紧张不安地大耍贫嘴。废话连篇地一句接一句。

转而他又平静地坐在那儿,悠然自在地松弛下来,打量着那些好奇地围着他的人——这些人好像是奇怪他怎么没有被逼得要死要活,也没有患上幽闭恐惧症而发疯。

在他意识中的另一个人才是他没有怕得要死的原因。起初他对那位另者怕得要命,现在,真是谢天谢地,他在这儿。

那另者也许是病了,甚而在走向死亡,但是依然有足够的坚强支撑他的脊梁,还能将力量借与这个受到惊吓的二十一岁的瘾佬。

“你胸口上红红的印痕挺有意思,”海关的人说,他嘴角叼着一支烟。他衬衫口袋里有一整盒香烟。埃蒂觉得自己似乎可以从这烟盒里取出五支,排在嘴上,从嘴角这边排到那边,把所有的烟全点上,深吸一口,这会使他更加镇定。“这印痕八成是让带子勒出来的,你好像在上面绑过些什么东西,埃蒂,后来你情急之中就解下丢弃了。”

“我在巴哈马皮肤过敏了,”埃蒂说,“我告诉过你们。我是说，我们已经絮絮叨叨反反复复说过那么多遍了。我一直想保持幽默感，可总觉得太难了。”

“去你妈的幽默感吧。”另一个人粗暴地说，埃蒂熟悉这声调，这是他自己有过的声调——他在大冷天里等一个人等了半夜，总不见人来时也会这么开骂。因为那帮家伙也都是瘾君子。唯一不同的是，他们的毒品是像他和亨利这样的家伙。

“你肚子上的窟窿是怎么回事？在哪儿搞的，埃蒂？”第三个探员指着埃蒂自己划出的伤痕问道。那地方不再流血了，但留下一个暗紫色的疱囊，看似轻轻一碰就会开裂。

埃蒂指指自己身上一圈的红色印痕。“抓痒抓的，”他说。这倒不是说谎。“我在飞机上睡着了——你们要是不信，可以去问乘务员——”

“我们干吗不相信你呢，埃蒂？”

“我不知道，”埃蒂说。“你们见过那些大毒贩们这样一路打瞌睡的吗？”他停顿一下，把两手一摊，给他们一些时间去想想。他好几个手指上呈现指甲剥落的惨样儿，剩下那些也都参差不齐地豁裂着。他发现，当你想做“凉火鸡”时，突然间手上的指甲就会变成你最喜欢啃嚼的东西。“我从来都不是喜欢乱抓乱挠的人，可以肯定地说，那是在睡着的时候挠出来的。”

“也许你是用了那玩意儿昏睡过去了吧。那些痕迹可能就是针眼儿。”埃蒂知道他们两个对这一套都很在行。他们的意思是，你往自己肚脐眼上边扎一针就行，肚脐眼是神经系统的交汇点，这样你就不用再给自己注射了。

“让我喘口气，”埃蒂说，“你脸凑得这么近，这么对着我的瞳孔，弄得我还以为你想跟我深吻呢。你知道我可不是靠那玩意儿酣睡过去的。”

第三个海关探员厌恶地看着他。“别装出一副纯洁羔羊的模样了，你他妈的对毒品知道得够多的了，埃蒂。”

“我即便不是看《迈阿密风云》[1]长了见识，至少也能从《读者文摘》里知道那些事呀。现在你们实话告诉我——我们这么来来回回说了多少遍了？”

第四个探员举起一个塑料小袋。里面装着几根纤维状的东西。

“这是一种长纤维。实验室里的检验证实了这一点，我们也知道是什么类型的长纤维。那是绷带上的。”

“我离开旅馆时没有洗澡，”埃蒂第四次这样说，“我在池塘边晒太阳。想把身上的疹子晒掉。就是那种过敏的疹子。我睡着了。不过我他妈的运气不坏赶上了飞机。我跑得飞快像他妈发了疯似的。风刮得呼呼响。我不知道是不是有什么东西沾到了身上。”

另一个探员伸出手指，点着埃蒂小臂内侧靠关节三英寸处的肌肤。

“这些小眼可不是缝纫针扎的。”

埃蒂推开了他的手。“蚊子咬的。我告诉过你了。已经快好了。耶稣基督啊，在你自己身上也找得到的！”

他说得没错，那些扎出来的针眼不可能一夜之间就恢复到这个样子。埃蒂一个月前就不用针扎胳臂了。要是亨利就不会这么干，这也就是埃蒂之所以是埃蒂，只能是埃蒂的缘故。当他不得不这么来一下时，就尽可能扎在大腿根部最靠上边的地方，这样他左边的睾丸就能把那个针眼给挡住……有天晚上他就是这么做的，最后那土黄色的玩意儿带给他的感受还真是不赖。大多数时候他还是用鼻子吸，这也可能是亨利对他不再看得上眼的地方。埃蒂很难解释自己的感觉……骄傲和羞愧都搅在一

---

① 《迈阿密风云》(*Miami Vice*)，美国曾风靡一时的电视连续剧。

起了。如果他们查到这个地方，他们只要把他的睾丸拨拉到一边，事情就麻烦了。血液检测可能给他带来更大的麻烦，当然这是他们进一步对他采取行动之前要做的事——在他们手头还没什么证据的时候。他们什么都知道可就是什么证据也没有——这就是现实和欲望之间的差别——他亲爱的老妈就这么说过。

"蚊子咬的。"

"是的。"

"这些红斑是过敏反应。"

"是的，我在巴哈马得的，这还不是最严重的。"

"他在来这儿之前就有红斑了。"一个探员对另一个说。

"啊—哈，"第二个说，"你相信？"

"当然。"

"你相信圣诞老人？"

"当然。我还是个孩子时，还和他一起拍过照呢。"他看着埃蒂，"你这趟短途旅行前有没有和这些著名的红斑点一起拍过照呢？"

埃蒂没回答。

"如果你是清白的，为什么不想做一个血液检测呢？"第一个家伙再一次发问，这人嘴角仍叼着那根香烟，快要燃到过滤嘴了。

埃蒂突然愤怒起来——神情一下子变得就像是炸了锅。他已听到意识深处的指令。

太好了，节骨眼上那声音即刻作出了响应，埃蒂觉得通体舒泰，感到脊梁骨一下子硬了。这感觉就像是亨利拥抱他一下，拨弄一下他的头发，在他肩上捶了一下似的，亨利会说：干得不赖，孩子——别太当回事，不过你可真是干得不赖。

"你们知道我是清白的。"他猛地站起来——动作这么突然，他们不由朝后退了一步。他盯着离得最近的那个抽烟的家伙。"我得跟你说，宝贝儿，如果你不把这爪子从我面前挪开点，我会把它敲扁的。"

这家伙退后一点。

"你们这帮人把飞机上的屎罐子都倒了个空。上帝，你们有的是时间再翻它三遍。你们把我的东西也翻了个遍。我撅起屁股让你这天底下最长的手指头捅进我屁眼里了。如果前列腺检查也算是检查，那就操他妈的算得上科学考察了。我真怕朝下瞅。我想我该瞥见这家伙的指甲粘在我的鸡巴上了。"

他环视左右，把他们都扫了一眼。

"你们已经捅了我的屁股，你们把我的行李也翻了个遍，我坐在这儿戴着这么副链子，你这家伙一直朝我脸上喷烟。你们想要检查血？把人喊来做吧。"

他们叽咕了一阵，这会儿面面相觑，让他这样一弄心里真有点发毛。一个个都挺不安的样子。

"不过，如果你们没有法院命令就这么做，"埃蒂说，"得有人承担后果。不管什么人让你们没事找事地折腾一番都得沾上疑病症和暴怒症，弄不好我他妈的自己一个人都会撒不出尿来。我得找个区司法官来这儿，我还要你们在场的每个人都做一次同样该死的检查，我还要知道你们每个人的姓名和个人身份号码，我要你们把这些东西交给区司法官保管。不管你们要检测的是什么玩意儿——可卡因、海洛因、冰毒还是什么——我都要你们这帮家伙也同样来一遍。然后，我要让我的律师知道检测结果。"

"噢，小子，**你的律师**，"他们里边一个家伙大叫起来，"一直跟你待在一起的那些狗屎袋子不就是你的律师吗，埃蒂？你会收到**我的律师**信的。我会让**我的律师**来对付你。你的胡说八道真叫我恶心！”

“说实在的，我现在还没有律师呢，”埃蒂说，这倒是实话。“我还没觉得自己要有一个律师。不过你们这些家伙在让我打这个主意。你们什么也没得着，是因为我什么也没有，只是这曲摇滚乐还没完，不是吗？你们想叫我跳舞吗？好极啦。我这就跳。可我不能自个儿跳。你们这些家伙也得一起来玩玩。”

一阵难熬的沉默。

“我想请你把短裤再脱下来，迪恩先生，”有人上来说。此人年纪大一些。看上去是这儿管事的。埃蒂觉得有可能——仅仅是可能——搞下去会让这人发现什么蛛丝马迹。直到现在他们还没检查过他的胳膊、他的肩膀、他的大腿……没检查这些地方，他们刚才是过于自信能轻松地把他拿翻。

“我脱下又穿上，让你们折腾个臭够，就差点要把这狗屎吃下去了，”埃蒂说。“你叫人进来，我们这就做那套血液检测，要不就让我走。两种办法你们要哪一样？”

又是一阵沉默。他们在那儿大眼瞪小眼的当儿，埃蒂知道自己赢了。

我们赢了，他心里换了一个说法。*你叫什么名字，伙计？*

罗兰。你的名字是埃蒂。埃蒂·迪恩。

你很善于听嘛。

既善于听又善于观察。

“把他的衣服给他，”那年长的探员厌恶地说。他看着埃蒂。“我不知道你带着什么，是怎么把它给弄掉的，但我要你明白我们会查个水落石出的。”

那老家伙审视着他。

“你就坐在那儿，坐在那儿，快要咧开嘴巴笑了。你那套谎言没让我恶心。你本人让我恶心。”

“我叫你恶心。”

“那当然。”

“噢，小子，”埃蒂说，“我喜欢这样。我呆在这么个小房间里，什么也没穿只穿条小短裤，七个屁股上吊着枪的人围着我，还是我让你恶心？伙计，你们有麻烦了。”

埃蒂朝他逼近一步。海关官员起先原地挺着，埃蒂的眼睛里的一些什么东西——那疯狂的眼神看上去一半是褐色的，一半是蓝色的——令他身不由己地朝后退了一步。

“我没带什么！”埃蒂嚣张地叫喊着，**“马上放开我！放开我！离我远点！”**

又是一阵沉默。然后那年长的官员转身对其他人喊道，“没听见我说的话？把衣服给他！”

事情就这样。

2

“你觉得我们被人跟踪了吗？”出租车司机问。他似乎对此很有兴致。

埃蒂转过身来：“你干吗这么说？”

“你一直回头看后面的车窗。”

“我压根没想过会被人跟踪，”埃蒂说。这倒是大实话。这是他第一次在张望时发现后面有跟踪的车辆。有不止一辆。他不必时时回头张望他们，在这个五月下旬的午后，长岛东区街上很空。这些智障人士疗养院的门诊病人如果把埃蒂的出租车给跟丢了可就有麻烦了。“没别的，我是学交通管理的学生。”

“噢，”司机应了一声。在别处，司机对这种古怪的说法可能会刨根问底。但这是纽约的出租车司机,他们很少提问,却总是在断言什么,用一种很气派的方式断言某事。大多数的断言会采用诸如此类的开场白:这个城市!好像是宗教布道开场时的祈祷词……他们总是这样。不过眼下这位却是这么说的:"如果你刚才还以为我们被人跟踪了,我得告诉你没有。这我知道。这个城市!你会奇怪有多少人跳进我的车里喊着'跟着这辆车'。我知道,听起来像是电影里发生的事儿,对不?是啊。可是照这么说,不知是艺术模仿了生活,还是生活模仿了艺术。是真的发生过呢!至于说到摆脱尾巴,如果你知道怎么把那家伙糊弄住,那也是挺容易的事。你……"

埃蒂只是把这出租车司机的话当做背景杂音,在适当的时候接着话茬点一下头。你想想这种情形,出租车司机的饶舌还真是挺逗的。其中一个尾巴坐在深蓝色的轿车里。埃蒂猜那是海关的车。另一个坐在厢式卡车里,那车的一边写着**吉耐利比萨**的字样。还有一幅比萨饼的画,只画着一只比萨,是一个微笑的男孩的脸,那男孩微笑着咂着嘴,画幅下方是广告文字"**唔……!好棒**——的比萨!"只是"比萨"二字被某些拿着喷笔,稍有一点幽默感的城市年轻艺术家们喷上了脏字儿。

吉耐利,埃蒂只知道一种吉耐利比萨,他曾打理过一个名叫"四个老爹"的餐馆。比萨生意是捎带着做的,但这桩生意一直挺红火,是会计的天使宝贝儿。吉耐利和巴拉扎,这两个搭在一起像是热狗和芥末。

根据原来的计划,走出机场大楼会有一辆接客车和一个司机在外头迎候,迅速把他送到巴拉扎办公的地方,那是市中心的一个沙龙。当然啦,这原定计划没算上在那小白房间里呆的两小时,他被一拨海关探员盘问来盘问去的两小时,当时还有另一拨探员在 901 航班的垃圾筒里耙来耙去,搜寻着他们怀疑的目标，寻找可能还没被冲掉也没溶解掉的那玩意儿。

他出来时，没看见接客车，当然不会有啦。那司机可能早就得到指示：如果这头骡子大约十五分钟以后还没跟在其他乘客后面走出机场大楼，那就尽快走人。司机当然也知道最好别用车载电话，因为很容易被追踪到。巴拉扎可能跟那些人打过招呼，一旦发现埃蒂惹了麻烦，他也得防备着自己别招惹上。巴拉扎也许知道埃蒂不是轻易能折服的人，但这也没法改变他是个瘾君子的事实。一个瘾君子是不可被依靠的。

也就是说，那辆比萨车很可能就一直跟着出租车，当他们在某条小路上停下时，比萨车窗子里便伸出自动武器，接下去出租车后窗就会变成血淋淋的奶酪搅拌器。如果他们羁押了他四小时而不是两小时的话，埃蒂就要十分留神了；而若扣留了六小时而不是四小时，他会更加万分小心。但偏偏是两小时……他还以为巴拉扎应该相信他的嘴巴能够守住这段时间。他得知道他的货物怎么样了。

埃蒂一直回头顾盼的真实原因是惦记着那扇门。

这念头一直诱惑着他。

当海关警探半拖半架地把他带下楼梯到肯尼迪机场行政区时，他曾回头望过一眼——想想是不可能的，但毫无疑问那是确凿存在的事实，无可争辩——他看见那扇门在三英尺高的地方飘浮着。他看见不停卷起的海浪，冲到沙滩上；此前他见到这景象时天已经快暗下来了。

这门有如一种魔术般的画面——似乎后面还隐藏着什么；一开始你看不见那隐匿的部分，可一旦你看见了，就再也不可能视而不见了，不管怎么样都躲不开了。

这门曾在枪侠独自返回那边时消失过两次，那真是叫人毛骨悚然——埃蒂的感觉像是孩提时代突然被关了夜灯。头一次发生这样的事儿是在海关受审时。

我得离开，罗兰的声音在他们的不停的审讯声中清晰地插了进来。我只离开一小会儿。别害怕。

干吗？埃蒂问。你干吗要离开？

"怎么回事？"当时一个海关探员这样问他，"你怎么一下子蔫了。"

蓦然间他是感到害怕了。但这咋咋呼呼的家伙知道个屁。

他扭头去看，海关的人也跟着转过脑袋。但他们什么也没看见，只看见空白一片的墙壁，白色护墙板上的通风孔。埃蒂看见了门，还是悬在三英尺高的地方。（现在它嵌在小房间墙上，只是审讯他的这帮家伙根本看不见这处逃逸口。）他还看到了更多的东西。他看见有什么东西从海浪里钻出，那东西像是恐怖电影里出现的某种怪物，只是这部恐怖电影的效果比你想象中更特殊一些，以至每样东西看上去都像真的似的。它们长着最最丑陋可怕的爪子，既像龙虾又像蜘蛛的爪子。它们发出如此古怪的声音。

"你发什么晕呐？"一个海关探员当即问道，"瞧见什么虫子爬下来吗，埃蒂？"

因为他问得太到位了，埃蒂几乎忍不住笑出声来。他现在明白了为什么这个叫罗兰的人要返回去：罗兰的灵性是安全的——至少在这段时间里——可是那些东西正在扑向他的躯体，而埃蒂则担心罗兰是否来得及把自己的躯体从那地方挪开，那儿好像已经被怪物占领了。

突然他的脑袋里冒出戴维·李·罗斯[①]的歌声：噢，偶偶偶……什么人也没有……这一次他笑出声来了。他实在是忍不

① 戴维·李·罗斯（David Lee Roth，1954— ），美国摇滚歌手。

住了。

"什么事那么好玩?"那个曾说他是不是在墙上看虫子的探员问。

"是从头到尾,"埃蒂回答,"我的意思是,事情整个儿给人一种怪怪的感觉,倒不是滑稽。如果这是演电影的话,更像是费里尼,而不是伍迪·艾伦,你想知道我是怎么想的,就这么想来着。"

你还行吗? 罗兰问。

行啊,TCB[①],伙计。

我不明白你说的话。

就是留神把活儿干好的意思。

噢,明白。我不会耽搁太久。

另者突然离开了。就这么离开了。就像一阵轻烟在风里消散了,不见了。埃蒂再回头张望墙壁,却什么都看不见了,只看见留着通风孔的白色护墙板,没有海洋,没有可怕的怪物,他感到自己肚子里又在抽紧了。毫无疑问,可以相信这一切毕竟不是幻觉;毒品药性已经过了,而埃蒂确实是需要这玩意儿来打起精神。不过罗兰总能……带来援助。使他更容易挺过去。

"你想叫我在那儿挂一幅画吗?"一个探员问。

"拉倒吧,"埃蒂回答,长出一口气,"我要你让我离开这儿。"

"只要你告诉我们,你把那些海洛因弄到哪儿去了,就可以走人,"另一个说,"要么是可卡因?"于是又开始那一套翻来覆去的扯皮。

十分钟后——简直漫长的十分钟——罗兰突然返回他意识

① TCB,美国俚语,意为做好分内的事儿,源自 take care of business 这一说法。

中来。说走就走，说来就来了。埃蒂觉得自己真是被折磨到了极点。

弄好了吗？他问。

我很抱歉耽搁了那么长时间。停顿了一下。我行动很费劲。

埃蒂再回头一看。那扇门又回来了，但这会儿看过去那边世界的景象稍稍有些不一样了，埃蒂意识到，正如这边的景象会随着他的移动而改变一样，那边的景象也会随着罗兰的移动而改变。这个念头让他有点不寒而栗。像是通过某个奇怪的中轴和另一个世界联系在一起。枪侠的躯体颓败如前，但现在他俯视着曲折迂回的潮汐线下长长的海滩，那里有怪物来回走动，一边咆哮着，发出喳喳的噪声。每当海浪冲上来时，它们便齐刷刷地举起前爪。这像是那些老式纪录片里的听众，听希特勒讲演时，每个人都伸出手来齐喊：嗨，希特勒！他们保持这敬礼姿势就像是要靠它吃饭似的——他们没准就是这样，你想想好了。埃蒂可以看见枪侠在沙滩上艰难前行的痕迹。

埃蒂朝那边张望时，恰好看见其中一个可怕的怪物突然伸爪出击，真像闪电一般迅捷，一下钳住那只偏巧贴地掠过沙滩的海鸟。这东西掉到沙滩上就成了一劈两半血沫四溅的肉块。那些肉块甚至还在抽搐着，转眼就被带壳的怪物扑上来咬住。一根白色的羽毛飘了起来。一只爪子将它一把拽下。

神圣的上帝啊，埃蒂看得目瞪口呆。瞧瞧这些疯咬的东西吧。

“你干吗老是回头看那儿？”那个管事的家伙问。

“我得时不时地抹点消毒剂了。”埃蒂说。

“怎么回事？”

"你脸凑得这么近。"

3

出租车司机在合作公寓城那幢大楼前把埃蒂放下，接过他给的小费道了谢，就离开了。埃蒂站了一会儿，一只手拎着拉链包，另一只手钩住搭在肩膀上的外套。他和他哥一起住在这儿的一套两居室的公寓房里。他站在那儿，朝上看了看，整个儿都是如此单调划一的风格，就像咸饼干盒子似的。这一排排窗子在埃蒂看来也就跟关押犯人的牢房没多大区别。他以为罗兰——这个另者——看这楼房也会觉得沉闷压抑，其实罗兰感到非常惊讶。

我从来没见过，从小到大没见过这么高的楼房，罗兰说。怎么这么多高楼啊！

嗯呐，埃蒂说。我们就像是一大群生活在一座小山上的蚂蚁。也许在你看来不错，但我得告诉你，罗兰，这样老得很快，老得很快。

蓝色轿车擦身而过；那辆比萨车却朝他们这儿拐了过来。埃蒂绷紧了身子，感到罗兰在他里面也绷紧了。也许他们还是想要让他长个记性。

门在哪儿？罗兰问。我们该进去吗？你想进去吗？埃蒂感到罗兰随时都在提防着什么事儿——声音却是那么安然镇定。

不着急，埃蒂说。也许他们只是想要谈谈。不过得做好准备。

他知道其实没必要这么说，罗兰即便在睡梦里也要比埃蒂睁眼醒着的时候更有准备。

带着微笑男孩的比萨车开了进来。乘客窗摇下来了，埃蒂站在他的公寓楼门外等着，他的身影从鞋尖前面伸展开去，他在等着，即将出现的不知会是什么——一张脸，还是一把枪。

4

罗兰第二次离开他不超过五分钟，那是海关探员们终于放了他以后。

枪侠吃过东西了，但还不够；他需要点喝的；最需要的还是药物。埃蒂一时还没法替罗兰弄到他真正需要的药品，（虽说他隐约觉得枪侠可能是对的，而巴拉扎有可能……如果巴拉扎想这么干的话，）但阿司匹林至少能把热度压点下去——当枪侠挨着埃蒂帮他割绷带时，埃蒂就觉出他在发烧了。他在一处汽车终点站的报刊杂货亭前停了下来。

你来的那地方有阿司匹林吗？

我从没听说过这玩意儿。巫术还是药物？

都算是吧，我想。

埃蒂在报刊杂货亭买了一瓶加强安乃近。又到快餐柜台上买了两个长热狗和一杯特大号百事可乐。他往“弗兰克斯”①（亨利就是这么叫长热狗的）上抹了些芥末，可是突然想起这不是为他自己买的。就他所知，罗兰可能是个素食者。就他所知，这玩意儿没准会要了罗兰的命。

得了，现在已经太晚了，埃蒂想。当罗兰说话时——当罗兰行动时——埃蒂才敢相信这是真实发生的事情。当他不出声

---

① “弗兰克斯”，原文 frank(s)，美国俚语中本指夹在热狗里边的牛肉香肠。

时，埃蒂就会疑惑一切都是一个梦——只是这梦特别生动，就像他在三角洲航空公司 901 航班上懵里懵懂抵达肯尼迪机场那阵子做的梦一样——这做梦的感觉总是要潜回来。

罗兰说过他可以把食物带到他自己的世界里去。他说在埃蒂睡着时，他就这么干过一回了。埃蒂明白了是怎么回事，但怎么也不相信，罗兰向他保证这千真万确。

好啦，我们他妈的还得小心点儿，埃蒂说。*有两个海关的家伙在盯着我，我们。我现在到底成什么了。*

我知道我们得小心点儿，罗兰回答。*他们不是两个，是五个*。埃蒂陡然之间产生了这辈子最古怪的感觉。他没转动眼睛，但他分明觉出自己的眼睛被转动了一下。是罗兰转的。

一个穿紧身衬衫的家伙在打电话。

一个女人坐在长椅上，翻着皮夹子。

一个年轻黑人(如果不是他那外科手术特意修补过的兔唇，没准还称得上英俊)在埃蒂刚才去过的报刊杂货亭里打量着几件 T 恤。

粗粗一看这些人没什么不对劲的地方，但埃蒂认出了他们，因为他们其实就是那伙人，就像找到了幼童智力测验中藏起来的那些东西，这种把戏一旦戳穿，全都一目了然。他感到麻木的脸颊上有点热辣辣的，因为居然要另一个人来告诉他一桩本来应该一眼洞穿的事儿。他起初只发现了两个。那三个人伪装得好一些，其实也不是太好，那个打电话的人眼睛并非什么也不看，他一边在跟想象中的人通话，一边实际上正看着这边，埃蒂所在的位置……就是打电话的人眼睛一直在来回扫瞄的目标。而那个翻皮夹的女人没找到她想要找的，却没完没了地一直翻弄个不停。那个佯装购物的，把挂在衣架上的每件衬衫都至少瞧上十来遍了。

埃蒂突然感觉又回到了五岁时——没有亨利拉着他的手，就不敢过马路。

别介意，罗兰说。也别担心食品的事儿。我还吃过虫子呢，那些虫子顺着我的喉咙下去时，有些还是活着的哪。

是吗，埃蒂回答，可这是纽约。

他拿着热狗和可乐远远地走到柜台另一头，背对着汽车终点站的停车场。瞄了一眼左角上那面像高血压患者眼睛似的鼓凸的倒车镜——所有那些跟踪他的人都能照见，但没有一个人的距离近得可以看见他手里的食物和那杯可乐，这倒不错，因为这些东西下一步会怎么样埃蒂可是不太确定。

把阿司丁搁在肉食上，然后把所有的东西都拿上。

是阿司匹林。

行啦，如果你愿意，把它叫成长笛也行，囚……埃蒂。来吧。

他把先前搁在口袋里的那瓶安乃近掏出时，差点砸在热狗上，忽而意识到罗兰也许会有麻烦——埃蒂想到，如果是罗兰自己开瓶服药，他没准会把整瓶药都吞进肚里去，那也许会毒死他。

这件事要他来替罗兰做，他捏着药瓶往餐巾纸上抖出三颗，掂量了一番，又抖出三颗。

三颗现在吃，过后再服三颗，他说。如果还有过后的话。

好，谢谢你。

现在怎么办？

拿上所有的东西。

埃蒂又向那面倒车镜瞄了一眼。有两个警探悠悠荡荡地踱向快餐店，也许是埃蒂这么来回地走动让他们瞧着不顺眼，也许是嗅出了什么名堂，想凑近来瞧个明白。真有什么事要发生的话，那最好来得快点。

他捧着那些东西，手上感觉着热狗柔白的面包卷的热气，百事可乐的凉意。这一刻，他觉得自己像是一个正要给孩子们送快餐食品的外卖伙计……接下来，手上的东西开始慢慢消融了。

他瞪眼看着，眼睛睁大，睁大，那对眼珠子几乎要从眼眶里蹦出来了。

他能透过面包卷看见热狗肠；他能透过杯子看见带冰块的百事可乐液体，那液体仍是杯子的形状，杯子却看不见了。

接着，他便透过长热狗看见塑料贴面的柜台；透过百事可乐看见白色的墙壁。他两手在渐渐合拢，手上捧着的东西变得越来越少……最后两只手完全拢到一起，掌心贴上了。食物……餐巾纸……百事可乐……六片安乃近……两手之间所有的东西全都消失了。

耶稣蹦蹦跳跳拉起了小提琴，埃蒂呆呆地想。他眨巴着眼睛又向倒车镜看一眼。

那门道也不见了……在罗兰离开他的意识后，门也随即消失。

好好吃吧，我的朋友，埃蒂心想……可是这回怎么来了那么奇怪的念头把罗兰称作他的朋友了呢？当然啦，他曾经照应过自己，可这并不意味着他就成了助人为乐的男童子军了。

其实是一回事，他喜欢罗兰。他害怕罗兰……但也喜欢他。

他这会儿猜想着，自己也许会爱上他，就像爱亨利一样。

好好吃吧，陌生人，他想。*好好吃，活下去……再回来。*

他慢慢抓过前面顾客丢下的沾着芥末的餐巾纸，把那些纸揉成一团，出去时扔进门边的垃圾筒里，嘴里一边嚼动着，似乎是刚刚吃完东西的样子。当他走近那个黑人，走向那个标记着**行李/地面交通**的指示牌时，嘴里甚至还能打出一串饱嗝。

“还没选中你喜欢的衬衫？”埃蒂问。

“对不起，你说什么？”那黑人从一台美国航空公司的监视屏前转过身来。他假装正在研究航班出港时刻表。

“我想也许你要找的是这样一句话：**喂养我吧，我是美国政府雇员**。”埃蒂说完就走开了。

当他走下台阶时，看见翻弄皮夹的那人急急忙忙合上她那玩意儿，站起身来。

噢，小子，这都快赶上梅西公司[①]的感恩节大展卖了。

真是他妈的有趣的一天，埃蒂觉得这一天还没完。

5

当罗兰看见大龙虾似的怪物再次从海浪里钻出来时，（它们这会儿出现与海浪无关，是黑暗招引出这些东西，）他离开了埃蒂·迪恩，要赶在怪物发现和吃掉他的躯体之前把自己移开。

身体的痛楚在他预料之中，他自是有所准备。他和痛楚相处得那么久，都成了老朋友了。然而，让他心惊胆战的是自己的热度仍在持续上升，同时体力却在衰减。如果说在这之前他总算没有挂掉的话，这会儿很可能就死到临头了。囚徒的世界里是否有什么东西能够防止那最坏的局面发生呢？也许会有吧。可是如果他在接下来的六小时到八小时里还得不到这有效的东西，那可就完了。如果情况再严重下去，那么无论是这个世界还是那个世界，哪怕任何世界的药物或魔法都不可能使他再好起来了。

走路已经不行了，他只好爬行。

---

① 梅西公司（Macy），纽约最大的百货商场。

当他的目光落在那些绞成一团曾用来绑扎的带子和那一袋袋魔粉上边时，便打算开始行动。要是把它们留在这儿，几乎可以肯定那些大螯虾会把这些袋子撕扯开来，随之海风就会把袋里的粉末四下里吹散开去。*这倒是这些东西的最好归宿*，枪侠无情地想道，可是他不能允许这事情发生。时间一到，如果埃蒂·迪恩交不出那些粉末的话，必然惹来一大串的麻烦。他猜想，巴拉扎不大可能是那种虚张声势的人。他非得看见自己已经付了钱的东西不可，而在他看到之前，对准埃蒂的枪支足以装备一小支军队。

枪侠把绞在一起的胶带绳拉过来缠在脖子上，然后开始艰难地爬离海滩。

他爬了二十码——大抵接近安全区域了，他心里掂量了一下——这时一个令人不寒而栗的（从广义上说也是可笑的）意识突然从脑海里钻了出来，他想到自己身后那扇门。看在上帝分上，他穿过这道门回来是为了什么？

他扭头看见那门道，不是坐落在沙滩上，而就在他身后三英尺的地方。只是在这一刻，罗兰的目光愣住了，意识到他早该明白的事儿——如果不是因为发烧和那种审讯的声音，他还明白不过来呢。当时他们用不停的盘问敲打着埃蒂，*什么地方，怎么做的，为什么，什么时候*（很奇怪，这些问题真像是那些从海浪里冒出来的乱扒乱抓的怪物的提问：*是—呃—小鸡？达姆—啊—朋友？爹爹—嗯—可汗？戴德—啊—喳喳？*），听起来纯粹是些胡言癔语。其实不是。

现在，我到哪儿都得带上这玩意儿了，他想，*就像他那样，现在走到哪儿它都得跟我们粘在一起了，就像一道永远无法甩掉的怨咒。*

所有这一切感受都是真实的，真实得无可置疑……其他那些事情也一样。

如果这道连接两个世界的门关闭了，一切都将永远切断。

这么一来。罗兰冷冷地想道，他必须呆在这一边，和我在一起。

好一个美德的典范啊，枪侠！黑衣人笑着说。他似乎在罗兰脑子里永久地占据了一个位置。你已经害死了那个小男孩，那是你为了能追上我做出的牺牲，而且，我猜想你也是为了要建立起连接不同世界的门。现在你又打算抽出你那三张牌，一张接一张，为了你自己而随意处置所有这些家伙：一个被丢入陌生世界里的生命，就像动物园里的动物被撵到野生世界里一样，他们很容易就会死掉。

塔，罗兰狂怒地设想。一旦我到达了塔那里，在那儿做好我应该做的事情，完成了我预期的复原和救赎，也许他们——

但这黑衣人却尖声大笑起来，这个人已经死去，却还作为枪侠受污的道德而继续活着，不让他由着自己的想法来。

然而，无论如何，他不会背弃自己的意念，偏离既定的路线。

他又竭尽全力爬了十来码，回头看看，即便个头最大的怪物也没法爬到二十英尺开外潮汐线以上的地方。他已经爬过这段距离的三倍之遥。

现在好了。

没什么好的，黑衣人开心地说，你心里有数。

闭嘴，枪侠心想，让他奇怪的是，那声音还真的消失了。

罗兰把那些装着魔粉的袋子塞进两块岩石的罅隙，找了些茎叶稀疏的克拉莎草盖在上面。做完这些，他稍稍歇了一阵，脑子里像是灌了一袋热水似的咕咚咕咚地翻腾着，皮肤上感觉一阵冷一阵热，随后他一个翻身，穿过门道滚回了另一个世界、另一个躯体里，那具受到严重感染的躯体暂时留在那一边。

6

他第二次回到自己的躯体里时，这具躯体睡得很沉很沉，有一刻他还以为它陷入了昏迷状态……这种状态下身体功能被降至最低点，他感觉自己的意识开始堕入黑暗之中。

但他还是强迫自己的躯体苏醒过来，朝它挥拳猛击，要把坠入黑暗洞穴里的躯体拽出来。他使自己心跳加速，让自己的神经重新感受到皮肤上煎熬般的疼痛，让肉体苏醒过来。在呻吟中感受真实的存在。

现在已是晚上。星星出来了。埃蒂买给他的粕粕客模样的东西在寒气中还略有一点暖意。他不想吃，但也得吃。首先，虽说是……

他看着手里白色的小药片。阿司丁，埃蒂这么叫它。好像不是这么说的，但罗兰没法把囚徒说过的这个词用正确的发音读出来。反正那就是药物，从另一个世界来的药物。

要说你的世界里有什么东西能对我有用，囚徒，罗兰冷静地想，*我认为你的药要比粕粕客更管用。*

他还是得先试一下。并不是他不需要这东西——也不是埃蒂不可信——只是想看看对他的高热是不是真的管用。

三颗现在吃，三颗过后吃，如果还有过后的话。

他把三颗药片放进嘴里，随后把盛饮料的杯盖——这是某种奇怪的白色物品，既不像纸又不像是玻璃，可是瞧着跟那两样东西都有点像——掀开，和着饮料把药片吞下。

最初吞咽的感觉让他完全惊呆了，他只能背抵岩石躺在那儿，眼睛睁得大大的，漠然的瞳仁里反射着夜空的星光，这时如果有人刚巧走过，肯定会把他当成一个死人。随后他捧起杯子大口大口喝起了饮料，当他焦渴万分地痛饮之际，对断指溃疡之处的阵痛几乎毫无感觉。

甜啊！神祇们！真是甜！真是甜！真是——

一小片冰块滑进了喉咙里。他咳了起来，拍着胸脯，把冰块咳了出来。现在他的脑袋又添了新的痛楚：由于喝太凉的东西喝得太快而引起的铮铮锐痛。

他静静地躺着，感到心脏像一匹脱缰的烈马在奔逐，新的能量如此快速地注入到他的躯体里，使他感觉到自己迅速充盈的体内很快就要爆炸了。他都来不及想一下自己究竟要干什么，又从衬衫上扯了一块布条下来——他的衬衫很快就要变成挂在脖子上的破项圈了——用这布条把一条腿缠上。他喝完饮料本想把杯里的冰块裹进布条做一个冰袋敷在受伤的手上。但他的意识还在味觉上。

甜！他喊了又喊，似乎想再回到那种味觉中去，或者是想证实一下确实有过那种味觉，这很像是当初埃蒂想确证作为另者的他的真实存在，而不是自我戏弄的某种精神上的惊厥。甜！甜！甜！

这黑色饮料加了糖，甚至比马藤——那家伙是个大老饕，表面上却像是不苟言笑的苦行僧——在盖乐泗每天早晨往他咖啡里搁的那玩意儿还要甜。

糖……白色……粉末……

枪侠抬眼巡视着粉末袋子，那玩意儿在他起先覆盖的草下面不大看得出来，他心里在想加入饮料里的和袋子里装的是不是一样的东西。他知道埃蒂很清楚他现在是在这一边，因为此刻他们在实质上是分开的两具身体；他猜测着自己的肉身是否也能穿越这道门进入埃蒂那个世界去，（他本能地知道这也能办到……尽管他的肉身过去后这道门就会永远地关闭，一旦他和埃蒂交换了位置，他就得永久居留在那边，而埃蒂则一辈子留在这边，）他差不多也能很好地理解那边的语言。首先，他从埃蒂的意识中了解到两个世界的语言非常相似。是相似，不是相同。在这边，三明治被叫做粕粕客。在这里要辛苦打拼才能享受这样的食物。那么……在埃蒂那个世界里被叫做可卡因的东西，在枪侠的世界里称之为糖又如何？

可是再一想又觉得不大可能。埃蒂在那边买这饮料是公开的，当时他明知替海关办事的衙吏们正盯着他。再说，罗兰知道埃蒂买这东西掏出没几个子儿。甚至比那夹肉的粕粕客还付得更少些。不，糖不是可卡因，但罗兰不明白怎么每个人都想弄到可卡因或其他那些不合法的药品，据此推论，在那个世界里，像糖那样神奇的东西相当丰裕且又便宜至极。

他又看了看肉卷粕粕客，第一次被激起了饥肠辘辘的感觉……他既是惊喜又怀着感恩之念，忽而意识到：他好些了。

是饮料在起作用吗？是什么呢？是饮料中的糖吗？

可能都有一部分作用——但作用不会很大。糖能在短时间内将一个人的体能调动起来，随后那种能量就会慢慢消退下去；这是他还是个孩子时就了解的知识。问题是糖不会使伤口止痛，当受感染者的热度蹿得很高的时候，它也不能让热度消退。可是现在，糖居然在他身上起作用了……而且还在继续发生作用。

一阵阵的痉挛停止了，额头上的汗收干了，鱼钩扎住喉咙似的感觉也消失了。叫他难以置信的是，这一切都是真正开始出现的征象，而不是某种想象或自己的祈愿（事实上，经历了几十年混沌未爽的岁月，枪侠在后期生涯中已经不再有那种浅薄之念了）。他被噬断的手指和脚趾创面还在丝丝拉拉地发出阵痛，但他发现即便是这些地方的痛楚也慢慢减弱了。

罗兰抬头向后仰去，闭上眼睛，感谢上帝。

上帝和埃蒂·迪恩。

*不要犯那种错误——把你的心靠近他的手，罗兰。*一个声音从他意识更深处传出——这不是那个神经质的黑衣人的窃窃讪笑和怨声怨气，也不是那个嗓门粗嘎的柯特的声音；在枪侠听来这声音像是他父亲的。*你知道他为你做的都是出于他自己的需要，正如你所知道的，那些人——审讯者，他们也许——不管在某一点上或是整个儿来说——是有道理的。他是一个脆弱的家伙，他们羁押他的理由既不是错误的，也算不上有根有据。他是有坚硬的一面，这我不想否认。但也有软弱之处。他很像哈可斯，那个厨师。哈可斯不情愿地下了毒……但不情愿也永远不可能平息死者临死时撕肝裂胆的尖叫。还有另一个原因你得知道……*

但罗兰不需要这声音来告诉他另一个原因了。他在杰克的眼睛里就看见过了——当这孩子最后明白了他的意图时。

不要犯那种错误——把你的心靠近他的手。

不错的劝告。对最终要受到惩罚的人产生好感会让你自己难过。

记住你的责任，罗兰。

“我永远不会忘记的，”他用嘶哑的声音说——在冷冷的星光下、在冲向岸边的海浪中、在龙虾似的怪物白痴般的喊问声中。“我根本就是为责任而活着，怎么可能把它丢在一边呢？”

他开始吃埃蒂称之为“狗”的东西。

罗兰倒并不介意吃狗肉，跟金枪鱼粕粕客比起来这东西味道便像是发酵的面团，但在喝过那神奇饮料之后，他还有权利抱怨吗？他想他没有。再说，时间不多了，不容他对如此精美的食物多加挑剔。

他把每样东西都吃光后又回到埃蒂现在所在之处，那是某种像是具有魔力的车辆，沿着碎石铺筑的道路飞速驶去，一路看去还有许多这样的车辆……几十辆，也许是几百辆，竟没有一辆用马匹挽驾。

7

当比萨车停下时，埃蒂警觉地站在那儿；罗兰在他里面更是紧张地守候着。

这只是黛安娜之梦的另一个版本了，罗兰想。*盒子里是什么？一只金碗还是一条会咬人的蛇？正当她转动钥匙，双手掩唇时，她听到母亲在喊："醒醒吧，黛安娜！该喝牛奶了！"*

好吧，埃蒂想。*会出现什么呢？一位女士还是一只老虎？*

一张苍白的男人的脸，脸上长着丘疹，一口结实的牙齿，从比萨车的乘客窗口伸了出来。这是埃蒂熟悉的面孔。

"嗨，寇尔。"埃蒂的声音里没一丝热情的表示。寇尔·文森特旁边，坐在方向盘后边的是那个老丑怪，就是亨利叫他杰克·安多利尼的人。

不过亨利从没当面对他说三道四，埃蒂想。不，当然不会啦。当面这样取笑他只能是自己找死。他生着穴居野人那般隆起的前额，正好配上前凸的下巴。他和恩里柯·巴拉扎有姻亲关系……是他的一个外甥，一个表亲，或是他妈的什么亲戚。他那双硕大的手掌扶在送货车方向盘上活像是挂在树枝上的一只猴子。乱蓬蓬的头发从两边耳朵旁朝外蓬散着。埃蒂这会儿只能看见一只耳朵，因为杰克·安多利尼一直侧面坐着，看不见他整张脸。

老丑怪就这呆相。可就是亨利(埃蒂不得不承认亨利并不是这世上眼光最敏锐的人)也没敢当面叫他老丑怪。寇尔·文森特是不折不扣的狗腿子。但是杰克不一样,别看他一副野蛮人似的外表,其实他是巴拉扎的头号助手。埃蒂不喜欢巴拉扎派这么一个重要角色来见他。一点也不喜欢。

“嗨,埃蒂,”寇尔说,“听说你遇上点麻烦。”

“没什么事是我搞不定的。”埃蒂响应道。他意识到自己正在抓挠胳膊,挠了一只又挠另一只,典型的一个劲儿想挣脱羁绊的瘾君子的举动。他总算停了下来。但寇尔露出一丝微笑,这时埃蒂感到一阵强烈的冲动,想朝这张狞笑的脸上狠狠来一拳,把他从车窗的另一头揍出去。他很可能真的这么做……如果不是由于杰克在场的话。杰克仍然两眼直视前方,看起来好像是在运行自己尚未发育完全的大脑——在所有的理性的眼光看来,他是以一种最初始最本真的方式在观察世界(或如你所想,也是这样观察埃蒂)。但埃蒂觉得,杰克在一天之内看见的东西比寇尔·文森特一生看见的还要多。

“哦,好啊,”寇尔说,“那很好。”

一阵沉默。寇尔看着埃蒂,微笑着,等着埃蒂毒瘾再度发作——浑身颤抖,乱抓乱挠,像是要去浴室洗澡的孩子似的两只脚不停地倒来倒去,当然主要是想等着埃蒂问他最近怎么样,并乞问他们手上正好带了什么货没有。

没想到埃蒂只是回头瞧他一眼,并没有乱抓乱挠,也没有把脚挪来挪去。

一阵微风吹来,把一张巧克力蛋糕包装纸从停车场那边刮过来。只有车子开过时轻轻刮擦的沙沙声和比萨车松开的阀门喘息着的捶击声。

寇尔咧咧嘴,那副心照不宣的笑容有点僵住了。

"坐进来，埃蒂，"杰克目不斜视地说。"我们开车走人吧。"

"去哪儿？"埃蒂问，其实他知道。

"巴拉扎那儿。"杰克仍是目不斜视。他两手在方向盘上拍了一下，一只硕大的戒指，纯金镶玛瑙石，像昆虫眼睛似的鼓凸着，他一伸手戒指便在右手无名指上闪熠着光亮。"他想知道他的货怎么样了。"

"他的货在我手上，安全着呢。"

"很好。那就没人需要操心什么事了。"杰克·安多利尼仍是目不斜视地说。

"我想我先得上楼去一趟，"埃蒂说，"得换换衣服，跟亨利说一声——"

"还有把东西带上，别忘了，"寇尔说着，露出他那黄色的大板牙咧嘴而笑。"除非你没什么东西可带上了，小哥们。"

爹爹—啊—嚼嚼？枪侠在埃蒂的意识里想着，双方冷不丁都吃了一惊。

寇尔见他受惊的样子，挂着微笑的嘴巴咧得更大了。*噢，到底还是这么回事嘛*，那微笑在说。*还不是犯毒瘾抽风了。我担心着这事已经有一会儿了，埃蒂*。他龇露的牙齿如此嚣张，那微笑倒不像是为了证明自己预见正确似的。

"为什么会这样？"

"巴拉扎先生觉得最好确保你们这些家伙有一处干净的地儿，"杰克目不斜视地说。他继续观察着这个世界，但这显然是他无法胜任的工作。"以防万一有什么人来造访。"

"比如，那些带着联邦政府通缉令的人，"寇尔说。他扬脸朝埃蒂斜睨一眼。埃蒂这会儿相信罗兰也想拔拳砸向这副冲他龇开的烂牙，这家伙正摆出一副对他无可救药的样子横加斥责的神情。这种同仇敌忾的情绪让他有点儿振奋起来。"他派了一个清洁工来擦洗你们的墙壁，给你的地毯吸尘，而且他还不要你付一个铜板，埃蒂！”

现在，你可能要问我找到什么了，寇尔龇着牙齿说。噢，是啊，现在你要问了，埃蒂，我的孩子。因为你可能不喜欢这个卖糖果的人，但你喜欢糖果，不是吗？既然你已经明白巴拉扎吃准你私自存下的货都没了——

一个突如其来的念头，不祥的、令人惊恐的念头，飞快地在他脑子里掠过。如果藏在那里的货没有了——

“亨利在哪儿？”他突然发问，问得那么冲，寇尔猝然朝后一仰，吃了一惊。

杰克·安多利尼终于转过头来。脖子转得很慢，他似乎很少做这个动作，须费很大的劲儿。你几乎会猜想这具粗脖子里边是否有一副嘎吱作响的未上油的铰链。

“安全。”他说，然后脑袋转回原来的位置，自然也转得很慢。

埃蒂站在比萨车旁，竭力想把一下子冒出的惊慌念头压下去，把这种念头驱出脑海。蓦然，他感到自己一定得确认亨利平安无事，在被关押的那阵子他就心存此念，这会儿简直等不及了。他必须要确认，所有的念头只围绕着要确认这件事，怎么也管不住自己——

放弃吧！罗兰在他脑壳里咆哮着，喊得那么响，埃蒂脸上的肌肉不禁抽搐了一下（而寇尔误以为埃蒂这种痛苦而又惊奇的表情是毒瘾再度发作的症状，又开始咧嘴笑了）。放弃吧！我要把你这所有的该死的欲念都控制住！

你不理解！他是我的兄弟！他是我他妈的兄弟！巴拉扎带走了我的兄弟！

你说得好像我以前没听到过这个词似的，你为他感到害怕吗？

害怕！老天，害怕的！

那么就照他们希望的去做。哭喊。抽抽搭搭地哭吧，向他们乞求。向他们提出要求。我敢肯定他们希望看到你这副模样，我敢肯定。就照他们想要你做的去做吧，让他们吃定你，然后你可能会明白，你所有害怕的事情都会顺理成章地发生。

我不明白你什么意思——

我是说如果你变成一只软脚蟹的话，那只会让你的宝贝兄弟死得快些。这是你想要的结果？

好吧。我得酷着点儿。也许不是真的那种样子，但我得酷着点儿。

你怎么说来着？好吧，那么，酷着点。

"这可不是原先说好的，"埃蒂越过寇尔，直接对着杰克·安多利尼毛茸茸的耳朵说，"我照看好巴拉扎的货物而且管好嘴巴可不是为了这个，换了别人早就供出他妈的五个名字，换得一份认罪辩诉协议书了。"

"巴拉扎觉得你的兄弟和他在一起更安全些，"杰克目不斜视地说，"他让他呆在一个受保护的地方。"

"好极了，"埃蒂说，"你代我谢谢他，你告诉他我回来了，他的货挺安全的，我能照看好亨利，就像亨利以前照看我一样。你告诉他有六袋东西暂且搁在我这儿，等亨利走进这个地方，我们就把货脱手，然后我们就坐上自己的车马到城里去，这事应该可以搞定。就像当初说好的那样。"

"巴拉扎想要见你，埃蒂，"杰克说，他声音里没有一点儿可以通融的意思，他脑袋也纹丝不动。"进卡车来。"

"操你的屁眼，操你妈的。"埃蒂说着，朝他公寓大楼的门口走去。

8

这只是短短的几步路,可他走到一半就被安多利尼铁钳似的大手紧紧钳住了上臂,差点被弄趴下。那公牛般的热腾腾的呼吸一下子喷到埃蒂的后颈上。他干这事时动作麻利得总是让人大吃一惊,一眨眼工夫出手之快你看着都不敢相信,本来还以为他伸手去攥门把手都要花老半天时间哩。

埃蒂扭过身子。

酷着点,埃蒂,罗兰悄声说。

酷,埃蒂响应道。

"你好大胆,我会宰了你的,"安多利尼说,"他妈的没人敢冲我发这种下三烂脾气,特别是像你这种小狗屎瘾虫。"

"宰你妈个鬼!"埃蒂冲他尖叫着——但这是有分寸的尖叫。冷静的尖叫(细心分辨之下就可以知道)。他们站在那儿,两条黑影立在春天的夕阳里,在布朗克斯①的合作公寓城的瓦砾场上,人们听到了这声尖叫,也听到"宰了你"这句话,此时如果他们正开着收音机,就会把音量调大;要是收音机还没打开,就会赶快打开,把音量调上去,碰上这样的事儿就当没听到才好。

"里柯·巴拉扎不守信用!我保了他,他反倒来搞我!我告诉你我他妈的就要操你屁眼,我告诉他我他妈的就要操他屁眼,我可以告诉随便什么人我他妈的就要操他屁眼!"

安多利尼看着他。他眼里的褐色瞳仁好像都渗透进了角膜里,转动起来像是黄色的羊皮纸。

"如果里根总统不守信用我他妈的都要操他屁眼,操他直肠

① 布朗克斯(Bronx),纽约市的一个区。

毛或是操他随便什么东西!”

这番叫骂渐渐消失在砖头和水泥的缝里。一个小孩,那身雪白的篮球衫和高帮运动鞋衬着他黢黑的肤色,从街对面的运动场上注视着他们,一只篮球松松地挟在胳膊下的肘弯里。

“你完了没有?”当埃蒂叫骂声的回音最终消失后,安多利尼问。

“完了。”埃蒂完全用平静而正常的声音回答。

“那好,”安多利尼说。他伸开类人猿似的手指,微笑起来……当他微笑时,有两点会叫你惊诧不已:一是在你眼前出现的居然是如此迷人的笑,让人完全失去了防御意识;二是你会发现他其实有多么阳光,简直阳光得要命。“那现在我们可以走了吗?”

埃蒂从安多利尼的臂膀里抽出手来捋一下头发,顺便飞快地把自己两条胳膊搔挠一番,说。“我想我们最好还是走吧,这么下去也没法收场。”

“很好,”安多利尼说,“没人在这儿多嘴,也没人骂过什么人。”他目不斜视,丝毫不改说话节奏,又朝旁边甩了一句,“回车上去吧,傻帽。”

寇尔·文森特,刚才轻手轻脚地从安多利尼那侧的车门里爬下来,这会儿飞快地回到车上,跑得太急,一头撞到车门上,他蹿过驾驶座,低着脑袋在自己原先的位置上坐下,气鼓鼓地揉着脑袋。

“当海关的人把手搭到你身上时,你就得明白计划要变了,”安多利尼明智地告诉他。“巴拉扎是个大佬。他有他需要保护的利益,需要保护的人。要保护的那些人当中,也许正好有你的兄弟亨利。你以为这是胡说八道?如果你这么想,你最好是考虑一下亨利现在的处境吧。”

"亨利很好。"埃蒂说,但他明白最好别把这话嚷嚷出来。他听到了,他知道安多利尼也听到了。这些日子,亨利好像总是晃悠着脑袋对他表示赞许。他的衬衫上出现了几个香烟烧灼的窟窿。他在用电动开罐器为波切(他们的猫)开凯乐罐头时,他妈的把手给划破了。埃蒂不明白电动开罐器怎么就会割伤自己,但这玩意儿亨利会摆弄。有时,厨房餐桌上会留下亨利使用开罐器时弄出的碎屑,埃蒂还在浴室的下水处看见烧焦卷曲的残渣。

亨利,他想说,亨利,你来对付这事吧,我对付不了,你可是个包打天下的高手。

是啊,没错,小兄弟,亨利会这样回答,小菜一碟,我完全能搞定,但有时候,看着亨利灰扑扑的脸和他精疲力竭的眼睛,埃蒂知道亨利不可能再大包大揽地搞定任何事情了。

他想要跟亨利商量的事儿,必须跟亨利搭档做的事儿开始变糟了,或者说他们两个都开始变糟了。他想要告诉亨利的是,你好像是在找一处可以死在里面的地儿,其实我也一样,我要你他妈的放弃算了,要是你挂了的话,我还活着干吗?

"亨利并非很好,"杰克·安多利尼说,"他得有人照看他。他需要——那首歌怎么说来着?忧愁河上的一座桥。这就是亨利需要的。忧愁河上的一座桥。伊尔·罗切正在那座桥上。"

伊尔·罗切是一座通往地狱的桥,埃蒂心想。他嘴里却大声说,"就是说亨利在那儿?巴拉扎也在那儿?"

"没错。"

"我把货给他,他把亨利给我?"

"你得把事儿说对了,"安多里尼说,"别忘了这一点。"

"换句话说,这又回到正常买卖上来了?"

"没错。"

"那么，现在告诉我，你老实说这事儿会是个什么状况。快点，杰克。告诉我。如果你实打实地说了，我能看出来。如果你实打实地说了，我能看出你的鼻子变长了多少。"

"我不明白你的意思，埃蒂。"

"你当然明白。巴拉扎以为我吞了他的货吗？如果他这么想的话，他肯定是在犯傻，可我知道他并不傻。"

"我不知道他怎么想，"安多利尼平静地说，"揣测他怎么想不是我的事儿。他知道你离开那个岛上时手上有他的货，他知道海关逮住了你，转过身又把你放了，他知道你在这儿，没去里克尔那边，他会想他的货得有个去处。"

"他还知道海关的人一直粘在我身上，就像一件紧身潜水衣贴在潜水员身上似的，因为你知道这个，而且你用车载电话给他报过信了。这就像是'两面奶酪煎小鱼儿'，是不是，杰克？"

杰克·安多里尼不接茬，若无其事的样子。

"他知道什么只有你传话给他。就像用针点拼起来的画一样，你已经看出是一幅什么样的画了。"

安多利尼站在金光灿灿的夕阳下——那光线慢慢转成橘黄色——还是若无其事的样子什么都不说。

"他认为他们把我派回来了。他觉得他们是在利用我。他觉得我可能会蠢到被人当猴耍，被人利用。老实说我不想责怪他。我是说，干吗不这么想呢？一个吸毒者什么事都干得出来。你是不是想要检查一下，看我身上是不是安了窃听器？"

"我知道你没有，"安多利尼说，"我在后车厢里装了个扰警仪，可以在短距离内截获无线电讯号。这东西还挺管用，所以我知道你没给条子干活。"

"是吗？"

"是啊。我们这就上车往城里去还是怎么样？"

“我有得选择吗?”

没有。罗兰在他脑子里说。

“没有。”安多利尼说。

埃蒂转身向卡车走去。那个挟着篮球的孩子还站在街对面看着他们,这会儿他的身影投射在地上像个长长的起重架。

“赶快离开这儿,孩子,”埃蒂说,“你可没来过这儿,也没看见什么。滚你的吧。”

那孩子跑了。

寇尔朝他咧嘴而笑。

“坐过去,”埃蒂说。

“我想你还是往中间坐,埃蒂。”

“坐过去,”埃蒂又说。寇尔看着他,然后又看看安多利尼,后者没搭理,只是把驾驶座这边的门关上,然后就目不斜视安安稳稳地坐在那儿,像是一尊涅槃的佛陀,由着他们为争座位而扯来扯去。寇尔又回头瞧了瞧埃蒂那张脸,决定自己坐到中间去。

他们一路向市区驶去——枪侠其实不知道,(看到一座斜拉上升的巨大桥梁优美地横跨在那条宽阔的河流上,他真是惊讶万分,这桥就像一个钢铁的蜘蛛网,还有一个带旋翼的空中飞车,一个古怪的人造昆虫,)他们要去的地方就是塔。

9

巴拉扎和安多利尼一样,也相信埃蒂并没有给条子干活;他和安多利尼同样明白这一点。

酒吧没人。门上挂着**今夜不营业**的标志,巴拉扎坐在自己的办公室里,等着安多利尼和寇尔·文森特带迪恩小子过来。

他的两个私人保镖，一个叫克劳迪奥·安多利尼，是杰克的兄弟，另一个叫西米·德莱托，坐在巴拉扎那张大写字台左边的沙发上，看着巴拉扎把纸牌一张一张往上搭，瞧得津津有味。门开着，门外是一道狭小的门廊。往右走可以通到酒吧后边，再过去是一个小厨房，那儿总有许多制熟的意大利面食。往左是会计办公室和储藏间。在会计室里，另外三个巴拉扎的"绅士"——他们就是以此著称的——正跟亨利玩着棋盘游戏。

"好啦，"乔治·比昂蒂正在说，"这儿有道容易的题，亨利，亨利？你在哪儿，亨利？去找亨利，去找亨利来，进来，亨利。我再说一遍：进来，亨——"

"来了，来了，"亨利说。他说话的声音含糊不清，就像是躺在床上睡眼惺忪地告诉妻子自己醒了，于是妻子就让他再睡五分钟。听上去就这样。

"行啦，这一类是艺术和娱乐。这个问题是……亨利？你他妈的难道当我的面就打瞌睡，你这狗屎！"

"我没有！"亨利恼怒地顶了回去。

"那好，这个问题是，'威廉·彼特·布莱迪[①]哪一部很受欢迎的小说，背景是华盛顿特区郊外的乔治敦上流社区，写一个年轻姑娘被恶魔私藏起来的故事？'"

"约翰尼·凯什[②]。"亨利回答。

"耶稣基督！"特里克斯·波斯蒂诺喊道，"你回答什么都来这么一句！约翰尼·凯什，你他妈的回答什么都来这么一句！"

"约翰尼·凯什就是一切。"亨利庄重地回答，接下来便是一阵沉默，他们对这个回答显然非常惊奇……接下来爆发的一阵

---

① 威廉·彼特·布莱迪(William Peter Blatty，1928—　)，美国电视剧和惊悚小说作家，著有《驱魔师》(*Exorcist*)等。

② 约翰尼·凯什(Johnny Cash，1932—2003)，美国乡村音乐歌手。

大笑不是发自跟亨利呆在一个房间里的人，而是另外两个坐在储藏间里的“绅士”。

“你要我把门关上吗，巴拉扎先生？”西米平静地问。

“不用，这样挺好，”巴拉扎说。他是第二代西西里移民，但他说话的口音已经一点也听不出来了，而且也听不出他还曾在街面上混过。他和生意上的同龄人很不一样的地方是，他是高中毕业生，其实学历还不止高中，他还上过两年商学院——在纽约大学。他的声音，就像他做生意的方式一样，是美国式的温文尔雅。看他外表就像看安多利尼一样，很容易让人产生错觉。人们第一次听见他清晰而纯正的美国英语时，都会惊呆了，还以为听到的是一种特别出色的腹语呢。因为他的外表看上去就像是个乡巴佬或是旅馆老板，或是一夜暴富的黑手党——只不过是撞上运气，凑巧在某时某地捞着了一票，而不是靠聪明才智打拼成功。看上去他很像是上一代人称为“八字胡彼特”的聪明人。他大腹便便，穿得像个农民。这天晚上他穿一件白色的平纹全棉衬衫，领口敞开着（腋窝下面全是渗出的汗斑），腿上是一条平板的斜纹裤子。面团似的脚上没穿袜子趿着平跟船鞋，那鞋旧得不像双鞋，倒像是拖鞋片儿。脚踝上裸露着蓝色和紫色的静脉，那些曲张的血管纵横交错。

西米和克劳迪奥望着他，有一种心驰神迷的感觉。

在过去的日子里，人们叫他*伊尔·罗切*——石头。一些过去的老人现在还这么称呼他。在写字台右边最上面的抽屉里，一般生意人总会搁些拍纸簿、钢笔、别针什么的，而恩里柯·巴拉扎却一直在那儿搁了三副纸牌。但他从来不跟手下人玩牌。

他只是把牌搭来搭去。

他会抽出两张牌来，把它们搭成一个A字，这时还不能把牌横搁上去。接着，他再搭一个A字。在两个A的顶部，他会放上一张牌，做成一个顶。他会一个叠着一个地搭 A 字，直到他桌上的 A 字一直撑到天花板那么高。如果你凑上去看，全是像蜂窝似的一个个三角形。西米曾看见这牌屋倒塌过几百次。（克劳迪奥也时不时目睹此景，只是不那么经常，因为他比西米要年轻三十岁，西米希望和他娶来的母狗老婆一起回新泽西的农庄，在那里，他将把所有时间都花在园艺上……而且要比他娶来的母狗老婆活得长；比岳母大人活得长是甭想了，他早已放弃了瞻仰岳母大人葬礼仪容的痴心妄想，岳母大人是老不死的，但活得比母狗老婆长总还是有指望的。他父亲曾对他说过这样的话，翻译过来大致是这个意思“上帝每天都在你脖子后边下大雨，但只要有一次漫上来就能淹死你”。可是西米压根儿没觉得父亲的意思是说上帝毕竟是个好人，所以他只希望能和某个人一起过，如果不可能和另外的人一起过的话），但他只有一次看见巴拉扎为牌屋的倒塌而发过脾气。一般说来是由其他事情引起的——某人在另一个房间里关门太重了，或是一个醉鬼稀里糊涂地撞到了墙上；经常是西米看着醉心搭牌的巴拉扎先生（他还是叫他老板大人，就像是切斯特·古尔德[①]的连环漫画里面的人物）花费好几个小时搭起来的高楼倒塌了，只是因为自动唱机播放音乐时低音部分太响了。有几回，这些空中楼阁似的建筑却完全是由于看不见的原因而倒塌。曾经有一次——他把这件事跟别人说过至少有五千次了，其中有个家伙（他以为自己不同凡响似的）对他这个故事都听得不耐烦了——老板大人从一堆纸牌废墟上抬起眼睛看着他说：“你看见了，西米？为着每一个因为自己的孩子死在路上而诅咒上帝的母亲；为着每一个苦

① 切斯特·古尔德（Chester Gould，1900—1985）美国漫画家，二十世纪三十年代初所作连环漫画《迪克·特雷西》很受公众欢迎。

命的父亲——那倒霉蛋每天都在诅咒那个把自己从厂里开除、让他失业的主儿；为着每一个痛苦与生俱来而诅天咒地的孩子，这就是答案。我们的生命就像是我搭建起来的东西。有时候，它的倒掉是有理由的，有时候，却压根儿一点理由也没有。”

卡罗西米·德莱托认为这是他听到过的关于人类生存状况最深刻的表述。

巴拉扎为纸牌楼房倒塌而发脾气还是十四年前的事儿，那回他搭到了十二层高。那家伙进来时已喝得烂醉。一个什么风度举止也挨不上的家伙。一身臭烘烘的，闻着就像一年才洗一次澡似的。那是个爱尔兰人，也就是说，肯定是酒鬼了。爱尔兰人八成是酒鬼，但不碰毒品。这家伙以为所谓老板大人的写字台上那堆家什不过是摆弄着玩玩而已。在老板大人向他解释过以后，还要扯着喉咙朝他大喊：“许个愿吧！”这时一个“绅士”也正学着老板大人的口吻对边上的人解释，这会儿为什么不能谈生意。这爱尔兰人是他们那路红毛鬈发鬼当中的一个，脸色惨白惨白的。他们的名字都是以 O 字打头，在 O 和真实名字之间有一个小小的弯曲记号。这家伙冲着老板大人的台面吹了口气，像是一口气吹灭生日蛋糕上的蜡烛，纸牌扬开去，撒得巴拉扎满头满脸。于是，巴拉扎拉开写字台左边最上层的抽屉，那里面别的生意人多半会搁些文具或是私人备忘录之类的东西，而他却从里面掏出一把点 45 手枪，当下便打爆了那家伙的脑袋。当时巴拉扎连眼睛都没眨，当西米和那个名叫特鲁门·亚历山大（这人四年前死于心脏病）的家伙把他拖到康涅狄克州塞当维拉城外的一处养鸡场埋了后，巴拉扎还对西米说，“现在该有人来把它搭上去了，哥们。只能让上帝来吹倒它了。你说是不是？”

“是的，巴拉扎先生。”西米这样回答。他确实同意这说法。

巴拉扎点点头，很高兴。“你真的同意我说的话？你们把那家伙弄到某个鸡棚、鸭棚或是别的什么地儿，把他给收拾好了？”

“是的。”

“很好。”巴拉扎平静地说，然后又从右边最上层的抽屉里拿出一副牌。

对巴拉扎，*伊尔·罗切*来说，只搭一层是不够的。在第一层的顶上，他准会再搭第二层，只是第二层不如第一层那么宽；第二层顶上是第三层；第三层顶上是第四层。他会一直搭下去，不过搭到第四层时，他得站着摆弄了。你也不必再把腰弯得很低去张望，而当去看时，你看见的不是一排排整齐的三角形，而是一条脆弱而又美得不可思议的钻形长廊，简直令人难以置信。你朝里面看得太久的话会感到头晕目眩。西米有一次曾在科尼岛[①]的魔镜迷宫里领受过这种感觉。他后来再也不进那种地方了。

西米说（他知道没人会相信这话，因为没人关心搭成这样或是搭成那样）他曾见过巴拉扎搭起来的不是通常的纸牌屋，而是一座纸牌塔，那塔搭到九层高的时候倒塌了。他告诉过每一个人，最让他惊讶不已的是没人来干扰，没有任何该死的西米不知道的事儿发生；他当时就在*老板大人*身边。他要是能把当时的情形一五一十地描述出来，估计他们也会惊讶得要死——那样子真是玲珑剔透，从桌面搭到天花板，几乎快要搭成一个三叠塔了，花里胡哨的“J”牌、两点牌、老K、十点牌和大爱司牌，组成一幢红黑相间的纸质钻形塔，那是一个以不规则的力的运动所支撑的另类世界；这座塔在西米惊讶的眼睛里是对所有不公正的互相矛盾的生活的一个断然否决。

---

① 科尼岛（Coney），纽约市的一处娱乐区。原为一海岛，水道淤塞后变为长岛的一部分。

如果他知道其中的奥秘，他就会说：我看着他搭出这座塔，就我的理解而言，这无疑是对日月星辰的诠释。

10

巴拉扎知道每件事该有的结局。

条子嗅出了埃蒂——也许是他太蠢，偏偏把埃蒂派到了最要紧的地方，也许是他本能地对埃蒂还心存疑虑，但埃蒂好像还干得不赖，挺像回事儿的。他的叔叔，他在生意上的第一个老板，曾说过每项规则都会有例外的，但只有一项没有例外：永远不要相信一个瘾君子。巴拉扎听了一声不吭——那不是一个十五岁的男孩说得上话的地方，即使表示同意也不该他多嘴——可是私下里他也想过，这项没有例外的规则的意思正是对某些规则的例外而言，看来这规则也有问题。

如果蒂奥·维罗纳今天还活着，巴拉扎想，他没准就在笑话他，说，瞧啊，里柯，你总以为自己永远是最聪明的一个，你知道规则，你总是为让人敬重而闭上嘴巴，什么也不说，但你眼睛里总是会看见那道鼻涕。你总是太相信自己的聪明了，所以你最后总得栽在自己骄傲的泥潭里去，我一直就明白你就是那号人。

他拈了一张A牌，把它放在桌上。

他们抓住了埃蒂，把他羁押了一会儿，又把他给放了。

巴拉扎逮住了埃蒂的兄弟，搜了他们一同存放货品的地方。把他带来也许就明白了……他需要埃蒂。

他需要埃蒂就是为了这两小时，这两小时不对劲。

他们在肯尼迪机场审讯他，不是在第四十三街，那也不对劲。那就是说埃蒂把大部分甚至是全部的可卡因都给甩了。

还是他要了什么花招?

他想着。琢磨来琢磨去。

埃蒂在所有旅客都下飞机后又过了两小时才走出肯尼迪机场。这段时间对于他们审出一个结果来显得太短,而如果以此做出埃蒂是清白的判断,这段时间又太长了点,如此决断弄不好有可能轻率地酿成大错。

他想着。琢磨来琢磨去。

埃蒂的兄弟是个木讷的怪人,但埃蒂却是聪明的,埃蒂皮实得很。本来他不应该只在那里头呆两个小时……除非是由于他的兄弟。扯上他兄弟的什么事。

可是还有,怎么他没有被带到第四十三街去?怎么没有被塞进海关那种像邮政车(除了后窗的格栅)似的厢式押运车里?埃蒂真的做了什么手脚吗?把货丢了?还是藏起来了?

不可能把货藏在飞机上。

也不可能丢弃了。

当然也不可能从监禁的地方逃脱,抢了某个银行,弄出什么勾当。当然有人会玩这一手。哈利·胡迪尼[①]就曾从锁得严严实实的囚车里挣脱一身镣铐逃之夭夭,还操了银行的金库。但埃蒂不是霍迪尼!

他是什么?

他本来可以把亨利在寓所里干掉,也可以在长岛东部那儿把埃蒂给解决掉,或者,更好的办法是,也在寓所里把他做了,那情形会让警察看了以为是两个瘾君子癫狂绝望之中忘乎兄弟之情,彼此厮杀起来。但这会留下许多未知的答案。

---

① 哈利·胡迪尼(Harry Houdini,1874—1926),出生于匈牙利的魔术师,擅长特技表演,以令人匪夷所思的遁术而闻名于世。

他要在这儿得到这些答案，这是为将来考虑，或者说也是为了满足他的好奇心，得看看最后答案是什么，然后再干了这对宝贝。

多了一些答案，少了两个瘾君子。得到了一些，失去的不多。

在另一个房间里，游戏又轮到亨利了。“好了，亨利，”乔治·比昂迪说，“仔细听好，这回得使点技巧了。这是一道地理题。问题是：‘作为一种原生动物，袋鼠只存在于一个大陆，是哪个大陆？’”

一阵沉默的停顿。

“约翰尼·凯什。”亨利吼道，随之招来一阵粗嘎的哄堂大笑。

墙壁都震动了。

西米很紧张，等着巴拉扎那一屋子的纸牌（这搭起的纸牌，如果上帝愿意，或者以他的什么名义运作宇宙的看不见的力量在暗中推动，那将成为一座塔）倒塌掉。

纸牌微微晃动。如果一张倒下，整个儿都将坍塌。

可是没有。

巴拉扎朝上看着，微笑着对西米说，“伙计。”

他说。“上帝是仁慈的；上帝是邪恶的；时间太少了，而你真是个没用的家伙。”

西米微笑了。“是的，先生，”他说，“我是个没用的东西，可我会为你去擦屁股。”

“你才没那么麻利呢，屁眼儿，”巴拉扎说，“叫埃蒂·迪恩该干什么干什么去吧。”①他文雅地微笑着，开始搭建纸牌塔的第二层。

---

① 楷体排出的文字原文为意大利西西里语。

11

卡车开到巴拉扎那地方的小街时，寇尔·文森特凑巧瞧了埃蒂一眼。他觉得恍惚看见了一桩不可思议的事儿。他试图想要说什么，却硬是说不出来。他的舌头好像给粘到腭壁上了，只能发出几声含含糊糊的嘟哝。

他分明看见埃蒂的眼睛由褐色变成了蓝色。

12

这一次罗兰折腾起来完全是下意识的，他想也没想就跳了出来，这就像是有人闯进屋子时，不由自主地从椅子上一跃而起的掏枪动作。

*塔！*他激动地想。*这就是塔，我的天啊，这塔是在空中的，这塔！我看见了在空中的塔，身廓是如炽如焰的红色线条。库斯伯特！阿兰！戴斯蒙德！塔！塔——*

但这时他发觉埃蒂在使劲挣扎——不是抗拒他，而是试图想告诉他，试图对他解释什么事儿。

枪侠缩回去了，听着——绝望地听着，这时他身处海滩潮汐线上的躯体已失去时空的感觉，那具没有意识的躯体正在抽搐和颤抖着，就像酣然进入欣喜若狂的幽深梦境，要不就是在梦中陷入恐怖的深渊。

13

标志！埃蒂在自己脑海里尖声大叫……朝另者尖叫着。

是标志！只是个霓虹灯标志，我不知道你在想着的塔是个什么东西，但这只是个酒吧，巴拉扎的地盘，斜塔，他给自己酒吧的命名，就是那个在比萨的塔的名字，据说这就是他妈的那个在比萨的斜塔的标志！别闹了！别闹了！你难道想让我们没等出手就被他们干掉？

比萨？枪侠怀疑地嘟囔着，又回头看一眼。

一个标志。是的，没错，这会儿他看出来了：那不是塔，只是个广告标志。那上边有许多扇贝形的曲线，朝一边倾斜着，看上去蛮漂亮，但也就是这么回事儿。他现在看清楚了，这标志是由一些管子搭成的，管子里好像灌满了熊熊燃灼的又像是流光溢彩的红色火焰。在某些部位上，这样的火焰不像别处那么耀眼；灯光标志的这一部分在扑扑地跳动，嗞啦嗞啦地发出响声。

现在他可以看见塔下面的文字了，那也是用管子弯出来的，多半是大写字母。他认出了**塔**这个词，是的，**斜的**。**斜塔**。打头的单词有三个字母，第一个是 T，最后一个是 E，中间那个字母他从来没见过。

Tre？他问埃蒂。

THE。这不代表什么意思。你看见这标志了？这就是意思！

明白了，枪侠回答，但他不知道这囚徒真是这么想的，还是要把他的注意力从这个怪怪的图形——火焰似的线条拼成的塔上——挪开去呢？不知道埃蒂是不是认为任何标志都不足挂齿。

那就镇定些！你听见我说的吗？酷着点！

酷？罗兰问，两人都感到了罗兰在埃蒂的意识中会心一笑。

酷，没错。让我来对付这些吧。

好吧，就这么着。他让埃蒂去应付眼前的事儿。

就一会儿。

14

最后，寇尔·文森特总算能在嘴里甩动他的舌头了。“杰克。”他喊出的声音沙哑闷浊，像捂着毛茸茸的毯子似的。

安多利尼关掉引擎，看着他，有点恼怒。

“他的眼睛。”

“他眼睛怎么啦？”

“是啊，我的眼睛怎么啦？”埃蒂问。

寇尔看着他。

太阳落下去了，天空中只留下白日的最后一抹余晖，但这点光线还足以使寇尔看清埃蒂的眼睛又变回了褐色。

——如果这双眼睛还有过其他颜色的话。

你明明看见了，他还有一部分意念执拗地告诉自己。但真的是那样吗？寇尔二十四岁，从他二十一岁以来的这几年里，没有人认为他是一个值得信赖的人。只不过有时候还能派点用处罢了。差不多也算是有点规矩……如果到时候给他一阵当头棒喝的话。要说他值得信赖？不。寇尔最终自己也不能相信这一点。

“没事。”他嘀咕了一声。

“那我们走吧。”安多利尼说。

他们出了比萨车。安多利尼和寇尔一左一右，埃蒂连同枪侠一起走进了这个**斜塔**。

第五章

摊牌与交火

1

在二十年代比莉·霍利戴[①]的蓝调音乐中——这个歌手有一天突然发现了她自己的某种真相——有这样一句歌词："医生告诉我女儿你得快点歇手/倘若再来一支火箭那就是你最后的一支了。"亨利·埃蒂最后的火箭[②]是在那辆货车停在斜塔前，他的兄弟被带进来的五分钟前射出的。

乔治·比昂迪——朋友们叫他"大乔治"，又被他的对头称作"大鼻子"——站在亨利的右边，所以由他来向亨利提问。这会儿昏昏欲睡的亨利坐在桌前一个劲儿地眨动着猫头鹰似的眼睛，特里克斯·波斯蒂诺把骰子拿在手里，那只手由于海洛因的长期侵蚀已经见出最糟糕的结果了，颜色泛灰的肌肤正是坏疽的征兆。

"轮到你了，亨利。"特里克斯说，跟着亨利就从他手上把骰子拨弄下来。

他茫然地瞪视着两眼，丝毫没有想玩游戏的样子，杰米·哈斯皮奥把骰子移到他面前。"看着这个，亨利，"他说，"你有机会得分拿馅饼了。"

"里斯[③]的诗，"亨利做梦似的说，然后四下看了看，好像刚刚醒过神来，"埃蒂在哪儿?"

---

① 比莉·霍利戴(Billie Holiday, 1915—1959)，美国爵士乐女歌手。此处称"二十年代……蓝调音乐"可能有误，霍利戴的职业演出生涯始于一九三一年。

② 火箭，原文 rocket，在美国俚语中也是某些毒品的代名词。

③ 里斯(Lizette Woodworth Reese, 1856—1935)，美国女诗人。

“他很快就来这儿，”特里克斯安抚他，“玩游戏吧。”

“来一针怎么样？”

“玩游戏吧，亨利。”

“好吧，好吧，别靠在我身上。”

“别靠着他。”凯文·布莱克对杰米说。

“好吧，我不靠。”杰米说。

“你准备好了？”乔治·比昂迪说，他看着亨利的下巴垂至胸前，又慢慢抬起来——就像看着一块木头在水里颠起颠落，一边朝其他人使劲眨眼。

“好吧，”亨利说，“来吧。”

“来吧！”杰米·哈斯皮奥兴奋地大声嚷嚷。

“你来操这个蛋！”特里克斯表示同意道。所有的人都哄然大笑起来。（在另一个房间里，巴拉扎的牌楼这会儿搭到三层高了，又颤动了一下，却没倒。）

“好啦，听好啦，”乔治说着又眨了眨眼。虽说这回亨利应该轮到体育类题目，但乔治念出来的却是艺术和娱乐一类。“哪一个最流行的西部乡村歌手以《一个叫苏的男孩》和《福尔松囚徒的蓝调》以及其他许多乡巴佬歌曲闹了个大红大紫？”

凯文·布莱克，还能再押上七点或是九点的，（如果给他扑克筹码的话，）刚才笑得前俯后仰的，差点把桌面都给顶翻了。

乔治仍在装模作样地看着手里的卡片：“这个流行歌手还有个出名的绰号叫做黑衣人。他的名字会让人联想到撒尿的地方，他的姓氏又让人想到要掏你的钱包了，除非你他妈的是靠扎针过日子的。”①

---

① 这里提到的“黑衣人”就是前一章里亨利反复说起的歌手约翰尼·凯什。其名字 Johnny 与 John 发音接近，在美国俚语中 John 有厕所的意思，而他的姓氏 Cash 跟现金是一个词。

一段期待中的长久的沉默。

“沃尔特·布伦南[1]。”亨利最后说。

一阵咆哮似的大笑。杰米·哈斯皮奥死死拽住凯文·布莱克。凯文·布莱克在杰米肩上不停地捶着。巴拉扎的办公室里，垒起来的扑克牌已经有点塔的模样了，这会儿又晃动了一下。

“别闹了！”西米叫道，“老板大人在搭房子。”

他们马上安静下来。

“好了，”乔治说，“你可答对了，亨利，这问题挺难的，不过你算过了。”

“我总是能过的，”亨利说，“我总是能把他妈的这玩意儿搞定，来一针怎么样？”

“好主意！”乔治说着从他背后拿出一个罗依-坦烟盒。取出一个针管。他在亨利疤痕累累的肘部找到静脉扎了进去，亨利的最后一支火箭起飞了。

2

比萨车外面看着乱糟糟的，但是藏在它肮脏不堪的外表和粗糙的喷漆画里面的那些玩意儿，竟是缉毒局的家伙们也会羡慕不已的高科技产品。正如巴拉扎不止在一个场合说过的，你不可能去打赢大好佬们，除非有实力和他们比试一下——除非你能在设备上跟他们较劲。这些玩意儿可是价格不菲，但在巴

---

① 沃尔特·布伦南（Walter Brennan，1894—1974），美国电影演员，曾多次获得奥斯卡最佳男配角奖。

拉扎看来购置它们是占了大便宜:他买这些东西至少挤掉了缉毒局采购的价格水分。电子公司的职员们倒也愿意一路屁颠颠地跑到东海岸来以最低价格把这些东西卖给你。那些 catzzaroni(杰克·安多利尼把他们叫做硅谷的可卡因头儿)实际上是把这些东西丢给了你。

在仪表板下面是一个扰警仪;一台超高频雷达干扰发射机;一台远程/高频无线电发报机探测仪;一台远程/高频干扰发射机;一个带放大装置的发射机应答器,可以同时在康涅狄克州、哈莱姆区、蒙陶克海湾的任何地方通过标准的三角测量法追踪并确认这辆卡车;一台无线电话……还有一个小红按钮。(埃蒂·迪恩一离开卡车,安多利尼就摁下了这个按钮。)

在巴拉扎办公室里的信息传输装置马上就发出了一声短促的提示音。

"他们来了,"他说,"克劳迪奥,让他们进来。西米,你去告诉所有的人都不准出声。要让埃蒂·迪恩相信除了你和克劳迪奥没别人和我在一起。西米,你和其他的绅士一起到储藏间去。"

他们走了。西米向左拐,克劳迪奥·安多利尼转向右边。

平静中,巴拉扎往他的楼房上又搭了一层上去。

3

就让我来对付好了,克劳迪奥打开门时,埃蒂又说。

好的。枪侠说,但他保持着警觉,随时准备应付突如其来的变故。

钥匙咔嗒嗒地响了一下。枪侠非常熟悉这种气味——陈旧脏烂的汗衫气味从他右边的寇尔·文森特那儿飘来,那种刺鼻的近乎辛辣的须后水味道来自左边的杰克·安多利尼,当他们走进幽暗的房间时,扑面而来的便是一股浓烈的啤酒酸腐味儿。

所有的气味中他能够辨别的就是啤酒味儿。枪侠打量着,这不是那种地板上撒满锯木屑的窳陋的客厅,也不是用板材搁在锯木架上搭成的酒吧——不像是你远在特岙时见过的席伯酒吧那种场所。到处是玻璃柔和的闪光,这地方的玻璃比他成人以后见过的所有的玻璃还多,小时候他还是见过许多玻璃。当时他们的物质供应线已经快中断了,部分原因是因为法僧的叛军实行了禁运袭击。但大部分原因,他想,是因为世界在向前发展,在转换了。法僧只不过是这个巨大变化的征象,不是原因。

他到处都可以看见他们的映像——在墙上,在玻璃面的柜台上,在柜台后面长长的镜子里;他甚至可以看见他们映在优雅的玻璃酒杯里弯曲缩小的身影,那种钟形酒杯悬挂在酒吧的顶架上……玻璃如同节日里的装饰品般华丽而易碎。

一个角落里摆放着一盏灯具似的东西,像是雕刻出来的,那玩意儿升起来,变幻着颜色,升起来,变颜色,升起来,再变颜色;金色变成绿色;绿色变成黄色;黄色变成红色;红色又变回金色。那上面用线条勾勒的大写字母他能认出,却一点也不明白是什么意思:**ROCKOLA**。

别去想了。这儿不就是要做生意嘛。他不是旅游者;他决不能让自己的举止表现得像一个旅游者似的,不管这些东西有多么神奇。

那个带他们进来的家伙显然就是开车送他们来这儿的人的兄弟,那辆车埃蒂叫它厢式运货车(可能是先运他们来这儿的意思吧,枪侠猜想)。那人比司机高很多,也许还年轻五岁。他的枪藏在衣服里面。

"亨利在哪儿?"埃蒂问。"我要见亨利。"他提高了嗓门。"亨利！嗨，亨利！"

没人回答；只是挂在酒杯架上的玻璃杯似乎发出了人耳无法辨识的微微震颤。

"巴拉扎先生想要先和你谈谈。"

"你们把他的嘴巴塞住了拴在一个什么地方了，是不是?"埃蒂问，没等克劳迪奥开口回答，埃蒂就笑了起来。"不，我在想什么呢——你们把他砸死了，就这么回事。你们这帮人想要亨利闭嘴干吗还要费心用绳子和布头捆住他呢？好吧，带我去见巴拉扎，我们来把这事儿了结吧。"

4

枪侠看着巴拉扎桌上的纸牌塔想道：*又是一个标志吗?*

巴拉扎没往上瞧——这纸牌塔已经高到不必抬头往上看了——看不到顶了。他的表情是愉快而热情的。

"埃蒂，"他说，"很高兴见到你，孩子。我听说你在肯尼迪机场遇到点麻烦。"

"我不是你的孩子。"埃蒂断然地说。

巴拉扎做了一个不起眼的手势，那动作表示的意思是，这可有点滑稽，令人伤感也难以置信，好像在说：*你伤害了我，埃蒂，你这样说话伤害我了。*

"让我们来把事情了结吧，"埃蒂说，"你知道这事儿会有两个结果，不是这样就是那样；或者是条子打发我来，或者是他们放我走。你知道他们不可能在两个小时内就把我弄趴下的。你也知道他们要是把我弄到四十三街去的话，我得把所有的事情全都抖搂出来。”

“那么是不是他们派你来的呢，埃蒂?”巴拉扎温和地问。

“不。他们让我走了。他们跟着我。但我没让他们跟住。”

“所以你就把货给甩了，”巴拉扎说，“那真是太妙了。你必须告诉我，你在飞机上用什么法子把两磅可卡因给扔掉了。这可能是最有用的信息了。简直就是一个上了锁的房间里的神秘故事。”

“我没扔掉，”埃蒂说，“但也不在我这儿。”

“那么是谁拿了?”克劳迪奥问道，然而在他兄弟阴郁而凶狠的注视下，他刷地一下脸红了。

“他拿了，”埃蒂说着，笑了，越过纸塔指着恩里柯·巴拉扎。“已经送到这儿了。”

这是埃蒂被带进办公室后，巴拉扎脸上第一次闪现出来的真实表情:惊奇。不过他这神态稍纵即逝。又是一脸文雅的微笑。

“好啊，”他说，“那么具体地点也许是稍后告知，等你见到了你的哥哥和你的货以后。但那地儿兴许是在冰岛。我们该怎么去那儿呢?”

“不，”埃蒂说，“你没听明白我的意思。就在这儿。已经拿到你的办公室里了。就像我们事先讲好的那样。这年头，说来还是有人相信做人应该讲信用，原先怎么说好的就该怎么去了结。你们去稀奇吧，我知道，但这千真万确。”

他们几个都发愣地瞪着他。

*我干得怎么样，罗兰？*埃蒂问。

我觉得你干得不错。但别让这个巴拉扎稳住神儿，埃蒂。我觉得他很危险。

你也这么想，哈？不错，这点我比你清楚，我的朋友。我知道他很危险。他妈的非常危险。

他又看着巴拉扎，朝他眨了一下眼睛。“这就是为什么现在你成了条子留神的人，而不是我。如果他们这会儿闯进来向你出示搜查令，你会突然发觉自己连腿都不用掰开就被操了，巴拉扎先生。”

巴拉扎抽出两张牌。他那双手突然颤抖了一下，然后把牌搁到一边。这不过是一分钟的事情，但罗兰看出来了，埃蒂也看出来了。那是一种吃不准的表情——甚至有点害怕，也许——在脸上闪现过，但马上就消失了。

“注意你说话的方式，埃蒂！也留神你自己的模样，我的时间和耐心对于胡说八道都是有限度的，你记住。”

杰克·安多利尼看上去很警觉。

“他和他们搞了个小小的交易，巴拉扎先生！这小屎球把可克[①]给转移了，他们假装审问他的时候就把那玩意儿栽到这儿了。”

“没人来过，”巴拉扎说，“没人能挨近这地方，杰克，你知道的。连鸽子从屋顶飞过蜂鸣器都会叫起来。”

“可是——”

“虽说他们有可能会在某个地方给我们栽赃，但他们里头也有不少我们的人，我们三天之内也能在他们的案子里捅上十五个窟窿。我们会了解那到底是谁，什么时候，整个过程是怎么回事。”

巴拉扎回看着埃蒂。

“埃蒂，”他说，“给你十五秒钟来停止你这胡吹瞎侃。到时候我得把西米·德莱托喊过来扁你一顿。这顿暴扁之后，他一转身出去，你就会从隔壁房间里听到他扁你兄弟的声音。”

埃蒂好像僵在那儿了。

---

① 可克，原文 coke，指可卡因。

放松,枪侠轻声地说,他同时想到,能够对他造成最大的伤害就是提及他兄弟的名字。那就像是在戳一处裸露的伤口。

"我要去盥洗室,"埃蒂说。他隔着老远指着左边角落里那个房间,那扇门像是墙上的一块嵌板,根本不易察觉。"我得独自进去。等我出来,就交付一磅你的可卡因。一半的货。你可以验一下。然后,你把亨利带到这儿,带到我能看得见的地方。等我见了他,看见他挺好,你就把我们的货交给他,让你的一个绅士开车把他送回家。他走的时候,我和……"罗兰,他几乎说了出来,"……我和我俩认识的谁谁谁就待在这儿,在你眼皮子底下看你搭这玩意儿。一等亨利回家,而且一切妥当——那也就是说,没人站在那儿把枪子儿射进他耳朵里——他得打电话来,得说上几句。这是我离开之前要处理的事儿。只是以防万一。"

枪侠检视一下埃蒂的意识,掂量着这是不是他真实的想法。他觉得是真的。或者,至少埃蒂真是这么想的。罗兰注意到埃蒂真的是相信如果说了不恰当的话,他的兄弟亨利就得遭殃。对这一点枪侠还不是很确定。

"你肯定以为我还相信圣诞老人呢。"巴拉扎说。

"我知道你不信。"

"克劳迪奥。搜他一下,杰克,你到我洗手间里去搜一下。角角落落都搜搜。"

"难道那里边还有我不知道的地方吗?"安多利尼问。

巴拉扎沉默良久,用那双棕色眼睛仔细打量着安多利尼。"那儿后墙上有一小块嵌板,后面是一个药品柜,"他说,"我在那儿搁了些私人物品。可那地方要塞进一磅可卡因还嫌不够大,不过你最好还是去检查一下吧。"

杰克离开了,当他进入那个密闭的小房间时,枪侠瞥见一道白光一闪而过,就是曾照亮空中飞车上那个私室的白光。随后那门就关上了。

巴拉扎又在朝埃蒂眨眼。

“你为什么要疯疯癫癫地扯这番谎话?”他几乎是用悲哀的口气问道,“我还以为你是个聪明人呢。”

“看着我的脸,”埃蒂平静地说,“告诉我,我是在撒谎?”

巴拉扎照着埃蒂说的那样看着他。看了很长时间。然后挪开目光,两手深深地插进裤子口袋里,把裤腰都拽下去了,隐隐露出了他那乡下人的屁股。他这姿态是表示遗憾表示悲哀的一种方式——对一个犯了错的儿子的遗憾和悲哀——但在他转过身之前,罗兰已经看见了巴拉扎脸上的表情,那没有什么遗憾和悲哀。巴拉扎对着埃蒂的面孔时,他让埃蒂看见的表情不是遗憾的悲哀,只是一种深藏不露的忐忑不安。

“脱光了。”克劳迪奥说,这会儿他拿枪对着埃蒂。

埃蒂开始脱衣服。

5

我不喜欢这样,巴拉扎想道,他在等着杰克·安多利尼从洗手间里出来。他有点害怕了。突然间不仅是胳膊下面在出汗,胯下在出汗,他这些部位即使在最冷的冬天也会出汗,但这会儿他竟然浑身都是汗了。埃蒂一向是那种瘾君子的做派——一个聪明的瘾君子还是瘾君子,就是那种会被毒鱼钩子扎住卵蛋牵到任何地方去的人——可是这次回来他好像变得,像是个……像什么?像是脱胎换骨成了另一个人了。

像是什么人把另一套五脏六腑塞进了他的腹腔里。

是的。这就是了。还有这毒品这操他妈的毒品,杰克正把洗手间翻个底朝天,克劳迪奥像是监狱里凶狠的虐待狂似的搜着埃蒂的身;埃蒂神定气闲地站在那儿——克劳迪奥时不时往手掌心里吐唾沫,已经是第四次了,还擤着鼻涕往右手上抹,那只手朝埃蒂的屁眼里捅进去,直到深及手腕,还又往里边捅进一到两英寸——巴拉扎以前绝对不相信哪个瘾君子会有这样的表现——不管是埃蒂还是其他什么人。

他的洗手间里没找出毒品,埃蒂身上乃至他体内都没有。埃蒂的衣服里也没有,他的外套,他的旅行袋里都没有。这么看来其实狗屁都不是,只是虚张声势。

看着我的脸,告诉我,我是在撒谎?

他正是这么做的。他以为自己看见的是一张惴惴不安的脸。而他眼里的埃蒂·迪恩却是如此坦然自信:他想到洗手间里去,出来时会带给巴拉扎一半的货。

巴拉扎几乎要相信了。

克劳迪奥那只手抽了出来,带出埃蒂·迪恩屁眼里叶的一声响。克劳迪奥那嘴巴扭动得像一根打了结的钓鱼线。

“快,杰克,这小子的屎沾在我手上了!”克劳迪奥气恼地大喊大叫。

“要是知道你要往我这地方查看,最后一次拉屎时我得用一条椅子腿把屁眼弄干净,”埃蒂温和地说,“那样的话你手伸出来也会干净些,我也不用站在这儿感觉像是被公牛费迪南德[①]操了似的。”

“杰克!”

“到楼下厨房里去,把你自己洗洗干净,”巴拉扎平静地说,“埃蒂和我没有理由要互相伤害,是不是,埃蒂?”

---

① 《公牛费迪南德》(*Ferdinand the Bull*),曾获一九三九年奥斯卡金像奖最佳动画短片奖。

“是啊。”

“他是干净的，不管怎么说，”克劳迪奥说，“嗯，我说的干净不是那个意思。我是说，他身上没带着什么。你完全可以相信这一点。”他举着那只脏手走出去，像是捧了条死鱼。

埃蒂平静地看着巴拉扎，后者正在想着哈瑞·霍迪尼，想着布莱克斯通①，还有道格·海宁②、大卫·科波菲尔③。人们总是说魔术表演就像杂耍一样根本没什么人气了，但是那次在亚特兰大，海宁那位巨星，还有科波菲尔那小子表演魔术，人群挤得水泄不通，那场面正好让巴拉扎赶上了。巴拉扎头一回在街角目睹扑克牌戏法表演时就喜欢上了魔术师。他们通常先将一样什么东西展示在你面前——能让全体观众都看见并引起欢呼？他们会邀请观众上来，以确认这只兔子或是鸽子或是一个光着胸脯的妞儿或是不管什么东西出现的地方刚才完全空无一物。更让人惊奇的是，他们还让人瞧个明白，那里面没什么可以藏东西地方。

我想他可能已经得手了。我不知道他是怎么弄的，我不在乎。我只是明白地知道一件事，那就是我不喜欢事情是这个样子的，都他妈该死。

6

乔治·比昂迪也没什么可喜欢的。他担心埃蒂·迪恩会不会为这事儿而发起疯来。

---

① 布莱克斯通（Harry Blackstone, 1885—1965），美国魔术师。
② 道格·海宁（Doug Henning, 1947—2000），加拿大魔术师。
③ 大卫·科波菲尔（David Copperfield, 1956— ），美国魔术师。

乔治在某种程度上相信会有这种可能——西米走进会计办公室去熄灯，发现亨利死了。悄无声息地死了，没有骚动，没有忙乱，没有惊扰。他只是像一棵蒲公英一样在微风中飘走了。乔治觉得亨利可能是克劳迪奥在厨房洗手那当儿死去的。

“亨利？”乔治当时凑在亨利的耳边轻轻唤他。他嘴巴凑得那么近，就像是在影剧院里吻一个姑娘的耳朵呢，这他妈真叫人恶心，尤其是当你想到这家伙可能已经死了——这就是那种昏睡恐惧症，或是甭管他们把这称做什么——他必须知道是怎么回事，巴拉扎办公室和这个会计办公室之间的墙壁很薄。

“出什么事了，乔治？”特里克斯·波斯蒂诺问。

“闭嘴。”西米说。他的声音像一辆闷声驶过的卡车。

他们不做声了。

乔治把手伸进亨利的衬衫里。噢，越来越不对了，越来越不对了。和一个姑娘在影剧院里搞事的样子一直在他脑子里盘桓。现在他正要把她弄得兴奋起来，是他而不是她，这不仅是昏睡恐惧症，简直是他妈的同性恋昏睡恐惧症，亨利那皮包骨头的吸毒者的胸口已经不再一起一伏，那里头没什么东西还在扑通—扑通—扑通。因为亨利·迪恩玩完了，因为亨利·迪恩的球赛在第七个回合被取消掉了。他身上没什么还能动弹的东西了，除了手表。

他裹入了西米·德莱托那身浓重的老乡村橄榄油和大蒜气味里。

“事情有麻烦了。”乔治悄声说。

7

杰克出了盥洗室。

“那儿没毒品，”他说，他毫无表情地看着埃蒂，“如果你还指望着窗子，那你最好死了心吧，那儿安着十根钢筋的网笼。”

“我可不在窗子上打主意，货确实在那里面，”埃蒂平静地说，“只是你不知道在哪儿找。”

“对不起，巴拉扎先生，”安多利尼说，“这样的胡说八道我已经听够了。”

巴拉扎在仔细研究埃蒂，好像没听到安多利尼在说话。他琢磨得很深。

想到魔术师从帽子里拽出了兔子。

你叫上一个观众前去看明白了帽子里空无一物。还有什么事是不能改变的吗？没人看见帽子里的戏法，除了魔术师，当然是这样啦。*那小子怎么说来着？我要走进你的洗手间里去。我自己进去。*

魔术是怎么变的向来不是他想知道的事；弄明白了就会败坏兴致。

通常是这样。

然而，这回不一样，这样的把戏是他等不及想要戳穿的。

“好吧，”他对埃蒂说，“如果确实在那儿，你去拿来。就像现在这样进去，光着屁股。”

“行啊。”埃蒂说着便朝洗手间的门走去。

“但不是你一个人，”巴拉扎说。埃蒂马上站住了，他的身子陡然变得僵硬起来，好像巴拉扎用一根看不见的渔叉击中了他，巴拉扎也明白地看见了。这似乎是第一次没顺着这小子的路子走。“杰克跟你一块儿进去。”

“不，”埃蒂马上说，“这不是我——”

“埃蒂，”巴拉扎温雅地说，“你别对我说不。这是你唯一永远不可以逞能的事儿。”

8

没关系，枪侠说。让他来。

但是……但是……

埃蒂近乎惊慌起来。这不是因为刚才巴拉扎突然掷来一个曲线球①；而是对亨利的担忧在咬啮着他的心，这种担忧越来越重地压在心上，压过了其他一切事情，他需要来一针。

让他来吧。没关系的。听着。

埃蒂听着。

9

巴拉扎看着他，这个瘦削的赤裸着身子的家伙，只消打量一眼就能判定这人是个典型的瘾君子——下陷的胸部，低垂的肩膀，脑袋歪向一边，他这么对着巴拉扎，似乎他的某种自信已经蒸发掉了。他好像在聆听只有他才能听到的某种声音。

同样的念头也在安多利尼的脑子里闪过，但他想的是另一种套路：是什么东西？他像是早年美国无线电公司那种胜利唱片上的狗②！

寇尔曾对他说过埃蒂眼睛的事儿。突然，杰克·安多利尼真希望自己当时是听见他说什么了。

一只手里是希望，另一只手里是狗屎，他想。

---

① 曲线球，原文 curve-ball，美国口语中有“诡计”、“花招”的意思。

② 指胜利公司出品的唱片上的标志，那图案是一只狗和一台带喇叭的留声机。

这时埃蒂不可能一直听着他脑子里的声音。

“好啊，”他说，“来吧。杰克。我要给你看世界第八大奇迹。”他脸上闪过一个不易察觉的微笑——杰克·安多利尼和恩里柯·巴拉扎都没有留意到。

“是吗？”安多利尼从枪架上拿了一把枪塞进身后枪套，“我就要惊呆了？”

埃蒂把微笑的嘴巴咧开了：“噢，是啊。我想这就要把你震趴下了。”

10

跟着埃蒂走进洗手间，安多利尼便举起枪，因为他感到紧张。

“关上门。”埃蒂说。

“操你蛋。”安多利尼顶他一句。

“关上门，要不就别想拿到货。”埃蒂说。

“操你蛋，”安多利尼又顶他一句。不过这次他心里有点儿发毛，感到这儿似乎有什么他不能理解的事要发生了，在卡车上安多利尼总是一副阴沉样儿，这会儿也顾不上故作深沉了。

“他不肯关上门，”埃蒂冲着巴拉扎叫喊。“我都不想跟你合作了，巴拉扎先生。你有六个机灵的家伙守在这儿，每个人兴许有四把枪，而你俩却让一个上厕所的孩子，一个吸毒小子吓掉了魂儿。”

“把他妈的门关上，杰克！”巴拉扎喊道。

“那就好，”埃蒂听见杰克在他身后把门一脚踢上便夸道。“如果你是个男子汉，或者是个——”

“噢,小子,我可受够了这些臭大粪了,”安多利尼随口嚷嚷起来。他举起枪,朝前顶了一下,想对着埃蒂的嘴巴横向砸过去。但这时他的身子却僵住了,枪顺着身体滑落下来,咧开的嘴巴在那儿叽哇乱叫,他张嘴是要骂粗话却骂不出来,却也合不拢了——他看见了寇尔在卡车上目睹的情形。

埃蒂的眼睛从褐色变成了蓝色。

“抓住他!”一个低沉的语音命令道,这声音出自埃蒂嘴里,却不是埃蒂的声音。

精神分裂症,杰克·安多利尼想。他准是得了精神分裂症了,他妈的精神分裂——

然而,当埃蒂的手抓住他肩膀时这念头突然中止了,因为这时他看见埃蒂背后三英尺高的地方突然出现了一个真实的洞。

不,不是洞。作为一个洞,它的形状也太规整了点。

这是一扇门。

“仁慈的圣母马利亚。”杰克小声地叫唤起来。这扇门朝外挑出,就在巴拉扎的浴室跟前,可以看见一英尺左右的高处悬着另一个空间的地面,他看到了那个黑暗的海滩,斜斜地伸向波浪翻卷的海面。有一样什么东西在海滩上挪动。有东西。

他的枪掉了,他原打算抡过去把埃蒂的门牙全敲掉,结果只是让他嘴唇蹭破一点皮,出了一点血而已。现在身上所有的力量全都离他而去了。杰克觉得自己正经历着这样的感觉。

“我告诉过你会把你的短袜都扒下来的。杰克,”埃蒂说着使劲拽起他。杰克直到最后一刻才意识到埃蒂想做什么,这才像一只野猫似的拼命挣扎起来,可是太晚了——他们磕磕绊绊地穿过了那道门——夜间的纽约城总是喧闹盈耳,声音如此熟悉而长久相伴,会让你以为这声音永远不能从耳边抹去,除非纽约城不在那儿了——可是就在此时此刻,这声音被海浪的喧嚣掩去了，被海滩上隐隐可见随处爬蹿的魑魅之物叽叽喳喳的发问声取代了。

11

*我们得很快赶过去，要不我们会发现自己被架在烘干炉上*烤了，罗兰一开始就这么说，埃蒂想来这意思是说，他们要是不能以该死的光速飞快地把事情办了，他们的屁眼就要被煮了。他也相信是这么回事。至于这死硬派分子，杰克·安多利尼很像是德怀特·古登：你也许可以晃他一下，也许可以震他一下，但如果一开始就让他滑脱的话，他可能过后就把你踩扁了。

*用左手！*他们通过这扇门时，罗兰对着自己尖叫着，这时他和埃蒂分离了。*记住！左手！左手！*

他看见埃蒂和杰克朝后绊了一下，一起摔倒在地，然后滚在海滩边上巨岩错列的砾石堆里，争夺着安多利尼手里的枪。

罗兰有一刻想到一个将会发生的极为荒谬的大玩笑：倘若他回到自己的世界却发现他的肉体已经死了……那么，这就太晚了。要感到奇怪也太晚了，要回去也太晚了。

12

安多利尼不明白究竟发生了什么事。一部分原因是他肯定自己是发疯了；还有就是他确信埃蒂给他服了毒品或是把他麻翻了或是对他做了诸如此类的手脚；除此，他相信自己孩提时代的上帝对他那些邪恶行为厌恶至极，报复终于降临——把他从那个熟悉的世界给揪了出来，扔到这古怪的世界里来。

很快，他看见了门，那儿还开着，放出一道扇形的白光——这束光从巴拉扎的洗手间投射过来——射到这片礁石地上——他开始明白自己还是可以回去的。安多利尼是一个比任何人都富于理性也更注重实际的家伙。他会在事后再来猜测所有这一切事况的意义。当下，他要干了这爬虫的屁股然后从那道门返回去。

在他惊惶之中离他而去的力量这会儿又充盈了他的全身。他意识到埃蒂正试图夺走他手上的枪，那是一把看着虽小却很管用的柯尔特眼镜蛇手枪，差点就要让他得手了。杰克把手枪撇出一个弧度，把枪口扳过去，试图瞄准，埃蒂这工夫又抓住了他的胳膊。

安多利尼抬起膝盖顶住埃蒂右腿的大腿根（安多利尼那条昂贵的华达呢宽松便裤这会儿沾满了灰扑扑脏兮兮的海滩砂粒），埃蒂被顶压得尖叫起来。

"罗兰！"他大喊，"快来帮我！看在上帝分上。救命！"

安多利尼猛地扭头四处顾望，这下看见的情形差点又叫他晕厥过去。那儿出现了一个人……在他看来更像是鬼而不是人。而且还不是卡斯珀[①]那个友善的鬼。那抖抖嗦嗦的手指是惨白的，形容枯槁的脸上满是粗糙的胡子楂，他那身衬衫像破布条似的披挂着，风一吹来像是一条条在他身后扭动的飘带，他胸前的一根根肋骨清晰可见。一块肮脏的布条裹着他的右手。他看上去病恹恹的，肯定有病而且病得快死了，但尽管如此他那副刚毅样儿还是让安多利尼觉得自己像个软蛋。

这怪人佩着两把枪。

---

① 卡斯珀(Casper)，一个卡通造型的可爱小幽灵，又被称为"鬼马小精灵"。

看起来这两把枪比山还老，老得都够资格进西部蛮荒时代博物馆了……但枪还是枪，还是有它的实战用途，安多利尼意识到他这就要来搭救这白脸小子了……除非他真的是个幽灵。果真是的话，那也没关系，压根儿不用担心。

安多利尼放开埃蒂，朝右打了个滚，感觉中礁石划破了他那五百美元的运动外套。就这工夫，枪侠抽出左边的枪，他的动作一如既往，别看病恹恹的却十分准确到位；十分清醒却又恍如还睡得迷迷糊糊：快得超过阴郁的夏天里的一道闪光。

我被打中了，安多利尼想，心里极为惊讶。老天啊，他比我见过的任何人出手都快！我被打中了，上帝神圣的母亲马利亚，他这就要给我一枪送我滚蛋了，他是鬼——

这衣衫褴褛的人扣动左轮手枪的扳机，然后安多利尼想——确实这样想——在他意识中其实只有简单的咔嗒一声，没有噼啪震响之前，他就死了。

哑火。

微笑，安多利尼跪起身来，举起他自己的枪。

“我不知道你是谁，但你可以亲吻你的蠢驴说再见了，你他妈的幽灵。”他说。

13

埃蒂坐起来，他赤裸的身子蹿起一层鸡皮疙瘩。他看见罗兰抽出手枪，听到那咔嗒一声（本该是砰的一声），看见安多利尼跪起身来，听见他说的那话，他还没想好自己要怎么办手里就摸到了一块有棱有角的大石头，他费劲地把它从砾石堆中拽出，狠命地扔了出去。

石头击中安多利尼的后脑勺，弹了开去。鲜血从杰克·安多利尼开了花的头皮里涌了出来。安多利尼开枪了，可是那颗本来肯定会射死枪侠的子弹放空了。

14

并不是完全放空，枪侠原本可以告诉埃蒂，当你感到嗖嗖的风声擦着脸颊而过时，你就不能把这叫做放空。

他狠狠地把枪上的扳机拉回去，把刚才朝安多利尼射击时弹出的扳机再扣回来。

这一次，子弹在弹膛里射响了——干巴巴的戛然越空的噼啪声在海滩上回响着。栖息在远离大螯虾的礁石高处的海鸥惊飞而起，尖叫着，惶惶地扑在一处。

枪侠的子弹本该让安多利尼彻底歇手，却被意外退膛的后坐力干扰了，然而安多利尼这时还能动弹，他侧身倒在地上——被那块击中脑袋的石头砸得晕头转向。在他听来枪侠左轮手枪里发出的那一声枪响有点模糊而遥远，但子弹像是烧灼着的钎条猛然插进他的左臂，那痛楚又延伸到肘弯，足以使他从昏厥中清醒过来，继而站了起来，他那条断臂已经派不上用处了，而另一只手还举着枪抖抖瑟瑟地搜寻着目标。

他首先发现的目标是埃蒂，埃蒂这小瘾虫，就是这家伙不知变着什么法儿把他弄到这么个神经错乱的世界里来了。埃蒂赤条条地站在那儿，就像他刚出生时一样，两条胳膊抱在胸前，在寒风中抖成一团。好吧，他也许会死在这儿，但是能拽上他妈的埃蒂·迪恩这小子做个垫背的，至少有一份快感。

安多利尼举起枪。这把小眼镜蛇现在似乎有二十多磅重，但他还能攥得住。

15

千万别再是哑火，罗兰一咬牙，又把扳机拉回去。在海鸥嘈嘈窃窃的尖唳中，他听见随着弹膛转动的一记顺畅滑溜的咔嗒声。

16

不会哑火了。

17

枪侠没有朝安多利尼的头部瞄准，而是击中了安多利尼的手。他不知道他们是否还需要这家伙，但也许还用得着；这家伙对巴拉扎很重要，巴拉扎已经在每一件事情上都证明了他是罗兰熟知的危险人物，最好的方式就是最安全的方式。

他打得很准，这一次没有意外；已经料定了安多利尼的枪和他本人会有什么下场。罗兰见过这种结果，但在曩昔的岁月里，人与人互相对射的情形他只见过两回。

你的坏运气来了，伙计，瞧见安多利尼尖叫着踉踉跄跄地走下海滩时，枪侠在想。喷涌而出的鲜血沾满了安多利尼的衬衫和裤子。那只捏过柯尔特眼镜蛇手枪的手下半截手掌不见了。

那枪成了一堆不成模样的金属碎片散落在沙滩上。

埃蒂直愣愣地瞪着他，惊呆了。这下子没人再把安多利尼的脸错认为原始洞穴人的脸了，因为他现在压根儿没有脸了；原来的面部现在再也看不出脸的模样了，只有一堆模糊的血肉和一个还在发出尖叫的黑洞——那是他的嘴巴。

“我的上帝，怎么回事啊？”

“肯定是我的子弹击中了他的旋转枪膛，而就在那一瞬间他扣了扳机，”枪侠说。他的声音干巴巴的像是学院派教授在作弹道学讲座。“结果就发生了爆炸，把他自己的枪给炸崩了。我想可能弹匣里还有一两颗子弹也发生了爆炸。”

“毙了他，”埃蒂说。他比刚才抖瑟得更厉害了，由于夜晚的寒意，由于海边的冷风，由于全身赤裸，当然还不仅仅是这些。“杀了他吧，让他解脱吧，看在上帝分上——”

“晚了，”枪侠冷漠的语气简直寒气砭骨，冷冷地钻进了埃蒂的骨头缝里。

埃蒂转过身去，已经来不及了，安多利尼没能躲开大螯虾似的怪物，让它扑到自己脚上，撕下他的古奇牌船形平底鞋……那只脚，当然还在鞋子里头。安多利尼在他面前尖叫着，疯狂地挥舞着手，又被拖了过去。怪物们贪婪地扑到他身上，一边嘶啃着这个活生生的人，一边急不可耐地朝他发问：爹爹—啊—嚼嚼？是不是—嗯—小鸡？达姆—啊—嚼嚼？多达—啊—块块？

“耶稣啊，”埃蒂呻吟道，“我们现在怎么办？”

“我们现在确切说已经拿到了

（魔—粉，枪侠说；可卡因，埃蒂听见了）

也就是说，你答应过要交给那个叫巴拉扎的人的东西到手了，”罗兰说，“不多也不少，我们可以回去了。”他平视着埃蒂。

“这回我得跟你一起回去。我带我自己过去。”

“耶稣基督，”埃蒂说，“你能行吗？”旋而自己又答上一句。“你当然能行。可你这是为什么？”

“因为你自己一个人对付不了，”罗兰说，“到这儿来。”

埃蒂回头看着海滩上那堆蠕动的怪物，一个个弓着后背在那儿扒拉着食物。他从来没喜欢过杰克·安多利尼，可他还是感到胃里在上下翻腾。

“到这儿来，”罗兰不耐烦地催促他，“我们没多少时间了，对这些不得已只能去做的事儿我一点也不喜欢。我以前从来没做过这档子事儿。也根本没想过我会沾手这事儿。”他痛苦地扭动着嘴唇。“我开始习惯做这样的事儿了。”

埃蒂慢慢挪步朝这骨瘦如柴的人形靠近，两条腿越来越黏滞。他一身赤裸的白净的肌肤上隐隐闪着异样的暗光。*你究竟是何方神圣，罗兰？*他想。*你怎么回事？你身上怎么热乎乎的——只是发烧吗？还是疯狂？没准都是吧。*

上帝啊，他需要来一针。说真的，他该来上一针。

“你以前从来没做过什么？”他问，“你刚才怎么说来着？”

“拿上这个，”罗兰说。他指指挂在自己右臀上那把左轮枪。他没指，只是做个手势而已，因为没手指可以摆弄，只有一截破布裹着的断指根儿。“这对我不好。倒不是现在，可能我永远都将为此而倒霉。”

“我……”埃蒂咽了咽口水，“我不想碰这玩意儿。”

“我也没想要你玩这个，”枪侠用一种古怪而文雅的口气说，“可是恐怕我们俩都没有选择，等会儿就要开火。”

“有必要吗？”

“当然，”枪侠平静地看着埃蒂，“只能这样，我想。”

18

巴拉扎愈来愈感到不安。时间太长了。他们在那里面待的时间太长了，而且一点动静都没有。远远地，好像是在相邻的街区，他听到有人在互相叫喊，然后是咔嗒咔嗒的响声，好像是开火的声音……

一声尖叫。是一声尖叫吗?

别去管它，隔壁街区不管发生什么都不关你屁事。你快变成一个老太婆了。

但那也一样，那征兆不对，非常不对。

“杰克?”他冲着关着门的洗手间叫唤。

没人应声。

巴拉扎拉开写字台左边最上层的抽屉，取出枪。这不是柯尔特眼镜蛇手枪，不是那种可以塞进一只蛤壳式手枪套里的小巧玲珑的玩意儿;这是一支点357梅格纳姆手枪。

“西米!”他喊道，“你给我过来!”

他砰地关上抽屉。纸牌塔纷纷塌落下来。巴拉扎甚至没去留意它。

西米·德莱托，两百五十磅体重的身量塞满了门道。他看见老板大人从抽屉里拿出了手枪，便嗖地从彩格呢外套下抽出他自己的枪。那件外套颜色十分鲜艳，谁若长时间盯着，准能被闪瞎了眼。

“我要克劳迪奥和特里克斯都过来，”他说，“叫他们快点。这小子要搞什么名堂了。”

“我们有麻烦了。”西米说。

巴拉扎的眼睛从洗手间门上闪回西米身上。“噢，我都有一大堆麻烦了，”他说，“这回的麻烦是什么呢，西米？”

西米抿抿嘴唇。即便在一切都顺风顺水的情况下他也不愿在老板大人面前报告任何坏消息；他就是这副模样……

“嗯，”他说，抿了抿嘴唇，“你瞧——”

“你就不能他妈的说快点吗？”巴拉扎叫道。

19

左轮手枪的檀香木枪柄太滑溜，埃蒂接过来时差点让它从手上滑落到脚趾上。这老大的家伙简直像是史前文物，笨重得要命，他知道自己得用两只手才能端起它。这枪的后坐力，他在想，我一开枪，没准会让我一下子就顶穿身后那堵墙。然而，他身体中的某一部分——是想要举起这玩意儿；想要回应那种完美地表达什么的召唤；想要感受到那段隐晦的、血淋淋的历史，想要成为其中的一部分。

除了最出色的那一个，还没有人曾在手里捧过这样一个宝贝呢，埃蒂想，到目前为止，至少是这样。

“你准备好了吗？”罗兰问。

“还没呐，不过我们来吧。”埃蒂说。

他用左手抓紧了罗兰的左腕。罗兰用他发烫的右臂抱住埃蒂赤裸的肩膀。

他们一起穿过那扇门，从罗兰濒临死亡的世界，从那个海风阵阵的幽暗海滩，回到了巴拉扎**斜塔**里面那间闪着荧光的洗手间里。埃蒂眨眨眼睛，使自己适应这里的光线，他听见西米·德莱托在另一个房间里的声音。“我们有麻烦了，”西米正好在说这句话。不是谁都有麻烦，埃蒂想。接着他的眼睛盯上了巴拉扎的小药箱。那箱子还开着。在他的记忆中，他听到巴拉扎吩咐杰克去搜查洗手间，当时安多利尼还说有什么地方是他不知道的吗，巴拉扎迟疑了一会儿才回答。那儿后墙上有一小块嵌板，那后面是一个药品柜，他曾这样说。我在那儿搁了些私人物品。

安多利尼打开过那面金属嵌板，但忘记关上了。"罗兰！"他压低声音喊。

罗兰举起枪，把枪管压在自己嘴唇上作了个噤声的手势。埃蒂悄没声息地蹿到药箱跟前。

一些私人物品——里面有一瓶栓剂，一份名为孩子的游戏（封面上是两个作深吻状的光身子女孩，约摸八九岁的样子）的杂志模糊不清的复印件……有八袋或是十袋的凯福莱克斯的样品。埃蒂知道凯福莱克斯。吸毒的人，一般来说，因为容易受到感染，所以不管到了哪儿，他们都有些药物知识。

凯福莱克斯是一种抗生素。

"噢，我已经有一大堆麻烦了，"巴拉扎正在说这话，听上去已是大为头痛，"这回的麻烦是什么呢，西米？"

如果这样的事还不能叫做麻烦的话，那就没有什么事能叫他心烦的了。埃蒂想。他开始朝外扒拉那些袋子想往自己口袋里塞。但马上意识到他没有口袋，差点噗地笑出来了。

他把那些袋子都扔进洗涤槽。想过后再来拿走……如果还有过后的话。

"嗯，"西米在说，"你瞧——"

"你就不能他妈的说快点儿吗？"是巴拉扎叫嚷的声音。

"是那小子的大哥，"听见西米这样说，手上还拿着最后两袋凯福莱克斯的埃蒂顿时僵住了。这会儿他更像那只老美国胜利唱片公司唱片封套上的狗了。

"他怎么啦？"巴拉扎不耐烦地问。

“他死了。”西米说。

埃蒂马上把那两袋凯福莱克斯扔进洗涤槽，转向罗兰。

“他们杀了我哥哥。”他说。

20

巴拉扎扯开喉咙告诉西米这时候别拿这么一堆破事来烦他，因为他得对付眼下至关重要的事儿——你看这小子竟然想搞他和安多利尼，或许先别算上安多利尼，这可是不能容忍——当时他清清楚楚地听到这小子的叫声（不用说对方也听到了西米和他的声音）。“他们杀了我哥哥。”那小子在说。

突然，巴拉扎把自己那票货扔在脑后了，对那诸多疑问或是其他一些事儿也不在意了，他只想着如何在事情发展得更怪诞之前刹住呼啸前驶的车子。

“杀了他，杰克！”他喊道。

没有回应。他听见那小子叫嚷起来：“他们杀了我哥哥！他们杀了亨利。”

巴拉扎突然明白了——明白了——这小子不是在和杰克说话。

“去叫绅士们，”他对西米说，“所有的人都叫来。我们要火烧他的屁股，等他挂了，我们要把他丢进厨房，我要把他脑袋剁下来。”

21

“他们杀了我哥哥，”囚徒说。枪侠什么也没说。他只是看着他在想:这些瓶子。在洗涤槽里。那是我所需要的,或者是他认为我所需要的。这些袋子。别忘了。别忘了。

喊声从另一个房间里传来:"杀了他,杰克!"

埃蒂和枪侠都没留意这个声音。

"他们杀了我的哥哥。他们杀了亨利!"

在另一个房间里,巴拉扎正在说着要剁下埃蒂的脑袋。枪侠似乎发现了某种尚可聊以自慰的事儿:这个世界并非所有的一切都和他自己那个世界不一样,事情似乎如此。

那个被称作西米的人正对着另外一些人嘶吼着。随之便是一阵打雷似的跑步声。

"你想要做些什么呢,还是就站在这儿?"罗兰问。

"噢,我是得做些什么,"埃蒂说着举起枪侠的左轮枪。虽说前一刻他还觉得自己需要两只手才能端起这把枪,可这会儿他很轻松地就举了起来。

"那么你想要做什么?"罗兰问,这声音听来似乎很遥远。他病了,全身都在发热,现在的热度是新一轮发烧的起始,这情形对他来说实在是太熟悉了。在特岙的时候就是这种高烧完全控制了他。这是战场之火,压制着一切念头,他需要做的只是停止思维和开始射击。

"我得去干一仗。"埃蒂平静地说。

"你不明白你在说什么,"罗兰说,"可你会明白的。当我们从这道门里穿过去时,你走右边,我只能走左边。我的手不方便。"

埃蒂点点头。他们投入了自己的战争。

22

巴拉扎期待看见的应是埃蒂,或是安多利尼,要不也是两人一起出来。怎么也没料到跟埃蒂一起出来的竟是从未见过的陌生人,一个高个儿男人,一头肮脏的灰黑色头发,那张脸看着像是被某个原始神灵从顽石中凿出来似的。有那么一忽儿工夫,他不能确定朝哪边开枪。

西米不管这一套,他可没有这份麻烦。老板大人被埃蒂气疯了。所以,他要先把埃蒂的脑袋给轰掉,然后再来操心另一个屁眼[1]。西米老谋深算地转向埃蒂,扣住自动步枪的扳机一连扳了三下。炸飞的门框还没落地就燃烧起来。看见这大块头男人转过身飞速地滑过地面,朝这边过来了,埃蒂急忙左躲右闪,就像一个参加迪斯科舞大赛的小子在蹦蹦跳跳,只是这小子跳得太投入了,竟没意识到自己少了约翰·屈伏塔[2]那身行头,连内衣内裤都没穿。他的鸡巴随着跳动左右乱甩,赤裸的膝盖蹭在地面上一阵热辣辣的,在随之而来的摩擦升温中似乎就要烧着了。他头顶上的塑料天篷被打出几个大洞,活像是瘢节累累的松树。碎屑像雨点似的落到他肩上和头发里。

别让我光着身子死去,我得来一针,上帝啊,他祈祷着,心里也明知这般祈祷还不如亵渎来得好些;这简直是荒谬。但他还是没法阻止自己这么想。我要死了,求求你,只要让我再来一针——

枪侠左手上的左轮枪响了——这声音在空旷的海滩上就非常响了;在这儿,简直就是震耳欲聋。

"噢,天呐!"西米·德莱托哽着喉咙,气喘吁吁地说。他还能喊出声来也真是个奇迹。他胸前蓦然出现一个窟窿,就像有

---

① 原文为意大利西西里语。

② 约翰·屈伏塔(John Travolta, 1954—),美国电影明星,他在一九七七年主演的《周末狂热》(*Saturday Night Fever*)一片中身着白色西装狂热摇摆的镜头,造成轰动效应,以至带动全球性的迪斯科舞热。

人在一个大桶上凿了一个洞。他的白衬衫上瞬即淌出一片红色，好像一片盛开的罂粟花。“噢，天呐！噢，天呐！噢——”

克劳迪奥·安多利尼把他推到一边去，西米嘭的一声倒下。巴拉扎挂在墙上的两幅照片也砸了下来。其中一幅照片上，老板大人在警察体育联盟的晚宴上向一个咧嘴微笑的孩子展示年度优秀运动员纪念奖章。照片镜框落到西米头上，碎玻璃撒在他肩膀上。

“噢，天呐。”他用细若游丝的声息呻吟道，嘴里开始冒出血沫。

克劳迪奥跟在特里克斯和守候在储藏室里的一个人后面。克劳迪奥两只手上都有自动步枪；从储藏室里出来的那家伙操着一把锯短了的雷明顿枪，看上去像是一支得了腮腺炎的大口径短筒手枪；特里克斯·波斯蒂诺拿着一把他称之为一级棒的兰波机关枪——这是一支 M16 式的火力压制性武器。

“我的哥哥在哪儿？你他妈的吸毒鬼！”克劳迪奥尖叫道。“你把杰克怎么样了？”他压根儿没想要对方回答什么，一边嚷嚷着，手上两把枪就已经开始扫射起来。我要死了，埃蒂自忖，但罗兰又开枪了。克劳迪奥·安多利尼也挂着一身血污朝后退去。他手里的自动步枪飞了出去，滑过巴拉扎的写字台。枪重重地砸在地毯上那堆纸牌中间。克劳迪奥的大部分内脏都甩到了墙上，他都来不及攥住它们。

“逮住他！”巴拉扎尖叫道。“抓住那个幽灵！那小子没什么要紧的！他不顶屁事，只不过是个光屁股的小瘾虫！抓住那个幽灵！把他一枪轰了！”

他那把点三五七手枪的扳机扣动了两下。这把大家伙的声响跟罗兰的左轮枪一样震耳欲聋。射向那堵墙的两下枪击不是紧挨着打出两个并列的弹孔（罗兰正蹲在那墙后面），而是正好在罗兰脑袋两侧的仿木护壁上轰出了两个豁口。洗手间里白色的光线透过不规整的洞口投射出来。

罗兰扣动他手上的左轮枪。

只是一声干涩的咔嗒。

哑火。

“埃蒂!”枪侠吼叫起来,埃蒂举枪,扣动扳机。

枪声巨响,刹那间,埃蒂还以为枪在手里炸开来了,就像杰克当时的情形一样。后坐力倒是没把他弹穿墙壁,但那猛烈的冲击力震得他手臂朝上反折,差点把肌腱都扯断了。

他看见巴拉扎肩膀裂开一块,血喷了出来,听到巴拉扎在刺耳地尖叫着,就像一只发疯的野猫,他大喊大吼,“那个小瘾虫没什么危险的,你在说什么?这是什么?你他妈的成木头了吗?你搞死我和我的哥哥?我要叫你看看谁是危险的!我要——”

储藏室里那家伙的那支枪管截短的枪开火时,听起来像是手榴弹爆炸的声音。就在墙壁和洗手间的门被打出上百个窟窿眼的同时,埃蒂倒地打了个滚。他赤裸的皮肤被灼伤了好几处,埃蒂明白,倘若藏在储藏室的那家伙当时更靠近些,情况就不是刚才那个样子了,他那会儿就蒸发掉了。

嗨,不管怎么说我都要死了,他想道,他看着储藏室里那个举着雷明顿枪的家伙又在填子弹,枪又搁上前臂。这家伙正咧嘴而笑。他的牙齿黄得要命——埃蒂觉得这帮人肯定很长时间没跟牙刷打照面了。

基督啊!我要被他妈的一个满嘴黄牙的家伙给干了,我都不知道他叫什么名字呢,埃蒂意识模糊地想着。至少,我朝巴拉扎身上来过一下了。至少,我干得够出格的。他不知道罗兰是不是还开过一枪,他记不得了。

“我看见他了!”特里克斯·波斯蒂诺兴奋地叫唤起来,“吉姆，给我清场子，达里奥！”这个名叫达里奥的还没来得及给他清场子，特里克斯的兰波机关枪就开射了。重武器的火力在巴拉扎的办公室里恣意逞威。这阵猛扫的第一个结果是救了埃蒂一命。本来达里奥枪上的准星正好瞄住了埃蒂，刚要扣动扳机，特里克斯的扫射打断了他。

“住手，你这白痴！”巴拉扎尖叫着。

可是特里克斯既没听见，也不可能停下来，或是不想停下来。他嘴咧得老大，唾沫闪闪中露出一口活像一条巨鲨的牙齿，从房间这头扫射到那头，把两面护墙板扫成粉末，把相片镜框变成一团飞旋的玻璃尘暴。洗手间门上的铰链扫断了。巴拉扎镶有毛玻璃的单人淋浴房炸裂了。那面“为一毛钱奔走”①的奖牌是巴拉扎去年刚得到的，这会儿也被枪子儿打得像敲钟似的叮当乱响。

在电影里，端着速射武器去射杀别人痛快至极。而现实的情形是，这事儿却很少会这么顺手。如果情况真像电影里那样，最初的四五次射击就该把对方干掉。（不幸的达里奥，如果他有能力证明什么的话，他本该把这事儿先给证明一下。）当最初的四五发子弹射出之后，难免会遇上这样两种情形——哪怕他是一个强壮有力的家伙——他得费劲地控制住手里的武器，因为枪口开始上抬，射手自己的身子不是歪到了右边就是歪到了左边，这取决于他用哪一边倒霉的肩头来抵住武器的后坐力，所以只有老傻或是电影明星才会想要用这种枪；拿这玩意儿上阵，就好比企图用一把风钻射杀对手。

埃蒂有一刻完全呆怔在那儿，什么有意识的动作都没有，只

---

① “为一毛钱奔走”(March of Dimes)，美国的一个救助儿童的大型慈善活动，以防止儿童早夭为宗旨，自一九三八年以来每年通过步行马拉松等形式募集资金。

是瞪着这个白痴的疯狂举动。蓦然间，他发现有人从特里克斯身后挤过门槛，便马上举起罗兰的左轮枪。

“看到他了！”特里克斯带着歇斯底里的兴奋尖叫着，那种兴奋劲头只能是由于电影看得太多，已经分不清什么是他自己头脑里想出来的，什么是现实中的真事儿了。“看到他了！我看到他了！我看——”

埃蒂扣动扳机，特里克斯天灵盖以上的部分马上就无影无踪了。从这人的举止来看，好像不是什么大角色。

耶稣基督啊，这些武器一旦射出去，就能轰出几个大洞来，他想。

埃蒂左侧传出一声很响的枪声。他发育不良的左肩二头肌上被什么东西豁出一道热烘烘的口子。他瞥见巴拉扎在堆满纸牌的写字台角上举着那把梅格纳姆手枪朝他瞄准。他肩膀上已经流下了一摊红色液体。枪声再次响起时，埃蒂猛地缩下身子。

23

罗兰竭力蹲下身子，瞄准第一个冲进门里的家伙，扣动扳机。他拨弄过旋转枪膛，把可用的子弹填进去，把哑弹都抖落到地毯上，他是用牙齿来完成这些动作的。巴拉扎已经让埃蒂挂了花。如果这颗再是哑弹，我想今儿我俩都得挂了。

幸好不是。枪声大作，枪在他手上反弹了一下，杰米·哈斯皮奥扭转身子倒在一边，点45手枪从他没有知觉的手中滑落下来。

罗兰看见另外一个蹲伏在后面的人，于是匍匐着爬过满是碎木屑和碎玻璃碴的地板。他把左轮手枪搁回枪套里。想要用他缺了两根手指的右手来填塞弹药简直是开玩笑。

埃蒂干得不错。枪侠忖度着埃蒂眼下的模样——想到他其实是赤身裸体地在投入战斗。这太不容易了。通常这是不可能做到的。

枪侠抓到了一把克劳迪奥·安多利尼扔下的自动手枪。

“你们其他人都还在等什么?”巴拉扎嘶叫着,“耶稣啊!吃了这些家伙吧!”

大乔治·比昂迪和另外一个家伙,从储藏室里出来冲进这屋子。那个从储藏室里出来的人正用意大利语大吼大叫。

罗兰匍匐着爬向角落里的写字台。埃蒂正起身,朝门口和那个冲进来的人瞄准。他知道巴拉扎在那儿,等着他,但他觉得自己现在是两人中唯一能玩枪的,罗兰想。这里又有一个人愿为你而死,罗兰。你激发起这样可怕的忠诚是一个多么大的错误啊。

巴拉扎站起来,没看见枪侠正在他侧面。巴拉扎只想着一件事:终于可以把这小瘾虫干了,让这个给他带来毁灭性打击的家伙一命呜呼吧。

“不——”枪侠叫喊起来。巴拉扎循声转了过去,见他那模样突然吓了一跳。

“去你妈——”巴拉扎说着扬起他的梅格纳姆手枪。枪侠用克劳迪奥的自动手枪朝他射了四枪。这不过是个廉价的小玩意儿,比玩具好不了多少,他捏着这玩意儿都嫌脏了手,但是用一件卑劣的武器来杀死一个卑劣的人兴许也算是物尽其用了。

恩里柯·巴拉扎死了,脸上还残留着最后惊愕的一瞥。

“嗨,乔治!”埃蒂喊道,一边扣动了枪侠的左轮枪扳机。令人满意的噼啪声再度响起。这宝贝里面没有哑弹,埃蒂疯狂地想。这回我绝对搞定了。乔治被埃蒂的子弹一下撂倒,背部朝地倒在一个尖叫的家伙身上，把那人砸扁了，像九柱戏被击中的柱子，只是更惨不忍睹。一个不合情理却完全明晰的念头冒了出来：他感到罗兰的枪似乎有着某种魔力，一种护身符似的力量。只要手里着端着这把枪，他就不可能受到伤害。

接下来一阵沉寂无声，沉寂中埃蒂听到大乔治身下有人在呻吟，(当乔治倒在鲁斯·凡切奥——这个倒霉蛋的名字——身上时，压断了凡切奥的三根肋骨，)他自己耳朵里也听到了那种骨折的脆响。他不知道自己是不是还会再听到这样的声音。刚才那阵疯狂的枪响似乎已经结束了，相比之下，埃蒂以前听过的那些最吵吵闹闹的摇滚音乐会，也就跟在两个街区以外的地方放收音机的音量差不多了。

巴拉扎的办公室已经丝毫看不出办公室的模样了。以前留下的玩意儿差不多都完蛋了。埃蒂睁大眼睛四处张望着，眼里透着一个年轻人初次见到这种场景的惊奇神情。罗兰明白这种神情——所有这类神情都一个样儿。不管是在野外战场上，成千上万的人死于加农炮、来复枪、刀剑和枪戟，还是在一个五六个人对射的小房间里，杀戮之地情形皆同，结局也一个样儿：无非是另一个停尸房，同样充斥着火药和生肉气味。

洗手间和办公室之间的墙只剩下几根柱子支在那儿。满地都是碎玻璃。天花板顶篷被特里克斯那把花哨而无用的 M16 的火力捣得一塌糊涂，碎片一条条挂下来活像是剥下来的皮肤。

埃蒂干涩地咳了几声。现在他听到别的声音了——激动交谈的叽叽咕咕，酒吧外面的叫嚷声，远处，有警报器在鸣叫。

“有多少人？”枪侠问埃蒂，“我们把他们全干了吗？”

“是的，我想是——”

“我有样东西要给你，埃蒂，”过道里传来凯文·布莱克的声音。“我想你也许会要的，那是件纪念品，明白吗？”巴拉扎没能对小迪恩做成的事，凯文在他的兄弟大迪恩身上下手了。他把亨利·迪恩面容呆滞的脑袋抛进门里。

埃蒂看清了是什么便尖声大叫起来。他一头扑向门口，全然不顾地上碎木屑和碎玻璃扎进他赤裸的脚底，一边尖叫着，一边开火，跑动中挥着手里的大左轮枪，射尽最后一颗子弹。

“不要，埃蒂！”罗兰嘶叫起来，但埃蒂没听见，他压根儿什么也听不见了。

他扳到第六下时碰上了哑弹，可是这会儿他什么也意识不到，只想到亨利已经死了，亨利，他们割下了他的头，那些狗娘养的割了亨利的头，狗娘养的割了亨利的头。这些狗娘养的，血债非得血还，噢，一定的，等着吧。

他跑向门口，一下一下地扳拉着枪栓，不知道怎么就打不出了，不知道自己脚上已是鲜血淋淋了，在过道上凯文·布莱克与他直面相觑，那家伙猫着身子，手上拿着一支李拉玛点38自动步枪。凯文的红发鬈鬈曲曲地绕了脑袋一圈，一耸一耸地跳荡着，他嘴上挂着微笑。

24

他会蹲下身来，枪侠想，他知道自己也许有机会用这种毫无价值的小玩意儿来击中目标，如果他判断无误的话。

他看明白了，这个巴拉扎保镖的诡计是要把埃蒂引出去，罗兰跪起身来，用右拳头支着左手，这时候顾不得这姿势带来的生痛。他现在只有一个选择。这点痛算不了什么。

那个长着红头发的男人跨进门里，微笑着，与以往一样，罗兰的脑子一片空白；他眼里瞄着，手上在射击，突然间，这红发男人一头栽倒在走廊墙壁上，眼睛睁得大大的，前额有一个蓝色的小洞。埃蒂站在他面前，尖叫着，抽泣着，握着那把大左轮枪一下一下地空射着，好像那红发男人还死得不够透似的。

枪侠等待着可能出现的下一波的交叉火力，那阵火力袭来会把埃蒂射成两半的，这事儿终于没有发生，于是他知道这一切真的结束了。如果还有别的保镖的话，他们也早都跑了。

他踉踉跄跄地站起来，慢慢走到埃蒂·迪恩跟前。

“别打了。”他说。

埃蒂没听他的，继续用罗兰的枪空射着那个死人。

“别打了，埃蒂，他已经死了。你的脚在流血。”

埃蒂没理他，还在一下一下地扣动着扳机。酒吧外面吵吵嚷嚷的说话声更清晰了。警报器的嚣声也更近了。

枪侠伸手去接那把枪，埃蒂转过身，没等枪侠完全弄明白是怎么回事，埃蒂用枪侠自己的枪在他脑袋上砸了一下。罗兰觉出一股温热的血流了出来，他摔到墙边。他竭力要站稳——他们必须马上离开这里，要快。但他感到自己虽然用尽力气可还是顺着墙面一点一点滑了下去，随之，这世界在一片灰雾中离去了片刻。

25

他失去知觉只有两分钟时间，很快又唤回了意识，站起身来。埃蒂不在过道里。罗兰的枪搁在那个红头发死人的胸脯上。枪侠弯下身，忍住阵阵晕眩，拿起枪，当它滑进枪套时全身不由厌恶地颤抖一下。

我得把我那两根该死的手指弄回来，他疲乏地想着，叹了口气。

他想回到那间被打得稀巴烂的办公室里去，但使足劲儿也只能蹒跚地挪动脚步。他停住脚，弯下身子，把埃蒂的衣服都捡起来挽到左臂上。那些吼叫着的人快要到了。罗兰相信那些朝他们这儿包抄过来的人可能是有武器的，是警察局长的一队武装人员，或者诸如此类的一拨人……甚至更有可能他们也是巴拉扎的人。

“埃蒂。”他叫着。他的喉咙痛得厉害，又是一阵阵扯动的生痛，刚才被埃蒂用左轮枪磕的那处头皮现在也肿得更厉害了。

埃蒂没在意他叫喊什么。埃蒂正坐在地板上，把他兄长的头颅抱在怀里。他全身颤抖地哭泣着。枪侠寻找着那扇门，却没有看见，他感到一阵近乎恐怖的震悚。不过他很快就想起来了。他们两个现在都在这边，唯一能使这门出现的办法是他和埃蒂的身体须紧贴在一起。

他伸手去拉埃蒂，但埃蒂一下闪开了，还在哭着。“别碰我。”他说。

“埃蒂，事情都结束了。他们都死了，你哥哥也死了。”

“别提我的哥哥！”他孩子气地尖叫着，又是一阵嚎啕，哭得全身抖瑟。怀里抱着那颗头颅一个劲儿摇晃着。他抬起哭肿的眼睛盯着枪侠的面孔。

“他一直在照顾我的，你这家伙，”他哭得那么厉害，枪侠总算能听明白他的话。“一直都是。为什么不能让我照顾他呢？就这一回，毕竟一直都是他在照顾我。”

*他照顾着你，好啊，*罗兰冷冷地想。*看看你吧，坐在那儿发着抖，活像是吃了蓝桉树果子。他能照顾你真是太好了。*

“我们得走了。”

“走？”埃蒂脸上第一次愣愣怔怔地出现了恢复知觉的神态，

但马上就是一脸惊惶的样子。“我什么地方也不去。尤其不想去另一处世界,就是那些可怕的大螃蟹或是叫什么的怪物吃了杰克的地方。”

有人砰砰砰地敲门,喊叫着开门。

“你想留在这儿跟人解释所有这些死人的事儿吗?”枪侠问。

“我不在乎,”埃蒂说,“亨利没了,我什么都不在乎。什么都没意思了。”

“也许对你没关系,”罗兰说,“但是还有别人牵涉在里面,囚徒。”

“别那样叫我!”埃蒂喊道。

“我就要那样叫你,一直到你表现出你走出那个囚禁之处!”罗兰冲着他喊回去。这么一喊更损了他的喉咙,但他还是照样嘶喊。“赶快扔掉这坨烂肉,别再哀哭了!”

埃蒂看着他,腮帮两边挂着眼泪,眼睛睁得大大的,一脸骇然之色。

“这是你们最后的机会!”外面扩音器里的声音喊道。在埃蒂听来,这声音听起来就像游戏秀的主持人那么拿腔拿调。**“特警部队到了——我重复一遍:特警部队到了!”**

“另外那个世界能给我带来什么?”埃蒂平静地问枪侠,“你得告诉我。你要是对我说实话,我没准会来。可要是你说谎,我能看出来。”

“也许是死亡,”枪侠说,“不过在死亡之前,我想你不会觉得乏味的。我要你和我一起进入这个探求之旅。当然,也许一切都会因死亡而结束——我们四个人都将抛首异乡。可要是我们赢了——”他两眼闪闪发光。“如果我们能赢,埃蒂,你会看到某种超乎你所有梦想的东西。”

“什么东西?”

"黑暗塔。"

"黑暗塔在哪儿?"

"在离你见到我的那个海滩很远的地方。多远我也说不上来。"

"那是什么?"

"我说不清楚——只知道也许是某种……锁键似的东西。一个中央控制键,把所有的现存的东西都整合到一起,所有的存在之物,所有的时间和空间。"

"你说有四个人。另外两个呢?"

"我不知道他们是谁,他们还有待于被抽到。"

"那么我被抽到了。或者说是你想要抽到我。"

"是的。"

外面陡然响起一阵咳嗽,像是炸了一颗迫击炮弹。斜塔前面的玻璃窗被敲破,扔进了催泪弹,整个酒吧都是催泪瓦斯的烟雾。

"怎么样?"罗兰问。此刻他已经和埃蒂贴在一起,他完全可以把他推过门去,磕他几下,死拉硬拽也能把他弄过去。但瞧见埃蒂曾为他冒过生命危险;瞧见这饱受噩梦折磨的人,尽管吸毒成瘾,却表现得像是个天生的枪侠,而且还不能不想到他是全身赤裸如同初生婴儿似的在作战,所以他想还是让埃蒂自己拿主意。

"追寻,冒险,塔,需要战胜的世界,"埃蒂说着,懒洋洋地一笑。又是一个催泪弹扔进屋里,在地板上嗞嗞作响,这时他俩都没有转过身去。第一阵辛辣的瓦斯烟雾已在巴拉扎的办公室弥漫开来。"听起来好像比我们小的时候,亨利曾经给我读过的埃德加·赖斯·伯勒斯[①]的火星故事还更有趣些,不过你倒漏了

---

① 埃德加·赖斯·伯勒斯(Edgar Rice Burroughs 1875—1950),美国小说家,其作品多以火星和丛林为背景,著有《人猿泰山》等。

一件事。”

“什么?”

“漂亮的露奶子的姑娘。”

枪侠笑了。“在去黑暗塔的路上,”他说,“什么事情都有可能。”

又是一阵颤抖袭过埃蒂的身体。他捧起亨利的头颅,亲吻一下他冰冷而泛灰的脸颊,然后把那具被戕害的遗体的这一部分轻轻放下。他站立起来。

“好啦,”他说,“不管怎么说,今晚我没别的事儿了。”

“拿上这个,”罗兰说,把衣服甩给他,“即使什么都不穿也得穿上鞋。你的脚都割破了。”

外面人行道上,身着凯尔瓦防弹背心的两个条子砸破了斜塔前门,他们戴着普列克斯玻璃面罩和防护外套。洗手间里,埃蒂(他已穿上了内衣裤和阿迪达斯运动鞋,剩下的衣服还没来得及穿)把一袋袋凯福莱克斯递给罗兰,罗兰把它们塞进埃蒂的牛仔裤口袋里。所有的东西都收拾好了,罗兰再一次伸出右手搂住埃蒂的脖子,埃蒂也又一次抓住罗兰的左手。门突然出现了,就在面前,一个黑洞洞的矩形通道。埃蒂感到从另一个世界里吹来的风把他额前汗漉漉的头发向后掠去。他听见翻卷的海浪在冲刷着岩石丛生的海滩。他闻到了酸腐的海盐气息。虽说心里还难过,身上还痛着,虽说发生了那么多事,但突然间他很想去看看罗兰说的那个黑暗塔。非常想。既然亨利死了,这个世界对他来说还有什么呢?他们的父母早已亡故,自从三年前他染上毒瘾,也没有什么固定交往的姑娘了——来来往往的只是一些下等妓女、毒针瘾者、鼻吸瘾者。那堆人里没有一个是诚实的。不过是一帮操蛋的玩意儿。

他们一起通过那道门,埃蒂还稍稍占先。

跨入另一个世界，他身上突然又出现一阵可怕的颤抖，随之便是极度痛苦的肌肉痉挛——这是严重的海洛因消退的症状。遇到这种症状，他通常先是一阵惊厥，然后才反应过来。

“等等！”他叫道。“我得再回去一趟！他的写字台！他的写字台，或是其他办公室！海洛因！如果他们给亨利来过一针，那儿肯定还藏有这玩意儿！海洛因！我不能没有它！我不能没有它！”

他恳切地看着罗兰，但枪侠的脸像石头一样不动声色。

“你生命的那一部分已经结束了，埃蒂，”他说。他伸出了左手。

“不！”埃蒂尖叫起来，双手舞动着朝他乱抓，“不，你不懂的，你这家伙，我要它！**我要它！**”

他还不如去抓一块石头呢。

枪侠拉过门，关上。

单调而沉闷的砰的一声，这是最后的关门声，门朝后退到沙滩上，门的边沿蹭出了一缕尘土。门后面所有的一切都消逝了，那上面现在也没有什么字母了。现在，连接两个世界的这道特别的门永远地关闭了。

“不！”埃蒂尖叫道。海鸥也朝他尖叫，好像是在拿他开涮；海滩怪物向他发出询问，抑或建议跟它们再靠近些，以便把它们的问题听得更明白些，埃蒂倒在地上，哭喊着，由于痉挛而一惊一乍地抽搐着。

“你这种需求会过去的。”枪侠说着，从埃蒂牛仔裤口袋里那些药袋中费力地掏出一包，像是从他自己口袋里掏东西似的。他又把包装上的字母看了一遍，那些字儿还不能认全。Cheeflet①，这个词好像是这样的。

---

① Cheeflet，枪侠对凯福莱克斯药品名 Keflex 的误读。

Cheeflet。

来自另一个世界的药物。

“死活由它了，”罗兰嘴里咕哝着，干咽了两颗胶囊。接着又咽下三颗阿斯丁，随后在埃蒂身边躺下，像刚才那样用手臂搂住他，很难受地熬过一阵之后，两人都睡着了。

洗牌

洗牌

那天晚上以后的时间对于罗兰是一段空白，那是一段完全不存在的时间。他所记得的只是一系列的形象、时刻、没有上下文的谈话；那些形象就像是飞速闪过的独眼J牌、三点牌、九点牌，“蜘蛛侠”中那个惯于作弊出千的血腥黑母狗皇后在快速洗牌。

后来他问埃蒂这样持续了多长时间，但埃蒂也说不上来。时间对他俩来说已经被毁灭了。地狱里是没有时间的，他们两个都在自己的地狱中：罗兰的地狱是高烧和感染；埃蒂的地狱是戒毒之苦。

“这会儿可能还不到一个星期，”埃蒂说，“我可以肯定的只有这一点。”

“你怎么知道？”

“我给你的药够吃一个星期。吃了这药以后，你就只有两种结局。”

“要么治好，要么死掉。”

“没错。”

洗牌

天刚破晓时一声枪响划破黑暗，干涩的枪声从海浪冲刷的声音中挣脱而出，渐渐消失在荒凉的海滩上。**咔—砰！**他闻到了一股火药味。麻烦了，枪侠虚弱地想，伸手去摸那两支左轮枪，但枪不在。噢，不，完了，这是……

但接下来什么事儿也没发生。好像开始闻到了
黑暗中飘来的什么好闻的气味，在这长长的黑暗而枯燥的时光里，似乎哪儿在烹煮什么东西。不仅仅能嗅出什么，他还可以听

到树枝折断的噼啪声响，还有火中爆裂的声音。偶尔，当海上吹过一阵微风时，裹着香味的烟雾带来了让人馋涎欲滴的气息。食物，他想。我的上帝。我是饿了吗？如果我感到饿了，那也许就是好起来了。

埃蒂，他试图喊出声来，但是发不出声音。他的喉咙坏了，坏得很厉害。我们本来还应该带上一些阿斯丁，他想，接着又想笑：所有的药物都是给他用的，没有一颗是给埃蒂的。

埃蒂出现了。他端着一个平底盘子，枪侠正在想这是什么东西呢，东西来了，原来这盘子就是从他自己的皮包里拿的。里面盛着几大块汤汤卤卤的肉，白乎乎的带点儿粉红色。

什么玩意儿？他想问，但一点声音也发不出，只弄出一阵短促而轻微的吱吱声。

埃蒂明白他嘴唇嚅动的意思。“我不知道，”他接着自己的话说，“我只知道这玩意儿没毒死我。吃下去吧，你这该死的。”

他见埃蒂脸色异常苍白，人在颤抖，他闻到埃蒂身上有股粪便味，要不就是杀生的气息，他知道埃蒂这会儿感觉很不好受。他摸索着伸出手想要安慰他。埃蒂打开了他的手。

“我来喂你吧，”他马上又转过话题，“他妈的，如果我知道就好了。我应该干掉你的。要不是因为你曾进入过我的世界，我想也许你还可以再来一次的话。”

埃蒂四处张望一下。

“真要是那样的话，我就落单了，要是不算它们。”

他回头瞥了罗兰一眼，突然全身一阵颤抖——抖动得那么厉害，盘子里的肉差点都洒了出去。最后总算控制住了。

“吃呀，该死的。”

枪侠吃了。这肉味道不坏；这肉吃起来还挺新鲜的。他勉

强吃下三块，接下来，冥冥之中所有的一切都化入了新的

洗牌

竭力想说什么，却只能嘘着嗓子发出一点轻声。埃蒂一直把耳朵贴在他嘴唇上，只是不时出现的一阵阵痉挛总在干扰这姿势。他一再说，“朝北。朝北面走……往海滩北面走。”

“你怎么知道?”

“我就是知道。”他嘶嘶作声地说。

埃蒂看着他。“你是发疯了，”他说。

枪侠挤出一丝微笑几乎又要昏厥过去，埃蒂打了他一下，下手很重。罗兰的眼睛猛然睁大了，霎间他眼里神气活现而充满激情，埃蒂瞧着心里真有些不安。他拉开嘴唇微笑起来，但更像是在咆哮。

“好啊，你就这么嘀咕下去吧，”他说，“不管怎么说，你得先把药吃下去。从这太阳光来看，我估摸是时候了。我可不是男童子军，我说不准是不是那回事儿。不过我想这本该是政府来操心的。把嘴张大，罗兰。对着埃蒂医生——你他妈绑架来的，嘴巴张大些。”

枪侠张开嘴，像一个等着吃奶的娃娃。埃蒂把两颗药丸塞进他嘴里，漫不经心地把清亮的水倒进罗兰嘴里。罗兰猜想这水是从东面哪处山溪里打来的。这水没准也有毒;埃蒂恐怕不知道怎样汲取安全洁净的水。不过，埃蒂看上去也没什么事，再说这地方也没别的可选择的。有选择吗?没有。

他吞服下去，马上咳嗽起来，呛得就像要窒息了，埃蒂淡淡地看着他。

罗兰伸手去揽他。

埃蒂想要闪开。

枪侠严厉的眼神制住了他。

罗兰把他揽得很紧，身子贴着身子都闻到了埃蒂身上的恶臭，而埃蒂也嗅出他身上的腐尸般的气味；两股刺鼻的气味混合在一起。

“现在只有两个选择，”罗兰气息低微地说，“不知道你的世界是什么状况，在这里，只有两个选择。站起来，可能会活下去；要不就跪在地上，垂下脑袋闻着胳肢窝下的臭气死去。我一点也不……”他急促不停地咳了一阵。“我一点也不在乎。”

“你是谁？”埃蒂朝他尖叫起来。

“你的命运，埃蒂。”枪侠哑着嗓子说。

“你干吗不去吃屎，干脆去死呢？”埃蒂诘问。枪侠想说什么，可是还没开口人就像飘了起来，这些纸牌

洗牌

命运之神啊！

罗兰张开眼睛，成千上万颗星星在暗夜里忽悠悠地旋转，他又闭上眼睛。

他不知道接下来会怎样，但觉得一切都还不错。那副纸牌还在

洗牌

吃下不少蛮有滋味的肉块，他感觉好多了。埃蒂看上去也好起来了。不过他还是一副心事重重的样儿。

“它们愈来愈挨近这儿了，”他说，“也许它们是一群丑八怪，可它们一点也不蠢。它们知道我做的事儿。不知怎么回事它们就是知道，可是也不来深究。每天晚上它们都会靠我们更近一些。你要是能行的话，天亮时我们最好挪挪窝。要不这没准就

是我们看见的最后一个拂晓了。”

“什么?”这已经不是嘶嘶啦啦的气声，而是沙哑的话音——介于正常说话和嘶嘶作响之间的嗓音了。

“它们呀,”埃蒂说着指指海滩,“达得—啊—切克,达姆—啊—嚼嚼,就是那些狗屎呗。我想它们会喜欢我们的,罗兰——它们会把我们都给吞了,不会嫌我们个头太大的。”

突然一阵恐惧袭上心头,罗兰明白了埃蒂喂他吃的那些白里透红的肉食是什么玩意儿。他愣了;他震惊得一句话也说不出来。不过埃蒂从他脸上看出了他要说什么。

“你在想我忙乎什么来着?”他几乎是咆哮起来,“叫来了红色龙虾外卖?”

“这是有毒的,”罗兰低声嘶着嗓子说,“这就是——”

“没错,这就是你失却战斗力[①]的缘故。罗兰我的朋友,我不过是给你来了一道餐前小吃[②]。至于说到毒性,响尾蛇有毒,可人们还吃它呢。响尾蛇的味道可真不赖,就像是鸡肉。我在什么书上看到过的。这些东西在我看来也跟龙虾差不多,所以我决定不妨试试。我们还有别的什么可吃吗?嫌脏?我打死一只,把他妈的活活煮熟了。它们也就什么都不是了。说实在的,味道还是不错。我有天晚上太阳落山后干了一只。天黑透之前它们看上去都是死翘翘的。我看你也并没把它呕出来嘛。”

埃蒂露出微笑。

“我喜欢这么想,我吃下去的是它们当中吃了杰克的那一个。我喜欢这么想,我吃下去的是他妈的鸡巴。就这念头,让我

① 原文为法语。
② 原文为法语。

心里平静下来,明白吗?”

“它们当中的一个从我身上咬去了……”枪侠沙哑的喉咙终于出了声儿。“两个手指和一个脚趾。”

“那也挺酷的,”埃蒂仍然微笑着。他的脸色还很苍白,苍白得像鲨鱼肚皮……但病恹恹的神色不见了,一直萦绕着他的死亡的晦暗气息也消散了。

“操你妈的!”罗兰沙着嗓子说。

“罗兰来了精神头儿了!”埃蒂喊道,“没准你不会玩完了!伙计!这可是我的功劳!”

“活着。”罗兰的沙哑声又变成了嘶嘶声,好像鱼钩重新扎住了他的嗓子。

“是吗?”埃蒂看着他,然后点点头自问自答,“是啊,我猜着你的意思了。一旦我想到你要做什么,我就知道你做了什么。这会儿看来你想要好起来。我猜这些解毒药还挺管用,可是我猜想实际上是你自己硬撑着要好起来。为了什么?为了什么你他妈的要在这肮脏阴暗的海滩上苦苦挣扎呢?”

塔,他的嘴巴在嚅动,这会儿他连嘶嘶啦啦的声音也发不出了。

“你和你他妈的塔,”埃蒂说着蹙过身子,马上又转了回来,吃惊地看到罗兰的双手并在一起像戴了一副手铐。

他们互相对视着,埃蒂说:“好吧,好吧!”

朝北,枪侠的嘴唇微微翕动。北边,我告诉过你了。他跟他这么说过吗?好像是的,但记不住了,在洗牌中忘了。

“你怎么知道的?”埃蒂在一阵突如其来的沮丧中冲他吼叫。他扬起拳头,作势要打罗兰,却又放下了。

我就是知道——你干吗还要浪费我的时间和精力来问这么愚蠢的问题呢?他想回答,还没等出声,那牌在

洗牌

被牵拽着前行，一路不停地颠簸摇晃，他的脑袋无精打采地啷当着，甩到这边又甩到那边，好像是躺在一架古怪的滑橇之类的东西里，被他自己的枪带拖拽着，颠簸着往前走。他听到埃蒂·迪恩在唱着一首古怪的歌，这歌听来挺熟悉，一开始还以为准是走入了神志失常的梦境：

嗨，裘迪……别把事搞糟……带上这首歌……事情会好起来……

他在哪儿听到过？他想问。你听到过我唱这首歌吗，埃蒂？我们现在在哪儿？

可是还没等问出声

洗牌

要让柯特瞅见这稀奇古怪的装置，准会把这小子脑袋砸扁，罗兰在想，看着他在里边躺了很长时间的这个滑橇似的玩意儿，他不由笑了起来。这笑声倒更像是一阵海浪劈头盖脸地拍打着海滩。他不知道他们走多远了，但这一路跋涉足以把埃蒂弄得精疲力竭。这会儿，在拉长了的光影里，他坐在一块石头上，膝盖上搁着一把枪侠的左轮枪，没贮满的水袋搁在一边。他衬衫口袋里有一小块地方鼓凸出来。这是从枪带后面取出的子弹——所剩不多的“好用的”子弹。埃蒂从自己衬衫上撕下一条布缕把这些子弹扎在一起。“好用的”子弹之所以很快少下去，是因为每射出四五发子弹就会碰上一颗哑弹。

埃蒂快要打瞌睡了，这会儿抬起头来看着他。“你笑什么？”他问。

枪侠否认地摆摆手，又摇摇脑袋。他意识到，弄错了。柯特见了这滑橇似的玩意儿也许会猛敲埃蒂脑袋，这玩意儿看着怪模怪样，走起来一扭一拐的。罗兰又想，没准柯特也会嘀咕几声表示赞赏呢——对于一个几乎得不到什么赞赏的孩子来说，这会使他不知所措；他会目瞪口呆地愣在那儿，活像一条从厨桶里捞出来的鱼。

这担架由两根长短粗细差不多的杨树枝绑成。枪侠揣度，怕要散架了。他这玩意儿用的树枝太细了，上面乱七八糟地绑了各种各样的带子和绳子：有枪带、埃蒂绑过他那些魔粉的胶带，甚至还有从枪侠帽子里抽出来的生牛皮带和埃蒂的运动鞋带。他把枪侠的衣服当作褥具铺在担架上。

看来柯特不至于来揍他，因为他都病成这副模样了。但不管怎么说，埃蒂是值得赞扬的，他至少没有一屁股蹲在地上为自己的命运而哭泣，他至少还做了什么，至少是尝试了。

这样的尝试连柯特都有可能出乎意料地给他一个难得的夸赞，因为这玩意儿虽说模样怪诞，却挺管用。这滑橇似的玩意儿拖出的长长的印迹沿着海滩向后延伸，在目力不及的远端跟海面形成透视的灭点，那儿正是他们出发之处。

“你看见它们了吗?”埃蒂问。太阳正在落下，在水面上劈出一条橘黄色的通道，这倒使枪侠想起他这回清醒过来已超过六小时了。身体感觉有点力气了。他坐起来俯视着水面。从海滩到大地，目光渐渐移到群山西侧的斜坡上——这些都没有什么大的改观；他可以巨细无遗地看清整个地表地貌，包括所有的碎石砾屑(比方说，在他们左面大约二十码到三十码更靠近海水的地方，有一只死海鸥，撂在沙滩上，风吹动着它的羽毛)，别管这些了，现在他们也许恰好又是处于起点的位置上。

“没有，”枪侠回答。接着又说：“是的，是有一只。”

他指过去。埃蒂斜过眼睛，点点头。太阳沉落得更低了，那道橘黄色渐而转为一片血红，第一批大螯虾似的怪物从海浪里钻了出来，爬上海滩。

两只怪物笨拙地朝死海鸥赶过去。先到的那只扑上去，一下撕开猎物，把死海鸥身上那些腐烂的残肉塞进口里。“滴答—啊—小鸡？”它问。

“达姆—啊—嚼嚼？”落败者回答，“滴答—啊——”

咔—砰！

罗兰的枪中止了第二个怪物的问题。埃蒂跑下海滩把它拎到背后，一边小心翼翼地留神着另一只会不会跟过来。那一只一点也没事；它正在死海鸥身上忙碌着呢。埃蒂带着他杀死的猎物回来。那东西还在抽搐着，爪子还一伸一缩的。可是过了一会儿就不再动弹了。它的尾部最后一次拱起，随后就毫无弹性地耷拉下来。拳击手似的爪子也默然垂落一边。

“晚餐很快就好，大人，”埃蒂说。“你可以选择：爬行动物里脊，还是里脊爬行动物。哪样更对你胃口，大人？”

“我不明白你说的意思。”枪侠说。

“你当然明白，”埃蒂说，“你只是缺乏任何幽默感。这是怎么回事？”

“我想，准是在哪一次战争中给搞掉了。”

埃蒂听了笑起来了：“你今晚好像有点活过来了，罗兰。”

“是啊，我想也是。”

“嗯，那么也许你明天可以走一点儿路了。我得老实告诉你，朋友，拖着你走可真把我累坏了。”

“我会试试。”

“你就该这样。”

“你看上去也好点儿了。”罗兰试探地说。他说话时在最后两个词上有点咬不准音，像是一个小男孩的声调。如果我不赶快停止说话,他想,我恐怕就不能再开口了。

“我想我会活下去的。”他神情呆板地看着罗兰说,“虽说你可能永远也体会不到,有那么两三次,我离死亡有多近了。我拿起你的枪顶在自己脑门上。扳起扳机,举了一会儿,还是拿开了。松开了扳机,把枪搁回你的枪套里。还有一天晚上,我突然发作起来。我想那是第二个晚上吧,不过也说不准。”他摇摇头说了一通枪侠听来似懂非懂的话。“现在对我来说,密歇根就像一个梦。”

他低沉的声音几乎就像是在喃喃自语——他知道自己本来不该说这些话,虽说如此,枪侠还是明白了其中一点意思。“是什么阻止你扣动扳机呢?”

“嗯,那是因为这儿只有两条裤子,”埃蒂说,“最后一刻我想到,如果我扣了扳机,我就永远不可能起来再做这件事了……如果你拉屎弄脏了裤子,你得马上去洗掉,要不就一直臭下去。亨利告诉过我的。他说他是在越南时学的。而且那是在夜里,大螯虾已经出来了,更别说它那些朋友了。”

不料枪侠听得大笑起来,简直笑晕了,只是嘴里时而冒出嘎嘎的喘气声儿打断了他的笑声。埃蒂只是微笑,说:“我想,你从战场上下来大概只保留了胳膊肘以下的幽默感吧。”他站起来,想去斜坡那儿,罗兰猜想他是要去找些生火的东西。

“等等,”他哑着嗓子低声叫喊,埃蒂看着他,“怎么,什么事儿?”

“我想你大概是需要我。如果我自杀了,你也得死去。在那一刻过后,你重新站起来时,我也许,我想,我得重新审视一下我的选项。”他环视四周,深叹一声。

“得了吧,罗兰,在你的那个世界里像是迪斯尼乐园或是科尼岛之类的地方,你知道到现在为止,经历的这一切都丝毫不能引起我的兴趣。”

他走开去，又站住，回头看着罗兰。他脸上阴沉沉的，虽说还留着一些苍白的病容，但现在那种痉挛只是一阵偶发的震颤了。

“有时，你其实并不了解我，我说得对吗？”

“没错，”枪侠哑着声音回答，“有时我并不了解你。”

“那么我来解释给你听。是有人得依靠那些需要他们的人。但你不会明白其中的原因，因为你不是这样的人。你在利用我，到时候扔开我就像扔掉一只用过的纸袋。上帝操你吧，我的朋友。你真是太聪明了，这会害了你的，你就这样聪明地玩下去好了。这对你没有好处。如果我躺在沙滩上喊救命，在我和你的该死的塔之间，你一定会奔塔而去，从我身边走过去把我扔在一边，难道不是这回事吗？”

罗兰什么也没说，只是看着埃蒂。

“但不是所有的人都喜欢这样。有些人就需要那些需要他们的人。就像芭芭拉·史翠珊歌里唱的那样。虽然老套，却是真话。这是另一种交友之道。”

埃蒂凝视着他。

“可是，就算交情到了那分上，你也是毫不在乎，是不是？”

罗兰看着他。

“除了你的塔。”埃蒂笑出一声，“你是个塔迷，罗兰。”

“那是什么样的战争？”罗兰低声问。

“什么？”

“到底是哪一场战争让你失去了崇高感和目标感？”

埃蒂见罗兰伸手来拍他便缩开了。

“我得去打点水来，”他三言两语地交代说，“留神那些爬行的家伙。我们今天虽说走出老远了，可我还不敢确定它们是不是互相通过气了。”

他说着转身而去，罗兰在红彤彤的落日余晖下瞥见他脸颊上已是湿漉漉的。

罗兰转身眺望海滩。大螯虾们爬行着询问着，询问着爬行着。看上去这些玩意儿毫无目的；它们是有一定智能的，可是还没达到能够互相传递信息的程度。

上帝并不总是让你明白他的所为，罗兰想，大部分时间里他会让你明白，但并不总是这样。

埃蒂回来时带了些木柴。

“嗯？”他问，“你在想什么？”

“我们都挺好的，”枪侠沙哑着嗓子说。埃蒂也嘀咕了一阵，但枪侠实在太累了，便仰面躺下，透过天穹的紫色华盖凝视着第一批闪现的星星，然后是

洗牌

此后三日，枪侠情况愈见好转。胳膊肘上蔓延的那道红丝样的痕迹第一次开始消退，然后慢慢淡下去，淡下去，终于消失了。接下来那天他有时自己能走几步了，有时让埃蒂拖着他。再接下来的一天，他已经完全不需要拖拽了；他们常要坐下来休息一两个小时，等他腿上缓过劲来再走。在他们歇息的当儿，还有就是晚饭后，篝火燃尽之前，他们将入睡之际，枪侠总会听到关于亨利和埃蒂的事儿。他还记得他们兄弟遭遇的惨痛之事，每当埃蒂带着那种切肤之痛满腔怨愤地唠叨起来时，枪侠本可以劝阻他，本可以这样告诉他：别这样折磨自己了，埃蒂，我都能理解。

但这样的劝告对埃蒂毫无用处。埃蒂并没有说要怎么帮衬亨利，因为亨利已经死了。他只是不停地在说该怎么像样地打

理亨利的后事。其实这只是为了提醒自己亨利已死，而他，埃蒂，还活着。

所以枪侠只是听，什么也不说。

要点其实很简单：埃蒂相信是他偷走了自己兄弟的生命。亨利也确信如此。亨利也许会以自己的方式来相信这一点，也许他会这么相信，那是因为他们的母亲常常这样教训埃蒂说，他们，亨利和她，为埃蒂付出了许多牺牲，所以埃蒂才能和这个城市丛林里的其他人一样平安地活下来，所以他才能像其他那些活在这个城市丛林中的人一样幸福，所以他才不会像他那苦命的姐姐那样一命呜呼（他几乎都记不得这个姐姐了，而她是那么漂亮的一个女孩，上帝也爱上了她）。她现在和天使在一起了，那肯定是一个很棒的地方，可是她还不能让埃蒂去跟天使在一起，不让他在路上被喝得烂醉的司机给撞上——像他那可怜的姐姐一样；也不想让他因为口袋里揣了二十五美分而被那些疯狂的吸毒小子给剐了，五脏六腑往人行道上扔了一地，只因为她觉得埃蒂还不想跟天使混到一起，他只是更喜欢听大哥的话，照大哥说的去做，总是记住亨利为了对他的爱而做出牺牲。

埃蒂对枪侠说，他不知道母亲对他们做过的事是不是心里有数——从林考街的糖果店里偷来连环漫画小人书；在柯豪斯街上的压焊电镀板厂后面偷偷抽烟。

有一次，他们看见一辆停在那儿的雪佛兰车还插着钥匙，虽说当时亨利只知道怎么点火起动——他十六岁，埃蒂八岁——他把弟弟塞进车里，说他们这就上纽约城去。埃蒂很害怕，哭了起来，亨利也很害怕，朝着埃蒂大吼大叫，让他闭嘴，说他别来这套他妈的娃娃气，他有十块钱，埃蒂手里也有三四块，他们可以在电影院里泡上他妈的一整天，然后在佩勒姆马勒街搭上火车，当母亲把晚饭摆上饭桌，还没弄明白他们上哪儿去了之前就能赶回家。但埃蒂就是哭个不停，快到昆斯波罗桥时，他们看到旁边路上有一辆警车，埃蒂虽然很清楚车里的警察甚至都没朝他们这边看，还是喊了一声嗨，亨利用吓得发抖的声音问埃蒂那些公牛是不是看见他们了。亨利脸色变得煞白，赶快把车停到路边，车速太快差点把消防栓都给撞断了。他沿着马路向街区跑，而陡然受惊的埃蒂这时还在使劲扳动着不熟悉的车门把手。亨利停下脚步，跑回来，把埃蒂拽出车子。他掴了埃蒂两下。这会儿他们只好走路了——说实在是提心吊胆地挪着脚步——这样一路走回布鲁克林。那一路走了大半天。妈妈问他们怎么弄得一身热汗涔涔累得要死的样儿，亨利便说他在附近街区的棒球场里教埃蒂怎么打"一对一"。后来又来了一帮大孩子，他们就只好跑了。妈妈吻了一下亨利，对埃蒂露出微笑。她问埃蒂知不知道自己有一个世界上最好的大哥。埃蒂说知道。这是真心话。他真是这么想的。

"那天他和我一样害怕，"望着海面上最后的落日余晖，埃蒂这样告诉罗兰。眼前的光亮转而便是星星的映射了。"他比我更怕，真的，他还以为那条子看见我们了，可我知道他没看见我们。所以亨利跑了，却又回来了。这是最重要的。他又回来了。"

罗兰什么也没说。

"你听明白了，对吗？"埃蒂咄咄逼人的眼睛看着罗兰。

"我明白。"

"他总是感到害怕，但他总是会回过头来找我。"

罗兰倒是觉得，如果情况正好相反的话对埃蒂也许更好，对那天他俩的一路狂奔都更有意义——如果当时亨利或者是谁拔脚开溜的话。可是像亨利那样的人永远不会这样做，因为像亨利那种人总是会回来的，因为像亨利那种人确实知道怎样利用。

首先他们会把信任转变为需要，然后把需要转变为毒品，一旦这个搞定，他们就——埃蒂怎么说来着——推。是的，他们就会推你做毒品买卖。

“我想我会坚守自我。”枪侠说。

第二天埃蒂接着往下说这些事，但罗兰已经全都明白了。亨利在高中时没有参加过体育项目，因为他不能留在学校做运动，亨利必须回家照顾埃蒂。而事实上亨利瘦得皮包骨头，身体协调功能很差，自然对运动毫无兴趣；不过他们的老妈一再对他俩说，亨利本来可以成为一个了不起的棒球投手或是篮球跳投手。亨利的学业很差，他重修了好几门课——但这不是因为亨利蠢；埃蒂和迪恩太太两人都知道亨利聪明得要命。但亨利只能把学习时间用在照料埃蒂的事儿上（而实情却是，两个男孩经常坐在客厅沙发上看电视，要不就在地板上摔打扭滚，这样的场面是迪恩家客厅的常景，不足为奇）。亨利的成绩如此糟糕，以致任何大学都不要他，除了纽约大学，可是他们家又担负不起高额学费，因为那么糟糕的成绩意味着什么奖学金也没门，于是亨利成了街头混混，后来又到了越南，在那儿亨利差点没给轰掉大半个膝盖，这让他痛得死去活来，他们给他的止痛药里有许多吗啡成分，等他稍稍好些了，他们就把那药给断了，可是说到底他们没能把事情做好，因为亨利回到了纽约，那只猴子[①]始终在他的背后，一只饥饿的嗷嗷待哺的猴子，一两个月后，他出去会了一个毒贩，这样又过了大约四个月，后来在不到一个月的时间里，他们的老妈去世了，那时埃蒂第一次见他大哥在用鼻孔从镜子上吸入一种白色粉末。埃蒂猜测那是可克。结果是海洛因。

① 猴子，原文 monkey，美国俚语中指毒瘾。

如果你把这个过程一路追溯回去，究竟是谁的错呢？

罗兰什么也没说。但他在意识中听到了柯特的声音：错误总是发生在相同的地方，我的好宝贝们：他身体太弱，别责怪他。

当发现事实真相时，埃蒂简直大吃一惊，随后就愤怒起来。亨利没有答应他戒毒的请求，但他说自己并不在意埃蒂对他狂暴的冒渎，他知道越南把自己变成了一个百无一用的废物，他太弱了，他要离开埃蒂，那才是最好的选择，埃蒂是对的，他最不想看见的就是那个肮脏的乱七八糟的毒品圈子。他只是希望埃蒂不要对他过于深责。他承认，他一向都是弱者；在越南发生的那些事情使他变得更弱了——那就像是你的运动鞋总在泥水里趟着早晚要烂掉，或是内衣裤橡皮筋用久了也得松弛。越南发生的某些事情似乎把你的心也给腐蚀了——亨利曾流着眼泪这样告诉过他。他只希望埃蒂记住，这些年来他也想着要变得强壮起来。

为了埃蒂。

为了妈妈。

所以亨利要离开，而埃蒂自然不会让他离开。埃蒂一直背负着内心的歉疚。埃蒂在他那条曾是毫无疤痕的腿上见过恐惧的一幕，那只膝盖与其说是骨头还不如说是特富龙材料。他们当时在过道里尖叫着闹了起来，亨利穿着旧卡其布裤子站在那儿，手上拎着塞满东西的行李袋，眼睛下面一圈紫黑色，埃蒂只穿着一条黄色的乔基三角短裤，亨利说你不需要我在你身边了，埃蒂，我害了你，我知道的，埃蒂冲他喊道你什么地方也去不了的，转过你的屁股进门去吧，这样一直僵持到麦克柯斯基太太从她的窝里出来冲他们叫喊，要么滚蛋要么留下，我可压根儿不在乎，但你们到底想怎么着最好快拿主意，要不我喊警察了。麦克柯斯基太太好像还说了些什么警告的话，但一眼瞥见埃蒂身上只穿了条三角短裤，她马上缩回自己的屋子，关门前说了声：你也太不体面了，埃蒂·迪恩！这好比是把“杰克盒子”①倒过来看。埃蒂看着亨利，亨利看着埃蒂，像是增加了体重的娃娃天使，亨利压低声音说，两个人一起大笑起来，搂在一起互相拍着对方，然后亨利回到屋子里。大约两星期后，埃蒂也吸上了毒品，他不明白干吗要把这档子烂事儿看得那么严重，说到底，不过就是用鼻子吸吸呗，狗屎，那会叫你飘起来，就像亨利说过的（埃蒂最终还是把亨利看做是伟大的智者和杰出的吸毒者），在这世上，下地狱时显然是头朝下去的，在那么低的地方来点儿提神的有什么不好？

那都过去了。埃蒂没有说他吸了多久。枪侠也没问。他猜想埃蒂心里明白得有一种借口来给自己找点刺激，不能一个理由也没有，他一直把自己的习惯控制得挺好。亨利也竭力想控制自己。虽说不如埃蒂，可总算没有堕入彻底的放纵。因为不管埃蒂是不是理解真相（罗兰深知埃蒂是明白的），亨利肯定必须面对这一现实：他俩的关系倒过来了。现在是埃蒂牵着亨利的手过马路。

有一天，埃蒂逮着了亨利，他没用鼻子吸，而是拿针筒往皮肤上注射。于是又爆发了一场歇斯底里的大吵，几乎就是第一次争吵的翻版，只是这回的争吵发生在亨利卧室里。结束的方式也几乎如出一辙，亨利哭泣着放弃无用的抵抗，向埃蒂开口求饶，保证道：埃蒂是对的，他不再注射毒品了，不再从阴沟里捡垃圾吃了。他会走人的。埃蒂不会再看见他了。他只希望埃蒂能记得所有的那些……

叙述的语调与拍击海滩的浪声没有太大区别，说话声被卷

---

① “杰克盒子”（Jack-in-the-box），一种摇动手柄会从盒中弹出人形的玩具。

入阵阵波涛声中——他们正在海滩上朝北边的方向艰难行进。罗兰听了这个故事，什么也没说。是埃蒂不明白这整个事情，埃蒂卷入这事儿整整十年了——也许还不止，从一开始他头脑就非常清醒。埃蒂没有把这个故事告诉罗兰；埃蒂最终还是把故事告诉了他自己。

那也行啊。枪侠充其量会这么想，他们反正有的是时间，说说闲话也是打发时间的一种方式。

埃蒂说他脑子里老是会想着亨利的膝盖，那道扭曲的伤疤几乎从上到下覆盖了他整条腿（当然伤是治愈了，亨利差不多只能跛着腿走路……当他和埃蒂吵架时，他的腿就跛得更厉害了）；他老是想着亨利的所有事情和亨利为他做出的所有牺牲，他还老是想着一些更为实际的情形：亨利不可能在街上再混多久。他很有可能就会成为虎狼出没的丛林中的一只小兔子。这么下去，不到一个星期亨利就得被关进监狱或是让人抬进贝尔维尤[1]。

所以他求亨利歇手，亨利最终答允他注射量不超过目前的上限，六个月后，埃蒂的胳膊也便跟亨利一样了。从那一刻起，事情就不可避免地急转直下，直到埃蒂从巴哈马藏着东西过来，罗兰突然闯入他的生活为止。

换了另一个人，一个更为讲求实际而不像罗兰那么自省的人，可能会问，（如果不便问出声的话，会在心里自问，）为什么会这样？为什么这个人要卷入这样的事情？为什么这个一再说自己很弱的人会那么古怪，甚至要疯狂地走向毁灭呢？

枪侠没有提出这样的问题，甚至没有在脑子里考虑过这样的问题。库斯伯特也许会发问；库斯伯特什么事情都要问，他就

---

① 贝尔维尤（Bellevue），指纽约大学附属贝尔维尤医院。

是被那些问题给毒死的,嘴里含着一个问题死去的。现在一切都过去了,都过去了。柯特的最后一批枪侠,那个起初有五十六人的班级,到后来只剩下十三个,后来这些人也都死了。所有的人都死了,只剩下罗兰。他是最后的枪侠,继续活在这个日益陈腐、贫瘠而空虚的世界里。

十三,他记得柯特在出道仪式前一天说的话。这是一个邪门的数字。第二天,三十年来第一次——柯特没有出席仪式。他最后一批得意弟子走进他的别墅里,第一次跪在他脚前,垂颔领命,然后起身接受他的祝贺之吻,第一次由他给他们的枪填装子弹。九个星期后,柯特死了。死于中毒,有人这么说。他死后两年,最后一场血腥的国内战争开始了。惨烈的大屠杀一直蔓延到文明的最后堡垒,毁掉了他们曾视为如此强大的光明和理性,就像海浪轻松地冲走孩子用沙子搭建的城堡。

所以他成了最后的枪侠,也许他存活下来的原因只是简约与务实的精神颠覆了天性中阴郁的浪漫气质。他明白只有三件事情是重大的:人总有一死,命定之责,还有那座塔。

这就够让他操心的了。

大约四点钟时埃蒂说完了他的故事,这是他们在茫茫一片海滩上向北行进的第三天。海滩本身似乎单纯如一,毫无变化。如果要找一个行程的标识,只能朝左边张望,也就是东边的方向。那些高低起伏的山峦开始出现柔和的轮廓,有的地方似乎往下凹陷了。他们已朝北面走了这许多路,高峻的群山可能正渐渐地被那些起伏的丘陵所取代。

埃蒂说出自己的故事之后就消沉下来,一声不吭,他们接着走出的半个钟头乃至更多的时间里,两人都没说一句话。埃蒂时常扫他一眼。罗兰知道埃蒂不明白他其实已经了解埃蒂这些眼神的意思了;他过多地沉浸在自己的事情中了。罗兰也知道埃蒂在等待着什么：一个回应。或者类似回应的表示。任何表示都行。埃蒂两次张开嘴，却又马上闭上了。最后他还是开口向枪侠问出那个其实他心里早已了然的问题。

“那么，你对这事儿是怎么想的？”

“我想的是你在这儿。”

埃蒂停住脚步，伸出一对拳头朝他屁股上捶过去。“就这样啦？就这样啦？”

“我就只知道这样了，”枪侠回答。他失去手指和脚趾那地方又一牵一扯地痒了起来。他想最好能从埃蒂的世界里再弄点阿斯丁就好了。

“你对这所有的一切就没有一点儿看法吗？”

枪侠也许该举起他残缺的右手说，你这愚蠢的白痴，怎么老想着那些事情的意义，但这想法只是在脑子里一闪而过，他也不打算把心里想的另一句话拎出来发问：在芸芸众生之中，为什么偏你埃蒂能生存？他平静地面对埃蒂，只说了一声，“这是卡①。”

“什么是卡？”埃蒂的声音很刺耳，“我从没听说过这词儿。除非你能再把那娃娃腔的损人词儿连着说两次。”

“我不知道怎么说，”枪侠说，“这意思是指责任，要不就是命该如此，或者，在标准文本里，它表明你必须前往的地方。”

埃蒂竭力想同时表现出惊恐、讨厌和好奇的神色。“那么说两遍吧，罗兰，你这发音很像小孩骂人。”

枪侠耸耸肩。“我不想讨论哲学，我没学过历史。我只知道过去的都过去了，前面的东西就在前面。接下来就是命运了，要好好留意这个命运。”

---

① 原文“ka”，借自古埃及的语言，本义是“轮子”，衍生出“命运轮回”的比喻。

“是吗?”埃蒂朝北面望去。“我看见的未来就是九亿公里的他妈的一成不变的海滩。如果说那就是未来,命运,或是运势就是一样的东西了。我们也许有足够的子弹去砰的一下打死五六个或更多的大龙虾那路玩意儿,但接下来我们可能会落到个只能用石头去砸它们的地步了。我们往哪边走?”

有一瞬间,罗兰确实想过一下埃蒂是不是也曾向他的哥哥问过这话,但提出这样的问题只能意味着招致许多莫名其妙的争吵。所以他只是朝北边的方向伸了伸大拇指,说,“那边。开始有门儿了。”

埃蒂看着那边,什么也没看见,只有满地的贝壳和灰色砾石,一模一样的景致。他回头看着罗兰,想嘲笑他,可是在他脸上看见的却是宁静和坚定,他又朝着那边看。斜起眼睛看。他举起右手遮在脸上,挡住西边晒过来的日光。他竭力想要看清楚什么东西,任何东西都行,狗屎,哪怕海市蜃楼也好。却什么也没看见。

“你是在跟我胡说八道吧,”埃蒂慢声慢调地说,“我得说这可别是一场该死的骗局吧。我在巴拉扎的办公室里就把自己的性命都交给你这一路奔波了。”

“我知道的。”枪侠微笑了——罕见的微笑在他脸上稍纵即逝,就像乌云密布的天空闪过的一道阳光,“这就是为什么我对你公正发牌的原因,埃蒂。就在那儿。我在一个小时前就看见了。一开始我还以为是海市蜃楼,或是什么意念之物,但它确实是在那儿,真的。”

埃蒂又朝那边张望,一直看到眼泪都从眼角边流出来了。最后他说,“除了海滩我什么东西也没看见。我的视力可是正常哦。”

“我不知道你说的是什么意思。”

"就是说真要有什么能看见的东西在那儿,我一定能看得见!"但埃蒂说着又有些犹豫。他不知道枪侠那神情坚定的蓝眼睛看到的能比他远多少。也许比他远一点儿。

也许远很多。

"你会看见的。"枪侠说。

"看见什么?"

"我们今天到不了那儿,但如果你要像你说的那样看得见,你会在太阳照射到海面之前看见它——除非你只是站在这儿闲聊天不动身。"

"命运。"埃蒂用一种好玩的声音说。

罗兰点点头:"命运。"

"命运,"埃蒂说着笑了起来。"快点,罗兰。我们开路吧。如果在太阳照在海面之前我还什么都看不到的话,你就欠我一顿鸡肉餐了,或者一份麦当劳的大号汉堡,或者其他任何东西,只要不是大龙虾就行。"

"来吧。"

他们又上路了,在太阳拱起的影子碰到地平线之前他们整整走了一小时,这时埃蒂·迪恩远远地看见一个物形了——影影绰绰,时隐时现,但肯定是在那儿,是一个没出现过的新的东西。

"好啊,"他说,"我看见了。你准是有一双超人[①]似的眼睛。"

"谁?"

"别管它了。你确实有一种赶不上趟的文化时差症,你知道吗?"

---

① 超人(Superman),指好莱坞同名影片中的主人公。

"什么?"

埃蒂笑了,说:"别管它了。那是什么?"

"你会看见的。"没等埃蒂提出别的问题,枪侠已经开始往前走了。

二十分钟后,埃蒂觉得自己真的是看见了。又过了一刻钟,他确信这是真的。海滩上的那个目标物还在两英里,也许是三英里开外的地方,但他已经看清了那是什么东西。一扇门。是真的。又是一扇门。

那天晚上他俩都没睡好,他们起身后,趁太阳把群山模糊的身影廓清之前又走了一个小时。他们抵达门前,清晨的第一缕阳光正好照射到他们身上,使他们显得格外庄严,格外安详。阳光像灯一样照亮了他们满是须楂的脸颊。枪侠在晨曦中又像是回到了四十岁光景,当年罗兰带着那只名叫戴维的鹰去跟柯特决斗,而埃蒂一点不比他那时显老。

这扇门和第一扇几乎一样,除了镌在上面的字:

影子女士

"原来是这么回事,"埃蒂打量着那扇门慢吞吞地说。门耸立在那儿,铰链连接在那道形迹无觅的侧柱上,从那儿划开了此岸与彼岸、这一空间与另一空间。耸立的门上铭刻着先知的预言,真似磐石,遥如星汉。

"是这样。"枪侠肯定地说。

"命运。"

"命运。"

"这就是你要抽三张牌里的第二张的地方了?"

"好像是。"

枪侠对埃蒂的心思比埃蒂自己还明白得快些。在埃蒂想要做什么之前他就看见埃蒂的动作了。他完全可以不等埃蒂回过神来就转身给他两枪打断他的胳膊，可是他一动也没动。他由着埃蒂悄悄从他左边枪套里抽出左轮枪。这是他有生以来头一回让别人未经他允许拿走自己的武器——这件武器问世以来还没有过这样的事儿。他没去阻止这举动。他转过身心平气和地看着埃蒂，甚至是一脸温煦的表情。

埃蒂青灰色的脸绷得紧紧的。那双眼睛睁得老大，眼珠子周围一圈眼白格外分明。他用两手端着左轮枪，枪口左右摆动着，他调整着朝中心瞄准，忽而挪开枪口，然后又朝中心瞄准，随之又挪开了。

"打开它。"他说。

"你是在犯傻吧，"枪侠的语气依然温煦平和。"你我都不知道这门通向哪儿。它不一定是通往你那个世界的通道，你那个世界就让它去好了。我们都知道，这影子夫人没准会有八只眼睛和九条胳膊，就像苏维亚。就算打开的是通向你那个世界的门，那边的时间很有可能还在你出生很久以前，要不就是你死了很久以后。"

埃蒂紧张地笑笑，说："告诉你吧，我想要从那个二号门后面得到的可不只是橡胶鸡[①]和狗屎的海滨假日。"

"我不明白——"

"我知道你不明白。那不碍事。把他妈的门打开。"

枪侠摇摇头。

他们站在晨光里，门的斜影投向正在退潮的海面。

"打开！"埃蒂喊道，"我和你一起过去！难道你还不明白？

① 橡胶鸡(rubber chicken)，是美国一个著名的卡通形象，有可笑、幽默、恶作剧的意味，同时因为橡胶鸡是不能吃的，所以也常被用来指无用之物。

我和你一起过去！我的意思不是说我就不回来了。也许我会的。我是说。我可能不回来了。我觉得欠你很多情。你一个守法的规矩人跟我趟了一回浑水，别以为我不明白。不过在你找到那个什么影子女孩的同时，我也要就近找一份快乐鸡餐，我还得来一份外卖打包带走。‘三十碗家庭装快餐店’应该有这样的服务。”

“你留在这儿。”

“你以为我说着玩玩？”埃蒂这会儿几乎是在尖声喊叫了。枪侠觉得他好像已看到自己坠入飘忽不定的永灭境地的命运了。埃蒂把左轮枪古老的扳机朝后一扳。风随着拂晓退却的海潮吹动起来，埃蒂把击铁扳到击发位置的声音分外清晰。“你想试我一下吧。”

“我想是的。”枪侠回答。

“我要毙了你！”埃蒂吼道。

“命运。”枪侠不动声色，转身朝门。他伸手拽住门把手，但他的心在等待着：等着看他是生还是死。

命运。

影子女士

第一章

黛塔和奥黛塔

去掉那些行话，其实阿德勒[①]说的意思是：这是最典型的精神分裂症状——如果真有这样一个人——可能是女人也可能是男人，不仅不了解自己的另一副人格面貌，而且对自己生活中哪儿出了差错也一无所知。

阿德勒真该见见黛塔·沃克和奥黛塔·霍姆斯。

1

"——最后的枪手。[②]"安德鲁说。

他已经唠叨了好一会儿了，安德鲁一直唠叨个没完，而奥黛塔则一边听着一边漫不经心地让这些唠叨从自己的意识中流淌过去，就像淋浴龙头的热水冲过头发和面庞一样。但是这句话却让她很上心；说到这儿他卡了一下，好像被一根刺鲠住了。

"你在说什么？"

"噢，只是报纸上的什么专栏，"安德鲁说，"我也不知道是谁写的。我没在意。兴许是哪个政客吧。没准你知道的，霍姆斯小姐。我喜欢他，他当选总统那天晚上我都哭了——"

---

① 阿德勒（Alfred Adler，1870—1937），奥地利精神病学家，个体心理学奠基人。

② 最后的枪手，原文 Last gunslinger，前文中多次用 gunslinger 指代罗兰以及他的同类，译作"枪侠"。这里以及后文中的几处指的是枪杀肯尼迪总统的凶手，译作"枪手"。

她莞尔一笑，不由自主地被感动了。安德鲁那些喋喋不休的闲话扯起来就刹不住，说来都不是什么要紧的事儿，只是他自己脑子里冒出来的恼怒，大多无关紧要——叽叽咕咕地谈论她从来都没见过的那些亲戚朋友罢了，还有就是闲聊各种政治见解，加上不知从哪儿搜集来的稀奇古怪的科学评论（说到稀奇古怪的事物安德鲁兴趣尤甚，他是坚定的飞碟信徒，把那玩意儿称为“U 敌”）——他这话让她受到触动是因为他当选的那天晚上她自己也哭了。

“我那天可没哭，就是那个狗娘养的儿子——原谅我的法语腔，霍姆斯小姐——当那个狗娘养的奥斯瓦尔德[①]枪杀他那天，我一直没哭，一直到——多少天？两个月？”

三个月零两天，她想。

“好像是这样，我想。”

安德鲁点点头。“然后我就看到了这篇专栏文章——在《每日新闻》上，也许是——昨天吧，是关于约翰逊怎样处理这事儿的，但这不会是一码事。这人说美国见识了世界上最后一个枪手的旅程。”

“我觉得约翰·肯尼迪根本不是那回事，”奥黛塔说，她的腔调比安德鲁听惯了的声音来得尖利，（很可能是这样，因为她瞥见他在后视镜里吃惊地眨了一下眼睛，那样子更像是皱眉头，）这是因为她感到自己也被打动了。这是荒诞可笑的，却也是事实。在这个陈述中有某种含义——美国见识了世界上最后一个枪手的旅程——这句话在她心底鸣响着。这是丑陋的，这不是

① 奥斯瓦尔德（Lee Harvey Oswald，1939—1963），被控为枪杀美国总统肯尼迪的凶手。据称，他于一九六三年十一月二十二日在达拉斯市的一座建筑物内向肯尼迪射出三发子弹，致使肯尼迪身亡。事发后他又被别人枪杀，以至刺杀肯尼迪一案至今未明。肯尼迪死后，副总统约翰逊即宣誓就任总统。

真实的——约翰·肯尼迪曾是和平的缔造者，不是那种快速出拳的比利小子[①]，戈德华特[②]一派人更像这回事——也不知怎么地让她冒起了鸡皮疙瘩。

“嗯，这人说世上不会缺少射手，”安德鲁继续说下去，他在后视镜中看到了她不安的神色。“他还提到了杰克·鲁比[③]作为例子，还有卡斯特罗，还有那个海地的家伙——”

“杜瓦利埃[④]，”她说。“那个爸爸医生。”

“是的，是他，和迪耶姆——”

“迪耶姆兄弟已经死了。”

“是啊，他说过杰克·肯尼迪[⑤]就不同了，整个儿就那样。他说只要有弱者需要他拔枪相助，他就会拔出枪来，只要没别的事儿碍着他。他说肯尼迪非常明智，很有头脑，其实他明白有时唠叨太多压根儿一点好处也没有。他说肯尼迪知道这一点，如果弄到口吐泡沫的地步，就得挨枪子儿了。”

他的眼睛还在疑虑地打量她。

“再说，这只是我读的那个专栏上说的。”

轿车滑进了第五大街，朝着中央公园西边开去，凯迪拉克的徽标在汽车发动机外罩上方劈开二月凛冽的寒气。

“是啊，”奥黛塔温和地说，安德鲁的眼神松弛下来。“我能

---

① 比利小子(Billy the Kid，？—1881)，原名威廉·邦尼，美国边疆开拓时期的著名牛仔人物，因一八七八年在新墨西哥州林肯县的一场械斗而名声大噪。

② 戈德华特(Barry Goldwater，1909—1998)，美国参议员，任内大肆抨击肯尼迪政府的各项政策。一九六四年作为共和党总统候选人在与民主党候选人约翰逊的竞争中落败。

③ 杰克·鲁比(Jack Ruby，1911—1967)，达拉斯一家夜总会老板，是他枪杀了奥斯瓦尔德。他被捕后在案件审理过程中死于癌症引起的凝血症。

④ 杜瓦利埃(Francois Duvalier，1907—1971)，一九五七至一九七一年任海地总统，依恃名叫“恶魔”的私人卫队和将其神化的巫术实行独裁统治，一九六四年宣布为“终身总统”。其早年行医，有“爸爸医生”之称。

⑤ 杰克·肯尼迪，即约翰·肯尼迪。杰克(Jack)是约翰的昵称。

理解。我不同意。但我能理解。”

你是个说谎者，一个声音在她的意识中蹿起。这是她经常听到的一种声音。她甚至还给它取了个名字。把它叫做“激辩之声”。你完全能够理解，而且十分同意。如果有必要，不妨对安德鲁撒个谎，但看在上帝分上别对自己撒谎，女人。

但她身体的其他部分却抵触着，害怕着。这个世界已成了一个核子火药桶，成千上万的人们正坐在那上面，这是一个错误——也许这里包含着一种自杀比例——去相信好的射手与坏的射手之间的差别。有数不清的手抖抖瑟瑟地举着打火机靠近数不清的导火线。这已经不是枪手的世界了。如果曾经有过他们的时代，也早已过去了。

不是吗？

她闭目养神，揉揉太阳穴，感到一阵头痛正在袭来。这头痛有时就像炎热的夏日午后迅速聚集起来的雷雨云砧，来得快也去得快……那些唤雨挟电的不祥的夏日云霾有时只是朝一两个方向溜开去，而雷声和闪电却砸在方向不一的地面上。

她想，不管怎么说，这场暴雨是一定要下来了，这是一场雷电交加的暴风雨，砸下来的会是高尔夫球那般大的雹子。

第五大街一路亮起的街灯显得格外明亮。

“那么牛津镇怎么样呢，霍姆斯小姐？”安德鲁试探地问。

“潮湿，二月份还好些，那儿非常潮湿。”她停顿了一下，对自己告诫说她可不能把自己感觉中冒上喉咙的胆汁似的词儿说出来，她得咽回去。说出来会是一种毫无必要的残忍。安德鲁在说世上最后的枪手，无非是男人的扯淡罢了。问题是，把这事儿看得比什么事情都重要似的，也实在有点过分，话说回来也是因为她没有什么正事好谈论。她估计自己的声音听起来跟往常一样平静和悦，可她这会儿并没有犯迷糊：她知道自己听到的这段话几乎是脱口而出的。“当然，保释金担保人很快就赶到了；他事先就得到通知了。只要他们有办法，他们总想控制局面，而我只要有可能，也就一定要顶住，可我猜是他们赢了这一局，因为最后我憋不住湿了。”她看见安德鲁的眼睛眨了一下又转了开去，她想就此打住，但就是停不下来。“这就是他们想要教训你的，你瞧。一部分原因是这样一来就能吓住你，我猜，一个被吓住的人就不大可能再到他们那个宝贝的南方去骚扰他们了。但我觉得他们之中的大部分人——甚至那些笨蛋，当然他们肯定不会是笨蛋——也知道不管怎么样，变化终将来临，所以他们要抓住机会来贬损你。让你知道你是可以被贬损的。但如果他们持续不断地跟你来这一套，你只能在上帝面前发誓，在耶稣基督和所有的圣徒面前发誓，让你不至于，不至于，不至于使自己蒙受玷污。他们给你上的那一课就是，你不过是笼子里的一只畜生，仅此而已，不会比这更体面。只是柙中之兽。这一来我憋不住弄湿了自己了。我现在还能闻得到牢房里干了的尿迹的臊味。他们认为我们是从猴子变来的，你知道。我这会儿从自己身上闻到的好像就是这种气味。”

“一只猴子。”

她在后视镜里看了看安德鲁的眼睛（对自己以这样的方式跟他的眼睛对视有点抱歉的意思）。有时候，尿并不是你唯一憋不住的东西。

“抱歉，霍姆斯小姐。”

“不，”她说，又揉了揉太阳穴，“我才应该感到抱歉。在那儿呆了三天了，安德鲁。”

“我本来应该想到是这样。”他说话的声调像是一个受惊的老女侍，她忍不住笑了。但其实她基本上没有在笑。她以为她是知道自己进入了什么状态的，而且也预料到后果有多么糟糕。

她已经弄糟了。

三天的试炼。嗯,这是一种解释,另一种三天的试炼也许是指她在密西西比牛津镇度过的三天痛苦经历。有些事情在你死之前不可能说出来……除非你能被召到上帝面前对这些事情作证。她觉得,在上帝面前,即便是那些在人的两耳之间那块灰色胶质区域(科学家们认为这块区域是没有神经的,她不知道还有什么比那说法更荒唐无稽)引起雷暴一样的震动的事实真相,你也得老实坦白。

"我要回家去洗澡,洗澡,洗澡,还要睡觉,睡觉,睡觉,这样我就毫无疑问地非常健康正常了。"

"怎么啦,当然是啊!你不正要这样嘛!"安德鲁想要对什么事情说声道歉,这就是他最常用的语言了。除此之外,他不会再冒险作进一步交谈了。于是,这两人在不习惯的沉默中驶往中央公园南边第五大街拐角上的一幢维多利亚式公寓楼,这幢维多利亚式建筑一看就是高档公寓,她估计她的到来也许会使这儿爆出一颗重磅炸弹,她知道这幢优雅而高级的公寓楼里的住户是不会来跟她搭讪的,除非没办法了,不过她压根儿也不在乎。何况,她比他们所有的人都要高尚,他们知道她超乎他们之上。这念头不止在一个场合从她脑子里闪现过——她肯定重重地挫了他们之中某些人的傲气了,他们发现这幢高雅的老式公寓顶楼上居然住着一个黑人,而这地方出现的黑皮肤的手只能裹在白手套里,或是戴一双私家车司机那种薄薄的黑皮手套。她希望能好好杀一杀他们的傲气,她知道他们会讥抨她的下贱、粗野和越情违俗,她倒是巴不得他们这么做,她总克制不住这个念头:把小便撒到胯下那条进口的高级真丝内裤上,而且动不动就想要撒尿,这念头很难憋住。这是下贱的、粗俗的,几乎是恶劣的——不,是恶劣透顶,拿到这场民权运动的范围内来说,如此逞情恣意至少会妨碍目标的实现。也许就在这一年里，他们将赢得他们想要赢得的权利；约翰逊对于被刺杀的前任总统留给他的这一遗产（也许指望在巴里·戈德华特的棺材上再敲上一枚钉子）还挺上心，他会更加关注民权法案；若有必要他会尽力把它付诸立法。所以，缩小冲突和伤害是非常重要的。需要做的事情还多着呢。仇恨无助于这项事业。仇恨，说实在的，只能碍事。

但有时你还是会有同样的仇恨。

牛津镇也给过她同样的教训了。

2

黛塔·沃克对激进运动乃至那些温和得多的募捐活动已完全失去兴趣了。她住在纽约格林威治村一幢油漆剥落的居民楼里，奥黛塔不知道什么叫筒子楼，而黛塔则不知道什么叫豪华顶层公寓，唯一对这两头的事物都持怀疑态度的则是安德鲁·费尼，那个私家车司机。在奥黛塔十四岁那年，他就给奥黛塔的父亲开车了，而那时黛塔·沃克几乎压根儿不存在。

奥黛塔有时会莫名其妙地不知去向。这种失踪有时是几个小时，有时是好几天。去年夏天她失踪了三个星期，安德鲁都打算要报警了，可那天晚上奥黛塔恰恰来电话了，叫他第二天十点左右把车开出来，她打算去购物，电话里如此吩咐。

他嘴唇颤抖不止，大声喊叫着*霍姆斯小姐！你去哪儿了？*此前，那几回他也这样问她，对方只是报以迷迷瞪瞪的凝视——真的是迷迷瞪瞪的凝视，他可以肯定——这就是她的回答。*就在这儿啊*，她会这样说。*怎么啦，就在这儿嘛，安德鲁——你每*

天都载我去两三处地方，不是吗？你脑子没发昏吧？然后她就笑了，如果她觉得特别有趣的话（她玩过失踪之后常有这样的感觉），会拧一下自己的脸颊。

“没问题，霍姆斯小姐，”他说，“十点钟。”

她这回令人毛骨悚然地玩失踪长达三个星期，安德鲁放下电话，合上眼，迅速向仁慈的圣母祈祷霍姆斯小姐的平安归来。随后打电话给霍华德，他们这幢楼的门卫。

“她什么时候进来的？”

“大约二十分钟之前。”霍华德说。

“谁带她回来的？”

“我不知道。你知道是怎么回事。每次都是不一样的车。有时他们把车泊在街区外边，我压根都瞅不见他们，不知道她已经回来了，直到听见她按门铃，我朝外头一看，才知道是她。”霍华德停了一下，又说：“她一边脸颊上添了块挺吓人的瘀斑。”

霍华德没弄错。真的是块瘀斑，这会儿好些了。安德鲁心想，但愿看上去别像是新弄上去的。霍姆斯小姐第二天上午十点钟准时出现了。穿着一件双条细肩带的真丝太阳裙（这已是七月下旬），这会儿脸上的瘀斑泛出黄色了。她草草地化了妆以掩饰脸上的瘀斑，倒好像是明知这番掩饰只会让人更注意这块瘀斑。

“你怎么弄的，霍姆斯小姐？”他问。

她温和地笑笑，说：“你是知道我的，安德鲁——我总是磕手磕脚的。昨儿从浴缸里出来时没抓住扶手——急着要看国内新闻。一下摔了个脸冲地。”她打量了一下他的脸。“你又要唠唠叨叨地叫我去看医生做检查了，是不是？别费心回答我的问题了；这么多年下来，我了解你就像是一本读透了的书。我不会去的，所以你也不必费心打听什么。我现在非常漂亮。前进，安德鲁！我要去把塞克斯[1]的东西搬一半回来，还得把吉姆伯尔[2]整个儿搬走，要把那夹在两家商店中间的四季餐厅里所有的美味都尝个遍。”

“好啊，霍姆斯小姐，”他说着露出一丝微笑。这是勉强挤出来的微笑，要挤出这笑容可不容易。这块瘀斑并非只有一日光景，而足有一个星期之久了，至少……不管怎么说这下他更明白了，不是吗？上个星期他每晚七点钟打电话给她，因为如果她在自己房间里的话，这是可以逮到霍姆斯小姐的时间，是亨特利-布林克莱[3]节目播出的时间。那是霍姆斯小姐绝不肯落下的新闻。他每晚都打电话，每晚都打，除了昨天晚上。昨晚他去那个公寓楼从霍华德那儿甜言蜜语地把通用钥匙哄到手。他越来越确信她所讲述的那个意外事件……不过她并不仅仅是弄了块瘀斑跌断了骨头，她差点死去。孤零零地死了，这会儿就躺在那儿死了。他走进门去，心脏怦怦直跳，感觉就像一只猫在黑屋子里踩过钢琴上的琴键。看到那里没什么可担心的才松了口气。厨房餐台上搁了一只黄油碟子，时间搁久了，上面都长出了霉斑。他到达那里是七点十分，五分钟后离开。他快速地巡视整个寓所，还朝卧室瞥了一眼。浴室是干的，毛巾是整齐的——甚至是井井有条地排列在那儿，室内那些闪闪发亮的电镀钢管把手上一点水渍也没有。

他明白她所描述的那件事压根儿没有发生过。

但安德鲁并不认为她在撒谎。她自己也相信自己对他说的话。

---

① 塞克斯(Saks)，纽约第五大道上一家豪华商店。

② 吉姆伯尔(Gimbels)，纽约第五大道上一家大型百货商场。

③ 亨特利-布林克莱，全称为 The Huntley-Brinkley Report，美国全国广播公司一九五六年至一九七〇年播出的一档电视晚间新闻节目，由切特·亨特利(Chet Huntley)和戴维·布林克莱(David Brinkley)联袂主持。

他透过后视镜又看见她在用手指尖轻揉太阳穴。他不喜欢这样。有许多次他看见她做过这个动作之后就会玩失踪。

3

他没让车子熄火，这样她一上车就能享受到暖气，他下车走到后备厢那儿。看到她的两只手提箱他又眨了下眼睛。这两只箱子看上去像是被什么脾气暴戾的小心眼男人无情地踹过似的，那些人好像不敢把霍姆斯小姐怎么样——就把气撒到别处了，比方说，当时要是他在那儿的话，没准也会被好好地修理一顿。但这并不因为她是个女性；她是个黑人，一个傲慢的北方黑人，一个不务正业的乱哄哄的人，他们也许会把她视为有资格为所欲为的女人。实情是，她也是个富有的黑人。实情是，她几乎和迈德加·埃维斯[①]或马丁·路德·金[②]一样有名。实情是，她那张富有的黑人面孔曾上过《时代》杂志封面，对这样的人，毕竟不能扔到野小子堆里藏着，然后说：什么？不，先生，俺铁定是莫看见这个样子的人到这儿来过，对不对，小子们？实情是，你不能粗暴地对待一个霍姆斯·丹塔尔企业的唯一继承人，在那阳光灿烂的南方，霍姆斯的工厂有十二家之多哩，其中一个从牛津镇发展出的企业比牛津镇还大。

所以，他们把要出在她身上的气，撒在了她的箱子上。

他看着她在牛津镇逗留期间带回的羞辱、愤怒和爱的无声

---

① 迈德加·埃维斯(Medgar Evers，1925—1963)，美国黑人民权活动家。一九五〇至一九六〇年代在密西西比州主持民权运动，后被人谋杀。

② 马丁·路德·金(Martin Luther King，1929—1968)，美国黑人民权活动家、浸礼会牧师。一九六三年组织了历史性的“向华盛顿进军”的民权斗争，一九六四年获诺贝尔和平奖，后被刺身亡。

的标记，一时沉默无声，就像那些箱包上被蹂躏过的痕迹一样。（这些箱包离开时是那么漂亮挺括，而回来时就像是被扁得一声不吭似的。）他看着面前的东西，一时间愣在那儿不动了，他的呼吸化作了白霜。

霍华德走出来帮忙，但安德鲁迟疑了一下才去拎箱子把手。你是谁，霍姆斯小姐？你真的是你吗？你有时候到底是上什么地方去了，你在那段玩失踪的日子里究竟惹了什么麻烦要让你编出这么一个谎言呢？在霍华德走到跟前那一刻之前，他还冒出了另外一些随之而来的念头：你其余的那部分在哪里？

你要放弃这些念头，别这样想了。如果这周围任何一个人有这样的想法，那只可能是霍姆斯小姐了，但她并没有这么想啊，所以你又何必呢。

安德鲁把包拎出后备厢，递给霍华德，后者压低声音问："她还好吗？"

"还好，"安德鲁也压低嗓音回答。"只是那些事情把她折腾坏了，累到极点。"

霍华德点点头，拎着饱受蹂躏的箱包，朝房子里面走去，但走几步又停下来，轻触一下帽檐向奥黛塔·霍姆斯做一个致意的手势。后者坐在雾气蒙蒙的车窗后面，几乎看不清面容。

他走开后，安德鲁从车厢底部拿出一具折叠的不锈钢架子，把它打开。这是一部轮椅。

自一九五九年八月十九日以来，也就是从五年半前开始，奥黛塔·霍姆斯膝盖以下的肢体，就像那些不知所踪的空白时间一样，消失了。

4

在那场地铁事故之前，黛塔·沃克只是很少几回有脑子清醒的时候——那几回的情况有点像是孤零零地耸于海面的珊瑚岛，其实那只是一个凸显的结点，水下的大片岛屿尚浑浑噩噩。奥黛塔一点儿也没怀疑到黛塔是否存在，而黛塔也压根儿不知道有奥黛塔这么个人……但黛塔至少还能清醒地认识到有什么事儿不对劲了，而这不对劲儿的事情恰恰跟他妈的她自己的生活掺和在一起。当黛塔控制她身体之时，奥黛塔的想象力把所有发生过的事情都想象到了；黛塔没那么聪明。她以为她还能记得住那些事情——某些事情，至少是这样吧。但大部分时间里她根本不记得。

黛塔至少是部分地意识到这种空白。

她还记得那个瓷盘。她还记得那个。她还记得把它偷偷塞进自己的裙子口袋里了，转过脑袋瞅一下蓝太太是不是在那儿偷看，确信她没在那儿。因为这瓷盘是属于蓝太太的。这瓷盘，黛塔好像模模糊糊地知道，是一件藏品①。所以黛塔偷偷把它拿下了。黛塔还记得把它带到一个她知道（虽说她说不上她怎么会知道）的处所，一个叫做“抽屉”的地方，那是一个烟雾腾腾垃圾随处可见的洞穴，在那儿她还看见一个燃烧着的塑料娃娃。她记得自己小心翼翼地把盘子搁在砂石地面上，然后踩上去，然后又停下来，还记得脱了她的平纹全棉紧身衬裤，把它塞进那个搁过盘子的口袋里，然后小心地用左手食指滑进自己身上那个切口里，那是老蠢上帝与她，还有其他所有的女人们不完美地结

---

① 原文 Forspecial，这是一个臆造出来的词，被黛塔·沃克用来形容那些漂亮的、装饰性的无用之物。

合在一起的地方，不过她感到那地方的某些感受肯定是不错的，因为记得是有震颤，记得想要顶进那部位，记得没有去顶，记得她那裸露的没有全棉紧身裤挡住的阴道有多么芬芳，她没有去顶它，始终没有，直到她用穿着黑漆皮鞋的脚去踩地上那个盘子，接着手指一边顶着那个裂口，一边拿脚用同样的方式去踩蓝太太的藏品，她记得穿着黑漆皮鞋的脚踏在盘子边沿雅致的蓝色网状花纹上，她记得自己脚下使劲碾压一下，她记得那是个叫"抽屉"的地方，用手指，还有脚，记得手指上和裂口处的芬芳，记得脚下瓷片发出碎裂的噼啪声时，同样的碎裂快感似箭一般地射进她体内，她记得唇齿间迸发的一声叫喊，像是谷田里惊起的乌鸦发出的那种令人不快的怪声，她还记得自己无动于衷地看着盘子碎片，然后慢慢地从裙子口袋里掏出那条白色的全棉紧身裤，套上，记忆中无处容身的某个时候听他们这么命令过，这声音飘散开去像是潮水四漫，套上，好的，因为先得把你撇开才能做你的事，完事了再套回身上，先是一只闪闪发光的漆皮鞋，然后再套另一只，好的，紧身衬裤不错，她还记得它一套上大腿就挺熨帖的，然后拉过膝盖，左腿上一块结痂的疮疤快要蜕皮了，里边露出清清爽爽的婴儿般粉红色新皮，是的，她记得那么清楚，那肯定不是一个星期前或者是昨天发生的事儿，而只是发生在这一刻之前，她还记得裤腰带是如何褪到了她的舞会裙子的折边处，白色的全棉织物反衬着棕色皮肤，像是奶油，是的，就像是浮在咖啡奶罐上面的白色奶油，紧身衬裤消失在裙子里，裙子是焦黄色的，紧身裤质地不比裙子好，还更低档，虽说是白的，却是尼龙，那种廉价的透明的尼龙质料，各方面都廉价，她还记得它也给脱了，她记得在一九四六年的道奇迪索托的车厢垫上这紧身裤泛着白光，是啊，它多白啊，它多贱啊，没有什么东西能像内衣那样让人变得高贵起来，而廉价衬裤的效果则正好相反，姑娘是贱的，紧身衬裤也是贱的，是被贱卖的，在街上甚至不像个妓女，倒像头纯种母猪；她不记得圆圆的盘子却记得一张男孩的圆圆的脸，那类动辄大呼小叫的大学生联谊会里的男孩，他没有圆圆的盘子却有张像蓝太太的瓷盘一般圆圆的脸，他的脸颊上映出横七竖八的线条，看上去像是蓝太太那个宝贝瓷器盘子边沿的花纹，那是霓虹灯的红色光影，花里胡哨的霓虹灯是那么眩目，黑暗中路边店的招牌映出一片血红，照在他那副看上去阴沉沉的脸颊上，那张脸曾让她抓挠过，当时他直喊叫：你干吗要这样，你干吗要这样，你干吗要这样，然后打开车窗，把脸伸到外面呕吐起来，她还记得听见自动唱机里多蒂·史蒂文斯[1]正在唱"那紫色帽带的巴拿马大佬穿一双系粉红鞋带的棕黄皮鞋"，她记得他呕吐的声音就像是水泥搅拌机在轰隆作响，他那根阴茎，刚刚还胀得乌黑发紫，从密密匝匝的一团阴毛中高高耸起，这会儿坍下来像一个虚弱的白色问号；她记得他粗嘎的呕吐声停下来，接着又要开始了，于是她想，嗯，我猜他压根儿还没打好基础呢，于是笑了，用自己的手指（那上面装饰了长长的指甲）顶进阴道里，那儿原是光秃秃的，而今不再是那样了，那地方长出了粗乱的毛发，里边同样有易碎的东西发出断裂的脆声，依然是有多少快乐就有多少痛楚，（总归好一些了，好多了，比什么都没有要好，）他盲目地抓挠她，用受伤的声音断断续续地喊叫：哦，你这该死的黑牝，他叫喊着，她嬉笑着，轻巧地躲开他，抓起自己的紧身衬裤，打开她这边的车门，这时觉出他在她上衣后背无力地挠了一把，可是她已经跑进了五月的夜晚，早开的杜鹃花吐出芬芳，粉红色的霓虹灯斑斑点点地洒落在停车场上——真有点像劫后余烬的荒芜之地，映在她的紧身衬裤上，她没把那手感滑

---

① 多蒂·史蒂文斯（Dodie Stevens，1946— ），二十世纪六十年代走红的美国女歌手。

溜的廉价尼龙衬裤塞进裙子口袋，却塞到那个装满了五颜六色乱七八糟玩意儿的少女用的化妆品包里，她跑了，灯光斑斑点点，她那时是二十三岁，对紧身衬裤已不在乎了，而开始留意人造丝披肩，她走过梅西公司的精美小件日用品柜台时手便随意伸进皮包里——一条披肩的售价是1.99美元。

便宜。

像那条尼龙紧身衬裤一样便宜。

便宜。

像她。

她寄附的这具躯体属于一个继承了上百万家产的女人，当然这事儿无人知晓也毫无意义——披肩是白色的，镶着蓝边。当她靠在出租车后座椅上时心里又同样迸发出小小的快感，她没在意司机，一只手举着披肩，直愣愣地瞧着，另一只手伸进花呢裙子下面绷住大腿的紧身衬裤底下，一根长长的黑手指对准那个需要被呵护的部位狠狠呵护了一下。

所以，有时她会六神无主地彷徨起来，当她不在这儿时她在什么地方，可是多数时候她的需求是突如其来的，一刻不停地追着她，而不可能有什么周密思考，她只是实现需要实现的，做需要做的事情。

罗兰将会明白。

5

奥黛塔本可以坐着豪华车到处跑，即便是在一九五九年——那时她父亲还在世，而她也没有富到一九六二年他去世时那种巨富的程度，在她二十五周岁生日时，她名下的钱财已交给她自己管理了，她想干什么就能干什么。但是，她对某个保守的专栏作家一两年前杜撰的一个词压根儿不感兴趣——那个说法叫做“豪华车自由”。她年轻得不想让别人看出自己的真实地位，只是还没有幼稚到（或是愚蠢到！）相信自己老穿着一两条褪色的牛仔裤和卡其布衬衫就能真正改变她的社会地位的程度，当然她本可让司机接送却去搭乘公交车和地铁，（她太自我中心了，并没留意到安德鲁受到伤害和深为不解的脸色；他喜欢她，还以为这是她拒绝他的某种方式，）也并非出于那种信念，不过她还是幼稚得仍然相信某种表白的姿态有时会抵消（或至少是盖过）真实境况。

一九五九年八月十九日晚上，她为这种姿态付出了膝盖以下两条腿的代价……还有她的一半心智。

6

奥黛塔先是被人用力拖，然后再是推，最后被卷进了汹涌翻腾的浪涛中。她是一九五七年开始卷进去的，那件事最终被称之为“运动”而没有命名。她知道某些背景，知道为平等权利的斗争并非始于解放宣言[①]，而是要追溯到第一艘驶入美国的贩运奴隶的船只（抵达佐治亚，事实上那是英国人在此安置流放罪犯和失债者的殖民地），但对奥黛塔来说，这一切似乎都是从同一个地方开始的，有同样的三个单词作为标记：*我不走*。

---

① 解放宣言（Emancipation Proclamation），指一八六三年一月一日林肯总统发布的解放美国奴隶的法令。

这是在亚拉巴马州蒙哥马利市一辆公交车上发生的，那几个词从一个著名的黑人妇女嘴里说出，她名叫罗莎·李·派克[①]，这罗莎·李·派克就是不肯从公交车前面的车厢退到后面去，这当然是吉姆·克劳的公交车[②]。很久以后，奥黛塔也和人们一起这样高唱“我们不走”，这情景总让她想起罗莎·李·派克，她唱这歌时总有一种羞愧之感。要和你的队伍一起，跟大家汇成人流一起唱出“我们”是容易的；甚至对于一个没有腿的女人也是一件不难的事。唱出“我们”是多么容易啊，做“我们”是多么容易啊。但在那辆车上并没有“我们”，那辆车上准是混合着陈年的皮革味儿和经久不散的烟味，车上的广告卡片上写着：**幸运抽奖 L.S.M.F.T.**[③]**看在天国分上去你选择的教堂，喝下奥佛汀**[④]**！你会看见我们想让你看到的！带靠背的扶手座椅，二十一种了不起的烟草造出了二十支美妙的香烟**，当时并没有“我们”在那个疑虑地瞪着你的司机眼皮底下，只有她一个人坐在一群白人乘客中间，坐在后边车厢里的黑人也同样用怀疑的眼光打量她。

没有我们。

没有成千上万游行的人们。

只有罗莎·李·派克用那三个单词掀起的一阵巨浪：我不走。

奥黛塔有时会想，如果我做了这样一件事——如果我有这

---

① 罗莎·李·派克(Rosa Lee Parks，1913—2005)，美国黑人民权运动女活动家。下文涉及的事件发生在一九五五年。

② 吉姆·克劳(Jim Crow)，原是十九世纪初一个黑人剧团的保留剧目，后来这个剧名专指黑人和他们的隔离生活。吉姆·克劳的公交车，指二十世纪六十年代以前美国南方各州在公交车上实行的种族隔离。

③ 幸运抽奖 L.S.M.F.T.当时美国的一种烟草促销广告。

④ 奥佛汀(Ovaltine)，十九世纪后期瑞士人发明的一种混合软饮料。

么勇敢——我的余生将会非常幸福。但这样的勇气是我所不具备的。

她曾在报上读到过派克遭遇的事情，一开始并不是很感兴趣，兴趣是一点一点来的。正如最初几乎无声无息的种族冲突，后来引发了整个南方的轩然大波，很难说她的激情与想象力是什么时候或怎样被这项运动所感染。

一年或一年多以后，她和一位年轻男子不经常地有一些约会，那人带她去过格林威治村，那儿有一些年轻的（大部分是白人）乡村歌手，他们的演出节目里增添了某些令人惊讶的新歌——完全想象不到，他们往那些歌里加入了古老的戏谑调门，诸如约翰·亨利①怎样用他的大锤玩转新式的蒸汽锤，（却在这过程中害了自己，主啊，主啊②，）还有巴比利·艾伦③怎样残忍地拒绝她那害相思病的年轻求婚者，（结果却死于羞愧，主啊，主啊，）音乐中注入了新的内容，唱出了在这个城市如何受忽视被歧视的感受；在一个明明可以胜任的工作中，怎样由于错误的肤色而让你卷铺盖走人；怎样被送进监狱被查利先生④鞭打，只因为你的黑皮肤，而你竟然敢——主啊，主啊——在亚拉巴马，在蒙哥马利城，在伍尔沃思公司⑤的午餐桌上和白人坐在一起。

也不知道这算不算荒谬，从那以后，她才开始对自己的父

---

① 约翰·亨利（John Henry），十九世纪美国黑人大力士，作为一名工人在铺设切萨皮克-俄亥俄铁路工程中大显身手。在挖掘一处隧道时，他手持两柄二十磅大锤与新式蒸汽锤比赛掘进速度，最终胜出却因过劳而猝死。

② 在一首名为《约翰·亨利》的黑人歌谣中每一节都有“主啊，主啊”（Lawd，Lawd）的过门。

③ 巴比利·艾伦（Barbry Allen），发源于苏格兰和英格兰的一首民谣，后传入美国。

④ 查利先生（Mr.Charlie），詹姆斯·鲍德温一九六四年创作的话剧《致查利先生的布鲁斯》中的人物。

⑤ 伍尔沃思公司（F.W.Woolworths），一九一一年创办的美国零售业连锁商店。

母，父母的父母，父母的祖先感到好奇。她从来没看过那本《根》——她生活在另一个世界里，阿历克斯·哈利[1]还远远没有开始写那本书，他甚至还没想过要写那本书，但这事儿却荒谬地出现在她晚近的生活中，第一次让她追溯到那许多代之前被白人链接起来的祖先们。当然这些是发生在她出生之前的事实，不过是一些零零散散的资料碎片，其中看不出某种实在的如同方程式表示的那种变化关系，这完全不同于那些影响她日常生活的烦心的事儿。

奥黛塔把她了解到的情况汇集到一起，真没有多少东西，这让她很惊讶。她打听到她的母亲出生在阿肯色州的奥黛塔，她(是独女)的名字就是根据那个城市取的。她打听到她父亲曾是一个小镇上的牙医，发明了牙齿封蜡技术并获得过这项专利，这项技术在湮没了十年之后突然间受到关注，她老爸一下成了一个中等的富人。在随后的十年内，尤其四年后当滚滚财源到来之时，他又搞出了许多新的牙科治疗技术，诸如畸齿矫正术啦，牙科自然整形啦，其技术多属此类，在他和妻子女儿(第一次获得专利权时她刚出生四年)移居纽约后，他创办了霍姆斯牙医技术公司，如今这家公司在牙科治疗领域的影响力，就如同施贵宝公司[2]之于抗生素领域。

然而，当她向他询问若干年来的经历时——她未曾经历的，老爸也未曾提及的历史，他便会东拉西扯地说开去，而不会告诉她任何事情。有一次，她妈妈爱丽丝——他有时在心情好的时候会叫她妈，或是爱丽——说，“你得告诉她，丹，当你驾着福特车经过棚桥时，他们朝你开枪的事儿。”可是他朝奥黛塔的妈妈

---

① 阿历克斯·哈利(Alex Haley, 1921—1992)，美国作家。其代表作《根》写于一九七六年。

② 施贵宝公司(Squibb)，美国一家制药公司。

做了个闭嘴的阴郁眼神，素来像只麻雀似的叽喳不停的妈妈，旋即缩回椅背，一句话也不说了。

自那晚以后，有那么一两次，奥黛塔想让她母亲说出些什么，可是都一无所获。如果在那以前她向她母亲打听，也许还能了解到某些真相，但因为她父亲不想披露，她也就不说了——也不再对他提起，她意识到，过去的那些事儿——那些亲属们，那肮脏的红土小道，那商店，那窗上缺了玻璃连个窗帘都没有的污浊的底楼房间，那些伤天害理的侵扰，那些衣不遮体，用面粉口袋权作长风衣的邻家孩子——所有这一切，都被埋葬了，就像他把坏死的牙齿埋在完好的分辨不出是真是假的假齿冠下边。他不说，也许是不能说，也许是有意识地让自己被有选择的记忆缺失症所困扰；"顶着齿冠的牙齿"正是他们在纽约中央公园南面格瑞玛尔公寓的生活写照。所有的细枝末节都藏在外表坚固密封的齿冠下面。他的过去被隐藏得非常好，从来都没留出一丝罅隙，你没法通过这表层障碍揭示深处的内核。

黛塔知道某些事情，但黛塔不认识奥黛塔，奥黛塔也不认识黛塔，所以，牙齿仍光滑紧密地矗在那儿，像一扇守卫的大门。

她有母亲的某种羞涩，又有父亲的坚定耿直，（不说话的时候，）有一次在父亲面前她斗胆提到那个话题，那是仅有的一次，暗示他曾拒绝跟她谈起的那笔信托基金的事儿——那笔本该属于他的信托基金从来没有到手，虽说从来也没过期。他拘谨地晃动着手里的《华尔街日报》，折拢，叠好，搁在落地灯旁的冷杉木桌上，取下那副无边钢架眼镜，放在报纸上面。然后，他看着她，他是一个瘦瘦的黑人，瘦得几乎形销骨立，一头灰发紧贴着头皮纠成一个个小卷儿，此刻在那深凹的太阳穴上疾速张开，可以看见那处的静脉有节奏地一颤一颤，他只是这么说：我不想谈我生活中的那一部分，奥黛塔，也不去想那些。那是没有意义的。从那以后，世界向前发展了。

罗兰将会明白。

7

这时罗兰打开那扇“影子女士”的门，眼里所见的事物是他完全不能理解的——但他明白这都不算什么。

这是埃蒂·迪恩的世界，不同的是，这儿只是充斥着光怪陆离的灯光，人群，还有林林总总的物体——比他一辈子见过的物体还多。女士用品——这样看去，显然正在出售。有的摆置在玻璃下面，有些一摞摞地堆叠起来，诱人地展示着。没有什么比得上这世界的移动更令人惊奇的了，世界在他们面前的门道旁边闪移着。这门道是一位女士的眼睛。他正通过这双眼睛观察外面的世界，正如当初通过埃蒂的眼睛一样，当时埃蒂正在空中飞车的过道上往前走去。

埃蒂，这回却瞧得一愣一愣。手上的左轮枪抖抖瑟瑟地滑落下来。枪侠完全可以轻而易举地从他手中把枪拿过来，但他没这么做。他只是平静地站在那儿。空手夺枪是他很久以前学会的一个把戏。

此刻门外的那番景象弄得枪侠头晕目眩——这同一瞬间的幻化却让埃蒂感受到一种奇妙的慰藉。罗兰从来没看过电影。埃蒂看过成百上千次了，他现在看到的是一个移动视角拍摄的镜头，就像是《万圣节》或是《闪灵》[①]中的镜头。他甚至知道他

① 《闪灵》(*The Shining*)，根据斯蒂芬·金同名小说改编的恐怖片，著名导演库布里克一九八〇年的作品。

们是怎么称呼那种拍摄移动镜头须借助的器械。那叫减震器[1]。就是那样叫的。

“也跟《星球大战》似的，”他喃喃地说，“死亡星球。他妈的那个碎裂的玩意儿，记得吗？”

罗兰看着他，没说什么。

一双手——深棕色的手——进入罗兰透过门道展开的视野，埃蒂吓了一跳，还以为是银幕上的什么特技镜头……因为银幕上的镜头恰好是一个最适合提供幻觉的角度，你还以为自己就能走进那场景中——就像《开罗的紫玫瑰》那片子里人一下子钻出来似的，这人也可以走出来，走进现实世界。极棒的电影。

埃蒂还没从那电影镜头中完全醒过神来。

这会儿已转到电影没有拍摄到的门另一边的场景。那是纽约，没错——那出租车喇叭鸣叫声总不会错的，像以往一样低沉得有气无力——告诉人们这是纽约的出租车——这是纽约某个他去转悠过一两回的百货商店，但这是……是……

“这是很早以前的。”他喃喃地说。

“比你的年头要早？”枪侠问。

埃蒂看着他，笑笑。“没错，如果你要让事情这么进行下去的话，没错。”

“你好，沃克小姐，”一个探询的声音。这个场景在门道中突然被拉了上去，甚至弄得埃蒂都有些晕眩的感觉，现在他看见一个售货小姐，显然她认识那双黑手的主人——认识她，可是有点讨厌她或是怕跟她接近的感觉，或是二者兼而有之。“今天想买点什么？”

“这个。”黑手的主人拿过一条镶着蓝边的白披肩，“不用包起来，就这样搁在袋子里好了。”

---

① 减震器(Steadi-Cam)，中文另一名称按音译作“斯坦尼康”。

"现金还是——"

"现金,一向都是现金,不是吗?"

"是啊,没问题,沃克小姐。"

"我很高兴能让你满意,亲爱的。"

那售货小姐扮了个不易察觉的鬼脸——她转身时被埃蒂逮个正着。也许只是那个女人说话的方式被售货小姐认为是"傲慢的黑人",(以他的人生经历而言,他再次感觉到这场景与其说是市井现实不如说是在拍电影或是演戏,因为看起来就像是在看人拍一部六十年代的电影或是布置那个场景,就像是在《炎热的夜晚》[①]一片中跟辛尼·波伊提尔和罗德·斯泰格尔配戏,)但这会儿的情况好像还更简单些:罗兰的影子女士,不管是白是黑,总之是一个粗鲁的妓女。

但这没什么大不了的,不是吗?该死的这都没什么两样。他只关心一桩事,就是他妈的出去。

这里是纽约,他几乎可以闻到纽约的气味。

而且纽约就意味着海洛因。

他几乎可以闻到那种滋味了。

可是万一弄出什么故障的话,会吗?

一个操他妈的大故障。

8

罗兰仔细观察着埃蒂,虽说在过去的任何时间里,只要愿

① 《炎热的夜晚》(*In the Heat of the Night*),一九六七年拍摄的一部反映种族歧视的美国影片。下文中提到的辛尼·波伊提尔和罗德·斯泰格尔是该片的两位主演。

意，他不管什么时候都可以把埃蒂杀了，不过他还是默不作声地由他去，在许多情况下让埃蒂由着自己的性子来。埃蒂意味着许多事情，这许多事情都有些不妙，（作为一个有意识让一个孩子坠入死亡的人，枪侠知道“好”和“不妙”之间的差别，）但有一条很清楚，埃蒂不蠢。

他是个聪明的孩子。

他想他能摆平。

所以他这么做。

他回头看着罗兰，做了一个笑不露齿的表情，枪侠的左轮枪在他手指上转了一下——笨拙地——模仿着射手作秀的最拿手的一个动作，然后举枪指向罗兰，先是枪托对着他。

“这玩意儿也许是所有那些好事儿当中的一个屎球，不过对我还是有点用处，对不对？”

当你想做什么事情时，你可以做得更聪明点儿，罗兰想。为什么你总要选择用愚蠢的方式来说话呢，埃蒂？你是不是觉得这就是你哥哥被注射毒品而死的那地方的人的说话方式？

“对不对？”埃蒂又问。

罗兰点点头。

“我要是把它射进你身上，这扇门会出什么事吗？”

“我不知道。我想只有一个办法可以验证，那就是来试一下。”

“好吧，那么你觉得会发生什么事呢？”

“我想它会消失掉。”

埃蒂点点头。这也正是他想到的。呸！像变魔术一样！现在你看到了，朋友，这会儿你看不到了。就像拍电影或演戏，拉来个六枪连发射手，却把子弹射进拍片人身子里，这也没什么两样，对不对？

如果你把拍片人干掉，电影也就停了。

埃蒂不想让画面停下来。

埃蒂要让他的钱值钱。

“你可以自己走过这扇门去。”埃蒂慢慢地说。

“是的。”

“分开走。”

“是的。”

“然后你钻进她的脑子里，就像当初进入我脑子里一样。”

“没错。”

“这样你就能搭着这趟顺风车进入我的世界，但也就那样了。”

罗兰什么也没说。搭顺风车是埃蒂有时会使用的说法，他不太明白这词……但他抓住了其中的要义。

“你完全可以用你自己的身体穿过去，就像在巴拉扎那儿一样。”他说出声儿了，其实只是在对自己说，“但是你需要我来对付这事儿，是不是？”

“没错。”

“然后让我跟着你。”

枪侠还张着嘴，但埃蒂已抢过话头。

“不是现在，我不是说现在，”他说，“我知道我们要是……在那儿出现，肯定得引起骚乱或是什么该死的事儿。”他大声地笑起来。“就像魔术师从帽子里抓出一只兔子，问题是没有帽子，我肯定没有。我们得等到她单独一个人的时候——”

“不。”

“我会和你一起回来的，”埃蒂说，“我发誓，罗兰。我说到做到。我知道你有大事要做，我知道我是其中的一部分。我知道你在海关救过我，但我想我在巴拉扎那儿也救过你——你现在还记得吗?"

"我记得,"罗兰说。他记得埃蒂从写字台后面蹿起,全然不顾危险,只是一瞬间的犹豫。

只是一瞬间。

"那么怎么样呢?彼得替保罗付账①。一只手洗另一只手。我只想回去几个钟头。弄点外卖的炸鸡。也许再捎带一盒唐肯甜甜圈。"埃蒂朝门那边点点头,那儿的场景又开始闪移。"你怎么说?"

"不,"枪侠说,可是此刻他几乎没法想埃蒂的事。这一阵正朝上面通道移动——这位女士,不管她是谁,不像是一个正常人在移动——其实她自己并没动,罗兰抬眼注视埃蒂之际,埃蒂已经移动了,要不(他停下来思忖,以前他从未有过这样的情况,从来没有这样瞧见自己的鼻子出现在自己的视觉边沿)这是他自己移动的方式。当一个人在走动时,眼前的视线就会轻微地摆动:左腿,右腿,左腿,右腿,在你走起来时,眼前的世界会轻微地前后摆动一会儿——在你走过一阵之后就是那种感觉,他这么猜测——你只是忽视了这现象。可是这位女士并没有如此摆动——她只是在一个通道里平滑地向上移动,好像沿着一条自行驶动的线路。有意思的是,埃蒂也有同样的视觉感受……只是对埃蒂来说,这倒更像是加了减震器的镜头效果了。他没觉得有什么不对劲儿,因为已经挺熟悉了。

罗兰实在感到奇怪……但这时埃蒂的声音灌进了他的耳膜,那颤抖的喊叫。

"为什么不行?为什么他妈的不行?"

---

① 彼得替保罗付账,原文 Peter pays Paul,这是一句谚语,意为境遇相同的人互相帮衬是很自然的事儿。

"因为你想要的不是一只鸡,"枪侠说,"我知道你想要什么,埃蒂。你想要'注射',你想要把那毒品弄'到手'。"

"那又怎么样?"埃蒂喊着——几乎是叫嚣。"我想这么着那又怎么样?我说过我会跟你一起回来的!我向你保证!我说到做到,我他妈向你保证!你还想要什么?你想要我以我老妈的名义发誓?行啊,我就以我妈的名义发誓好了!你想要我以我哥亨利的名义发誓?好啊,我发誓好了!我发誓!**我发誓!**"

恩里柯·巴拉扎本来应该告诉他——只是枪侠不需要巴拉扎这样的人来教他什么人生的真谛:永远不要相信一个瘾君子。

罗兰瞧着那门点点头:"等我们找到塔了,至少,你的那一部分生命就终结了。塔的事情办完后,我什么也不在乎了。那以后,你想怎么奔地狱去就怎么去好了。但在这之前,我需要你。"

"噢,你他妈的这个狗屁唬人精,"埃蒂嘟囔道。声音里显然听不出多少激愤的情绪了,但枪侠看见他眼里有一点泪光在闪动。罗兰什么也没说。"你知道那是不会有的以后,这事儿不是为我,不是为她,也不是为着耶稣眼里的任何第三者。也许都不是为你自己——你这样子看上去比亨利最糟糕的时候还糟。如果我们没死在找你的塔的路上,我们也注定要死在那个该死的地方,你干吗不对我实说,要对我撒谎?"

枪侠感到一阵隐约的羞耻,他只是简单地重复道:"至少现在,你的那一部分生命已经终结。"

"是吗?"埃蒂说,"那好,我跟你兜底说吧,罗兰。你穿过这道门进入她那具躯壳之后,我可知道你的真身是什么模样。我知道是因为在这之前我见过。我不需要你的枪。在这鸟不拉屎的太虚幻境,我随便弄你一下就成了,朋友。你甚至可以把那女人的脑袋扭过来就像那会儿扭动我的脑袋一样,瞧瞧我把你那一部分(这下你什么也不是,只是那个该死的坎儿)给怎么处理了。等夜晚一到，我把你拖到水边。到时候你可以看到那些大怪物扑到你那一部分也就是你的躯体上。那当儿你可别急急忙忙往回赶哦。”

埃蒂停顿一下。波涛拍岸，风在海螺空壳里一个劲儿地转悠，声音听来特别响。

“这下我会用你的刀来割断你的脖子。”

“然后把门永远关上？”

“你说我的那一部分生命已经终结了。你还没说到点子上呢。你瞧瞧纽约，美国，我这时代，那每桩事情。如果都是这副样子，我想这段生命终结也罢。那些折腾过火的叫人失望的事儿，那些成堆结伙的喧嚣起哄。就是这样一个世道，罗兰，杰米·史华格[1]看上去都显得神志挺正常了。”

“前面有伟大的奇迹，”罗兰说，“伟大的冒险行动。更重要的是，有事业可以去追求，有机会可以赎回你的荣耀，还有其他的东西。你也许能成为一个枪侠。我不想做最后的枪侠。最后的枪侠是你，埃蒂。我知道，我感觉到了。”

埃蒂笑了，眼泪却流下了脸颊。“噢，好极了。好极了！那正是我需要的！我的哥哥亨利。他曾是一个耍枪的。在那个叫做越南的地方。那对他太好了。你真该看到他郑重承诺的样子，罗兰。如果没人帮忙，他自己甚至都去不了该死的洗手间。如果没有谁来帮他一把，他就只好坐在那里看 BTW 摔跤大赛[2]，然后尿在他妈的裤子里。做一个枪侠真是太伟大了。我可以看见这样的前景。我老哥不过是个吸毒的家伙，你真他妈的疯了。”

---

① 杰米·史华格(Jimmy Swaggart，1935—)，美国著名的电视传道人。

② BTW 摔跤大赛(Big Time Wrestling)，美国的一项具有娱乐性的摔跤赛事。

“也许你的哥哥缺乏明确的荣誉感。”

“也许吧。我们不可能在这个‘大事业’中把什么都看得清清楚楚。这是你在‘你的’以后使用的一个词,如果你碰巧吸了大麻或是偷了某人的雷鸟车轮,并为此而被送上法庭。”

埃蒂喊得更响了,同时也在讪笑。

“你的朋友们,你在睡梦里提到过他们,比如那个叫库斯伯特的家伙——”

枪侠不觉吃了一惊。在他漫长的训练有素的职业生涯中从未有过这种惊讶。

“你说起他们就像说起新招募的海军军士,他们是否有你所说的那种能力呢?冒险、追求、荣誉感?”

“他们都理解荣誉感,是的。”罗兰慢慢地说,想起所有那些离去的人。

“他们经历的枪战是否比我哥更多呢?”

枪侠无语。

“我知道你,”埃蒂说,“我了解所有像你这样的人。你不过是又一个唱着‘前进,基督的战士’那种歌曲的狂人——一手举旗,一手握枪。我不想要什么荣誉。我只想要一份鸡肉快餐和来上一针。我得告诉你:要走快走。你抬腿就能过去。但只要你前脚一走,我后脚就把你的喉咙割断。”

枪侠缄口不言。

埃蒂坏坏地笑着,眼泪顺着脸颊流下,滴到手背上。“你知道在我们那儿管这种情况叫什么吗?”

“什么?”

“暴力对峙。”

有一刻,他们只是互相瞪视着对方,随后罗兰迅速朝门瞥了一眼。他们两人都看到了一些情景——罗兰比埃蒂看得更清楚些——又是一个挪转。这回是转向左边。那儿摆设着珠宝。有些搁在防护玻璃下面，但大部分摆放在外边，枪侠估计那都是些不值钱的假货……就是埃蒂说起过的人造珠宝首饰。看上去那双暗棕色的手像是心不在焉地在那些珠宝里挑挑拣拣，接着，又一个售货小姐出现了。那些对话他俩都没去留意，稍后这位女士(姑且算是女士，埃蒂想)要求看看别的珠宝。售货小姐走开去，这时罗兰的眼睛迅速转了回来。

那双深棕色的手又出现了，只是这会儿手里多了只皮夹。打开皮夹。突然间，她伸手抓起一把东西——很明显，绝对是抓了一把东西，就那么随手抓来——放进了皮夹。

“好啊，瞧你召集的好人呐，罗兰，”埃蒂说，带点儿苦涩的调侃。“你先是招了个抽白粉的作为你的基干人马，这会儿你又弄个黑皮肤的商店偷儿——”

可是罗兰已穿过门道走在两个世界之间了，他走得飞快，根本没看埃蒂一眼。

“我说到做到！”埃蒂尖声叫喊着，“你一走，我就把你喉咙割断。我要割断你他妈的喉——”

他还没说完，枪侠已经走了。留给他的是躺在海滩上那具了无生气的躯体——尚在呼吸。

有那么一忽儿工夫，埃蒂只是傻站在那儿，不能相信罗兰真的走了，就这么义无反顾地去做那件蠢事了，居然不顾他先前的警告——他确实警告过他，只要他一走——后果就是他说过的那样。

他站在那儿，眼睛四下乱转，像是一匹受了雷击惊吓的马儿……只是没有打雷，只是这双眼睛长在人的脑袋上。

好吧，好吧，该死的。

也许只有那么一忽儿工夫，是枪侠留给埃蒂的时间，埃蒂很明白这一点。他朝门那边看了一眼，看见黑手提着一条金项链，一半还在皮夹里面，一半已经拎出来了，发出闪闪熠熠的亮光，像是海盗秘窖里的宝藏。虽然他听不见，但埃蒂能感觉到罗兰正在对那双黑手的主人说话。

他从枪侠的包里掏出刀子，把那具拦在门口的软绵绵的还在呼吸的躯体翻了过来。那双眼睛睁开着，却空空洞洞，翻白了。

“看着，罗兰！”埃蒂尖叫着。单调的风，白痴般的风，永远不肯歇息的风，吹进他的耳朵。天啊，任何人都会失掉理性的。“好好看着！我要让你受完你他妈的所有的教育！我要你看看你操了迪恩兄弟会有什么下场！”

他把刀抵在枪侠脖子上。

第二章

陡然生变

1

一九五九年，八月。

实习医生出来半小时后，他发现朱利奥斜倚在救护车上，那辆救护车仍然停在第二十三街的仁爱姐妹医院急诊汽车间里。朱利奥穿一双尖头皮靴，一只脚后跟抵在汽车前轮挡泥板上。他换了一身闪光耀眼的粉色裤子和蓝色衬衫，左边口袋上用金丝线绣着他的名字：这是他的保龄球联队的外套。乔治看看手表，该是朱利奥那一队——至尊斯皮克斯——上场比赛了。

"我还以为你已经走了。"乔治·谢弗说。他是仁爱姐妹医院的实习医生。"少了传奇霍克，你的队伍还怎么赢？"

"他们有米格尔·巴塞拉替补我的位置。他不太稳定，但有时状态奇好。他们会赢的。"朱利奥停顿了一下。"我只是奇怪这事儿是怎么会发生的。"他是个司机，一个挺有幽默感的古巴人，不过乔治倒不敢肯定他是否知道自己挺有幽默感。他朝四周瞥了几眼。没看见那两个和他们一起坐车过来的助理医生。

"他们在哪儿？"乔治问。

"谁？他妈的那对鲍勃西双胞胎[1]？你想他们会在哪儿？蔡森·明尼苏达那黑婊子在格林威治村出事了。她能恢复过来吗？"

"不知道。"

---

① 鲍勃西双胞胎(Bobbsey Twins)，美国的一种家喻户晓的儿童系列读物。这里只用其字面上的意思，与原书内容无关。

他想尽量表现得从容睿智，好像对那些不测之事都能应付似的，而实际上先是当班的高级专科住院实习医生在抢救，然后两个外科医生把那个黑女人从他这里带走去做手术，速度快得连说一声万福圣母马利亚都来不及（其实那人的嘴唇这么嚅动了一下——因为那黑人女士好像活不长了）。

“她流了许多血。”

“看样子没治了。”

乔治是仁爱姐妹医院十六个实习医生中的一个，包括他在内的八个被安排出急诊。按通常的观念，在紧急情况下，实习医生加上一两个护理人员做不了什么，有时大概只能分辨一下人是死了还是活着。乔治知道大多数司机和护理人员都觉得这帮乳臭未干的实习医生不顶用，抢救血淋淋的伤员时他们与其说是在救人不如说是在杀人，但乔治却认为实习医生兴许也能派上用场。

有的时候。

不管怎么说都在医院工薪表上，但他们对必须承担的每周八小时的额外工作量都牢骚满腹（没有报酬），乔治·谢弗跟他们大多数人不是一路，人们对他的印象是——高傲、坚韧，不管扔给他什么活儿他都能接下来。

于是有天晚上发生了环航三星客机在伊德瓦尔德坠毁的事儿。飞机上有六十五个人，其中六十人，照朱利奥·埃斯特维兹的说法便是 DRT 了[①]——当场死亡——其余五人中，有三人看上去就像是从火炉底部扒拉出来似的……只是你从火炉底部扒拉出来的人不会呻吟和抽搐个不停，不会哀求着给他一针吗啡或是干脆杀了他。不知道你是不是还能承受得住——他事后想

① DRT，Dead Right There，即当场死亡。

起那些飞机侧翼板和座位靠垫中间躺着的残缺不全的肢体；飞机碎裂的尾部印着的“17”和一个大大的红色字母“T”和残剩的“W”；他还盯着一只烧焦了的“新秀丽”箱子看呐，还记得那上面躺着一只孩子的泰迪熊，小熊瞪着鞋扣子做的眼睛，它旁边是一只小小的红色运动鞋，孩子的脚还在里面，*如果你能够承受这个，孩子，你就什么都能承受得住了*。他承受得还算不错。他一直承受着，一路挺到家里，还好端端地吃了顿没赶上点的晚饭，吃了斯万桑的火鸡快餐。他晚上睡觉毫无问题，这证明他完全可以摆脱那个阴影，承受得挺好。接着，在天将破晓的那段死寂的时间里，他从地狱般的噩梦中醒来，梦中，那只烧焦的箱子上面那玩意儿不是泰迪熊，而是他母亲的脑袋，她眼睛睁得大大的，两眼都被烧焦了，茫然地瞪着泰迪熊的鞋扣子做的眼睛，她的嘴巴也张开着，露出破碎的牙齿，那是她在环航三星客机被闪电击中而机毁人亡的最后一次旅程之前装的假牙，她喃喃地说道：*你没能救我，乔治，我们为你节衣缩食，省下钱来给你受教育，我们没有一样不是为你，你爸爸替你解决了那个姑娘的麻烦事，***可是你还是没能救我，你这该死的东西**。他尖叫着醒过来，模模糊糊地觉得好像有人在敲打墙壁。但这时他已飞快地跑进浴室了，他以一种悔罪的姿态跪在陶瓷祭坛前——赶在晚饭快递上来之前。专程送货的来了，热气腾腾，气味像是烹饪过的火鸡。他跪在那儿，看着瓷盘里的东西：大块的还没完成消化的火鸡，胡萝卜失却了原本鲜亮的颜色，一个大大的红字闪过他的脑海：

够了

正确。

那就是：

够了

他要辞掉医生这行当。他要辞了这行当：

够了就是够了

他要辞掉这份工作是因为最醒目的格言就是：我所能忍受的就是我不能再忍下去了，这醒目的说法真是再恰当不过了。

他冲了马桶，回到床上睡觉，几乎立刻就睡着了，醒来后他发现自己还是想当医生，这是一件铁定要做的事，也许把整个过程全做下来也是值得的，不管你叫它急诊车出诊还是血桶车还是什么名词。

他还是要做一个医生。

他认识一位太太是做刺绣活儿的。他付她十美元（这是他难以承受的价格），请她照老式样子给他做了一帧小幅绣件。上边绣着：

如果你能够承受这个，你就什么都能承受了

是的。没错。

地铁里那场糟糕的事故发生在四个星期之后。

2

"那女人真他妈的有点古怪，你看出来了吗？"朱利奥问。

乔治如释重负地暗自叹了口气。如果朱利奥不说到这个话题，他也不至于主动跟他说起这件事儿。他是个实习医生，将来一定会成为一个全职医生的，他现在对自己的前途非常确信，而朱利奥不过是个退伍老兵。他也许只是应该这么笑笑对他说：去死吧，我他妈见过上千次了，小子，拿块毛巾，把你耳朵后面那块什么东西擦擦干净吧，那儿湿漉漉的都快滴到你脸上去了。

显然，那种场面朱利奥并没有见过上千次，那就好，因为乔治想要谈这个话题。

“她真的是很古怪啊，是的，她看上去像是两个人在同一个身子里。”

这会儿看着朱利奥神情释然的样子，他很惊讶，他突然间感到一阵羞愧。朱利奥·埃斯特维兹，不过是将在有生之年驾驶一辆顶篷忽悠忽悠地闪着一对红灯的急救车司机而已，可他却显示了一种超然的勇气。

“你说对了，医生。百分百正点。”他掏出一盒切斯特菲尔德香烟，抽出一根叼在嘴角上。

“这种事情会害了你的，老兄。”乔治说。

朱利奥点点头，把烟盒递过去。他们默不作声地抽了一会儿烟。那两个助理医生也许正忙着收拾东西，就像朱利奥说的……或许他们也受够了。乔治也害怕过，是啊，这不是什么开玩笑的。当然他也知道，是他，救了那女人，不是那两个助理医生。他明白这一点，朱利奥也明白。也许朱利奥等在这儿就是想跟他说说这个。那个黑人老太太帮了他，一个白人男孩打了电话报警，当时其他人都在围观，就像是观赏一场该死的电影或是电视连续剧《彼得·甘》[①]的片断（除了那个黑人老太太），大致就是这回事，可是到了最后，剧情归结到乔治·谢弗身上了——一个吓坏了的人在尽自己最大努力完成职守。

这女人在杜克·埃林顿[②]尖锐刺耳的歌声中等候列车——那趟预言般的A线车[③]。那是一位年轻漂亮的穿牛仔裤卡其布

---

① 《彼得·甘》（*Peter Gunn*），美国二十五十年代末至六十年代初热播的电视连续剧。

② 杜克·埃林顿（Duke Ellington，1899—1974），美国黑人爵士乐作曲家和钢琴演奏家。

③ A线车（A-train），纽约地铁穿越整个曼哈顿区的一条线路。这里是一语双关的用法，埃林顿的一首歌曲名字就叫 *Take The “A” Train*。

衬衫的黑人女子，要搭乘那趟预言般的A线车去上城[1]的什么地方。

有人推了她一把。

至于警方是否逮住了那个作案的家伙，乔治·谢弗一点儿都不知道——那不是他的事。他的事儿是救助那个尖叫着跌进列车前方地铁坑道里的女人。可是她居然没撞到接触轨[2]上，也真是个奇迹，否则她"免费搭乘"的A线地铁就成了受刑的"电椅"——当年纽约州对付星星监狱[3]里那些坏蛋就用这玩意儿。

噢，天呐，那是电学的奇迹。

她挣扎着想爬出来，但时间来不及了，预言般的A线列车尖啸着驶进站内，在轨道上吱吱嚓嚓地磨出火花，司机虽说看见她了，可是要刹住也晚了，对他太晚了，对她也太晚了。A列车的钢轮把她的腿活生生地连着膝盖一道给轧下来了。这当儿所有的人（除了那个打电话报警的白人男孩）只是站在那儿无所事事地袖手旁观（也没准他们正掐着自己的外阴吧，乔治猜），那年长的黑人妇女跳下道坑，从侧旁挪动伤者的臀部，（事后她应获得市长颁发的勇敢精神奖章，）用扎头发的发带紧紧扎住那姑娘血流如注的大腿轧断处。救护车在站台一侧停下时，那白人小伙子在那儿高声地招呼着，那黑人老太太则朝人群里尖声喊叫，请求大家帮忙给她一条能扎住创口的带子，看在上帝分上，不管什么带子，什么样子的都行。最后，一位上年纪的商人模样的白

---

① 上城（Uptown），曼哈顿区由北而南分为上城、中城、下城三部分。格林威治村一站位于下城。

② 接触轨（third rail），用以给电力机车输入电流的第三根轨道。

③ 星星监狱（Sing-Sing），一八二八年开始设立的纽约州立监狱，因所在小镇而得名。

人男子不情不愿地把自己的皮带递过去。那黑人老太太抬眼看了他一下，说了一句话，这句话第二天成为纽约《每日新闻》的头条标题，这句话使她成为一个地道的美国传统意义上的英雄："谢谢你，兄弟。"她把这根皮带绑在姑娘左腿断处，她左腿膝盖以下被预言般的A线列车带走了。

乔治听到有人对旁边的人说这黑人姑娘昏过去之前说的最后一句话是：**"那只手是谁的？我要把他找出来干了这头蠢驴。"**

这种情况下，皮带没法在伤者大腿上固定住。那黑人老太太只好一直用手拽住皮带，像一具可怖的死神，直到朱利奥、乔治和两个助理医生赶到。

乔治还记得那黄线，记得他母亲对他嘱咐过，等车（不管是预言般的列车还是其他列车）的时候，千万，千万，千万不可以越过黄线。他下到轨道的煤渣堆上，闻到一股机油的刺鼻味儿和电力烤灼的热气，想着刚才这儿不知有多么热呢。那热力烤灼着他，烤灼着那黑人老太太，烤灼着那黑人姑娘，烤灼着列车和隧道，烤灼着上面看不见的天空和它下面的地狱。他记得自己当时思绪恍惚地想道：*如果这会儿他们把血压计的橡皮袖带捆在我手腕上，那刻度上肯定没数字。*但他马上镇定下来，呼喊着叫人把他的救护包拿来，一个助理医生想要跳下来帮他，他叫他滚开，那个助理医生吃惊地看着他，好像是第一次见到乔治·谢弗似的，他*滚开*了。

乔治把所有能扎上的动脉静脉血管都给扎上了，这时他感到她的心脏开始怦怦跳动了，他给她注射了整整一针筒的强心剂。整袋的血浆拿来了。警察也来了。把她抬上来吗，医生？其中一个警察问。乔治告诉他还不行，他拿出针往她体内注射镇静剂，好像她是个熬急眼了的瘾君子似的。

然后，他让他们把她抬上去。

然后，他们把她抬上救护车。

路上，她醒来过。

接下来，古怪的事情就开始了。

3

助理医生把她抬进救护车后，乔治又给她打了一针杜冷丁——因为她开始不安地扭动起来，发出虚弱的叫喊。他给她这一针剂量够大的，心想在抵达仁爱姐妹医院之前这就足够让她一路保持安静了。他大致有把握，这个剂量能让她安安稳稳地跟他们一起到达目的地了，一般情况下是这样。

离医院还有六个路口时，她却发出粗嘎的呻吟声。

“我们再给她一针吧，医生。”一个助理医生说。

乔治几乎不敢相信自己的耳朵——因为这是第一次一个助理医生居然屈尊纡贵地叫他医生，而不是叫他乔治，或者更随便地叫他乔杰。“你疯了吗？我要是背个让病人送到医院就死或是过量使用麻醉剂的罪名，你也推卸不了责任。”

助理医生不做声了。

乔治回头看了看这黑人姑娘，却见她醒着，睁大着眼睛也在看着他。

“我怎么啦？”她问。

乔治想起有人对旁边的人提到这女人说过的话，（她如何地想要追杀那个操他娘的狗东西，要干了那头蠢驴一类的话，）说这话的人是个白人。乔治觉得，这一方面很可能是由于当时的情况乱成一团，人们自然而然会产生某些不合情理的推测和反应，另一方面也表明这种不合情理的判断只能是种族偏见。眼前明明是个教养良好很有理性的女性嘛。

“你遭遇了一场事故，”他说，“你被——”

她的眼睛眨了几下又合上了，他还以为她又要睡过去了。好，让别人去告诉她丢了腿的事儿吧。让那些年薪超过七千六百美元的人来对她说这事吧。他稍微向左边挪了挪，想再检查一下她的心跳脉搏，这时她的眼睛又张开了，乔治·谢弗这时看到的是一个神态迥异的女人。

“他娘的我的腿杆儿不见了，我就知道它们不在了。这不就西救护车吗[1]？”

“是—是—是的，”乔治说。突然他感觉自己需要润润嗓子。倒不是非得酒精饮料。只消喝点什么就行。他的声音是那么干涩。就像是观看斯潘塞·屈赛[2]在《化身博士》中那个角色，只不过现在这事儿发生在现实之中。

“他们逮到他妈的那黑手了吗？”

“没有，”乔治说，心想，那人说的没错，该死的，那人真的是说对了。

“好吧。不管怎么也不能叫他妈的那家伙给溜了。我得逮到他。把他娘的鸡巴给剁下来。狗娘养的！我告诉你我不会放过那狗娘养的！我告诉你这个，你这个狗娘养的东西，我得告诉你……告诉……”

她的眼睛再次眨动起来，乔治就想，对了，快睡觉吧，求你快睡觉吧，我可没有拿那份心理医生的钱，我不理解这个，他们讲过关于休克的症状，却没人告诉我们精神分裂症会有这样的——

---

① 奥黛塔·霍姆斯家境优渥，有良好的教养；黛塔·沃克却举止粗俗，她的发音也不标准。

② 斯潘塞·屈赛(Spencer Tracy，1900—1967)，美国电影演员，曾两次获得奥斯卡金像奖。这里提到的《化身博士》是他一九三一年和弗里德里克·马奇联手主演的影片。

眼睛又张开。第一个女人出现了。

“那是什么样的事故呢?”她问,“我记得从哪儿出来了——”

“哪儿?”他傻乎乎地问。

她微笑一下。这是痛楚的微笑。“我当时饿了,那是一间咖啡屋。”

“哦,是的,没错。”

那另一位,不管受伤还是没受伤,都叫他感到肮脏和恶心。而这一个,却让他感到自己像是亚瑟王故事中的一个骑士,成功地从巨龙口中救出了一位高贵的女士。

“我记得从台阶走下去,到了站台上,然后是——”

“有人推了你一把。”这声音非常蠢,可是这有什么问题吗?真是很蠢。

“把我推到列车前头?”

“是的。”

“我失去了两条腿?”

乔治想把什么咽下去,却没法咽下去。他咽喉那部位好像少了润滑功能。

“没有全部失去。”他空洞地安慰着,她的眼睛又闭上了。

快点昏睡过去吧,他当时想,求求你快睡——

眼睛又睁开了,灼灼发亮。一只手伸出,张开五指猛地扇过来,离他的脸不到一英寸——再近一点他就该被送到急诊室去给脸颊缝针,而不是在这个地方和朱利奥·埃斯特维兹一起抽烟了。

“你们这些狗屁不西的东西,不过是一帮狗娘养的白鬼子!”她尖叫着。她的脸是那么狰狞怪异,两眼仿佛闪着地狱之光。这简直不像是一张人的面孔。**“我要把每个看见的白鬼子都给杀了!要操他们,要把他们那球剁下来,要唾他们的脸!要——”**

这完全是疯了。她说起话来活像一个卡通黑女人,"蝴蝶"麦克奎恩①跑进了"乐一通"②的世界里。她——或者说是它——看上去还有点超凡的能耐。这一边尖叫一边扭动着身体的女人,看上去似乎不可能是半小时前刚刚在地铁里遭受一场不期而遇的截肢手术的患者。她咬牙切齿,不时伸出手来抓他。鼻涕从她鼻孔里淌出,唾水从她唇边溅出,脏话从她嘴里喷出。

"再给她打一针,医生!"助理医生大声嚷嚷。他脸色变得苍白。"看在耶稣基督份上,给她来一针吧!"助理医生伸手去拿那个医疗器具箱。乔治挡开了他的手。

"滚开,没用的东西。"

乔治回头看了一下病人,看见的却是一双平静、文雅的眼睛在注视着他。

"我还能活下去吗?"她用一种社交场合的口气问。他想,她不知道刚才的事,完全不知道。这么说,仅仅一眨眼工夫,竟然是截然不同的另一人。

"我——"他噎住了,他隔着外衣摩挲着自己跳得飞快的心脏,强令自己要稳住心神。他救了她的命。可是她的精神问题不是他所能控制得了的。

"你好吗?"她问他,声音里表达的真诚的关心使他做了一个微笑的表情——为了她对他的问候。

"是的,夫人。"

"你是回答我哪个问题呢?"

有那么一刻他不知该怎么回答,但随即便冲口而出:"两者

① "蝴蝶"麦克奎恩(Butterfly McQueen, 1911—1995),原名特尔玛·麦克奎恩(Thelma McQueen),美国黑人电影女演员。

② "乐一通"(Looney Tunes),美国华纳公司出品的卡通系列短片,有兔八哥、达菲鸭等卡通造型。

都是，”说着便握起她的手。她也紧紧地握住他的手，他注视着她清澈明亮、闪闪动人的眼睛，心想男人会爱上她的，然而紧接着她的手就变成了爪子，她就该斥骂他这个白鬼子了，她要剁了他的球，她要把这些白鬼子嚼嚼吃了。

他抽出手掌，看看手上是不是被抓得血淋淋的，思绪飘忽地想着自己是不是该采取什么措施才好，因为她是有毒的，这个女人是毒物，让她咬上一口就像被铜头蝮蛇或是机器轧一下，一回事。手上没有血。这时再看她，又变成另一个女人了——前面那个。

“求求你，”她说。“我不想死。求——”未及说完她就晕过去了，这倒好，对所有的人都好。

4

“你在想什么呢?”朱利奥问。

“谁会在这组大赛中胜出?”乔治使劲压着懒汉鞋的粗后跟。“芝加哥白袜子队①。我在普尔②盘中押了他们。”

“你觉得这位女士怎么样?”

“我觉得她可能得了精神分裂症了。”乔治字斟句酌地说。

“是啊，我知道，我是说，她会怎么样?”

“我不知道。”

“她需要帮助，先生。谁给她帮助呢?”

“嗯，我已经帮过她了。”乔治说，但他脸红了，好像有些羞赧之色。

---

① 芝加哥白袜子队(White Sox)，棒球队名称。

② 普尔(pool)，一种博彩方式，这里指一种体育彩票。

朱利奥看着他："如果你给过她帮助，你就应该帮下去，不应该让她死去，医生。"

乔治看一下朱利奥，但发觉自己无法忍受朱利奥直视的眼睛——那不是谴责，而是悲哀。他走开了。

有个地方要去。

5

时间回放：

在事件发生的那段时间里，奥黛塔·霍姆斯的大部分还是被控制住了，但黛塔·沃克却走得远得多，黛塔最喜欢的事情是偷窃。身体的欲望压根儿算不了什么，不就是事后打发一下的事情嘛。

拿走什么东西才是要紧的。

当枪侠在梅西公司钻进她的脑袋时，黛塔又是愤怒又是恐惧地尖叫起来，她手上正把偷来的珠宝往皮夹里塞，一下子却僵在那儿了。

她尖叫是因为罗兰进入了她的意识，他到来的那一刻她意识到了，感到好像是在脑袋里面开了一扇门。

她尖叫是因为感到入侵者是个白鬼子。

她看不见，但是却能感觉到他的肤色是白的。

商店里的人都四处张望。一个楼层巡查员发现了她——那个坐在轮椅上的女人发出了尖叫，她的皮夹打开着，那只正要把珠宝往包里塞的手好像僵住了。尽管是在三十英尺开外，也看得出那只包的价值相当于她在偷的那些东西的三倍。

楼层巡查员喊道："嗨，杰米！"杰米·海尔沃森，梅西公司的便衣保安，四下张望着看是什么地方出事了，接着他马上拔腿跑向那个坐轮椅的黑人妇女。他不由自主地跑起来——他当了十八年的警察，早已训练有素——当然他已经在想，可能是什么乱七八糟的小纠纷。小孩子、残疾人、修女，他们总是会闹出点小纠纷来的。他们在处理这类事儿的仲裁人面前大喊大叫一通，然后走人。摆平这种事情不那么容易，因为残疾人也往往可能黏糊个没完。

但他还是一样得跑过去。

6

罗兰突然在这里面感受到一种陷于蛇穴的剧烈反感和恐惧……接着他听到那女人的尖叫，看见一个腆着肚子像一袋土豆似的大个子男人朝她/他跑过来，看见人们在望着他们，不由得紧张起来。

突然他成了那个肤色黢黑的女人。他感受到她内在的某种奇怪的二重性，但还不能弄明白那到底是怎么回事。

他转动轮椅飞驰而去。走廊从他/她身边一闪而过。人们从两个方向追来。皮夹掉了，里面倒出黛塔一些私密的小玩意儿，还有她从那个楼层一溜宽宽的柜台上偷来的东西。那个腆着沉重的大肚子的男人踩在仿制的金项链和口红管上，滑了一跤，一个屁股墩摔倒在地。

7

狗屎！海尔沃森心里愤怒地咒骂，一只手已伸进装着点三八手枪的蛤壳式枪套的运动衣里边。这时他的头脑清醒过来了。这不是什么吃错了药的误打误撞，也不是武装抢劫；只是那个坐轮椅的残疾黑人女子干的好事。她滚动着车轮疾驰而去，像是那种玩减重短程高速赛车的朋克，但总归只是一个残疾的黑人女子啊。他该怎么办？朝她开枪？那也许管用，不是吗？走廊尽头是两间更衣室。

他站起来，揉揉摔痛的屁股，又去追她，只是有点一瘸一拐。

轮椅驶进一间更衣室。门砰地关上，里面门把手别上的声音清晰可闻。

*我这可逮着你这狗娘养的了，*杰米想。*我要给你吃大苦头。我可不在乎你是要抚养五个孤儿还是只有一年好活。我不想伤害你，但是，宝贝儿，我要来摇一摇你的骰子。*

他赶在楼层巡查员之前跑到更衣室门口，用左肩一顶，砰地撞开了更衣室的门，那里面是空的。

没有黑人女子。

没有轮椅。

什么都没有。

他看着楼层巡查员，眼睛瞪得老大。

"另一间！"楼层巡查员喊道，"另一间！"

杰米还没挪动脚步，楼层巡查员就打开了另一间的门。里面一个穿着亚麻裙子，仅戴着一副普莱泰克斯胸罩的女人尖叫起来，双臂交叉环抱胸前。她长得非常白，而且绝对不是残疾人。

"抱歉。"楼层巡查员说着，血已涌上面庞。

"*快滚出去，你这变态的家伙！*"穿亚麻裙子戴着胸罩的女人喊道。

"是，是，太太。"楼层巡查员边说边关上门。

海尔沃森回头看看。

“这他妈的是怎么回事?”海尔沃森问,“她到底进来过没有?”

“她进来过。”

“那么她到哪儿去了?”

楼层巡查员只好摇摇头。“我们回去把那些撒了一地的玩意儿收拾起来吧。”

“你去收拾那些破玩意儿,”杰米·海尔沃森说,“我的屁股都摔成九瓣了。”他停了一下。“实话告诉你吧,老伙计,我也完全给搞糊涂了。”

8

听到门在身后砰地关上时,枪侠用力把轮椅推进门里,转了半个圈,看着那个门。如果埃蒂真的像他说的那样下手的话,那就全完了。

但门是开着的。罗兰推着影子女士穿过门道。

第三章

奥黛塔在另一边

1

没多久，罗兰就会想：任何一个女人，不管是残疾的还是不残疾的，突然被一个钻进她脑袋里的陌生人沿着商场走廊一路猛推，（而她正在那儿忙乎着——在搞事儿，或者随你喜欢怎么说吧，）推进一个小房间，后面有人追着叫她停下，然后又突然间一个转身，转到无路可走的地方，蓦然间又发现自己来到一个完全不同的世界……我想任何一个女人，在这种情况下，最有可能问出的第一句话就是："我在哪里？"

但奥黛塔·霍姆斯却不同，她几乎是欣悦地问道："年轻人，你拿刀子想干什么？"

2

罗兰看着埃蒂，他蹲在那儿，手上那把刀离皮肤只有四分之一英寸。如果埃蒂想要下手，即便是罗兰这样诡异的速度也来不及阻止他。

"是啊，"罗兰问，"你拿刀子想干什么？"

"我不知道，"埃蒂说，声音里透着对他自己极度的厌倦。"把鱼饵宰了，我想。看样子我在这里是钓不成鱼了，是吗？"

他把刀子扔向影子女士的轮椅，正好扔到右边。刀子扎在沙滩上，抖了几下。

女士把脑袋偏过来，开始问道："不知道是不是可以麻烦你告诉我，你把我带到什么地方来了——"

她停住了。她在说出不知道是不是……之前先把头转动了一下，却发现没人在她身后，但枪侠在她接着说话时很有兴趣地观察到这一细节，因为这个细节反映的是她现实生活中的某种常态——如果她想要挪动轮椅，必定有人为她做这事。可现在没人站在她身后。

根本没人。

她回头看着埃蒂和枪侠，她的黑眼睛里露出害怕、困惑和警觉的神色。现在她问了："我这是在哪儿？谁推了我？我怎么到这儿来的？我怎么会穿戴整齐的？我本来是穿着长袍在家看十二点钟的新闻节目的。我是谁？这是什么地方？你们是谁？"

"我是谁？"她问，枪侠想，这支离破碎的一大堆问题，自是预料之中的。但是这个问题——"我是谁？"——我想她肯定不知道自己问出了这样的问题。

也不知道是什么时候问的。

因为她在这之前就已经问过这个问题了。

在问出他们是谁时，她已经问了她是谁。

3

埃蒂从这个年轻/年老的坐在轮椅上的可爱的黑人女子脸上看到罗兰的脸上。

"她不知道自己是怎么来的？"

"我没法说。休克，我想是这样。"

“难道休克把她弄回了起居间，这之前她不是去了梅西公司了么？你告诉我她记得的最后一件事是穿着浴袍待在家里看电视新闻，听那个头发锃亮的家伙扯他们怎么在佛罗里达珊瑚岛找到一个神经兮兮的家伙，号称他家里有克莉斯塔·麦考利夫[①]炸飞的左手，跟他那条得奖的大青鱼搁在一起？”

罗兰没做声。

那女士听了这话更迷惑了，“谁是克里斯塔·麦考利夫？她是那些失踪的‘自由之行’[②]示威者吗？”

这回轮到埃蒂不做声了。谁是“自由之行”示威者？这到底是什么玩意儿？

枪侠看了他一眼，埃蒂随即完全明白了他眼睛里的意思：你难道没看见她处于休克状态？

我明白你的意思。罗兰，老家伙，但这只是弄清楚一桩事罢了。当初你像那个沃尔特·佩顿[③]似的猛地钻进我脑袋里，那当儿我也着实休克了呢，倒也没把记忆全都给抹掉。

说到休克，他又联想到当她穿过门道时发生的另一桩令人惊愕的事儿。他当时正跪在罗兰奄奄一息的躯体旁，刀子架在喉咙口上……当然实际上埃蒂不会动刀子的——不会在那时候来这么一下，他正瞅着门道那边，梅西百货公司的走廊朝前推了过来，恍惚之间像是被施了催眠术——他想起电影《闪灵》，那里面有个小男孩在闹鬼的酒店门廊里看到了别人看不见的东西。

---

① 克莉斯塔·麦考利夫(Christa McAuliff，1949—1986)，美国新罕布什尔州康科德中学女教师。一九八六年一月二十八日搭乘“挑战者号”航天飞机升空，本拟在太空向中学生授课，因航天飞机爆炸，与机组人员一同殒命。

② “自由之行”(Freedom Ride)，二十世纪五十至六十年代，美国民权活动分子为抗议种族隔离而举行的示威活动，当时他们乘坐公共汽车等交通工具在南方各州巡回旅行。

③ 沃尔特·佩顿(Walter Payton，1954—1999)，美国黑人橄榄球运动员，以擅长带球奔跑著称。

他想起了那个小男孩在门廊过道里看见的一对令人毛骨悚然的死去的双胞胎。走廊尽头是十足的世俗场景：一道白色的门。上面用不显眼的大写字母标出：**每次限试穿两件，敬请配合**。是啊，那是梅西公司啊，就是嘛。绝对是梅西。

伸出一只黑手拽开门又砰地关上，接着便是一个男人的声音（一个警察的声音，在他那年头，埃蒂对这种声音可听得多了）在门外喊叫着要她出去，说她已经无路可逃了，她这么做只会让已经糟透了的事情弄得更加糟糕，埃蒂一眼瞥见镜子左边坐在轮椅里的黑人女子，他记得当时想的是：*上帝啊，他弄到她了，正点，可她看上去肯定恼火透了*。

接下来，眼前的景象转换了，*埃蒂看到了他自己*。窥视者的影像陡然对准了窥视者本人，他忍不住举起那只攥着刀子的手遮住自己的眼睛，因为出现在镜子里的是两双眼睛两个影像，所有这些太让人震惊了，太疯狂了，如果他不喊出声的话，简直就要疯了，但这一切很快就一闪而过，甚至没时间让他喊出声来。

那具轮椅越门而来。一眨眼工夫的事儿，埃蒂听到轮箍碾地的嘎吱声。同一时刻，他听到另一种声音：一阵沙哑的撕裂声使他想起了某个说法

（脱胎投生）

他一时想不起来，因为他拿不准自己是否明白这一点。接着这女子碾着硬实的沙滩冲到他面前来了，她不再是那副疯狂的模样——几乎不像是埃蒂在镜子里瞥见的那个女人了，但他想那也不足为奇，你刚才那会儿还在梅西公司的更衣室里，一眨眼被抛到这个荒僻、凄凉的海滩上，对着像小柯利牧羊犬似的大螯虾，这一切会让你觉得有点喘不过气来。对于这种感受，以埃蒂自身的体验来说是很有发言权的。

她的轮椅大约滚动了四英尺左右后停下了，由于坡度和沙

滩的惯性又向前挪了一点。她两手不再推动轮椅——刚才肯定一直在推。（等你明天醒来肩膀疼痛时，尽可把这怪罪到罗兰先生头上，女士，埃蒂尖刻地想。）这会儿她紧紧抓住轮椅扶手，打量着眼前的两个男人。

她身后，那道门消失了。消失了？这说法好像不对，它好像是自己折进去的，就像一筒胶卷似的卷了进去。这发生在那个商场侦探敲开另一扇门时，那门太普通了——就是更衣室和商场之间的那道门。他用力撞门，以为那个商场扒手会把门锁上，埃蒂想他没准会扛来一根又粗又长的木头把那面墙都给凿穿呢，不管是不是这样埃蒂都不想再看了。在那个缩小的世界面前，那扇隔开两个世界的门就完全地消失了，埃蒂看见的另一个世界的每一样东西都凝固了。

活动的影像成了定格的图片。

所有的一切，现在只留下轮椅的两道痕迹，那轮椅突然跑进了蛮荒的沙滩，然后向前滑行了四英尺停在了现在这个位置上。

"难道没人来解释一下吗，我是在什么地方？我是怎么跑到这里来的？"轮椅上的女人发问——几乎是在恳求。

"好吧，我就告诉你一件事，多罗茜，"埃蒂说，"反正你是不在堪萨斯①。"

那女人眼里噙满了泪水。埃蒂看到她竭力想忍住眼泪，可就是没忍住，终于啜泣起来。

埃蒂心里满是愤怒（也是对自己的厌恶），他转向枪侠，后者正磕磕绊绊地站起来。罗兰过来了，却没有挨近哭泣的女士。他拾起自己的刀子。

---

① 指的是《绿野仙踪》里的场景，多罗茜是书中的小女主人公，生活在堪萨斯，被龙卷风刮到了神奇的奥兹国。

“告诉她!”埃蒂吼道。“你把她带到这儿,那就把活儿干下去,告诉她,你这家伙!”停一下,他稍稍压低嗓音说,“还得告诉我,她怎么会记不得自己是怎么来的。”

4

罗兰没有回答,没有马上回答。他弯下身子,用右手残存的两根指头夹起刀柄,小心地换到左手上,插入左边枪带旁边的刀鞘。他感觉自己还在那位女士脑子里跟她较着劲儿。她和埃蒂不一样,一直在排斥他,跟他较着劲儿厮搏着,从他进入她的意识,直到他们滚动车轮穿过这道门。从她觉出他进来的一瞬就掐上了。那劲头始终未见消退,因为她始终也没有就此感到惊讶。他经历了这一过程,但丝毫不明白这是怎么回事。对于外来者入侵自己的脑子,她居然没有意外的惊愕,只有即时产生的愤怒和恐惧,并立即发起一场把他赶出去的战斗。她并没有赢得这场战斗——不可能赢,他料想她赢不了——自然也不会帮她从地狱般的感受中摆脱出来。他在那里面感受到的是一个精神错乱的女人的愤怒、恐惧和仇恨。

他只感觉到她那里面的黑暗——就是被埋葬在一处洞穴中的感受。

只是——

只是他们冲过门道分离开来的那一瞬间——他突然希望——非常非常希望能够再逗留片刻。多留片刻可以搞清一些事情。因为此刻出现在他们面前的这个女人,不是他在她意识里呆过的那个女人。在埃蒂的脑子里,就像置身于一个骚动不安的房间里,四壁冒着蒸汽;而在这位女士脑子里,却像是赤身裸体地处在黑暗里，数条分泌毒液的蛇爬过你的全身。

始终就是这样，直到最后。

直到最后才变了一个人。

当然还有其他要节，有些事情他认为相当重要，但要么是无法理解，要么是记不起来了。有些事儿就在

（一瞥之间）

这门径本身，只是在她脑子里。至于有些事情

（你打破了这个特别的礼物，就是你）

轰地一下，突然顿悟。在冥思苦想中，最后你终于看见——

"噢，操你的，"埃蒂厌恶地说，"你什么都不是，只是一台该死的机器。"

他大步跨过罗兰身边，走近那位女士，在她身边跪下来，这时她伸出手臂揽住了他，突然紧了一下，像是一个要抓住什么东西的溺水者，他没有抽出身子，而是伸出手臂，同样回抱她。

"这就没事了，"他说。"我是说，那没什么大不了的，总算没事了。"

"我们是在哪儿？"她哭泣着问，"我坐在家里看电视，我想从新闻中了解我的朋友是否能平平安安地从牛津镇出来。现在我却到了这儿，**我甚至不知道这是什么地方！**"

"好啦，我也不知道，"埃蒂说，把她搂得更紧了，还轻轻摇晃一下，"不过，我想我们是一根绳上系的蚂蚱。我也来自你那个地方，那个讨人喜欢的老纽约城，我也经历过同样的事情——不过，稍稍有点不一样，可道理是一样的——所以，你会没事的。"他想了想又说："可你得喜欢龙虾。"

她抱着埃蒂哭泣，埃蒂搂着她摇着她，这当儿罗兰想道，埃蒂会没事的。他哥哥死了，可现在他又有了一个让他照顾的人了，所以他会没事的。

但他感到一阵爆裂般的痛楚——内心深处受到责备的伤痛。他能够开枪射击——不管怎么说左手还管用——还可以去杀戮，一路杀去，杀下去，在寻找黑暗塔的漫漫途中，他冷酷无情地一路闯荡过来，看来似乎还须闯荡多年，纵横千里。他有能力活下来，甚至可以保护别人——在男孩杰克前往车站的路上，他推迟了那次的死亡，把他从山脚下神谕的性损耗中拯救出来——然而，到头来他还是让杰克死了。那并非一次事故，而是他该遭到谴责的有意为之。他看着眼前这两个人，看着埃蒂拥抱着她，安慰她说一切都会好起来的。他不会这么做，现在他内心深处的痛悔掺杂着某些不可告人的恐惧感。

如果你内心放弃了对黑暗塔的追求，罗兰，你就失败了。一个没有心的生灵就是一头没有爱的畜牲，一头没有爱的畜牲就是一头野兽。做一头野兽也许不是什么难以容忍的事儿，虽说此人最终必定要为此付出极大的代价，但如此而论，你想达到的目的是什么呢？如果你真的想在黑暗塔无情地掀起一场风暴并赢得胜利，你该怎么办呢？如果你心里除了黑暗就是虚无，除了从野兽蜕化为魔鬼，你还能做什么呢？作为一头野兽去追求这样的目的只会成为一场讽刺性喜剧，好比拿放大镜去看一头大象，而作为一个魔鬼去追求这样的目的……

肯定要付出该死的代价。问题是你想要达到自己的目标吗？

他想到了爱丽，那个曾在窗前等候他的姑娘，想到他洒在库斯伯特僵冷的遗体上的眼泪，噢，他也曾有过爱，是的，在那时。

我真的需要爱！他喊道，此刻埃蒂和轮椅上的女士一起抹着眼泪，枪侠的眼睛却像沙漠一样干燥，他走过他们身边，朝夕阳已沉的海边走去。

5

他要过后才回答埃蒂的问题。他这样做，是因为他觉得埃蒂自会产生警觉。她不记得先前的情形原因很简单。她不是一个女人，而是两个。

她们之中有一个非常危险。

6

埃蒂尽量把能告诉她的都告诉了她，除了自己注射麻醉剂的事儿以外，其他都实话实说。

他说完了，她两手交叠搁在膝盖上，沉默了好大一会儿。

阴郁的群山分泻出众多涓涓涧流，往东流出几英里后就渐渐断流了。罗兰和埃蒂在向北跋涉的一路上就是从这些小溪里汲取每日的用水。最初是埃蒂独自去打水，因为罗兰身体太虚弱了。后来便是他俩轮着去，每天都得比前一天走出更远的路程才能找到水流。随着山脉突然下陷，那些水流也一点一点小下去了。好在这水倒没让他们闹病。

到目前为止是这样。

罗兰昨天出发去找水了，本该轮到埃蒂，可枪侠还是自己去了，他肩上背着贮水的皮袋，一声不吭地走了。埃蒂觉察出他们中间出现了一种拘谨的气氛。他不想被这种姿态打动——不管罗兰做出什么姿态——他发现罗兰也同样如此，有那么一点类似的感觉。

她很留意听埃蒂说话，自己什么话也不说，她的眼睛专注地盯着他。有那么一阵，埃蒂猜想她大概比他大五岁，过了一阵，又觉得要大十五岁。只有一件事他不想去猜测：他是否已坠入情网。

他说完了，她坐在那儿还是一句话不说，也不再看着他，而是越过他的身影，注视着层层海浪，夜色降临之际那儿可能会蹿出喋喋不休地询问着古怪问题的大螯虾。刚才他专门细细地描述过那些玩意儿。现在稍稍吓唬她一下，总比等她目睹它们出来嬉耍时产生的大恐惧要好些。他估计她可能不肯吃那玩意儿，更别提让她知道它们曾吞噬掉罗兰的手指和脚趾，更别提让她近距离看见那玩意儿了。可是到头来，饥饿会战胜所有的“是—一只—小鸡”和“达姆—嗯—嚼嚼”。

她两眼望着远方。

“奥黛塔？”约摸过了五分钟，他问。她曾告诉他自己的名字。奥黛塔·霍姆斯。他觉得这名字很漂亮。

她眼睛转回来瞟着他，从沉思中乍然醒来，微笑一下，吐出一个词。

“不。”

他只是看着她，找不出合适的词儿来回应。他想，直到那一刻他才明白一个简单的否定会这么无边无际。

“我不明白，”最后他只好这么说，“你说的这个‘不’是指什么？”

“所有的一切。”奥黛塔挥一下手臂（他注意到，她有一双相当结实的手臂——很光滑也很结实），指向大海、天空，指向那海滩，指向那杂乱披纷的山麓——此刻枪侠大抵就在那儿找水。（或者也没准被新出现的什么有趣的怪物活生生地吞噬，埃蒂现在丝毫不去惦记这事儿。）她所指的一切，就是这整个世界。

“我理解你的感受。对这不现实的世界，最初我也是不习惯。”

是这样吗？回想起来，当初他好像就这么接受了，也许是因为他有病，要摆脱毒瘾的纠缠。

“你总会习惯的。”

“不，”她再一次这样说，“我相信两桩事情里边有一桩是让我碰上了，不管是哪一桩，我仍然是在密西西比的牛津镇。没有一桩事情对得上号。”

她接着往下说。如果她的声音再响一点（或者说如果他没有爱上她），差不多就像是在做演讲。当然在埃蒂听来，这与其说是演讲倒不如说是抒情诗。

不过，他必须时时提醒自己，那完全是痴人说梦，为她着想，你必须使她明白这一点才好。

“可能是由于我头部受过伤，”她说，“他们是牛津镇上臭名昭著的抡着板斧砍人的那伙人。”

牛津镇。

这个词在埃蒂脑子里引起了一点遥远而模糊的似曾相识的回响。不知什么原因，她说话的节奏让他联想到亨利……亨利和湿尿片儿。为什么？什么？现在也别去想它了。

“你想告诉我，你觉得这些都是你失去意识时做的梦？”

“或者说是在昏迷中，”她说，“你不必这样盯着我看，你好像在想这一切是多么荒唐啊，毕竟这不荒唐。瞧这儿。”

她细心地把头发向左边分开，以便埃蒂可以看清她头发单边分开的样子，当然不是因为她喜欢这发型。头发里面有一处难看的旧疤，并非褐色的，而呈灰白色。

“我想你那会儿够倒霉的。”他说。

她不耐烦地耸耸肩。“厄运不断，太平日子也不少，”她说，“也许这就是一种平衡。我给你看这个疤是证明我五岁时就经历过三个星期的昏迷。当时我梦到了许多事情。我记不得是什么梦了，但我还记得我妈妈说他们知道我不会死掉，因为我不停地在说话，好像是一直在说个不停，虽然妈妈说他们对我说的话一个词也听不懂。我确实记得那些梦非常非常真切。”

她停了一下，朝四周看看。

“真切得就像这个地方。还有你，埃蒂。”

当她说到他的名字时，他手臂上分明觉出一阵刺痛。噢，是让什么刺了一下，没错，刺得生痛。

“还有他。”她打了个冷战，“他好像是这整个世界里最真切的。”

“我们应该这样。我是说，我们是真实的，不管你怎么想。”

她给了他一个善意的微笑。笑出了声儿，不是短促的一声。

“是怎么发生的？”他问，“你脑子里那些事是怎么发生的？”

“那没什么大不了的。我只是想说，曾经发生过的事儿可能真的再次发生。”

“别不说，我很想知道。”

“我被一块砖头砸了。那是我们第一次去北方旅行。我们到了新泽西的伊丽莎白镇。我们坐的是吉姆·克劳车。”

“那是什么？”

她不相信地看着他，几乎带点揶揄的意味。“你都在什么地方呆过呢，埃蒂？是在防空洞里吗？”

“我来自另一个年代，”他说，“我可以问一下你的年龄吗，奥黛塔？”

“我的年龄够选民资格了，只是还没有拿到社会保险号。”

“噢，我在我那地方也一样。”

“但是你那儿会更文雅些，我相信，”说着，她又朝他发出那般阳光灿烂的微笑，这又给他手臂上带来一阵刺痛。

“我二十三岁，”他说，“可我出生于一九六四年——就是你遇到罗兰这一年。”

“那真是太荒谬了。”

“不奇怪。我是在一九八七年让罗兰带过来的。”

“嗯，”她沉吟片刻才开腔，“你把这事儿说得跟真的似的，你这样说倒是更加重了你那说法的分量了，埃蒂。”

“那种吉姆·克劳车……黑人必须按那规矩来吗？”

“是黑鬼，”她说，“把一个黑人称为黑鬼不算什么粗鲁，难道你不这么想吗？”

“到一九八〇年时，你们就会用这种叫法或类似这样的叫法来称呼自己了，”埃蒂说，“我还是个孩子的时候，要是把一个黑人孩子称为‘黑鬼’，那会招来一场殴斗的。这就差不多等于叫他‘黑狗子’。”

有那么一会儿，她晃着身子瞧他，然后，又摇摇脑袋。

“把那挨砖的事儿告诉我吧，当时的情形。”

“我母亲最小的妹妹就要出嫁了，”奥黛塔说，“她叫苏菲亚，但我母亲总是称她为蓝妹妹，因为蓝色是她最喜欢的颜色。‘也许她至少是爱这样喜欢，’我母亲这样说。所以我也总是叫她蓝阿姨，甚至在见到她之前就在这样叫她了。这是一场最可爱的婚礼。事后有一个接待活动。我记得所有的那些礼物。”

她笑了。

“礼物对一个孩子来说真是太棒了，是不是，埃蒂？”

他也露出微笑。“是啊，你说得对。你永远不会忘记礼物的。不会忘记你得到的，也不会忘记别人得到的。”

“我父亲那时已经开始赚钱了，但我所知道的只是我们有奔头。我母亲总是这么说，当时我告诉她有个女孩跟我一起玩的时候，问我你老爸是不是很有钱，我母亲就跟我交代了刚才说的

‘我们有奔头’。她说以后如果有人跟你提起这类话题你就这样回答人家好了。就说我们有奔头。”

“所以，他们能够送给蓝阿姨一套漂亮的瓷器，我还记得……”

她的声音开始结巴起来。一只手伸向太阳穴，心不在焉地抚拭着，好像开始头痛了。

“记得什么，奥黛塔？”

“我记得我母亲送给她一件特别的礼物，一件藏品。”

“什么东西？”

“对不起，我头痛。弄得我舌头也不顺溜了。我不知道干吗要费这么大劲儿来告诉你这些事，不管怎么说……”

“你介意跟我说这些吗？”

“不，我不介意。我想说的是，我母亲送给她一个有点特色的盘子。是白色的，镶有雅致的蓝边。”奥黛塔微笑一下。埃蒂觉得这完全不像是一种愉悦的微笑。这个回忆当中有什么事令她心神不安，这种回忆似乎马上让她感觉到置身于一个极为陌生的环境中，这环境抓住了她所有的或者是大部分的注意力。

“那盘子现在还能清晰地浮现在我眼前，就像我看到你一样，埃蒂。我母亲把它送给蓝阿姨，结果她对着盘子哭了又哭，哭了又哭。我想她看着这盘子想起了她和我母亲童年时曾见过的相似的盘子，而那时她们的父母压根买不起这类东西。她俩谁也没有在童年时得到过特别的礼物。接待会结束后，蓝阿姨就和她的丈夫一起去大雾山①度蜜月。他们坐火车走的。”她看着埃蒂。

---

① 大雾山(Great Smoky)，美国阿巴拉契亚山脉西部的一段，在北卡罗来纳州西部和田纳西州东部之间。

“坐在吉姆·克劳车里?”

“是啊,没错!在吉姆·克劳车里!在这年头,那是黑人出门旅行和他们吃喝拉撒的地儿。这正是我们想要在牛津镇改变的事情。”

她看着他,显然是想要他肯定她是在这儿,但他却又陷入了自己的回忆之中:湿掉的尿片和那些词儿。牛津镇。只是另外的词儿突然插进来了,只是一句歌词,但他还能记起亨利曾一遍遍地唱着这句歌词,一直唱到他们的母亲求他停下来好让她听沃尔特·克朗凯特[1]。

最好有人赶快去调查。歌词里有这样一句。亨利用单调的鼻音唱了一遍又一遍。他想再往下唱,可就是唱不下去,这不是很奇怪吗?他那时大概只有三岁啊。*最好有人赶快去调查*。这歌词让他发寒。

“埃蒂,你没事吧?”

“没事,怎么啦?”

“你在发抖。”

他笑笑。“肯定是唐老鸭刚从我坟墓上走过。”

她笑了。“不管怎么样,至少我没把婚礼给弄糟。事情发生在我们步行去车站的路上。那晚我们和蓝阿姨的朋友一起过夜,所以我父亲一早叫了出租车。出租车几乎是一眨眼工夫就到,可是司机一看我们的肤色马上就把车开走了,好像火烧火燎地被人追撵似的。蓝阿姨的朋友已经带着我们的行李先去车站了——有一大堆行李,因为我们要在纽约呆一个星期。我记得我父亲说这回他简直等不及要看到我满脸放光的样子——当纽

---

① 沃尔特·克朗凯特(Walter Cronkite,1916—),美国电视新闻主持人。一九六二至一九八一年主持哥伦比亚广播公司晚间新闻节目,最受美国公众欢迎。

约中央公园的钟声敲响,所有的动物都开始翩翩起舞的时刻。

“我父亲说我们是否可以步行去车站。我母亲张口就同意了,说这是个好主意,因为车站只有一英里路的样子,借机舒展一下腿脚也好,我们已坐了三天火车,接下去还要坐半天火车。我父亲说好啊,再说天气也挺不错的,虽然我当时只有五岁,却分明感觉到他真是被气疯了,也能觉出母亲那副极度尴尬的心境,他俩都不敢另外再叫一辆出租车,因为怕发生同样的事情。

“我们在街上走着。我走在马路内侧,因为我母亲担心路上的行人车辆会撞上我。我记得当时自己还在想,是不是当我看到纽约中央公园的大钟时我脸上就会烧起来,要不就是出了什么事了,如果不是这事儿造成的伤害,那就是砸在我头上那块砖头造的孽了。当时,一忽儿工夫一切都变得昏暗了。接着梦开始了。活灵活现的梦。”

她微笑着。

“就像我说的那些梦,埃蒂。”

“那块砖头是自己掉下来的,还有是人袭击了你?”

“他们没有发现任何人。警察也来了(很久以后我母亲才告诉我,那时我大概有十六岁了),他们找到那处地方,砖头应该是从那儿抛落的,发现那处缺了一些砖头,还有几块砖头松动了。那是一个公寓楼四层房间的窗外,那儿的住户自然受到了盘问。可他们许多人都说那儿总是发生这样的事情,尤其是在晚上。”

“当然啦。”埃蒂说。

“没人看见有人离开那座楼房,这么说,那块砖头只是意外落下。我母亲说她觉得就是那么回事了,但我想她是在撒谎。她甚至不愿费神告诉我父亲是怎么想的。他俩都被那个出租司机打量我们的眼神深深地刺痛了,还有那避之不及地溜走的样儿。这般遭遇使得他们无论如何都确信上边有人在朝外张望,见我们过来就决定朝这些黑鬼扔一块砖头。

“你说的那些大龙虾似的玩意儿快出来了吗?”

“还没有,”埃蒂说,“天黑之前不会出来。那么你的看法是,所有这一切只是你被砖头砸晕失去知觉后的一个梦。要不是这回事儿,你该以为是遭到警棍或别的什么东西的袭击了。”

“是的。”

“其他的梦呢?”

奥黛塔一脸平静,声音也很平静,但脑子里满是错综布列的一幅幅丑陋图景,所有的一切都归结到牛津镇,牛津镇。那首歌怎么唱来着? *两个人在月光下被杀了,/最好有人快去调查。*不是很准确,却也八九不离十。差不多。

“我大概是精神错乱了。”她说。

7

最初钻进埃蒂脑子里的说法是:*你要是觉得自己精神错乱了,奥黛塔,那你就是个疯子。*

他脑子转悠一下,把这个没什么意义的话题匆匆掂量过了。

结果他还是默不作声,坐在她的轮椅旁,膝盖顶着轮椅,两手抱住她的腰。

“你真的是吸毒上瘾了吗?”

“唔,”他说,“这就像是酒精上瘾似的,或是兴奋剂上瘾。这不是你能克服得了的。我曾在自己脑子里听见有声音在说‘是的,是的,对啊,没错,’知道是这回事,但现在我才真的明白了。我还是需要它,我想一部分的我总是需要这玩意儿,不过实际上那也都过去了。”

“什么是兴奋剂?”她问。

“在你那年头还没发明出来呢。是一些掺了可卡因的玩意儿,就像是把 TNT 炸药变成了原子弹。”

“你做过吗?”

“老天,没有。我那玩意儿是海洛因。我告诉过你。”

“你不像个瘾君子。”她说。

看模样埃蒂倒是相当英俊……如果,如果不在意他身上衣服上发出的秽臭。(他冲洗自己的身子,也洗衣服,可是没有肥皂,他没法正儿八经地洗澡和洗衣服。)罗兰走进他的生活时,他一直留着短发,(这样的形象通过海关容易些,噢,我的天,结果却成了天大的一个笑话,)现在那长度也还得体。他每天早晨都刮脸,用罗兰那把刀子,一开始下手还小心翼翼的,后来胆子大起来了。亨利去越南那会儿他还太嫩,根本用不着刮脸,直到亨利回来他也没几根胡子,他从来没留过胡子,但有时隔了三四天,他们的妈妈就唠叨着要他“收割一下脸茬子”。亨利有点洁癖,(在某些事情上他一丝不苟——淋浴后要擦脚粉;牙齿一天要刷三四次;喝过什么饮料后都要漱口;衣服要挂起来,)他把埃蒂也弄成这么副神经兮兮的样子。一早一晚都得把脸收拾干净。这些习惯已深深植根于他的生活中,就像亨利教过他的其他事情一样。当然,还包括用“针”来关照自己。

“是不是太干净了?”他问她,露齿而笑。

“太白了。”她吭了一声,然后就沉默了,肃然地眺望远处的海。埃蒂也沉默了。如果是这样的回复,他就不知道是什么意思了。

“对不起,”她说,“这话很不近人情,也很不公正,很不像我说的。”

“这又没关系的。”

“不是的，这就像是一个白种人对一个肤色较浅的人说‘天呐，我真没想到你是个黑人。’”

“你觉得你像是一个更有公正意识的人。”埃蒂说。

“我们所想到的自己，和我们实际上的自我，很少有共通之处，我应该想到的，但是没错——我是想觉得自己应该是一个更有公正意识的人。所以，请接受我的道歉，埃蒂。”

“有一个前提。”

“什么?”她又露出可爱的笑容。那挺好，他喜欢自己能够让她微笑。

“要给人一个公正的机会。这就是前提。”

“什么公正的机会?”她觉得有点儿好笑。埃蒂没准是用另外一个人的声音在嚷嚷，也许感到自己有点底气了，但对她来说那是不一样的。对她来说那也没什么大不了的。他估计，也许对她来说任何事情都应该如此。

“这是三度投生。碰巧有这事儿。我是说……”埃蒂清了清喉咙。“我不擅长那种哲学把戏，或者说，你知道，蜕变，质变，或者不管你喜欢怎么叫吧——”

“你的意思是说形而上学吧?”

“也许吧。我不知道。我想是吧。可我知道，你不能对你的感觉告诉你的一切都不相信，为什么，如果你相信所有这一切都是梦的话——”

“我没有说是梦——”

“不管你说的是什么，说到归齐就是这么回事，不是吗? 是假的真实?”

如果刚才她声音中还有一点屈尊的意味，这会儿已荡然无存。“哲学和形而上学可能不是你的专长，埃蒂，你在学校里肯定喜欢争辩。”

"我从来不争辩。那都是基佬、巫婆和胆小鬼们的事儿。好比什么象棋俱乐部。你说什么？我的专长？什么是专长？"

"就是你喜欢的什么事。你说什么？基佬？什么是基佬？"

他看了她一眼，耸耸肩。"男同志。搞同性恋的家伙。别介意。我们可能整天交换的都是俚语。那没法把我们扯到一块儿去。我想说的是，如果一切都是梦的话，那也可能是我的梦，不是你的。你可能是我梦里想象出来的一个人。"

她声音发颤地微笑着。"你……又没人拿石头砸过你。"

"也没人砸过你。"

这下，她的笑容完全消失了。"我记不起是什么人了。"她尖刻地纠正道。

"我也是！"他说，"你告诉过我，在牛津镇时他们非常粗暴无礼。那么，那些海关的家伙在没找到他们搜寻的毒品时也不见得多么欢喜快活啊。他们里边有个家伙用枪托砸我脑袋。我这会儿也许正躺在贝拉维尤医院的病房里，他们在写报告说明他们审讯我的时候我变得狂躁起来，结果被他们制服的经过。而我在他们写报告的当儿梦见了你和罗兰。"

"那是不一样的。"

"为什么？因为你是这样一个聪明的交游广泛的没有腿的黑人女士，而我只是一个从城市下只角出来的瘾君子？"他说这话时咧开嘴巴笑着，意思是这不过是一个友好的玩笑，而她却突然对他变了脸色。

"我希望你不要再叫我黑人！"

他叹了口气。"好吧，但这也会习惯的。"

"你真应该到辩论俱乐部去。"

"操蛋。"他说，她的眼神的变化使他再次意识到他们之间的差异其实比两人肤色的区别还要大；双方是在各自隔绝的岛屿上与对方交谈。隔开他们的是时间。没关系。这些话引起了她的注意。“我不是要和你争辩,我是想叫你醒醒,面对现实,实实在在把你唤醒,这就够了。”

“至少,我或许不妨暂且根据你的三度投生的说法来采取行动,既然这……这境况……还是这样,不过有一点要注意:发生在你身上的事和发生在我身上的事是完全不同的。这种根本性的差别真是太大了,而你都没发现。”

“那你说给我听听呀。”

“在你的意识中没有什么不连贯的地方。可在我这儿这种不连贯可太明显了。”

“我不明白。”

“我是说你可以把你那个时间段里发生的事情都贯穿起来,”奥黛塔说。“你的事情一桩连着一桩:飞机上,被人进入……那个……被他——”

她带着明显的厌恶朝山脚下那片地方点点头。

“存放毒品,警员把你扣下了,所有的情节顺下来是一个完整的惊险故事,没有丢失的环节。

“至于我自己,我从牛津镇回来,碰上安德鲁,我的司机,他载我回公寓。我洗了澡想睡觉——我脑袋痛得厉害,我每次头痛时只有睡觉才是唯一的良方。但这时已经快到半夜了,我想要不还是先看看电视新闻吧。我们有些人被释放了,可是我们离开时还有不少人仍被押在牢里。我想知道他们的案子是不是也解决了。

“我擦干身子穿上浴袍,走进卧室,打开电视。新闻主持人开始报道赫鲁晓夫的一个讲话,还有美国向越南派遣顾问的事儿。他说,‘我们有现场拍摄的画面来自——’接着他就消失了,我便随着车轮滚到了这个海滩上。你说你看见我正在某处神奇的门道那边，而那门道现在不见了，你说我那会儿在梅西公司，正在偷窃。所有这些都太反常太荒谬了，但即便一切都是真的，我也该找些更高级的东西呀，那也比偷假珠宝好。我是不戴珠宝的。”

“你最好瞧瞧你自己的手，奥黛塔。”埃蒂平静地说。

她摆弄了好长时间，从左手小指（上面有枚戒指，大而俗气，那是假冒的饰件）打量到右手无名指上那枚老大的蛋白石戒指（更是大而俗气得要命，倒还是真家伙）。

“这样的事儿一桩都没发生过。”她坚定地重复道。

“你说话好像一个坏损的唱片！”他一开始对她的态度真有点恼火了。“每一次人家在你那个排列得整整齐齐的小故事里捅开一个窟窿，你就只会退缩到‘这样的事儿一桩都没发生过’这种鬼话上边。你最好把它理理清楚，黛塔。”

“*别叫我这个！我讨厌死了！*”她猛地发作起来，浑身颤抖着，埃蒂只好缩回去了。

“对不起，上帝啊！我不知道。”

“我明明是在晚上，一下子却进入了白天，明明是没穿正式衣服，现在却穿戴整齐，从我的卧室跑到了这个荒凉的海滩。而真实的情况是：一个大腹便便的红脖梗家伙用棍子朝我头上砸了一下，*事情就是这样！*”

“但你的记忆并没停留在牛津镇。”他温和地说。

“什——什么？”她的声音又开始不稳定了。也许是看见了什么她不想看见的东西，就像那些戒指。

“如果你是在牛津镇被打晕了，为什么你的记忆并没有停留在那儿呢？”

“这种事情并不总是很有逻辑性的。”她又去抚拭太阳穴。“尤其是这会儿，如果在你看来都是一样的，埃蒂，我就得赶快结束这场谈话了。我的头痛又发作了。痛得厉害。"

"我想有没有逻辑性完全取决于你是不是愿意相信它。我看见你在梅西公司,奥黛塔。我看见你在那儿偷东西。你说你不会做这样的事还说得像回事似的,你也告诉我你根本不戴珠宝首饰。你这么跟我说的时候,好几次低下头去看手上的戒指。那些戒指明摆着嘛,你却视而不见似的,像是直到我叫你去看你才看见似的。"

"我不想谈这个!"她叫喊起来,"我头部受过伤!"

"好啊。可是你知道你是在什么地方把时间给遗忘的,不是在牛津镇。"

"让我自己待一会儿。"她木讷地说。

埃蒂看见枪侠携着满满两袋水艰难地回来了,一袋系在腰间,另一袋搭在肩上。他看上去已是疲惫不堪。

"我真希望能帮你一下,"埃蒂说,"但要帮你的话,我想我最好还是实话实说。"

他在她身边站了一会儿,但她还是垂着脑袋,指尖不停地按摩着太阳穴。

埃蒂去迎罗兰了。

8

"坐下,"埃蒂拿过袋子,"你看上去是累趴了。"

"是的。我又发病了。"

埃蒂看着枪侠潮红的脸颊和前额,以及他皲裂的嘴唇,点点头。"我本来还希望别出这事,但我一点也不奇怪,伙计。你没想到这是有一个周期的。巴拉扎没存下足够的凯福莱克斯。"

"我不明白你的意思。"

"如果你没把青霉素给用足了,你就不能把感染给彻底制住。你只是把它给压下去了。几天以后,它还会重新冒头。我们需要更多的药,好在这儿至少还有道门可以过去。同时你得放松些,休息休息。"但埃蒂不快地想到奥黛塔失去的腿,还有每天寻找水源的路将越来越长。他不知道罗兰是不是挑了个最糟糕的时间旧病复发。他估计有这可能;只是还不知情况会怎么样。

"我得告诉你关于奥黛塔的一些事情。"

"这是她的名字?"

"嗯。"

"很可爱。"枪侠说。

"是啊,我也这样觉得。但她对这儿的感受却不可爱。她觉得她不在这儿。"

"我知道。而且她也非常不喜欢我,对吗?"

是的,埃蒂想,但也挡不住她认为你是幻想中的一颗鼻屎。他没有说出来,只是点了点头。

"理由几乎是一样的,"枪侠说,"她不是那个我进入她脑袋里的女人,不是你看见的那个,完全不是。"

埃蒂呆住了,然后突然点点头,变得兴奋起来。那个镜子里模糊的影子……那张狂吼乱叫的脸……这个人是对的。耶稣基督啊,当然他是对的!这根本不是奥黛塔。

接着他想起了那双手,从披巾里漫不经意地伸出来,然后又似乎漫不经心地把那些假珠宝搂进她那个大皮夹里——看上去几乎就是这样,好像她等着被抓似的。

戒指就在那儿。

同样的戒指。

但这并不意味着应该是同一双手啊，他漫无边际地想开去，可是只持续了一秒钟。他仔细看过她的手。是同样的手：手指纤长而优雅。

"不，"枪侠继续说，"她不是的。"他的蓝眼睛仔细地端量着埃蒂。

"她的手——"

"听着，"枪侠说，"仔细听好了。我们的生命可能就取决于这件事了——我的生命，因为我又病了，你的生命，因为你已经爱上了她。"

埃蒂无语。

"两个女人同在她一个身躯里。在我进入她脑子里时她是一个女人，而当我把她带回到这儿时她又变成了另一个女人。"

这会儿埃蒂什么也说不出来了。

"还有其他的一些事情，一些奇怪的事儿，或者是我不理解，或者是我理解了却又飘开去了。似乎是很重要的事儿。"

罗兰的眼光越过埃蒂，朝海滩边的轮椅看过去，那轮椅孤零零地从一个乌有之乡过来，停在短暂的旅程尽头。他把目光收回到埃蒂身上。

"我几乎一点也不明白，或者是不理解这究竟是怎么一回事，但你自己得留点神。你明白吗？"

"是的。"埃蒂感到自己的肺部似乎没什么气了。他明白——或者，至少是对枪侠说的事儿有一种看电影似的表面的直截了当的理解——但是他的肺部似乎没有气来支撑他解释这些，也不可能有。他感到似乎罗兰把他所有的气都给放跑了。

"好，因为在门另一边的这个女人，这个我进入过她脑子的女人，就像晚上爬出来的那些大螯虾一样危险。"

第四章

黛塔在另一边

1

你自己得留点神，枪侠是这样说的。埃蒂嘴上表示他说得没错，但枪侠知道埃蒂其实没明白他在说什么：埃蒂的整个深层意识中——不管那儿是不是还有点知觉，并没有领悟他这话里的要旨。

枪侠看到了这一点。

他这样叮嘱对埃蒂有好处。

2

半夜里，黛塔·沃克的眼睛突然睁开了。这双富于智慧的眸子警觉而清醒。

她记得每一件事：她怎样与他们搏斗，他们怎样把她捆到轮椅上，他们怎样讥笑她，叫她黑母狗，黑母狗。

她记得怪物钻出水面，还记得那两人之中的一个——年纪大的那个——杀死了一个怪物。年轻的那个升起一堆火在那儿烧烤，随后便递给她一块串在细棍上还冒着烟的怪物肉，他咧嘴而笑。她记得自己唾他的脸，记得他咧着嘴的笑容变成了白鬼子绷着脸的怒容。他朝她脸上狠狠抽了一下，告诉她，好哇，你就呆着吧，你就要来月经了，黑母狗，等着瞧吧。然后他和那个大坏蛋到一边去了，那个大坏蛋拿出一大块肉，慢条斯理地切开，在这荒凉的海滩上（他们带她来的地方）烤炙着。

烤熟的肉香气诱人，她却丝毫没有流露一点想吃的意思。年轻的那个还举着一块肉到她面前舞动了一番，嘴里唱着咬呀咬，黑母狗，快来咬它一口吧，她坐在那儿像块石头一样，沉浸在自己的内心之中。

后来她睡着了，此刻竟醒了，他们捆在她身上绳子取掉了。她这会儿不在轮椅上，而是躺在地上，身上盖着一条毯子，下面还铺了一条，离着潮汐线很远，下面那些怪物还在爬来爬去地询问着，从水面上攫获倒霉的海鸥。

她向左边看，什么也没有。

她向右边看，看见各自裹在毯子里的两个男人睡在那儿。年轻的那个离她近些，那个大坏蛋把卸下的枪带搁在自己身边。

枪还上着膛。

你们犯了个严重的错误，他妈的，黛塔心里想着，向右边翻了个身。压在她身下的沙子吱吱作响，但这动静完全被风声、涛声和怪物们的询问声掩盖了。她慢慢爬过沙地（她自己这会儿就像是只大螯虾），两眼闪闪发亮。

她伸手触到枪带，接着便拖过一把枪。

枪很沉，枪柄磨得很光滑，她捏着很不称手。当然这点重量对她不算什么。她有强壮的手臂，她是黛塔·沃克。

她又往前爬了几步。

年轻的那个睡得像个打呼噜的石头，但那个大坏蛋却在睡眠中被什么惊扰了一下，她连忙停住把脸埋下，等他平静下来。

他西个狗娘养的鬼鬼祟祟的东西。你得检查一下，黛塔，你得检查，为了保险。

她找到这枪磨损的弹膛闩，她想把它推上去，硬是推不上，于是她就去拉。这下枪膛弹开了。

装着子弹！他妈的装着子弹！你得先把那个年轻的砰地送上西天，然后送那个大坏蛋去见鬼，叫他嘴巴咧得老大老大——笑吧，亲爱的，这下我看你能跑到什么地方去——好了，这下你就可以把他们全都收拾干净了。

她把枪膛卡回去，拉开枪栓……然后就等着。

这时一阵风刮过来，她把枪上的扳机扳起。

黛塔举着枪侠的枪瞄准埃蒂的太阳穴。

3

枪侠一只眼睛半睁半闭，一切都看在眼里。高热又起来了，好在不算很严重。还没有严重到使他不信任自己的眼睛。所以他等待着，眼睛半睁着，手指扣在他身体的扳机上，这副身体曾一直是他的左轮枪——当左轮枪不在手里的时候。

她扣动了扳机。

咔嗒。

当然是咔嗒。

当他和埃蒂说完话带着水袋回来时，奥黛塔·霍姆斯已在轮椅上睡得很沉了，身子歪向一边。他们在沙地上给她铺了最好的床，把她轻轻地从轮椅上抱下来放在铺好的毯子上。埃蒂说她可能会醒过来，但罗兰知道得更清楚。

他去杀了大龙虾，埃蒂生了火，他们吃了饭，给奥黛塔留下一些第二天早上吃。

然后他们聊了一会儿，埃蒂说了什么，像是突如其来的一道闪电，击中了罗兰。很明显，却是稍纵即逝，不可能完全弄明白，但他已经明白不少了，只要一道幸运的闪光，面对躺在地上的这个人，他就有可能看出一点端倪。

本来，他当时完全可以告诉埃蒂，但他却缄口不言。他明白自己只能是埃蒂的柯特，当柯特的某个弟子被意外的一击打伤时，柯特的回答总是一个样：一个孩子在被砸破手指之前是不会懂得大锤的。起来，小子们，不准再哼哼唧唧！你已经忘了你父亲长什么样了！

所以埃蒂睡着了，尽管罗兰说过叫他留点神。罗兰确信这两人都睡着了，（他等那位女士还等了更长时间，他觉得，她可能会耍什么花招，）才卸下磨损的枪套，解开带子，（这时砰的一声弄出点动静，）搁在埃蒂身旁。

然后，他就等着。

一个小时；两个小时；三个小时。

差不多快到四个小时的时候，他已经疲惫至极，发烧的身体终于打起了瞌睡，他觉察到那位女士醒了，自己也完全醒过来了。

他看见她翻了个身。他见她沿着沙地爬到他搁枪带的地方。看着她拿起一把枪，挨近了埃蒂，然后停下了，她抬起脑袋，鼻孔像是在闻什么，四下探嗅着。当然不会是在闻空气，她是在辨察什么。

是的。这就是那个他带过来的女人。

她的眼睛向枪侠这边扫视过来，枪侠在假寐，她或许能感觉到。他装着睡去。当他感觉到她的视线瞥过去了时，便醒了过来，睁着一只眼睛。他看见她开始举枪——她干这个比罗兰第一次见埃蒂做这事儿还更麻利似的——她举枪瞄准埃蒂的脑袋。但是她又停下了，她脸上充满了一种无法描述的诡谲。

那一刻，她让他想起了马藤。

她拨弄着左轮枪的旋转枪膛，一开始弄错了，接着就弹开了。她检视里面的弹头。罗兰绷紧着神经，先是等着看她是不是知道撞针已经顶上了，接下去等着看她是不是会把枪转过来，检查枪膛另一端，那里面是空的，只有一些铅（他想到了用已经哑火的弹药装在枪膛里；柯特曾告诉过他们，每把枪归根结底都受制于魔法。弹药哑火过一次也许就不会有第二次了）。如果她这样做的话，他就会马上跳起来。

但她只是把旋转枪膛弹拨转一下，开始扳起扳机……接着又停下了。停下是因为风刮过来弄出了低微的咔嗒一声。

他想：这是另一个。上帝，她是个魔鬼，这一个，而且她是没有腿的，但她肯定和埃蒂一样也是个枪侠。

他等着她。

一阵风刮过。

她把扳机完全扳起，枪口离埃蒂的脑袋只有半英寸。她咧嘴做出一个厌恶的鬼脸，扣动扳机。

咔嗒。

他等着。

她又扣击了一次，又一次，又一次。

咔嗒—咔嗒—咔嗒。

“**操他**妈的！”她尖叫起来，麻利地把枪转了个个儿。

罗兰蜷起身子，但没有跳起来。一个孩子在被砸破手指之前是不会懂得大锤的。

如果她杀了他，等于杀了你。

没关系，柯特的声音无动于衷地回应道。

埃蒂被惊醒了。他的反应能力不错；他迅速躲闪，以避免被那一下击中或砸死。所以那枪柄没有击在他脆弱的太阳穴上，只是砸在他下巴一侧。

“怎么……老天！”

“操你妈的！操你白鬼子的妈！”黛塔尖叫着，罗兰见她又一次举起枪。好在她没有腿脚可挪动，埃蒂只要够胆量还能及时闪开。埃蒂这次如果不吸取教训，他就永远不可能学乖了。下回枪侠再告诫埃蒂留点神时，他该明白了，你瞧——这母狗下手极快。要指望埃蒂出手麻利，指望这位女士因身子虚弱而放缓动作，那不明智。

他纵身而起，奔到埃蒂身边，朝那女子后背狠命一击，终于制住了她。

“你想要这个吗，白鬼子？”她朝他厉声喊叫，两腿夹着埃蒂腹股沟那儿拼命碾压，手里还举着那把枪在他头顶上挥动着。“你想要这个？我就给你想要的，瞧呀！”

“埃蒂！”他又喊道，这次不是呼喊而是命令。这工夫埃蒂只是蹲在那儿，两眼大睁着，下颏淌着血（那儿肿起来了），傻呆呆的，两眼大睁着。闪啊，你难道不能躲开吗？他想，是不是你不想躲开？他这会儿快没力气了，很快她就会把这沉甸甸的枪柄砸下来，她要用这枪柄砸断他的手……如果他还扬着手臂就难逃一劫。如果他还不动手，她就要用这枪柄砸他脑袋。

埃蒂赶在这时出手了。他一把攥住朝下砸的枪柄，她立刻尖叫起来，转身来对付他，朝他一口咬下去，活像一个吸血鬼，用南方口音甩出一连串骂骂咧咧的咒语，埃蒂压根儿听不懂她说什么；对罗兰来说，这女人像是突然说起外国语来了。埃蒂从她手里狠命夺下那把枪，这样罗兰就可以制住她了。

这时她甚至都没有使劲挣扎，只是不停地甩着脑袋，胸部急遽起伏，咒骂声中汗水沾满了她的黑脸。

埃蒂瞪着眼睛看她，嘴巴一张一合，像一条鱼似的。他试探地摸摸下颏，湿漉漉的，伸回手一看，指头上都是血。

她尖声嚷嚷着要把他们两人都杀掉；他们没准是要强奸她，

但她会用她那个口子干了他们，他们会看见的，那是一处长着一圈利齿专吃狗娘养的口腔，他们要是想试着伸进去的话，就会看见这样的下场。

"这到底是什么该死的——"埃蒂傻傻地问。

"拿上一支我的枪，"枪侠喘着大气对他说，"拿上。我把她从我身上翻下来，你抓住她的胳膊把她两只手绑到身后。"

"操你们奶奶的！"黛塔尖声喊道，她无腿的身躯一个鱼跃，力量大得差点把罗兰掀翻在地。他觉出她一直在用自己右腿上那点残剩的部位使着劲儿，一次又一次地想要顶到他的球上去。

"我……我……她……"

"快点，上帝诅咒你父亲的老脸！"罗兰咆哮起来。这下埃蒂动手了。

4

在用枪带把她捆绑起来时，有两次他们还差点让她挣脱出去。埃蒂好歹用罗兰的枪带在她腰上打了个活结，这功夫罗兰——使出浑身力气——把带子两头在她身后系紧，（与此同时，他们还得防着她扑过来咬噬他们，就像一只獴躲开蛇似的；埃蒂已经扎好了带子，她是咬不着了，但枪侠却被她吐了一身唾沫，）然后埃蒂把她拖下来，手里牵着打了活结的带子。他不想伤害这个不停地扭动着、尖叫着、咒骂着的东西。这东西比大螯虾更凶险，因为知道它有更高的智力，但他知道这东西可能也是美丽的。他不想伤害隐匿在这具躯壳里面的另一个人。（就像藏在魔术师的魔术盒里某个隐秘之处的一只活鸽子。）

奥黛塔·霍姆斯正在里面的某个地方尖声呼叫。

5

虽然他最后的一匹坐骑——一头骡子——死了很久很久，他都快记不起它了，枪侠倒还保留了一截缰绳(也曾让枪侠用做很不错的套索)。他们用这绳子把她绑在轮椅上，当她想象着他们要干什么勾当(或是误以为他俩最终想做的就是那桩事，是不是?)那工夫，他们已经摆弄完了。然后他们就闪到一边去了。

如果不是因为下边有大龙虾似的玩意儿在爬来爬去，埃蒂真想下去洗洗手。

“我好像要吐出来了。”他嘎嘎的嗓音忽粗忽细，很像是青春期男孩变音的嗓门。

“你们干吗不把活儿干完，不去吃了对方的**鸡巴**?”轮椅里那个挣扎着的东西还在尖声大叫。“你们干吗不把活干完，难道还怕一个黑女人的屄? 你们干啊! 把喷出的蜡烛油舔干啊! 有机会就干嘛，黛塔·沃克要从这椅子里出去，把你们这皮包骨头的白蜡烛掰断了去喂下面那副转个不停的电锯!”

“她就是我进去过的那个女人。现在你相信我了吧?”

“我在这之前就相信你了，”埃蒂说，“我告诉过你的。”

“你只是相信你相信的。你相信你最上心的事情。你相信事情最后会弄到这副样子吗?”

“是的，”他说，“上帝，是的。”

“这女人是个怪胎。”

埃蒂哭了。

枪侠想去安慰他，然而终于没做出这种渎圣之举，(他太记得杰克的事了，)他拖着再度发烧的身体和内心的痛楚踱入黑暗之中。

6

那天晚上更早些的时候，奥黛塔还在睡觉，埃蒂说，他想他可能明白了她身上什么地方出了岔子。可能。枪侠问他这话是什么意思。

"她可能是得了精神分裂症。"

罗兰只是摇摇头。埃蒂向他解释自己理解的精神分裂症是怎么回事，那是他从《三面夏娃》[①]那部电影里了解到的，当然还有各种电视节目（大部分是他和亨利百无聊赖地坐在那儿观赏的电视肥皂剧）。罗兰点点头。是的。埃蒂解释的这种症状听上去没什么不对。一个女人有两副面孔，一副光明一副黑暗。有一副面孔就像是那个黑衣人给他看过的第十五张塔罗牌上那张脸。

"那么他们并不知道——这些精神分裂症病人——还有别的表现吗？"

"不知道吧，"埃蒂说，"但是……"他的声音沉下去了，闷闷不乐地看着那些大螯虾爬行着，询问着，询问着，爬行着。

"但是什么？"

"我不是缩水剂[②]，"埃蒂说，"所以我不是很清楚——"

"缩水剂？什么是缩水剂？"

埃蒂敲敲太阳穴。"治脑子的医生。诊治你意识疾病的医生。正确的叫法应该是精神治疗医生。"

罗兰点点头。他更喜欢缩水剂这个叫法。因为这个女士的

---

① 《三面夏娃》（*The Three Faces of Eve*），一部表现多重人格的经典影片，福克斯公司一九五七年出品。

② 缩水剂，原文 shrink，埃蒂用的是俚语中的意思，指精神病医生。

意识实在太大了。比正常人要大出一倍还要多。

“但我觉得精神分裂症的人几乎总是明白他们有什么地方出了毛病了，”埃蒂说，“因为意识当中有空白。也许我弄错了，但我知道他们经常是以两个人的面目出现，两个都认为自己是失去一部分记忆的人，因为当另一种人格在那儿居控制地位时，他们就出现了记忆空白……她……她说她记得每一件事。她真的说过她记得每一件事。”

“我想你是说过她不相信发生在这儿的任何事儿。”

“是的，”埃蒂说，“但现在已经忘记了。我试着对她说，不管相信不相信，她记得是从卧室里被带到这儿来的，她穿着浴袍在那儿看午夜电视新闻，然后就到了这儿，丝毫没有断裂的地方。从她在卧室里看电视，到你从梅西公司把她带到这儿，她没有感觉到这当中插进了另外的什么人或事。该死的，那肯定是第二天或甚至一个星期后的事儿。我知道那儿还是冬天，因为大多数在商场购物的人都穿着外套——”

枪侠点点头。埃蒂的观察是敏锐的。那很好。他没看见那些赃物和披肩，也没看见戴着手套的手从外套口袋里伸出来。但这只是开始。

“——但是除此之外，要说奥黛塔身子里有另外一个人有多久了，并不是很重要，因为她不知道。我觉得她是处在一种她从来没有经历过的情形当中，她对两边都心存戒意，于是就弄得脑子分裂了。”

罗兰点点头。

“那些戒指。看见这些玩意儿让她大吃一惊。她不想让人看见，却让人看到了。就是这样。”

罗兰问：“如果这两个女人不知道她们生存在同一个躯体里，如果她们甚至都没有怀疑也许什么地方出了问题，如果每一个人都保留着自己那一部分真实的记忆，又用对方的记忆去填充缺失的时间，我们拿她怎么办？我们怎么跟她相处？”

埃蒂耸耸肩。“别问我。那是你的问题。是你说你需要她的。该死的，你冒着自己脖子被割断的危险把她带到这儿。”埃蒂这会儿又想起那情形，他记得自己蹲在罗兰的身边，拿着罗兰的刀子架在罗兰的脖子上，突然笑出声来，可是没有一点幽默感。**从字面上看**，*确实是冒着脖子被割断的危险，伙计*，他想。

沉默降临在两人中间。那会儿奥黛塔平静地呼吸着。枪侠又一再告诫埃蒂留点神，（声音很响，那女人如果只是佯睡，能听得到，）然后说自己要去睡觉了，埃蒂说的话像一道闪电在罗兰意识中突然闪过，这至少使他部分地明白了他需要明白的事儿。

在最后关头，当他们通过这道门时。

她在最后变了一个人。

他总算明白了某些事情，某些事情——

“告诉你吧，”埃蒂郁闷地凝视着残余的火光，“当你带她通过那道门时，我感到*我*也精神分裂了。”

“什么？”

埃蒂想了一下，耸耸肩。这太难解释了，也许是他太累了。“这并不重要。”

“*为什么？*”

埃蒂看着罗兰，明白他是为了一个重要原因提出一个重要的问题——也许他这么以为——他想了一分钟的样子。“真的很难说清楚，伙计。看着这道门，完全让我迷糊了。当你盯着什么人穿过这道门时，那感觉就像你也跟着一道穿过来了。你明白我说的意思。”

罗兰点点头。

“我看着那情形像是在看电影——别管它，这不重要——一直看到最后。当时你带着她转向门道这边，这时候，我第一次看见了我自己。就像是……”他搜索着合适的字眼，但就是不知怎么说。“我不知道。应该像是对着一面镜子的感觉吧，但我想，那不是镜子……因为那像是在看着另外一个人。像是把里面的东西给翻到外面来了。像是在同一时间出现在两个地方。该死。我不知道。”

然而，枪侠却惊呆了。这是他们通过门道时他曾感觉到的；这就是发生在她身上的事，不，不只是她，是她们：在那一瞬间，黛塔和奥黛塔互相看到了对方，并不是一个人在看着镜子里的影像，而是分开的两个人；镜子成了窗玻璃，在那一瞬间，奥黛塔看见了黛塔，黛塔看见了奥黛塔——她们同样都是惊恐交集。

她们各自都明白，枪侠阴冷地想。此前她们也许并不知道，但现在知道了。她们以前试图想把自己给隐藏起来，但在那一瞬间，她们看见了对方，心里就明白了，现在是心照不宣，相安无事。

“罗兰？”

“怎么？”

“只是喊你一声，看你是不是睁着眼睛睡着了。看上去你足有一分钟时间像是睁着眼睛睡了，你知道，你的眼神好像在老远的地方。”

“如果真是那样，那我现在回来了，”枪侠说，“我要睡了。记住我说过的话，埃蒂，留点神。”

“我明白。”埃蒂说。但罗兰知道——不管身上有病没病，今晚只能由他担当守夜人了。

接下来就发生了前叙一幕。

7

骚乱过后，埃蒂和黛塔·沃克又睡过去了（她并没有完全睡着，瘫在轮椅里完全是一副累趴了的样子，身子朝一边歪着，像是要挣开绳子似的）。

枪侠，却清醒地躺在那儿。

我得把她们两人引向一场争斗，他想，但他不需要埃蒂所说的“缩水剂”来告诉自己这样一场争斗可能会带来死亡。如果光明的一方，奥黛塔赢了，可能一切都会好起来。如果黑暗的一方赢了，很有可能，她整个儿就玩完。

但他真切地意识到，要做的不是把哪一方给灭了，而是整合。他很清楚地意识到，这对他可能具有的价值——她们——黛塔·沃克身上的坚定顽强——这是他看中的——但必须把她控制住。还有许多路要走。黛塔把他和埃蒂称作某一类的怪物，她称他们操他妈的白鬼子。这是唯一危险的错觉，弄不好或许真会成为可怕的怪物——那些大螯虾不是他初次遭遇的危险动物，也不会是最后出现的。这舍命战斗到底的女人，他曾进入过的人——今晚再次显现了她深匿的可怕天性——那倒有可能使她在对付某些类型的怪物时变得非常得力，她要是换上奥黛塔温文尔雅的人文气质就更好了——尤其是现在他更需要帮手，他缺了两根手指，而弹药几将告罄，身体又开始发烧。

不过还须有一个步骤。我想如果让她们互相承认对方，少不了有一场她们彼此的冲突。怎么做到这一步呢？

他清醒地躺在漫漫长夜里，思忖着，身上的热度在升高。对自己的这个问题，他没有找到答案。

8

埃蒂在破晓前醒来，看见枪侠挨着昨晚的篝火灰烬坐在那儿，身上像印第安人似的裹着毯子，他过去跟他坐到一起。

“你感觉怎么样?”埃蒂悄声问。那五花大绑的女人还在睡梦中，时而惊跳一下，时而咕哝一声，或是呻吟一下。

“没事。”

埃蒂审视地扫了他一眼。“你看上去不太好。”

“谢了，埃蒂。”枪侠干巴巴地说。

“你在发抖。”

“就会过去的。”

那女士随着一下惊跳又发出呻吟——这回有一个词儿乎能让他们听得清清楚楚。好像是说牛津镇。

“上帝啊，我讨厌看到她这么绑着，”埃蒂喃喃地说。“像是谷仓里一头该死的牲口。”

“她很快就会醒来。到时候我们可以给她松绑。”

他俩不知是谁竟已讶然出声，因为轮椅里那位女士睁开了眼睛，平静的眼神，有点儿迷惑的凝视，是奥黛塔·霍姆斯的眼神在打量他们。

过了一刻钟，第一缕阳光照射在远处的小山上，眼睛又睁开了——但他俩看到的不再是奥黛塔平静的眼神，而是黛塔·沃克四下扫来扫去的疯狂眼神。

“我昏睡过去的这阵子你们干了我几回?”她问。“我下面那口子里滑溜得很，好像你们谁用那小白蜡烛干过几回了，你们那根操他妈的灰肉棒叫什么鸡巴玩意儿。”

罗兰叹着气。

“我们走吧。”他说着厌恶地踢踢脚。

“我哪儿也不去，操你妈妈的。”黛塔吵嚷起来。

“噢，会的，你会去的，”埃蒂说，“真是非常抱歉，亲爱的。”

“你们想让我去哪儿？”

“嗯，”埃蒂说，“一号门背后不够热，二号门背后更糟糕，所以嘛，我们得像个神志健全的人一样避开这些才好，我们要一直往前走，去看看三号门。这条路一直朝前走，我想也许还能碰上像哥斯拉或是三头龙基多拉[①]那类怪物。可我是个乐天派。我还是盼着会看见不锈钢厨具。”

“我不会去的。”

“你就要去了，行啦，”埃蒂说着转到她轮椅背后。她又开始挣扎起来，但枪侠在后面打的是活结，愈挣扎抽得愈紧。不一会儿，她就停止挣扎了。她是个充满邪毒的女人，但绝对不笨。她朝后扭头看看埃蒂，露齿一笑，这一笑吓得他朝后一缩——在他看来这大概是人类脸上最最邪门的表情了。

“好啦，我也许会在某个方面往前挪一点儿，”她说，“不过也许没你们想得那么远，白小伙儿。肯定到不了你们想象中最远的地方。”

“你什么意思？”

又是那回首挑逗的露齿一笑。

“你会看到的，白小伙儿。”她的眼神疯狂而冷静、坚韧，一瞥之间又转向枪侠。“你们两个都会看到的。”

埃蒂握住轮椅背后的把手，他们又开始朝北跋涉，现在，他们往前走时身后留下的不仅是脚印，还有两行女人轮椅的辙印，

---

① 哥斯拉（*Godzilla*）、三头龙基多拉（*Ghidra the Three-Headed Monster*）都是日本科幻电影创作的怪兽形象，前者最初见于一九五四年拍摄的同名影片，后者是一九六四年拍摄的《三大怪兽：地球最大的决战》的主角。

在似乎无边无际的海滩上一直延伸下去。

9

这一天是一场噩梦。

在这种几乎没有变化的背景下很难估算他们一路的行程，但埃蒂知道他们的进程几乎像爬行一样慢。

他也明白是什么原因。

噢，是的。

你们两个都会看到的，黛塔说过，他们走了半个多小时后才看见那是什么。

推呀推。

这是第一件事。在海滩上把这样一辆轮椅往上推就像要驾车驶过深深的雪地，简直是不可能的事儿。这是个满是砂石的海滩，表面高低不平，轮椅可以向前挪动，但要走快些很难。刚刚顺溜地推了一小会儿，轮胎的硬橡胶就卡在了贝壳或是碎石子上……接着又陷进一个流沙坑里，埃蒂只好使劲地推，嘴里一边咕哝着，把这死沉的一动不动的乘客推过去。沙子吸住了轮子。你一边使劲往前推，一边还得把全身重量压在轮椅把手上，否则轮椅会朝前倾覆，上边绑着的那个死沉的玩意儿就会一头栽到海滩上摔个嘴啃泥。

黛塔瞧着埃蒂把她往前推而不让她颠出来，总会咯咯地笑起来。“你刚才摆弄得挺好啊，白小鬼儿？”每次轮椅遇上这种要命的地方她都这么嚷嚷。

枪侠上前想帮埃蒂一把，埃蒂叫他走开。“会轮到你的，”他说，“我们换换手吧。”但我觉得轮到我的时间总要比他长他妈许多，一个声音在他脑袋里响起。他是这么看的，他要在长途跋涉之前让自己忙个不可开交才能打起精神朝前走，更别说要推着这个坐在轮椅里的女人了。不，先生，埃蒂，我真为你担心这老兄的状况。这是上帝的报复，你知道吗？这些年来你一直吸毒成瘾，你猜怎么着？到头来你成了个推车子的人①！

他发出一声短促的喘不过气来的笑声。

“什么事那么好玩，白小伙儿？”黛塔问，虽说埃蒂觉得她这话里带着揶揄的口气，但听起来还有那么点愤怒的味道。

对我来说别指望会有什么好玩的事儿，他想。根本不会有。只要事情跟她扯上关系。

“你不会明白的，宝贝儿。甭操心了。”

“我看你们不妨在这儿趴下吧，”她说，“你和你那无赖搭档在这海滩上爽一回嘛。那肯定爽啦。不过，你得省点力气还要推车哩。你好像已经没劲了。”

“好嘛，你这么糟蹋我俩，”埃蒂气喘吁吁地说，“你好像从来没有累得喘不过气来似的！”

“我要喘着气儿放屁了，灰肉棒子！我要把屁喷到你的死脸上！”

“你来啊，试试吧。”埃蒂把轮椅推出沙坑，推上了相对平坦的路面——只是走了一小会儿，但至少轻松了一段。太阳还没有完全升起，他已经折腾得大汗淋漓了。

这准是挺搞笑的一天，花样不断，他想。我可是领教了。

裹足不前。

这是接下来的麻烦。

他们走上一片地面坚实的海滩。埃蒂把轮椅推快了许多，

---

① 此处似是双关语，原文 pusher 在美国俚语中亦指贩毒者。

心里隐隐想着他要是能保持这个额外提起来的速度，碰到下一个沙坑就能凭着惯性一下子冲过去。

可是轮椅却猛地卡住了，一动也动不了。轮椅后面的横档冷不防撞到埃蒂胸口上。他咕哝了一声。罗兰四下打量一周，即便枪侠这般敏锐的反应能力也难以躲避面前每一个沙坑底下的陷阱。轮椅一晃悠，黛塔也跟着晃悠，还若无其事地傻笑着。最后埃蒂和枪侠好不容易把轮椅拨弄出来，她还在咯咯大笑。她身上有几处绳子勒得太紧，都惨不忍睹地勒进肉里去了，把肢端的血液循环都阻断了；她前额上有蹭破的伤痕，淌下来的血渗进眉毛里去了。她还在那儿咯咯大笑。

两个男人都累得气喘吁吁，几乎透不过气来了，轮椅总算又重新上路。这辆车子加上这女人的体重，分量足有两百五十磅，但主要是轮椅的重量。埃蒂想到，如果枪侠在他那个年代（一九八七年）把黛塔弄过来，轮椅的重量就能减少六十磅。

黛塔叽叽咯咯地笑着，哼着鼻子，眨巴着眼睛里面的血。

“瞧你们两个小子把我给整的。”她说。

“打电话叫你的律师啊，”埃蒂咕哝说，“来控告我们啊。”

“你在我身后又累得喘不上气了。你还得花十分钟喘完气儿再说。”

枪侠又从衬衫上撕下一缕布条——反正已是衣不蔽体，剩下多少也没多大关系——他用左手捏着布条揩去她前额伤口上的血迹。她麻利地伸手去抓他，牙齿恶狠狠地咬得咯咯作响，埃蒂心想罗兰要是朝后闪得慢一点，黛塔·沃克真有可能让他的手指再报销一两根。

她咯咯地笑着，快活地瞪着他，但枪侠看出她眼睛深处隐藏的畏惧。她怕他。因为他是真正的大坏蛋。

为什么他是真正的大坏蛋？也许这是因为，在某种程度上，她能感觉到，他对她有所了解。

“差点儿干到你，灰肉棒，”她说，“这次差点干到你。”然后就像个女巫似的咯咯地笑起来。

“抱住她脑袋，”枪侠不动声色地说，“她咬起来像一头鼬。”

埃蒂抱住她头部，枪侠仔细地把她的伤口揩拭干净。伤口不大也不太深，但枪侠没有贸然用干布去擦。他一步一挪地走到海边，把布条在水里浸湿，然后走回来。

她一见他走近就尖声大叫。

“别用那玩意儿来碰我！那水是有毒的！滚开！*滚开！*”

“抱住她的头，”罗兰仍然不动声色地说。她猛地把身子从这边甩到那边。“我可不想冒险。”

埃蒂抱住她的头……她想挣出去，他两手使劲夹住。她看出他是动真格的，便马上安静下来，对湿布条也不再显得那么害怕了。原来她是假装的。

她朝罗兰莞尔一笑，后者小心翼翼地把沾在伤口里的砂粒清洗出去。

“事实上，你看上去好像是累得不行了，”黛塔看着他的脸说。“你好像病了，灰肉棒。我看你可再也走不动了。我看你对自己的病情也没什么招儿。”

埃蒂检查了轮椅的制动装置。有两处紧急刹车卡住了两个轮子。黛塔的右手在那个地方做了手脚，她耐着性子等着，等到她觉得埃蒂走快了就扳下刹车，这样差点把她自己给摔趴了。为什么？让他们的速度慢下来，这就是她的目的。否则没理由这么做，但像黛塔这样的女人，埃蒂心想，是不需要什么理由的。一个像黛塔这样的女人搞这样的名堂，纯粹就是出于卑劣的目的。

罗兰把她身上的绳子略微松开，让血液流得通畅一些，然后在离开刹车的地方把她的手用绳子固定起来。

“那就行了，哥们，”黛塔说着朝他粲然一笑，露着两排牙齿。“不过事情照样还是麻烦，还有别的事儿扯腿，总得让你们两个小子慢下来。各种各样的事儿。”

“我们走。”枪侠声音平板地说。

“你还好吗，伙计？”埃蒂问。枪侠看上去脸色苍白。

“好的，走吧。”

他们又在海滩上朝北面走去。

10

枪侠坚持要推一个钟头，埃蒂不情愿地让开了。罗兰通过了第一个沙坑，但在过第二个流沙陷阱时，是靠了埃蒂的帮衬——两人一起把轮椅搬出了沙坑。枪侠大口喘着粗气，豆粒大的汗水从前额淌了下来。

埃蒂让他自己往前推了一阵，罗兰已能熟练地避开路上卡住轮椅的流沙坑了，但推到后来轮椅还是会时常陷住，埃蒂眼见罗兰一边使劲儿拨弄着轮椅，一边张嘴喘着粗气，胸口剧烈起伏着，而那个巫婆（此刻埃蒂明白就是这回事了）吼着嗓子大声狞笑，身子还使劲后仰，弄得轮椅愈加难推，他实在看不下去——上来用肩膀把枪侠顶到一边，猛地把轮椅从沙坑里推了出来，把那玩意儿弄得一个趔趄。轮椅又摇摇晃晃地向前走去，像有预感似的，就在这当儿他看见（感觉到）她利用绳子松动的空隙朝前冲了一下，又想把她自己给颠出来。

罗兰贴着埃蒂，用自己身体的重量使劲朝后拽。

黛塔转过身给了他们一个隐晦阴险的眼色，埃蒂感到手臂上霎时起了一层鸡皮疙瘩。

“你们又差点把我给弄伤了，小子们，”她说，“现在你们得留点神了。我可是个上了年纪的残疾女人，你们得好好伺候着。”

她笑了起来……笑声断断续续，一阵一阵的。

然而，埃蒂照顾的是另一半的她——那近乎爱的感情，基于那短暂工夫里他与那位女士的接触和促膝交谈——他感到自己的双手真想把眼前这发出咯咯笑声的喉咙给掐住，一直掐到她笑不出声为止。

她又转过身来，就像瞥见他的心事明明白白地印在脸上似的，笑得更加肆无忌惮。她的眼睛挑衅地看着他。来啊，灰肉棒。来啊。想这么干吗？那就来啊。

换句话说，颠翻这轮椅，颠翻这女人，其实没什么大不了的，埃蒂想。把她颠翻了，让她永远也翻不起来。她倒是想这么来着。对黛塔来说，被一个白人男子干掉可能是她生命中真正的目的。

“得了吧，”他说着又推起轮椅。“我们要沿着海滨旅游呢，享受美好生活，不管你喜不喜欢。”

“操你。”她骂道。

“接着呢，宝贝儿。”埃蒂愉快地回答。

枪侠垂着脑袋走在他身旁。

11

他们来到一个地方，巨石幢幢，拔地而起。看阳光这会儿约摸午前十一点时分，他们在此停留了约有一个钟头，躲避一下正午爬上头顶的太阳。埃蒂和枪侠吃了前一天剩下的肉块。埃蒂拿了一块给黛塔，她还是不吃。她告诉他，她知道他们想对她做什么事，想怎么样就怎么样吧，没有必要先琢磨着把她给毒死。她说这话装得很害怕似的。

埃蒂是对的，枪侠不由陷入沉思。这女人把她自己记忆中的每一个环节都留存下来了。她记得昨晚发生在她身上的每一件事情，虽说她真的是睡着了。

她认准他们给过她那种闻着有股尸体腐味的肉，还在那儿嘲笑她，自己一边吃着蘸盐的牛肉，对着瓶子喝啤酒。她还记得他们时不时弄几片好吃的东西在她眼前晃悠，当她用牙去咬时又闪开了——他们在一边开怀大笑。在黛塔·沃克的世界里（或至少是她的意识中），操他妈的白鬼子对深色皮肤女人感兴趣的只有两桩事情：强奸或嘲笑。或是两样同时干。

这真是太搞笑了。埃蒂·迪恩最后一次见到牛肉是在那趟航班的机舱里，而罗兰吃完他最后一条牛肉干以后就再也没见过牛肉那玩意儿，只有上帝知道那是什么年头之前的事了。至于说到啤酒……他脑子里一下回到了过去。

特岙。

喝啤酒的事儿还在特岙。啤酒和牛肉。

老天，真要有啤酒可就太好了。他喉咙里很痛，要是有啤酒润润火辣辣的喉咙该多好。这倒是比埃蒂那世界里的阿斯丁还管用。

他们从她身上引出了遥远的回忆。

"对你这样的小白鬼子来说，难道我还算逊吗？"她在他们身后叽哇乱叫。"你们是不是只想卿卿我我地玩自己的小白蜡烛？"

她身子朝后一仰，尖声大笑起来，吓得一英里开外蛰伏在岩石上老窝里的海鸥都飞了起来。

枪侠坐在那儿，两手在膝间荡来荡去，想着什么事情。最后，他抬头对埃蒂说，“她说的话里面，十句我只能听懂一句。”

“我比你好些，”埃蒂回答，“我至少能听懂两到三句。这没什么大不了的。多半都是‘操你妈的白鬼子’的意思。”

罗兰点点头。“你那个世界里，那些有色人种都是这么说话的吗？还是除了她以外别人不都是这样？”

埃蒂摇摇头，笑了。“不是的。我得跟你说说这些搞笑的名堂——起码我觉得挺搞笑，但也许搁在眼下这情形不那么好笑。这些都不是真的。不是那样的，她自己甚至都不知道。”

罗兰默不作声地看着他。

“记得你给她揩额头的时候，她怎么假装自己害怕水吧？”

“记得。”

“你知道她是装的？”

“开始不知道，但很快就明白了。”

埃蒂点点头。“这是一种表演，她知道这是一种表演。她是个狡猾的戏子，她把我们两个都给蒙住了一阵。她说话的方式也是一种演戏。只是演得不怎么地道。太蠢了，该死的装模作样！”

“你相信当她这么做的时候，她以为自己装得还像回事儿？”

“是的，有本书叫《曼丁戈》①，我以前看过那本书，那里面有个黑人，还有《飘》里面的黑人嬷嬷——她好像在这两个角色之间串来串去。我知道你不了解这些名字，但我想说的是她说的那些其实都是套话。你明白那意思吗？”

“那意思是，她总要叨咕有人会对她怎么样，其实都是没影

---

① 《曼丁戈》(*Mandingo*)，美国作家凯勒·昂斯托特一九五七年出版的长篇小说，一九七五年拍摄成同名电影。

儿的事情。”

“是的。那样的话我连一半都说不出。”

“你们这两个小子还没吹蜡烛吗?”黛塔的声音嘎啦嘎啦的变得更粗哑了。“难道你们还玩不起来? 不会吧?”

“快走吧。”枪侠慢慢站起来。他摇晃一下,瞧见埃蒂在看着他,露出一个微笑。“我不会有事的。”

“还能挺多久?”

“一直挺到必须挺到的时候。”枪侠回答。这声音中的冷静让埃蒂不寒而栗。

12

这天晚上,枪侠用最后一发确凿可用的弹药猎杀了大螯虾。他打算第二天晚上把那些被视为哑弹的弹药一个个兜底儿试过来,其实他知道大多数是没法用的,接下去就像埃蒂所说:他们只能把那些该死的东西砸死了。

这一夜跟其他夜晚一样;升火,烧煮,剥壳,吃——现在吃东西的速度慢下来了,已经失去了旺盛的食欲。*我们只是在吞下去*,埃蒂想。他们拿食物给黛塔吃,后者只是尖叫着大笑着诅咒着,问他们还要这样把她当傻瓜要到什么时候,接着身子就拼命地左右乱甩,丝毫也不在意这样会使自己的骨骼被箍得更紧,她只想着把轮椅颠翻,这样他们在吃东西之前只能先把她松绑。

就在她这诡计得逞之前,埃蒂攥住了她,枪侠拿石块把两边的轮子卡住。

“你能安静点,我会把绳子松开。”枪侠对她说。

“这样你就可以操我的屁股了,操你妈的!”

"我不明白你的意思是同意还是不同意。"

她看着他,眼睛眯缝起来,心里猜测着这平静的声音里面隐藏着什么,(埃蒂也是这么想的,但他不可能问出来,)过了一会儿,她生气地说,"我挺安静的。我已经饿得不能动弹了,你俩小子得给我找点像样的食物,难道你们想把我饿死?你们是这么打算的吗?你们想来哄我还太嫩了点呐,我从来不吃有毒的玩意儿,这准是你们的诡计。想把我饿死。好吧,让我们瞧瞧,当然啦,我们得瞧瞧。我们当然得瞧瞧。"

她又朝他们咧嘴一笑,那怪样能瘆进你骨头里去。

不一会儿她就睡过去了。

埃蒂摸摸罗兰的脸颊一侧。罗兰看着他,没有躲开他的触摸。

"我挺好的。"

"是啊,你是大能人嘛。好啊,我告诉你,能人,我们今天没走多远。"

"我知道。"还有就是使完了最后可用的弹药,但至少今晚别让埃蒂知道这事了。埃蒂虽说没生病,却很累了。太累了,经不起坏消息的刺激。

不,他是没生病,还没有,可如果这么下去而得不到休息,累到头了,他就该生病了。

在某种程度上,埃蒂已经不对了。他们两个都是这样。埃蒂的嘴角的疱疹越来越多,身上皮肤也布满了斑斑点点的疱疹。枪侠能感觉到自己的牙床都松动了,而脚趾间的皮肉已裂开血口子了,剩下的手指也和脚趾一样。他们是在吃东西,但吃的都是同样的东西,日复一日。他们还能这样继续吃一段时间,但他们最后毙命之际,却像是死于饥馑。

在这干燥之地我们却得了海员病,罗兰想。简直就是这么

回事。真好笑啊。我们需要水果。我们需要绿色蔬菜。

埃蒂朝那边的女人点点头:“她还会折腾出什么破事让我们难受难受。”

“除非另外那个能够回来。”

“那当然好,但我们不能指望这事儿,”埃蒂说。他拿了根烧焦的木头在地上胡乱涂画着。“下一道门的情况你知道吗?”

罗兰摇摇头。

“我想知道的是第一扇门到第二扇门之间的距离,第二扇门到第三扇门之间的距离跟它是不是一样,我们可能陷进他妈的深坑里了。”

“我们现在就陷在深坑里。”

“陷到脖颈了,”埃蒂郁闷地说,“我在想要走多远才能弄到水。”

罗兰在他肩膀上拍了拍,这个关爱的动作可是少见,弄得埃蒂使劲眨巴眼睛忍住眼泪。

“有一桩事那女人是不知道的。”他说。

“噢?是什么?”

“我们这些操他妈的白鬼子要走很长时间去找水。”

埃蒂大笑起来,他笑得太厉害了,用手捂住嘴,以免闹醒了黛塔。今儿一整天他可是受够了她了,拜托千万别醒来吧,谢啦。

枪侠看着他,微笑着。“我要去睡了,”他说。“你——

“——留点神儿。行啊,我知道。”

13

很快尖叫就来了。

埃蒂将自己的衬衫扎成一个卷儿把脑袋靠在上面，感觉才睡着了一会，大约只是五分钟的样子，就听到黛塔尖叫起来。

他马上醒来，准备应付任何不测之事，不管是从海底爬上来某个大螯虾的国王来为它的子民们报仇，还是从山上蹿过来的什么恐怖怪兽。他似乎是马上就醒过来的，但枪侠已经左手拿着枪站在那儿了。

“我只是想试试你俩小子脑子里是不是有根弦绷着，”她说。“没准会有老虎。这儿的地盘好像够它们玩的。我是想看看如果有老虎爬出来，这么一喊会不会把你俩小子及时喊醒。”可是她眼睛里一点没有惧怕的神色；那眨巴着的样儿只是开心好玩而已。

“老天。”埃蒂晕晕乎乎地说。月亮刚刚升起；他们只睡了不到两个钟头。

枪侠把枪塞回枪套。

“别再这么折腾了。”枪侠对轮椅里的女人说。

“如果我还这么玩你怎么着？奸了我？”

“如果我们会来强奸你，你马上就玩完了，”枪侠不动声色地说，“别再这么折腾了。”

他这又躺下，盖上毯子。

老天，上帝啊，埃蒂想，怎么会这么乱七八糟的，真他妈的……这念头还在那儿盘桓，她又用那直遏云霄的尖叫把他从极度困乏的睡意中拽了出来，那尖叫简直像报火警，埃蒂又一次爬起来，全身都像冒了火似的，两手攥成拳头，而她却大笑起来，她的笑声粗嘎而狂野。

她想一直这么玩下去，他厌倦地想。她就老是这么醒着，观察我们，一看我们真的睡熟了，她就马上张开嘴巴再嚎叫起来。她就老是这么玩下去，玩下去，玩下去，一直喊到自己再也喊不出声音为止。

她的笑声突然停止了，罗兰站在她跟前，这个黑影遮住了月光。

“你闪开点，灰肉棒，”黛塔嚷嚷着，然而声音里带着一丝紧张的颤抖，“你可拿我没辙。”

罗兰在她面前伫立片刻，埃蒂确信，确信无疑，枪侠已经达到忍耐的极限了，他会狠狠地给她一下，就像拍一只苍蝇。然而，出乎意料的是，他在她面前单膝跪下，像一个要求缔结婚约的求婚者。

“听着，”他开口道，埃蒂惊愕地听到罗兰这话音里有一种谦和的口吻。他在黛塔脸上也看到同样的惶然无措，只是惊讶中还有一种骇然之色。“听我说，奥黛塔。”

“你叫谁奥—黛塔？那又不是我的名字。”

“闭嘴，母狗，”枪侠咆哮道，但随即又变回了谦和、圆润的声音，“如果你听见了我说的话。如果你能够最终控制住她——”

“你干吗这么副腔调对我说话？你好像是跟另外一个人在说话？你还是快点滚开吧，白鬼子！马上滚开，你听见我说的话了吗？”

“——叫她闭嘴。我可以强制她闭嘴，但我不想这么做。铁腕的强制手段是一种危险之措，人们厌恶这种事情。”

“你快点滚蛋，操你妈的你这白鬼子搞什么神神叨叨的名堂！”

“奥黛塔。”他的声音有如绵绵细语，像飘来一阵细雨。

她一下子沉默了，两眼睁大瞪着他。埃蒂这辈子都没有在人类的眼睛里见过这般仇恨夹杂着恐惧的神色。

“我想如果把这母狗扁死，她是不会在意的。她想去死，也许还更糟。她想要你也死。但你没有死，现在还没死，况且我觉得黛塔也不是楔入你生活中的什么新的烙印。她对你太随意了，也许你会听见我说的话，也许你可以制住她，虽说你还没有显示出这种控制力。”

“别让她再弄醒我们了，奥黛塔。”

“我不想对她行使暴力。

“可是如果有必要，我会的。”

他站起身，没有回头看一下，重新把自己裹进毯子，马上就睡着了。

她仍然瞪着他，眼睛睁得老大，鼻孔喘着粗气。

“白鬼子，神神叨叨的牛屎玩意儿。”她嘀咕了一声。

埃蒂也躺下了，但这回他久久不敢入睡，虽说困得要命。他强撑着睁大眼睛，准备着再次听到她的尖叫，再次惊跳起来。

三个钟头，或者过了更久，月亮已经转到另一边去了，他终于睡过去了。

黛塔那天晚上再也没有发出尖叫，也许是因为罗兰威胁过她，也许是她想歇歇嗓子准备下一次闹腾得更凶，也许，也不排除有这种可能——奥黛塔听见了罗兰说的话，照着枪侠的要求控制住了她。

埃蒂最后是睡着了，但醒得很突然，精神没有恢复过来。他往轮椅那边望去，怀着一线希望祈愿在那儿看到的是奥黛塔，上帝啊，今天早上请你让奥黛塔现身吧。

“早上好，白面包儿，”黛塔说着，露出鲨鱼一样的牙齿朝他笑笑。“我还以为你得一觉睡到中午呢。真要那样，你就什么都干不成了，西不西啊？我们还得上路呢，不就是这回事吗？肯定的！我想大部分活儿还得你来干，因为那家伙，那个眼神古怪的家伙，他一直那么病恹恹地看着我，我肯定他病得不行了！是的！我看他吃不消再折腾下去了，就算有烟熏肉吃，就算你俩用小白蜡烛爽过几回也不行了。我看呐，我们走吧，白面包儿！黛塔会一直跟你在一起的。”

她眼睑挂下了，声音也压低了；她用眼角狡黠地瞟着他。

“别把他惊醒了，不管怎么着。”

这一天你会牢牢记住的，白面包儿，那双狡黠的眼睛肯定地表示。这一天你会记住很久，很久。

肯定。

14

这一天他们走了三英里，也许还不到一点。黛塔的轮椅卡住了两次。一次是她自己弄的，她的手指又不知不觉地伸到手刹车那儿刹住了轮椅。第二次陷进了一个流沙坑，埃蒂自个儿把轮椅推出沙坑，这该死的沙坑实在太折磨人了。这时天快要黑下来了，他心里慌乱起来，心想这工夫可能没法把她弄出沙坑了，弄不出来了。他胳膊颤抖着，最后奋力一推，推得太重，把她给颠出来了，就像是汉普蒂·邓普蒂①从墙上掉下来了，他和罗兰费了好大劲儿才把她扶起来。他们还好出手及时，绕在她胸前的绳索这时套到了脖子上，罗兰打的一个活结差点把她给勒死。她那张脸涨成了滑稽的青蓝色，有一会儿还失去了知觉，但她喘过气来又粗野地大笑起来。

让她去，何不让她去呢？罗兰跑过去松开活结时，埃蒂差点这么嚷嚷出来。让她勒死好了！我不知道她是不是像你说的就

① 汉普蒂·邓普蒂（Humpty Dumpty），西方童谣中一个从墙上摔下来跌得粉碎的蛋。

想这样，但我知道她想把**我们**……既然如此，让她去好了！

随即他想起了奥黛塔，（他们在一起只有一小会儿，那好像是发生在很久以前的事情，记忆都有些模糊了，）连忙赶过去帮忙。

枪侠不耐烦地用一只手把他推开。“这儿只有一个人的地儿。”

绳索松开了，那女人大口大口地呼吸着，（同时爆发出一阵愤怒的大笑，）他转身看着埃蒂，几乎有点责备地说。“我觉得我们应该停下来过夜了。”

“再走一会儿。”他几乎是恳求了，“我还能走一小段。”

“当然啦，他还有点力气嘛，他挺会来这一套的，他还留着点力气晚上跟你玩小白蜡烛呢。”

她还是不吃东西，那张脸已经瘦得棱角毕露，眼睛都深深凹陷进去了。

罗兰看也不看她一眼，只是仔细看着埃蒂，最后点点头说。“只走一小会儿。不要太远了，只一小会儿。”

二十分钟以后，埃蒂自己喊停了。他感到自己的胳膊活脱脱成了杰尔-奥①了。

他们坐在岩石的阴影下，听着海鸥的叫声，看着潮水冲向海岸，等待太阳下山，那时候大螯虾就该探头探脑地出来活动了。

罗兰怕让黛塔听见，压低着嗓子跟埃蒂说话，他说他们大概没有可用的弹药了。埃蒂听了嘴角便稍稍挂了下来，好在没有整个儿拉下脸。罗兰很感欣慰。

“你得独自拿石块砸它们脑袋，”罗兰说，“我身体太虚了，搬不动大石头……现在还很虚弱。”

---

① 杰尔-奥（Jell-O），美国的一种果冻商标，这里指果冻。

埃蒂现在成了那个动脑筋的人。

他不喜欢这样说话。

枪侠一路扫视过去。

“别担心，”他说，“别担心，埃蒂。这是，是那个。”

“命运。”埃蒂说。

枪侠颔首微笑。“命运。”

“命运。”埃蒂说，他们互相看了一下，两个人都大笑起来。罗兰看上去有点错愕，也许甚至还隐隐约约有点惧意。他很快收住笑容。笑声停下时他看上去神思恍惚，那样子有点忧郁。

“你们笑得这么欢，西不西在一起爽过了?”黛塔粗嘎的嗓门向他们喊过来，声音已变得衰弱了。“你们是不是打算要戳戳了？我就想看戳戳！要看戳戳!”

15

埃蒂砸死了一只。

黛塔还是不肯吃。她看着埃蒂吃了半块，想要他手里的另一半。

“不是这块!”她说，眼睛闪闪地盯着他。“不是**这块**！你把毒药弄到另一头上了。你想把放了毒药的那一头给我。”

埃蒂什么也没说，把另一端撕下搁进嘴里嚼起来，吞了下去。

“不是这么回事，”黛塔愠怒地说，“离我远点儿，灰肉棒。”

埃蒂没走开。

他又给了她一块肉。

“你撕下一半。不管哪一块，只要是你自己想要的那一块，你给我，我就吃，然后你吃剩下的。”

“我从来不上白鬼子的当。查理先生。照我说的拿走吧，照我说的做。”

16

她这天晚上没有尖叫……但第二天早上，她还在那儿。

17

这一天虽说黛塔没在她的轮椅上做手脚，他们也只走了两英里；埃蒂想她大概太虚弱了玩不动那些鬼鬼鬼祟祟的破坏活动了。也许她看出那对他们不起作用。现在三个最可怕的因素要命地凑到了一起：埃蒂的厌倦感，单调划一的地貌，许多天来一成不变的生活节奏。现在事情倒是起了一点变化，那就是罗兰的身体状况日渐衰败。

接下来流沙坑少了，但这不能算作一种安慰，他们开始走上砾石杂列的地面，烂泥地越来越多，而沙地越来越少。（这地方生长着一簇簇野草，那模样像是羞于长在这种地方似的。）那么多的大石头在泥沙相间的地面上兀然而现，埃蒂发现自己在这些石块之间绕来绕去，就像先前推着女人的轮椅绕着流沙坑走一样。过不了多久，他就该发现根本没有海滩了。那些深棕色的沉郁的山丘，渐而离他们愈来愈近。埃蒂可以看见山峦间那些横七竖八的沟壑，像是可怕的巨人用钝刀砍削过的肉块。那天晚上，入睡之前，他听见了那边山里面好像有一只很大的猫在尖声号叫。

海滩以前似乎无边无际，现在他意识到那快到尽头了。就在前头北边的某个地方，那些山丘会渐渐消失。渐而趋于平缓的丘陵一步一步向海边延伸，伸进海里，它们在那儿先是会成为一个海岬，或是半岛那类地形，往后，就会成为列岛。

这想法让他烦心，但更烦心的是罗兰的状况。

这一回，枪侠大伤元气，似乎没有多少体力可以让高烧消耗了，他渐渐虚脱，整个人变得像一层纸似的。

那条红丝又出现了，毫不容情地沿着他的手臂往上延伸，已经到了肘弯那儿。

最后那两天里，埃蒂始终在朝前方眺望，望向很远的远方，祈望能看见一扇门。最后两天里，他还等待着奥黛塔的再度出现。

两者都没有出现。

那天晚上睡着之前他想到了两件可怕的事情，就像某些笑话里的两个扣子：

如果没有门，该怎么办？

如果奥黛塔死了，该怎么办？

18

“快起来照照他看，白鬼子！”黛塔把他从迷迷糊糊中喊了起来，“我想这会儿只剩下你我两个啦，蜜糖儿宝贝。我想你那宝贝朋友这下玩完了。我相信你那朋友终于奔地狱里去操着玩了。”

埃蒂恐惧地看着裹成一团睡在地上的罗兰，看了好一阵，心想也许这母狗说对了。但罗兰动弹了一下，愤怒地咕哝一声，硬撑着坐起身来。

“好啦，瞧这儿吧！”黛塔叫喊得太多了，这会儿喉咙根本喊不响了，只是咿咿呀呀地发出一些怪声，像是冬天门缝底下的风。“我还以为你死了呢，大人先生！”

罗兰慢慢站起来。一边打量着埃蒂，像是踩着一架看不见的梯子往上而去。埃蒂感到一阵夹杂着歉意的愠恼，这是一种非常熟悉的情绪，带点怀旧滋味。过了一会儿，他明白了，那是他和亨利一起看电视拳击转播时他出现过的情绪，一个拳手打倒了另一个，打得他很惨，打了又打，打了又打，观众可能都会为流血而欢呼，亨利也为流血而欢呼，但惟独埃蒂坐在那儿，感到一阵歉意的愠恼，那是一种说不出的厌恶；他坐在那儿真想把自己的思绪投向裁判：*喊停呀，你这家伙，难道你他妈是瞎子吗？他躺在那儿都快死了！* **快死了！** *他妈的快停止比赛吧！*

可是现在没法停止这种比赛。

罗兰用他那双被高热烧灼得像鬼魂似的眼睛看着她。“许多人都曾那样想过，黛塔。”他看着埃蒂，“你准备好了？”

“是的，我想是的。你呢？”

“我没事。”

“你行吗？”

“行啊。”

他们上路了。

大约十点钟的样子，黛塔开始用指尖抚摸她的太阳穴。

“停下，”她说。“我好像病了。我好像要吐。”

“也许你昨儿晚上大餐吃得太多了，”埃蒂说着继续往前推。“你本来应该放过甜食，我跟你说过巧克力蛋糕太饱肚。”

“我要吐了！我——”

“停下，埃蒂！”枪侠说。

埃蒂停住了。

轮椅里的女人突然狂乱地扭动起来，好像电流突然通过这具躯体。她两眼瞪得老大，却并没有朝什么地方看。

“我打碎了你那老蓝太太的臭盘子！”她尖叫起来，**“我打碎了盘子，我他妈的太高兴了——”**

她突然连着轮椅朝前一扑。如果不是身上绑着绳子，人就翻出去了。

上帝，她死了，她被什么东西击了一下就死了，埃蒂想。他绕着轮椅看了一圈，心里想着这没准是她的诡计或什么把戏吧，刚才突然惊跳起来，现在突然又没动静了。他和罗兰面面相觑，从他眼里什么也看不出来。

这时候她呻吟起来。她两眼睁开了。

*她的*眼睛。

*奥黛塔的*眼睛。

“亲爱的上帝啊，我又晕过去了，是不是？”她问，“很不好意思，你们不得不捆住我。我那两条不顶用的腿！我想我能坐起来一点，如果你们——”

这当儿罗兰的双腿慢慢地瘫软了，他终于昏倒在地，此处距离西部海滩尽头三十英里之遥。

重新洗牌

重新洗牌

1

对埃蒂·迪恩和这位女士来说，剩下的海滩之路，似乎不再是疲累的跋涉。他们简直是在飞行。

显然，奥黛塔·霍姆斯仍然不喜欢罗兰也不信任他，不过她能体谅到他那种窘迫的状况已是多么糟糕，而且还只能硬着头皮去面对这一切。现在，埃蒂觉得自己不再是推着一堆钢管、合成橡胶和人体凑合在一起的死沉死沉的玩意儿，而几乎像是推着一架滑翔机。

推着她。以前我密切留意着你，这很重要。眼下我只会给你拖后腿。

他几乎马上就领悟到枪侠的思虑何其周到。埃蒂推着轮椅；奥黛塔一上一下地摇着轮圈。

枪侠的一把左轮枪别在埃蒂裤腰带上。

你还记得我跟你说过你得留点神，而你却没当回事吗？

记得。

我再告诉你一遍：保持警觉。每时每刻。如果她的另一半重新回来，你得出手，一秒钟也不要犹豫，照她脑袋来。

如果把她打死了怎么办？

那就结束游戏。可是她要是杀了你，也一样结束。如果她重现身形，她会这样做的。她会的。

埃蒂没有想过要离他而去。晚上再没有猫儿尖声惊叫的动静了（虽然他还在琢磨着这事儿）；毫无疑问，罗兰已成了他在这世上唯一的行动准则了。他和奥黛塔都不属于这儿。

不过他仍然觉得枪侠是正确的。

“你想歇会儿吗?”他问奥黛塔,“你得吃点东西了。少吃点。”

“还不用,”她回答,声音听上去却很疲惫,“待会儿吧。”

“好吧,但你还是别摇了吧。你太虚弱了。你的,你的胃,你该知道。”

“没事。”她回答,她闪着一脸汗珠,给了他一个微笑。这种笑容既能让他变得多愁善感,也会使他刚强起来。他简直可以为这微笑去死……他想他也许会的,如果有必要。

他盼着上帝保佑别这么糟下去了,然而事情肯定是越来越糟了。眼下这局面成了令人惊惧的磨难之旅。

她把手搁在膝盖上,他继续往前推行。留在身后的轮椅辙印愈来愈浅,海滩地表愈来愈坚实了,但地面上散落许多粗粝的砾石,不小心会坏事的。在速度很快的行进中你不会留意到那些玩意儿。万一弄出什么事儿会伤着奥黛塔的,那可就糟了;这样的事故没准也会毁了轮椅,那样对他们可就太糟糕了,尤其是枪侠,这一来得玩完,几乎可以肯定。倘若罗兰死了,他们可能就永远陷在这个世界里了。

罗兰病得厉害,身体实在虚弱,埃蒂必须面对这样一个简单明白的事实:这儿的三个人,有两个是行动不便的残疾人。

希望和机会在哪里?

轮椅。

轮椅就是希望,全部的希望,其实什么也不是,只是希望。

帮帮他们,上帝。

2

埃蒂把枪侠拖到岩石下面一处地表裸露的阴凉处,他短暂地恢复了知觉。他脸上原先灰蒙蒙的地方这会儿显出了一片潮红。他胸部疾速起伏。那只右胳膊上已像蛛网虬结似的布满了红丝。

“让她吃东西。”他沙哑地对埃蒂说。

“你——”

“别管我。我没事的。让她吃。她现在会吃的。你需要她的力量。”

“罗兰，如果她是假扮的，那可——”

枪侠做了个不耐烦的手势。

“她什么都不会假扮的，变化只是在她身体里面。我知道的，你也知道。她那张脸不会做假。给她吃，看在你老爸的情分上，她一吃完，你就回到我这儿来。从现在开始计算每一分钟。每一秒钟。”

埃蒂站起身来，枪侠从后面拽住他的左手，不管有没有病，他身上那股劲儿依然如初。

“不要提起另一个的任何事情。不管她跟你说什么，不管她怎么解释。也别跟她拌嘴。”

“为什么？”

“我不知道。我只知道这么做没错。现在照我说的去做吧，别再浪费时间！”

奥黛塔静静地坐在她的轮椅里，用温和而略显惊讶的眼睛眺望着远处的大海。埃蒂递给她一块昨晚剩下的龙虾肉，她有点歉意地微笑着说，“我要能吃我就吃了，”她说，“可你知道后果会怎样。”

埃蒂不明白她说的是什么意思，只是耸耸肩说，“再试一下又没害处。你得吃东西，你知道，我们还得一个劲儿往前赶路呢。”

她笑笑，抚摸一下他的手。他感到像是一股电流从她身上传过来。这是她，奥黛塔。他和罗兰都知道是她。

“我爱你，埃蒂。你已经这样费心地劝我了。这样有耐心。他也一样——”她向岩石那边枪侠躺卧之处点点头，投去一瞥。“——可是他硬得像块石头，很难去爱他。”

“没错，难道我还不知道。”

“我再试试吧。”

“为了你。”

她微笑着，他感到整个世界都为她而感动，因为她，他想道：求求你上帝，我从来没有得到过这么多，求求你别让她离开我。求你了。

她接过那块肉，鼻子很滑稽地扭了扭，朝上看看他。

“我一定得吃？”

“只要一口吞下就行了。”他说。

“我以后再也不会吃扇贝了。”她说。

“你说什么？”

“我记得告诉过你。”

“也许吧。”他说着挤出一丝紧张的笑容。枪侠说过这会儿不能让她觉察那另者在他意识中赫然而现。

“我十岁还是十一岁的时候，我们拿它当晚饭吃。我讨厌这种味道，像是橡皮球似的，吃到后来，我把它全都呕出来了。后来就再也没吃过。可是……”她叹了口气。“就像你说的。我会一口吞下去的。”

她把一块肉塞进嘴里，像是小孩吞下一汤匙苦药。一开始她慢慢咀嚼，接着就越嚼越快。她吞下去了。又吃第二块。再咀嚼，再吞下去。再吃。后来她几乎狼吞虎咽了。

“慢慢来！”埃蒂说。

“这肯定是另一种玩意儿！肯定是另一种！”她欢愉地看着埃蒂，“随着我们的行程拉长，海滩上这玩意儿品种也变了！我不像原先那么反感了。好像是，好像不那么恶心了，像以前……我使了好大劲才咽下去，是不是？”她直率地看着他，“我吞得非常辛苦。”

“是啊。”在他自己听来，他的声音就像是从遥远之陬传来的无线电信号。她以为她每天都在吃，然后又把吃进去的所有的东西都呕出来了。她觉得这就是她如此虚弱的原因。全能的上帝啊。“是啊，你真是吃得辛苦死了。”

“现在尝着——”这话说不顺溜是因为这会儿她嘴里塞得满满当当的。“尝着味道还挺不错的！”她笑了。好像真的很美味，真的那么喜欢。“很快就咽下去了！我得补充些营养！我知道！我感觉到了！”

“只是别吃过头了，”他小心地提醒道，递给她一个水囊。“你以前可不这样。所有的——”他吞下了这句话，可是那几个词已经出声地(至少在自己喉咙里)咕哝了一下。“都让你吐掉了。”

“是的，是的。”

“我得去跟罗兰聊几分钟。”

“好吧。”

他正要离去，她又拉住他的手。

“谢谢你，埃蒂，谢谢你对我这么耐心。还得谢谢他。”她郑重地顿了一下。“谢谢他，别对他说他让我害怕。”

“我不会的。”埃蒂答应着，回到枪侠那儿。

3

虽然她不能推，但奥黛塔确实帮了忙。这位坐轮椅的女性这样迂回穿行很长时间了，她以一个女性的预知力穿过了一个世界——多年来像她这样的残疾人的能力根本不被承认的世界。

“左边，”她喊道，埃蒂便从左边绕过去，从一块黏黏糊糊的砾石旁擦身而过，那块东西像鼓凸的烂牙似的矗在那儿。以埃蒂自己的眼力，也许能看到……也许不能。

“右边，”她命令，埃蒂朝右一拐，正好避开一个已经不常出现的流沙坑。

最后他们停了下来，埃蒂躺倒在地，喘着粗气。

“睡觉，”奥黛塔说，“睡一个小时。我会叫醒你。”

埃蒂看着她。

“我不骗你。我看你朋友那模样，埃蒂——”

“他其实不是我的朋友，你知——”

“我知道时间有多重要。我不会出于糊涂的怜惜让你睡过一个钟头。我很清楚太阳的位置。你把自己累坏了对那个人也没好处，是不是？”

“是的。”他这样说，心里却想：*可是你并不理解。如果我睡着了，黛塔·沃克又回来了，那怎么办——*

“睡觉，埃蒂。”她说，埃蒂实在太累了，什么也做不了，只能听她的。他睡着了。她照她说的一个小时后叫醒了他，她仍然是奥黛塔，他们继续向前走，现在她又摇起轮圈帮着一道前进。他们朝北而去，海滩渐渐消失，朝着埃蒂一心盼望而一直没有看见的门走去。

4

他让奥黛塔吃下多日来的第一顿饭，然后又回到枪侠那儿，罗兰看上去好些了。

“蹲下来。”他对埃蒂说。

埃蒂蹲下来。

“给我留下那半袋水。我只要这个。带上她去找那扇门。”

“那如果我找不——”

“找不到？你会找到的。前边两扇门都有了；这扇门一定会有的。如果今天太阳落山前你能赶到那地方，在那儿等天黑下来，杀两只虾吃。你得给她打理吃的，也要尽可能地保护她。如果你今儿到不了，就得杀死三只。给。”

他把自己的一把枪递给他。

埃蒂对这玩意儿沉甸甸的分量依然怀有崇敬和惊讶。

“我猜这里面的弹药都得哑火。”

“也许吧。不过装进去的都是我觉得受潮程度最轻的子弹——三颗是从左边的枪带上找出来的，右边还有这三颗。有一颗肯定是好的，其余两颗要看你的运气了。别用它来打那些爬行动物，别去试。”他的眼睛打量一下埃蒂。“那儿没准会蹿出别的什么东西。”

“你也听见了，是不是？”

“如果你是指山丘里传出的那些吼叫，是的。如果你是说什么可怕的怪人，就是你眼神里表示的那玩意儿，不是。我从灌木丛里听见过那野猫似的叫声，得有那怪人四个那么大的身子才能喊出这般巨响。这玩意儿可不是什么你能用棍子撵走的东西。不过，你得留意她。如果她那另一半回来了，你也许就该——”

“我不会杀了她的，如果这就是你想说的！”

“那你必须打伤她的手臂，明白吗？”

埃蒂不情愿地点点头。该死的子弹没准都不管用，所以他都不知道如果一旦有事该如何对付。

“你找到了那扇门时，就留下她。尽可能把她遮蔽好，然后带着轮椅返回我这儿。”

“枪呢？”

枪侠目光灼灼地逼视着他，埃蒂不自觉地把脑袋扭开去了，而罗兰像是拿着火把照他的脸。“上帝啊，这还用说吗！在她的另一半随时可能回来的情况下？留给她一把上了弹药的枪？你没发疯吧？”

“那些弹药——”

“去他妈的弹药！”枪侠喊着，声音随风飘开。奥黛塔转过头来，朝他们看了好一会儿，又转过去看大海。“不能留给她！”

埃蒂压低嗓音免得风儿又把声音带过去。“我来你这儿的路上，那儿要是出了事该怎么办？要是那种叫声像是有四个野猫那么大的家伙出来该怎么办？要是出来一个棍子撵不走的东西该怎么办？”

“给她一堆石头。”枪侠说。

“石头！老天都要哭了！伙计，你真他妈是堆狗屎！”

“我在想啊，”枪侠说。“有些事儿你似乎不会这么想。我给你的枪能让你在去的一路上保护她，避免你说的那种危险。我要是把枪拿回来你会高兴吗？那样，到时候你也许得为她去死。你那就高兴了？还挺浪漫啊……可是到时候，恐怕不仅是她，我们三个都得玩完。”

“说得头头是道。不管怎么说，你还是一堆狗屎。”

“别再骂我了，你是去还是呆在这儿。”

“你忘了一件事。”埃蒂愤愤地说。

“什么？”

“你忘了告诉我，叫我长大。亨利以前总是这么对我说的。

‘噢，长大吧，孩子。’”

枪侠泛露微笑——疲惫的，非常美丽的微笑。“我想你已经长大了。你去还是不去？”

“我得走了，”埃蒂说，“你吃什么呢？她把剩下的都吃光了。”

“他妈的这堆狗屎会自己想办法的。多年来一直能想到办法。”

埃蒂眼睛挪开去。“我……这么骂你，我得说我很抱歉，罗兰。这真是——”他突然尖声尖气地笑了起来，“这真是非常烦人的一天。”

罗兰又露出微笑。“是啊，”他说，“是的。”

5

这一天的长途跋涉是他们走得最顺利的一回，可是当海面上金色阳光黯淡下来时，他们依然没能看见门。虽然她说自己再撑半个钟头一点没事，他还是喊停了，把她从轮椅里弄出来。他把她抱到一块平整的地面上，那儿相当平滑，他从轮椅里拿出靠垫和坐垫铺在她身下。

“上帝啊，这么伸展身子躺下真好啊！”她叹息道，“可是……”她皱起眉头。“我一直在想着留在那边的人，罗兰，他独自一人在那儿，这么一想我简直不能享受这些了。埃蒂，他是谁？他是干什么的？”接着，几乎是转念之间她又问：“他为什么老是那么大喊大叫？”

“我想那只是他的天性。”埃蒂说着便转身去找寻石块。罗兰并不总是在叫喊。他想今天上午也许是喊得响了些吧——**去他妈的**弹药！——但其余的只是一些错误记忆：这段时间她是以奥黛塔的想法在琢磨事儿。

他照枪侠的吩咐杀了三只大螯虾，最后他有意地放过了第四只，那只东西在他右边转悠，几乎一眨眼就溜了。他看它爬动着，刚才他的脚就站在那地方，他由此想到枪侠丢失的手指。

他把大虾搁在干柴燃起的大火上烤炙——地盘日广的山峦和愈益茂盛的植被使得找寻燃料变得越来越容易，这当儿——白昼的最后一缕光线从西面的天空消逝了。

“瞧啊，埃蒂！”她喊道，手指向天空。

他抬眼望去，看见一颗星星在茫茫夜空闪烁着。

“是不是很美啊？”

“是的，”他说，突然间，眼眶里毫无来由地蓄满了泪水。他这辈子该死的人生都在哪儿浪荡啊？他转悠过哪些地方，都做了些什么，他做那些事儿时都跟谁在一起，为什么他突然感到自己是那么肮脏不堪，为什么他突然陷入深深的自惭？

在这样的星光下，她仰起的脸庞真的很美，无可置疑地美，然而这种美丽的拥有者本人对此却毫不知情，她只是睁着好奇的眼睛注视着星星，发出温柔的笑声。

“星星闪光，星星闪亮，”她说着说着，停下。看着他。“你理解吗，埃蒂？”

“是的。”埃蒂仍是低着头。他的声音很清晰，如果他抬起头来，她会看见他在流泪。

“那么来帮我一把，你也得看看啊。”

“好的。”

他用手掌拂去眼泪，和她一起看着星星。

“星星闪光——”她看着他，他也和她一起说，“星星闪亮——”

他伸出手，触摸着，他抓住了，一个是芬芳的棕色的淡巧克力，另一个是怡人的白色的鸽子胸脯。

"我看见了今晚的第一颗星星，"他们同声庄重地说，这一刻，他们是男孩和女孩，不是男人和女人(也许过后会是)。天完全黑下来了，她问他睡不睡觉，他说不睡，她问他能不能搂着她，因为她感到冷；"真希望我能，真希望我能——"

他们对视着，他看见泪水从她脸颊上滚落下来。他自己的泪水又淌落下来，在她的注视下他任由自己的眼泪流淌。这没有什么可羞愧的，有的只是难以言述的释然。

他们互相微笑着。

"如果要许愿，我愿意是今天晚上。"埃蒂边说边想：*求求你了，一直是你好吗？*

"如果要许愿，我愿意是今天晚上。"她回应着，心里在想：*如果我终将死在这古怪的地方，请让这死亡不要来得太沉重，让这好小伙陪着我。*

"我很抱歉，我竟然哭了。"她说着揩了揩眼睛，"我不常哭的，这回却——"

"真是累人的一天。"他堵住了她的话。

"是的，你得吃点东西，埃蒂。"

"你也该吃了。"

"但愿这肉别再让我生病。"

他朝她微笑着。

"我想不会。"

6

随后，异乡的星群慢慢跳着加伏特舞在他们头顶上旋转，他们都从未想到爱的举动可以如此甜蜜，如此充分。

7

天刚破晓他们就出发了，简直是一路狂奔，到九点钟光景埃蒂想起，当时自己真该问问罗兰，要是到了海滩尽头还没看见门该怎么办。这似乎是一个相当重要的问题，因为海滩尽头已近在咫尺，这毫无疑问。山峦越来越近，勾勒着犬牙交错的线条直逼海面。

如实说海滩已经不是海滩了；眼下的地面相当坚实而平滑。这是什么——地表径流，他猜想，或许是雨季里发过大水了（在这个世界里他压根儿没碰上这事儿，一颗雨滴也没有；天空里云层聚集了一阵，很快又散了）——把裸出地面的许多石子都冲走了。

九点三十分时，奥黛塔喊道："停下，埃蒂，停下！"

他停得太突然了，要不是她及时抓住轮椅差点就翻出去了。他顺着她指的方向把目光朝前推去。

"对不起，"他说，"你没事吧？"

"没事。"他发现自己把她的兴奋误认为是悲伤了。她指着那边："朝北边看！你看见了吗？"

他用手遮着眼睛上方张望着，却没看见什么。他眯起眼睛。这会儿他想……不，这肯定是那儿一股热气流骤然上升造成的假象。

"我看那边没什么东西，"他说着微笑一下，"也许是你心里的愿望。"

"我想我肯定看见了！"她转过喜滋滋的笑脸，对着他，"孤零零地矗在那儿！靠近海滩尽头的地方。"

他又举目眺望，这回使劲地眯起眼睛，挤得眼睛里都是泪水。这会儿他倒是觉得自己看见什么了。没错，他一边想，一边微笑着，你看见了她的愿望。

“也许吧。”这样说并不是因为他相信自己所见，而是因为她相信。

“我们走！”

埃蒂走到轮椅后面，先是在疼痛不已的后腰上揉了一阵。她回头看一下。

“你还在等什么？”

“你真看见那地方了，真的吗？”

“真的！”

“那好，我们走！”

埃蒂推动了轮椅。

8

半个小时后他也看见了。上帝啊，他想，她的眼睛像罗兰一样好，也许还更好。

两人都不想停下来吃午饭，但他们真的需要吃点东西了。他们草草吃了一顿又开路了。海浪层层卷来，埃蒂瞥向右边——西面——波涛翻腾起落。他们还是高高地走在乱糟糟的海草和海藻堆出的潮汐线上边，但埃蒂心想等他们抵达门那儿时，可能恰好处于一个很不舒服的角度——一边是岸畔，另一边是绵延的山峦。他现在就能清楚地看到那些山峦——没有宜人的景致，只有石头，上面冒出根部虬绕的矮树，像是患上风湿的膝关节，一副步履蹒跚的样儿，还有就是跟荆棘差不多的灌木丛。山丘并不很陡，可是对于轮椅来说那坡度还是太大了。他也许可以把她留在路上，也许，事实上他只能这么做，但他不喜欢把她撇在一边。

在这儿，他头一回听见昆虫的叫声。声音听起来有点像蟋蟀，但声调更高些，没有振翅而鸣的韵律——只是那种单调的像输电线路的声音：哩咿咿咿咿咿……。也是头一回，他看见了海鸥以外的鸟类。有些是那种大个儿的内陆猛禽，翅膀硬扎，他想那是鹰隼。他看见那些鸟时不时地像石块下坠似的陡直俯降。他想到狩猎。打什么呢？嗯，打些小动物吧。那也不错。

他还想到入夜以后会听到什么样的嚎叫声。

中午时分，他们能清楚地看到第三扇门了。就像另外那两扇门一样，没有任何支撑，就这么像根柱子似的矗在那儿。

“太惊人了，”他听见她轻声轻气地说，“太惊人了。”

他一板一眼地揣摸着这到底是个什么玩意儿，这个位置标志着北进之旅顺利结束。这扇门正好在潮汐线上边，而距此不到九码远的地方，山丘像一只巨人之手兀然拔地而起，上面覆盖着灰绿色的灌木丛，像是代替了汗毛。

太阳西沉之际潮水涨到了最高点；据此推断差不多已经四点钟了——奥黛塔这样说，她说过她擅长根据日光判断时辰（她说这是她的爱好），埃蒂相信她——他们到了门所在的地方。

9

他们只是朝那门看。奥黛塔坐在轮椅里，两手放在膝盖上，埃蒂坐在海边。就像是前一天晚上他们一起看星星那样——这模样，像是孩子们在瞧什么东西——但从另一方面来说，两种看法是不一样的。昨晚看星星时，他们带着孩子般的欢乐。现在，他们的神情庄重而充满困惑,好像孩子看到一个只是童话故事里才有的象征之物。

门上刻着几个字。

“什么意思呢?”奥黛塔终于发问了。

“我不知道,”埃蒂说。然而,这字迹给他带来一阵无望的寒意;他感到好像自己的心在被什么吞噬着,就像日食似的。

“你也不知道?”她一边问,一边凑近来看他。

“不。我……”他把话咽了下去,“不。”

她久久地打量他。“把我推到它背后,麻烦你。我想要看看。我知道你要回到他那儿去,但你可以帮我推过去吗?”

他照她说的做。

他们绕着高高矗立的门转了过去。

“等一下!”她喊,“你看见吗?”

“什么?”

“回去!看!留意看!”

这回他看到的不是他们奔它而来的那扇门了。他们转过来时,透视的角度使得门变窄了,出现了门铰链,那上边根本没有连结任何东西,看上去门就是那么一层……

门消失了。

从侧面看门就没有了。

他眺向海面的视觉中本该有三英寸或许是四英寸的间隔,那是门扇的木头厚度(这是一扇特别笨重的门),但眼前视线中却没有任何阻断。

门消失了。

它的影子在,而门却不见了。

他把轮椅摇回两英尺,这样他就正好处在门的南面,门的剖面又出现了。

"看见了吗?"他的嗓音断断续续。

"是啊！它又在那儿了!"

他把轮椅朝前推了一步。门还在那儿。这个角度看是六英寸。门还在。这又成了两英寸了。门还在。这样看是一英寸……随后门就不见了。整个儿消失了。

"老天!"他悄声说,"耶稣基督。"

"它会为你打开吗?"她问,"还是为我?"

他慢慢走上前去,握住了门把手——那些字就刻在这上面。

他按顺时针方向试着扭动;然后又按逆时针方向再试。

把手转动了一点点。

"行啦。"她的声音是平静的,柔顺的,"看来是为你的。我想我们都明白这一点。去吧,为了他,埃蒂,这就去。"

"首先,我要把你安顿好。"

"我会没事的。"

"不,你会有危险的,你太靠近潮汐线了。如果我把你留在这儿,天黑后那些大螯虾出来了,你会被——"

在山里,一只野猫突然号叫起来,像一把刀子突然划断了一根细弦。那东西离这儿似乎还远着,却也比别的危险更贴近。

她的眼睛朝挂在他裤腰带上的枪侠的左轮枪瞄了一下,马上就转到他的脸上。他感到脸上一阵干热。

"他告诉过你不能把枪交给我,对吗?"她柔声说,"他不想让我拿这把枪。由于什么原因,他不想让我碰这把枪。"

"弹药都潮了,"他笨拙地解释,"也许根本就不能用。"

"我明白。你把我推到高点的斜坡上去吧,埃蒂,好吗?我知道你背脊有多累,安德鲁把这叫做'轮椅痛',可你要是能把我往高点的地方再挪一挪,我就安全多了。我不知道是不是还有别的东西和它们一起出来。"

埃蒂想，潮水袭来的时候，她也许会没事……可要是那些可怕的东西出来该怎么办呢？

“给我一些吃的东西，再弄些石头来。”她说。她不知道自己竟把枪侠说的话给复述了一遍，埃蒂的脸又刷地红了。他的脸颊和前额像烤箱一样火烫。

她看着他，虚弱地微笑了，摇摇头好像听出了他心里的话。“我们别争了。我看出他是怎么回事了。他的时间非常非常紧迫，没有时间再讨论了。把我再往上挪挪，给我一些食物和石头，然后推着轮椅走吧。”

10

他尽快把她推到高处安顿好，然后摘下枪侠的左轮枪，把枪柄的一头递给她。但她摇摇头。

“他会生我们两个的气的。他气你把枪给了我，更气的是我拿了他的枪。”

“拿好！”埃蒂喊，“你怎么会想到这上边？”

“我知道的。”她说，她的声音听上去不为所动。

“那好，就算是这样，也只是你的猜测。可你要是不拿的话我会生气的。”

“搁在我身后吧，我不喜欢枪。我也不知道怎么使唤它。天黑下来以后要是遇上什么扑过来的东西，我第一是湿了自己的裤子，第二是对准自己开枪。”她顿了一下，庄重地看着埃蒂。“还有其他一些原因，你也许明白。我不想碰属于他的东西。任何东西。对我来说，他的东西也许就是我妈以前所称的晦气之物。我觉得我自己是个现代女性……但我不想在你离开以后，头顶上一片黑压压的时候有什么不吉祥的东西拽住我。”

他看看枪，又看看奥黛塔，他眼睛里依然怀有疑问。

“搁在我身后吧，”她说话的口气严厉得就像学校老师。埃蒂猝然发出一阵大笑，便照她说的做了。

“你笑什么?”

“因为你这么说话时很像海莎威小姐。她是我三年级时的老师。”

她微微笑一下，那双闪闪发亮的眼睛一直没有离开他。她柔和甜美地唱道：“天庭的夜之阴影已经降临……这是黄昏的时光……”她的眼睛转了开去，他们一起看着西边，但前一天晚上他们一起祈愿过的星星还没有出现，虽然天上的阴影已经被扯开。

“还有什么事吗，奥黛塔?”他觉得自己就想磨蹭下去。他想也许等他紧赶慢赶地回到那儿，事情都过去了呢，此刻想找借口留下的念头非常强烈。

“一个吻。我要的是这个，如果你不介意的话。”

他长时间地吻她，当他俩嘴唇分开时，她握着他的手腕，深情地看着他。“在昨晚之前，我从来没有跟一个白人做过爱，”她说，“我不知道这对你来说是不是一件重要的事情。我甚至也不知道这对我是不是很重要。但我觉得你应该知道。”

他考虑了一下。

“对我并不重要，”他说，“在黑暗中，我想我俩都是灰不溜秋的。我爱你，奥黛塔。”

她把手搭在他的手上。

“你是个讨人喜欢的年轻人，可能我也爱你，虽然说这话对我俩都还太早——”

正在这时，好像一个预兆，一只野猫的声音突然从枪侠所说的灌木丛里传出。听声音还在四五英里开外，但比他们上一次听到的已经近了四五英里，而且听上去那家伙个头还挺大。

他们转过脑袋朝向声音传出的方向。埃蒂感到自己脖子上的汗毛都竖起来了。其实没这回事。真是的，毛发竖起，他傻傻地想。我觉得这会儿头发也有点太长了。

那叫喊起初听上去像是什么生灵遭遇极其恐怖的死亡威胁（也可能只是交配的胜利者的信号）。叫声持续了一会儿，几乎让人难以忍受，接着就低沉下去，渐至低微，最后被呼啸不停的风声给淹没了。他们等着这号叫声再次出现，却再也没有了。就埃蒂的忧虑来说，这还不是什么实在的危险。他又从腰上取下左轮枪，把枪柄递给她。

“拿上，别再争了。当你确实需要它的时候，那就会派上用处的——像这种玩意儿总是这样的——但不管怎么说你都得拿上。”

“你想争下去吗？”

“噢，你可以争啊。只要你高兴，你想争什么那就争下去吧。”

她看着埃蒂近乎淡褐色的眼睛，凝视了一会儿。疲惫地微笑了。“我不想争了。”她接过了枪，“尽可能快点走吧。”

“我这就走。”他又一次吻了她，这回吻得很匆忙，几乎又要告诫她小心点儿……但沉下心来一想，老兄，在这种情况下，她还能不小心吗？

他沿着斜坡穿过重重阴影寻路下山（那些大螯虾还没有出来，但也快了），又看了看门上的字。他身上还是渗出一阵寒意。真贴切呀，这些字。上帝，它们真是太贴切了。然后他又回过头去看看斜坡。有那么一瞬间看不到她了，转而他又看见有什么东西在抖动。一只浅棕色的手掌。她在挥手。

他也朝她挥挥手，随后转过轮椅开始奔跑，轮椅前端向上翘起，显得小而灵巧，前轮翘得差不多离开了地面。他向南边跑去，那是他来的路。刚跑出去的半个钟头里，他的身影一直跟在旁边，不可思议的影子像是一个瘦得皮包骨的巨人紧紧地贴住他的运动鞋鞋底，往东面拉出一道长长的身廓。过了一阵，太阳落下，他的影子也没了，大螯虾们开始爬出水面。

他跑出十分钟左右，开始听见它们嘈嘈窃窃的声音，这时他抬头看见星星在丝绒般暗蓝色的天幕上闪闪发亮。

天庭的夜之阴影已经降临……这是黄昏的时光……

*让她平安无事。*他的腿又痛了，肺里呼出的气儿都是热乎乎的，喘息那么沉重。他还得跑第三趟，这一趟是要把枪侠送到那儿。虽然他估计到枪侠比奥黛塔重多了，起码整整一百磅，他必须保持体力，但埃蒂还是跑个不停。*让她平安无事，这是我的心愿，让我所爱的人平安无事。*

然而，就像一个不祥的恶兆，一只野猫凄厉的尖叫声陡然划破群山……这野猫听上去像是有非洲丛林里的狮子那么大。

埃蒂跑得更快了，推着面前空空的轮椅。风很快变成细细的尖叫，声儿呜咽着令人毛骨悚然地穿过悬空悠荡的前轮。

11

像是芦苇丛里发出一阵呼啸，枪侠听见这声音正在靠近，他紧张了一阵，但很快就传来沉重的喘息声，他心里马上放松了。是埃蒂。不用睁开眼睛他也知道。

呼啸声退去了，跑动的脚步声也慢了下来，罗兰张开了眼睛。埃蒂喘着粗气站在他面前，脸上都是汗。衬衫上胸脯那块地方让汗水浸出了一大片污渍。他身上那些被认为是大学男生的外表特征(杰克·安多利尼曾坚持这样认为)竟已荡然无存。他的头发散落在前额上。裤裆那儿弄破了,眼睛下边露出两个发青的大眼袋。埃蒂·迪恩整个儿一团糟。

“我搞定了,”他说,“我回来了。”他环视四周,然后看着枪侠,好像不相信似的又叫嚷起来:“耶稣基督啊,我可是真的回来了。”

“你把枪给了她。”

埃蒂觉得枪侠一看就是情况非常糟糕——跟他第一次服用凯福莱克斯之前一样糟糕,也许还更糟。高烧似乎成了一阵一阵袭向他的热浪,他知道自己在这件事情上本该是负疚的一方,但这会儿他却完全失去了理性。

“我火烧屁股似的掐着时间往这儿赶,可你就这么一句‘你把枪给了她’。谢天谢地,伙计。我说,我总得盼着你有点感谢的表示吧,结果兜头却是这么一盆冷水泼过来。”

“我觉得我该说最要紧的事。”

“好嘛,既然你这么说了,我是给她啦,”埃蒂说话这当儿两只手撑在臀部上,两只眼睛蛮横地瞪着地上的枪侠。“现在你可以选择:要么坐到轮椅里来,要么我把轮椅折起来看能不能贴到你屁股上?你想怎么着,主人?”

“都不要。”罗兰闪露一下笑容,那是一个大男人忍俊不禁的样子。“最要紧的是,你得去睡一会儿,埃蒂。时间一到,该出现的一切自会出现,可是现在,你需要睡眠。你去睡吧。”

“我要回到她那儿去。”

“我也要去的。可是你要是不休息一下,会倒在路上的。这是明摆着的。对你不好,对我更不好,对她更是糟透了。”

埃蒂站在那儿发愣,拿不定主意。

“四小时。睡四个小时。”

“好吧。一直睡到天黑;我觉得这是要紧事儿。然后你得吃点东西。然后我们出发。”

“你也得吃点儿。”

他又闪露着虚弱的微笑。“我试试吧。”他平静地看着埃蒂，“现在,你的生命在我手里;我想你是知道这一点的。”

“是的。”

“我绑架了你。”

“是的。”

“你想杀了我吗?真那么想,现在就动手好了,省得接下来有什么……”他的呼吸非常柔和。埃蒂听见枪侠胸腔里发出呼哧呼哧的声音。“……不舒服的事发生在我们中间。”他打住了。

“我不想杀你。”

“那么——”他被一阵猝然而起的咳嗽声打断了“——躺下。”他不说了。

埃蒂不吱声。他睡得并不踏实,有一阵睡着了,却见爱人笨手笨脚地张开双臂搂住他,倾注她的热切劲儿。他听到(或许这是梦中)罗兰在说,可是你本来不该把那把枪给她的,然后沉入一个黑暗的未知的时间里,转而罗兰把他摇醒了,当他坐起时,全身都痛得厉害:还死沉死沉。他的肌肉变成了废弃楼房里的废弃升降机——那种锈迹斑斑、老化得一碰就会断裂的玩意儿。他第一次想站起来却不成功,四脚朝天重重地摔在沙地上。接着再试,但他的腿好像只能四下转悠着走上二十分钟。就是这么走动也让他痛得要命。

罗兰的眼睛看着他,询问着:“你行吗?”

埃蒂点点头。“没事,你呢?”

“没事。”

"你能行?"

"行啊。"

于是他们吃东西……接着埃蒂就开始他第三次也是最后一次沿着蜿蜒伸展的海滩一路奔命。

12

这天晚上他们的推进还算顺利,可是当罗兰喊停之际埃蒂仍然感到一阵失望。他没有表现出反对是因为实在厌倦了无休无止的旅行,但希望能走得更远一些。重量是一个大问题。相比奥黛塔,推着罗兰就像是推着一堆铁锭。埃蒂在天亮前睡了四个多小时——太阳转到了日渐风化的山峦后面,那些丘岗大致还能见出山脉的轮廓,此后便听到枪侠的咳嗽声。那虚弱的咳嗽,满是胸腔啰音,像是一个患了肺病而一蹶不振的老人。

彼此目光相遇。罗兰咳嗽的痉挛变成了笑声。

"我还没好,埃蒂,不管我怎么强壮。你说呢?"

埃蒂想起奥黛塔的眼睛,摇摇头。

"是还没好。可我能用奶酪汉堡和花蕾来治你的病。"

"花蕾?"枪侠疑惑地问,想到了苹果树或是春天的皇家宫廷花园。

"别去想它了。上车吧,我的伙计。这儿可没有四速手动跑车,前面还有跟起先一样长的路呢。"

他们上路了,但这一天当太阳落到他和奥黛塔告别的那个位置上时,他们还只是在奔向第三扇门的路上。埃蒂躺下了,想再歇四个钟头,可是两小钟头后,传来一个尖厉的叫声把他惊醒了,他胸口怦怦直跳。上帝,这东西听上去真他妈的大。

他看见枪侠脑袋靠在肘弯上，那双眼睛在夜幕下闪闪发亮。

“你准备好走了吗?”埃蒂问。他慢慢站起来，痛得龇牙咧嘴。

“你行吗?”罗兰又问，声音挺温和。

埃蒂扭过身去，放了一连串的屁，像点燃了一串小爆竹。“行的，我不过就是没赶上吃奶酪汉堡。”

“我还以为你想吃鸡呢。”

埃蒂呻吟起来：“饶了我吧，伙计。”

当太阳照亮那些山峦时第三扇门已在视野之中。两小时后，他们到达了。

又在一起了，埃蒂想，向奥黛塔的藏身处走去。

但事情显然不对劲，根本没有奥黛塔的踪影，一点儿踪迹都没有。

13

“奥黛塔!”埃蒂嘶声大喊，这会儿他的粗嘎的声音断断续续，和奥黛塔的另一半倒是很像。

喊出去的声音甚至没有回声——甚至没有让他误认为是奥黛塔回答的声音。这些低矮的风化的山峦不能反射出回声。只有波涛的撞击声，在这个尖尖的楔形之地显得格外响亮，轰隆作响的浪涛有节奏地冲向崖畔的洞穴深处，那些松动的岩石一点点被掏空了，风不停地吹着。

“奥黛塔!”

这回他喊得更响了，破碎的嗓子愈发尖利，像一根鱼骨划破了他的音带。他瞪着眼睛发狂似的往山丘上搜寻，找寻一片淡棕色的东西，那也许是她的手掌，注视着有什么东西晃动起来，那没准是她站起来了……搜索着（上帝饶恕他吧）一摊鲜亮的血迹，在杂色斑斑的石头上。

他发觉自己一直在想，如果最终让他发现了什么那会怎么样，或者发现了那把左轮枪，平滑的木质枪柄上有牙咬的印子。像这样的发现也许会让他歇斯底里，甚至让他疯掉的，可他还是搜寻着这类痕迹——或是某种东西——反正是一回事。

他眼里一无所获；他耳朵里连最细微的回声都没有听到。

枪侠，与此同样，在研究这第三扇门。他本来还以为会看到一个字，这是在那个尘土飞扬的墓地时那黑衣人翻到第十六张塔罗牌时用过的一个字。*死，沃特曾说过，但不是你，枪侠。*

门上不是一个字，而是两个字……两个字都不是**死**字。他又看了一下，嘴唇嗫嚅着：

推者

然而，这还是意味着死，罗兰琢磨着，马上就明白是怎么回事了。

埃蒂的喊声让他回过神来，便转过身去四下张望。埃蒂在往第一道斜坡攀援，嘴里还在喊着奥黛塔的名字。

罗兰想了想，还是让他去了。

他也许能找到她，甚至找到时她还活着，没遭受多大伤害，她还是她。他们两人也许会在这儿实现做爱的心愿——埃蒂对奥黛塔的爱也好，奥黛塔对埃蒂的爱也好，总归是抑制了那个毒种，就是那自称黛塔·沃克的家伙。是的，在他俩的关系中，黛塔·沃克已经被挤到死角里了。他自己的经历也让他非常明白爱有时是超越一切的。至于他自己呢？在考虑自己的心愿之前，如果能从埃蒂的世界拿到治疗他的药物，这一次没准能让他挺过去，甚或还能给他一个新生呢？他现在病得很重，他发现自己彷徨失措，也不知道事情能不能变得顺当起来。他的胳膊和腿都痛得厉害，脑袋像是让锤子砸过似的，胸部有一种发坠的沉重感，而且胸腔里全是脓液。一咳嗽，左胸那儿就痛苦地发出嘎吱嘎吱的摩擦声，好像里边的肋骨在一根根地折断。他左耳上也感到火辣辣的灼痛。也许——他这么想，也许他气数将尽；该放弃了。

但一触及这念头，他身体的每一部分都会起来反对。

“埃蒂！”他叫喊道，这会儿倒没有咳嗽。他的声音低沉而有力。

埃蒂转过身，一只脚踏在肮脏的烂泥堆上，另一只脚蹬着一块凸起的岩石。

“你去吧。”他说着挥动手臂，出人意料地作了个大范围搜索的动作，这手势表明他想甩开枪侠，忙他自己最要紧的事情，真是很重要的事情，那就是找到奥黛塔，搭救她，如果真有必要的话。“完全可以这么着。你穿过那道门，去拿你需要的东西，等你回来，我俩就在这儿等着了。”

“我怀疑。”

“可我必须找到她，”埃蒂看着罗兰，他的凝视的眼神显得那么年轻，那么坦诚，“我必须这样，我真的必须这么做。”

“我理解你的爱，也知道你的需要，”枪侠说，“可是这回我想你得跟我在一起，埃蒂。”

埃蒂久久地瞪视着他，对自己听到的话似乎感到难以置信。

“跟你一块儿，”最后他诧异地说，“跟你在一起！神圣的上帝！现在我想我真的是把什么都听明白了。叮啷哐当，每一件事。上回偏偏是宁愿让我割了你的喉咙，说什么也不肯让我跟你一起过去。这回却又逮着这机会了，还不知她是不是让什么东西给撕了。”

"如果要出事,也早就发生了。"罗兰这么说,虽说他知道这不可能。这位女士也许受了伤,但他明白她没死。

不幸的是,埃蒂也这么想。一个星期或十天没碰毒品,令他的脑瓜子明显灵活了很多。他指着门。"你知道她不是那么回事。如果她真像你说的那样,那些该死的事情就都过去了。除非你在告诉我这事我们三人缺一不可时是在撒谎。"

埃蒂还想往斜坡上走,但罗兰的眼神像钉子似的盯住了他。

"好吧,"枪侠说。他的声音几乎就像那天面对尖声嘶叫的黛塔一般柔和,那是对陷于隐秘之中的那个女人说话。"她还活着。现在还活着,可为什么她不回答你的呼叫?"

"嗯……那些野猫什么的把她给叼走了。"但埃蒂的声音显得非常无力。

"野猫也许会撕了她,把能吃的都吃了,只剩下一些零零碎碎。最多,它会把她的身子拖到一个阴凉地儿,不至于让太阳暴晒,这样晚上还可以回来再吃一番。可是情况真要是这样,这扇门就会消失。野猫不像那些昆虫,它们得先让猎物丧失活动能力,然后再拖去吃掉,你知道的。"

"那也不一定,"埃蒂说。这工夫,他似乎听到奥黛塔在说*你本来该去参加一个辩论小组的,埃蒂*,不过他很快就甩掉了这念头。"也许有只野猫来抓她,她拔枪射击,但你枪里那些子弹哑火了。该死的,没准前边的四五颗子弹都这样。野猫就扑向她,抓挠她,就在生死攸关的那一瞬间……**砰!**"埃蒂的拳头砸在另一只手掌上,他说得有鼻子有眼,就像亲眼目睹那情形似的。"这颗子弹干掉了野猫,要不野猫只是受了伤,或者这一来把它吓跑了。是不是?"

罗兰温和地说,"真要是那样,你就会听见枪声。"

有那么一忽儿,埃蒂只是呆怔地站在那儿,就像哑了似的,想不出能反驳的话来。是啊，他们应该能听见。他们第一次听到野猫叫声离这儿足有十五英里，没准还有二十英里。枪响的声音——

他冷不丁带着一副狡黠的神情看看罗兰。“也许你听到了，”他说，“也许你听见了枪响，我那会儿正在睡梦中。”

“那也会惊醒你的。”

“不会，因为我真的太累了，伙计，我睡着了，睡得像——”

“像死人一样，”枪侠用同样温和的声音说，“我知道那种感觉。”

“那么你也明白——”

“可你当时没有睡死过去。昨天晚上你根本不是那样，野猫嚎叫那阵子，你立马就醒过来，几秒钟里就起身了。因为你在惦记她。没有枪声，埃蒂，你知道的。你也应该可以听见。因为你牵挂着她。”

“没准她拿石头把那东西的脑袋给砸烂了！”埃蒂吼道，“我要是跟你站在这儿辩个没完，而不是去好好搜寻，怎么能知道事情的真相呢？我是说，她也许受了伤，躺在哪个角落里，伙计！受了伤，流着血，就要死了！我要是跟你穿过那道门，而她在这个世界丢了性命，你会怎么想？你朝门那儿看一眼，看见了门，然后第二次再瞥一眼，门又不见了，好像从来没有过那扇门似的，就因为她已经完了，你什么感觉？这一来你就进不了我那个世界也没有别的路可走！”他站在那里喘着粗气，盯着枪侠看，两手握成了拳头。

罗兰感到一阵疲惫的恼怒。曾经有人——很可能是柯特，他曾把他当父亲看待——说过：*跟一个恋爱之中的人去争辩就像用一把汤匙去舀大海里的水*。如果这句格言必须经过验证，现在这例子就活生生地摆在他面前。*继续找*。埃蒂·迪恩的身体语言摆明了这个意思：继续找，随便你说什么我都有话反诘。

“也许不是一只野猫发现了她，”他开口道，“这也许是你的世界里的事。我觉得你见过的此类情形会比我在婆罗洲见过的更多。你不知道这样的山上会有什么东西，对不对？也许是一只类人猿，或者是诸如此类的什么东西逮住了她。”

“是有什么东西逮住了她，没错。”枪侠说。

“好啦，感谢上帝你总算没有病到完全失去理——”

“我们两人都知道那是什么。黛塔·沃克。是什么逮住了她。黛塔·沃克。”

埃蒂一下张大了嘴，那只是一会儿——只有几秒钟，但这足以表明他们两人都已经承认了这个事实——枪侠无情的面孔把他所有的争辩都化作了沉默。

14

“那也不一定就是那样。”

“你走近点。如果我们还得谈下去的话，那就谈吧。每说一句话我都得盖过海浪的声音朝你大喊大叫，都得把喉咙割开似的。确实就是这感觉。”

“你有一双大眼睛，奶奶。”埃蒂说归说，身子没动。

“你叫我什么，那是什么该死的名字？”

“童话故事。”埃蒂朝下面挪了一点儿——四码左右，不会再多了。“如果你以为你能把我哄到轮椅那儿，你得明白那不过是个童话故事。”

“哄你到轮椅这儿干吗？我不明白。”罗兰嘴上这样说，当然他心里很明白。

在他们上边大抵一百五十码开外，差不多也是靠东面四分之一英里处，一双深色的眼睛——那是充满知性却毫无人类怜悯之心的目光——正密切注视着这一场面。要听清他们的谈话是根本不可能的；风声，涛声，还有海浪冲刷着地下岩穴的轰鸣声，声声盈耳，但是黛塔不需要听见他们说什么就知道他们在谈论什么。她也不需要望远镜就能看出那个大坏蛋这会儿成了大病包了。也许那个大坏蛋还想用两三天乃或两三个星期的时间来折磨这个半截身子的黑女人——他们正在寻找合适的地儿，玩乐也不是那么容易的事儿——不过，她觉得大坏蛋真正在意的只有一件事，就是想把他那乏味的屁股挪离这儿，借着那神奇的门道把他狗娘养的自个儿弄出去。可是在一切就绪之前，他急也没用。在这之前，没有可以附身的东西能把他带出去。此前那一回，他找不到合适地儿就钻进了她脑子里。她到现在还不愿回想那过程，那感觉，他那么轻而易举就把她给要了，借着她的躯壳把他带过来，还把她自己给弄过来了，又再一次把她控制住了。想起那些真是倒霉死了，晦气死了。更糟糕的是，那时她自己整个儿就糊涂了，那个过程，也许正是她惧怕的根源？可怕的倒不是入侵她脑子这事情本身。她知道，如果更仔细地审视一下，她自己应当会弄明白的，但她不想这么做。这种审视也许会把她带往一个古老的时代，在那儿一个水手曾恐吓过她，那地方恰恰就是世界的边缘——地图上，绘图员在那块地方标示出这样的字眼：**此即撒旦所在**。那个大坏蛋可怕的入侵让她联想到那种熟悉的令人毛骨悚然的感觉，像是以前曾发生过的某种事情——不仅一次，而是有许多次。当然，不管是不是被吓着了，她从不惊慌。她在搏斗中把什么都观察到了，她还记得当枪侠用她的手转动轮椅的轮轴时看到的那扇门。她还记得大坏蛋躺在沙滩上的身躯，埃蒂手里拿着刀趴在那个身子上面。

如果埃蒂的刀子朝大坏蛋的喉咙里捅进去就好了！那比宰猪可痛快多了！好多了！

他没这么做，她看见过大坏蛋的躯体，是在呼吸着，但身体和尸体是一样的字眼①；都是没什么用的东西，就像可以随手丢掉的黄麻袋，那些塞满了杂草和玉米壳的白痴玩意儿。

黛塔的意识之恶劣和丑陋，根本不值一提，但要说那股机灵劲儿她却超过埃蒂。大坏蛋先前还他妈的活蹦乱跳，这会儿可倒蔫了。他知道我在这上面，下去以后得想着在离开这鬼地方之前干了他，而他那个小伙计——他还相当强壮，他倒不想伤害我。他想上山来找我，不管那个大坏蛋会怎么着。肯定的。他正算计哩，这样一个没腿的黑母狗配不上荡来荡去的大鸡巴。我不想走了，我得把这黑女人搜出来，干她一两回，然后就照你说的走人。这是他在想的事儿，他倒是算计得不错。想得挺美啊，灰肉棒子。你以为你可拿住黛塔·沃克，你就这么穿着你那长内裤上来找她试一试吧。你操我的时候就会知道是什么味道了，你他妈的最聪明的家伙，甜球儿！你会知道的——

然而，她阴暗丑陋的意念被一个声音吓了一跳，不是风声，不是涛声：是一声沉重的枪声。

15

“我觉得，其实你知道的比你说出来的要多，”埃蒂说，“你心里知道得更多。你最好还是让我去看一下可能出事的那段路，我只想这样。”他冲着那扇门晃一下脑袋，但他的目光没有离开

① “身体”和“尸体”在英文中都可用 body 这个词表示。

罗兰的脸庞。不知道对方是不是正有同样的想法，他又说："我知道你病着，是的，可你没准是装得比实际上更病病歪歪。你倒不妨在那高高的草堆里躺一会儿。"

"也许我可以，"罗兰说，脸上不挂一丝微笑，转即又说："但我不会去躺。"

他得去躺一会儿，虽然……就一会儿。

"再走近几步对你又没什么妨碍，是不是？我不能再这么嚷嚷下去了。"最后几个音节就像青蛙聒噪的动静，似乎印证了他这说法。"我要劝你想想你自己要做的事情——打算要做的事情。如果我没法说动你跟我一起过去，至少也得让你保持点警惕……所以再次劝告你。"

"为了你那宝贝塔。"埃蒂哼了一下，但还是往下边滑过来一点，那双破烂的网球鞋带起了一小串扬尘。

"为了我宝贵的塔，也为了你宝贵的健康，"枪侠说，"更不用说你那宝贵的生命了。"

他从左边枪套里拿出剩下的那把左轮枪，用一种悲哀又夹杂着古怪的表情端量着。

"如果你以为能用这玩意儿来吓唬我……"

"我没有。你知道我不会朝你开枪。但我想你真的需要一个实实在在的教训，你得知道什么都在变化。事情已经变得太多了。"

罗兰举起枪，没有对准埃蒂，而是朝向波涛涌动的空旷的海面，扣动了扳机。埃蒂强迫自己忍住沉重的枪声。

没有枪响。只是单调的咔嗒一声。

罗兰又一次扣起扳机。旋转枪膛转动一下。他扣动了扳机，还是沉闷的咔嗒一声。

"别在意，"埃蒂说。"当你第一次出现哑火时，我那儿的国防部就该雇用你了,你也许是——"

左轮枪"咔-砰"一声炸响,打断了他的话,就像罗兰做学生时齐刷刷地打断作为标靶的细树枝那样。埃蒂顿时惊跳起来。枪声暂时打断了山林中不断传来的哩咿咿咿……的昆虫的鸣叫。完后,罗兰把枪搁到膝盖上,昆虫们又慢慢地小心翼翼地恢复了叫声。

"你他妈的这是想证明什么呢?"

"我想,所有的事情都将取决于你听见的和你不想听见的,"罗兰有点尖刻地说。"这大概能证明并非所有的子弹都是哑弹。再说,这只是猜测——非常接近事实的猜测——所有那些子弹,装在你给了奥黛塔那把枪里的子弹,没准都能用。"

"胡说!"埃蒂顿了一下。"为什么?"

"我刚才射出的那发子弹是从我背后弹囊里取出的,那儿受潮最厉害。也就是说,你离开时我才装上子弹。做这事儿用不了多少工夫,我还只有两根手指来摆弄它,你明白!"罗兰笑一下,笑声马上变成了咳嗽,他用一只拳头顶住自己的口鼻。等咳嗽平息一点后,他又说:"当你打过一枪受潮的子弹后,你得拆开枪机,清理它,你别胡乱猜测,这是我们的教练柯特经常敲打我们要我们记住的事儿。我不知道只用一只半手拆开这把枪清理一番再把它重新装起来需要多长时间,可是我想我得活下去的话——我总要把它弄明白,埃蒂,我会的——我最好还是弄明白些。弄明白然后试着更麻利些,你说呢?再走近些,看在你老爸的分上!"

"这样可就瞧仔细了,看你想怎么着吧,我的孩子。"埃蒂说着还是向罗兰挪近了几步,也就两三步。

"我第一次装上子弹可以开火时,兴奋得裤子几乎都被撑满了,"枪侠说着,自己又笑了。埃蒂吃惊地意识到,枪侠几乎是在那儿胡言乱语。"第一次装上子弹,相信我,这是我最期待的事儿。"

埃蒂想弄明白罗兰是不是在说谎,关于枪的谎言,关于他自己身体状态的谎言。大猫病了,没错。但真的病成这模样了吗?如果罗兰这是在演戏,那么他正在酝酿一个大计划;说到枪,没人教过埃蒂怎么使唤,他也没有这方面的经验。他这辈子也许开过三次枪——在巴拉扎的办公室里突然遇上了枪战时。亨利也许懂点,但亨利死了——一想起这个总会让他陷入悲伤。

"没有一颗子弹能用,"枪侠说,"于是我揩拭了枪的机件,重新往枪膛里装上子弹。这回我用的是靠近枪带扣的子弹。这些也许受潮不那么厉害。我们用这些上膛的子弹猎取食物,最靠近枪带扣那儿的是干燥的子弹。"

他停下来,擎着双手干咳起来,接着又往下说。

"第二次我又打出了两发好的子弹。我再次拆开枪械,又做过清理,然后第三次装上子弹。你看见的是我第三次装弹以后扣动最前面的三个弹膛。"他虚弱地微笑一下。"你知道,在前面两次咔嗒咔嗒以后,我想我那左轮手枪里可别装的都是该死的受潮的枪子儿。本来这事情就不可能一点不出岔子,是不是?你能再靠近些吗,埃蒂?"

"那根本就靠不住,"埃蒂说,"我觉得我已经走得够近了,我得走了,多谢,那么我该从这事情中吸取什么教训呢,罗兰?"

罗兰看着他就像是打量着一个白痴。"我可不想把你带到这儿来送死,你知道。我不想把你俩不管是谁带到这儿来送死。伟大的上帝啊,埃蒂,你的脑子上哪儿去了?她手里正拿着可以开火的家伙呢!"他的眼睛凑得更近了。"她就在这山上的什么地方。也许你以为能发现她的踪迹,可那儿的地面要是也像这儿一样满地都是石头,你可别指望有什么好运气了。她正躲在那上面，埃蒂，那不是奥黛塔，是黛塔，躲在那上面，手里拿着可以开火的家伙。如果我不在你跟前，而你找到了她，她会把你的肠子都从屁眼里拽出来的。”

又一阵痉挛打断了他的话。

在海浪的阵阵轰鸣中，在风儿的呼呼吹动中，埃蒂看着这个轮椅里咳嗽着的男人。

最后他听见自己的声音在说：“你完全可以留下一颗你相信能用的子弹。我想你会这么做的。”按这一思路来说，他相信自己想得没错：他想罗兰很可能会这么做，要不也会玩类似的一手。

为了他的塔。

他那该死的塔。

很有心计地在枪膛里留一颗子弹！以证明自己说得没错，是不是？叫人不能不信。

“关于这事儿，我们那个世界里有一句格言，”埃蒂说，“就是‘那个卖冰箱给爱斯基摩人的家伙’。”

“什么意思？”

“在沙子上打桩。”

枪侠久久地看着他，然后点点头：“你的意思是非去不可。好啊。在这儿的野生动物面前，黛塔要比奥黛塔更安全，而你比起她来，离着安全就远了——至少目前是这样——我都能看到这局面。我不喜欢这样，可我已经没有时间跟一个傻瓜争辩了。”

“瞧你这么说，”埃蒂文绉绉地说，“是不是也没人跟你争辩你那么痴迷的黑暗塔了？”

罗兰露出疲惫的微笑。“事实上，已经争过许多次了。我猜这就是为什么你不肯挪动脚步的原因。一个傻瓜懂得另一个傻瓜。无论如何，我是没有力气来抓你了，很显然你也非常警觉，不肯靠得太近以免让我抓住，没时间再争下去了。我所能做的是穿过那道门，希望这是最好的一步。我离开前要最后一次告诫你，听我的，埃蒂：一定要保持警惕。”

接下来，罗兰的举动让埃蒂深为自己怀疑他的居心而感到羞愧（虽然他并没有因满腹狐疑而执意做出某种决定）：他用那只还能动弹的手腕啪地打开左轮枪的旋转枪膛，倒出所有的子弹，又从贴近枪带扣的弹囊里取出子弹重新装上。然后手腕一抖，啪地把枪重新装好。

“现在没时间清洗它了，”他说，“不过没关系，我记得它一直挺干净的——别把枪弄得比现在更脏。在我的世界里，像这样能用的枪也不多了。”

他急切地把枪扔过来，埃蒂差点没抓住。他接过枪把它塞进裤腰里。

枪侠按住轮椅起身出来，轮椅向后滑出时差点翻倒在地。他跌跌撞撞地朝门走去；他抓住门把手——很轻松地用他的手转动着。埃蒂没有看见门打开时的情形，但已经听到了嗡嗡的车水马龙声。

罗兰回头看了埃蒂一眼，在他苍白得像鬼似的脸上，蓝色的眸子灼灼闪亮。

16

黛塔从她藏身之处看着这一切，那双骨碌碌的眼睛里邪光闪烁。

17

“记住，埃蒂。”他发出沙哑的嗓音，继续向前走去。他的身躯摔倒在门道边上，好像是让一堵石头墙给撞了一下，那儿好像不是一处广阔的空间。

埃蒂感到一种几乎无法抑制的、想朝门那儿奔过去的冲动，想去看看那门通向什么地方——什么年代。但他还是转过身子，往山林那儿扫视着，他把手按在枪柄上。

我要最后一次告诉你。

突然，望着空荡荡的褐色山峦，他觉得害怕了。

保持你的警觉。

上面没什么活动的东西。

至少他看不见。

但他同样可以感觉到她的存在。

不是奥黛塔；枪侠是对的。

他感觉到那是黛塔。

他咽着唾液，听见自己喉咙里嘎嗒作响。

保持警觉。

是的。但此时此刻，他却从来没有感觉到如此渴睡，如果他愿意，马上就会睡死过去，睡眠准会毁了他。

当他睡着的时候，黛塔就会到来。

黛塔。

埃蒂奋力甩脱睡意，撑开浮肿而沉重的眼皮注视着没有任何动静的山峦，心里想着不知需要多长时间罗兰才能带人回来，那是第三个——推者，不管是男是女。

“奥黛塔？”他不抱希望地呼喊着。

只有沉默回答他的呼喊。对埃蒂来说，这是等待的开始。

推者

第一章

苦药

1

当枪侠进入埃蒂的时候,埃蒂有过恶心和被窥视的感觉。(罗兰却没觉出什么,这是埃蒂事后跟他说的。)好像是这样,换句话说,他对枪侠的出现有某种模糊的感觉。到了黛塔那儿,罗兰是被人撵着朝前赶,不管喜欢还是不喜欢。黛塔对他的存在也有感觉;从某种不可思议的层面上说,她好像是在等候他的到来——等着他,或是另一个,一个更经常的造访者。从这一点来说,他感到当初一进入她的意识她似乎就完全明白他的出现。

杰克·莫特没有这种感觉。

他太专注于这个男孩了。

两个星期来他一直在打量着这个男孩。

今天他要来推他了。

2

甚至是从后面(枪侠的眼睛)看,罗兰也认出了这个男孩。就是他在荒漠的车站遇到的男孩,这男孩他根据山中的神谕拯救过,后来两种选择又摆在他面前:救这个男孩还是去追赶黑衣人,他在这之间做出牺牲男孩的决定;这男孩倒自有说法,去吧——在他坠入深渊之前男孩对他说,在这个世界之外还有其他的世界。显然这男孩说得没错。

这男孩就是杰克。

他一手捧着棕色纸袋,另一只手拎着帆布袋的提攀。从帆布袋鼓鼓囊囊的样子看,枪侠想那里面装的肯定是书。

街上车水马龙,男孩在等着过街——这街道跟他带来的囚徒和女士所在的地方是一样的,他明白了,在这一刻,没有什么是有意义的。没有什么是要关注的,除了下面几秒钟里将要发生的或是没有发生的事儿。

杰克不是经由任何魔法门进入枪侠的世界的,他通过了一个更直接也更容易理解的入口:他死于他自己的世界,然后在罗兰的世界里再生了。

他曾被谋杀。

更准确的说法是,他曾被人推过一把。

他被推到街上;在他上学的路上被一辆汽车从身上碾过,他一只手拿着午餐盒,另一只手拿着书。

被一个身着黑衣的人推了一把。

他就要这样干了!他这就要动手了!在我的世界谋杀他,这是对我的惩罚——在我能够出手干预之前让我眼睁睁看着他在这个世界被谋杀!

然而,对野蛮命运的拒绝一直是枪侠一生的使命——这是他的命运,如果你喜欢这么说——所以他甚至连想也没想一下就直奔而去,行动之迅速就像是身体本能的条件反射。

意识中出现了一个既恐怖又具讽刺性的念头:*如果他进入的这个身体就是那个身着黑衣的男人该怎么办?这么急切地冲过去要救这个男孩,却看见是自己的手伸出去推那男孩该怎么办?如果这种可以控制的感觉只是个错觉该怎么办?要知道,沃特最后那个嬉皮笑脸的玩笑说的就是罗兰自己才是那个谋杀男孩的凶手。*

3

在那一瞬间，杰克·莫特失去了注意力，脑子里绷紧的那根弦突然消失了。就在跳出去要把那男孩推向街心的当口，他感到身体反应在意识中发生了错位——就像是痛在这边而痛感却在另一边。

当枪侠楔入之际，杰克还以为脖子后边叮了个虫子。不是那种螫人的蜜蜂，丝毫没有叮咬的感觉，只是像被挠了一般有点痒痒的。蚊子，也许吧。然而，瞬息之间一点小小闪失偏偏就发生在这节骨眼上。他拍了一下，转而又去注意那男孩。

他以为这一切只是一眨眼的事儿，其实，已经过去了七秒钟时间。枪侠的快进快出他都没有觉察到，周围没有一个人注意到他脸上那副金边眼镜后边的变化（上班族大多经由地铁站去往下一个街口，他们满面睡容，半梦半醒的眼睛只能看见他们自己），杰克本来深蓝色的眼睛变成了浅蓝色。也没人注意到这双眼睛又变深了，变回到通常的钴蓝色，而就在这当儿，他重新把注意力集中到男孩身上，可是错过了最佳时机，他不由懊恼透顶。交通指示灯颜色变了。

望着男孩睡眼惺忪地穿过马路，杰克掉转身子从来时的路上逆向而行，往过街的人流中硬挤过去。

“嗨，先生！留神——”

一眼瞥去这是一个脸蛋像凝乳一般白皙的少女。杰克粗野地把她推到一边去，甚至都没有回头瞧一眼她那嗔怒的模样，她挥起手上的教科书扔了过来。他向第五大街走去，离开了四十三号这处街角，照计划那男孩原本今天要在这儿殒命。他低着头，双唇紧抿的样子看上去就像没有嘴巴只有一道横在下颏上的长长的疤痕。拐角那儿显然是交通拥堵之处，可他非但没有慢下来反而加快了脚步，走过了四十二号，四十一号，四十号。在通往下一个路口的半截腰上，他经过一幢楼房，在这楼房里那个男孩仍然活着。他只是朝那儿瞥了一眼，他跟踪这男孩已有三个星期了，每天一早上学前就盯上了他，跟着他从这幢楼房一直走到三个半街区外的一个角落，然后径直走向第五大街。这个角落，在他看来是下手的最佳地点。

被他推搡的女孩跟在他身后尖吼着，但杰克·莫特没有去留意她。一个业余的鳞翅目昆虫收集者是不会去留意一只普通蝴蝶的。

杰克，从他的某种行事方式来看，很像一个业余的鳞翅目昆虫收集者。

就职业而言，他是一个成功的特许专利代理人。

推人只是他的业余爱好。

4

枪侠从那人的意识中回过神来时几乎昏厥过去。如果这是某种释然的感觉，也只是因为那家伙不是黑衣人，也不是沃特。

这一切简直让他惊呆了……然后他恍然大悟。

脱离了自己的身体后，他的意识——他的命运，像以往一样强健而敏锐，而蓦然之间的恍然大悟像是一把凿子猛地扎进太阳穴。

他离开时还没有明白这一点，而当他确信男孩已安然无恙，又溜回来时，他懂了。他发现此人和奥黛塔之间的某种联系，这种巧合真是太令人惊讶也太可怕了，还有他终于明白了抽到的三张牌到底是哪三张，他们究竟是什么人。

第三个不是此人，不是这个推者；第三个的名字，沃特说过是“死亡”。

死亡……但不是冲你来的。这是沃特说的，那个机敏堪比撒旦的家伙，他说的。一个律师的答复……如此接近那个隐藏在阴影中的真相。死亡不是针对他的；死亡成了他。

那囚徒，那女士。

死亡是第三人。

突然，他完全确信自己就是那个第三人。

5

罗兰楔入之际就像无影无踪的弹射物，当他一眼瞥见那个身着黑衣的男人时，一个毋须操心的弹射程序就启动了。

他想到，如果他没有出手阻止这个身着黑衣的男人谋杀杰克（这也许是个悖论），而是等他抵达车站后才发生这样的事儿（他阻止了那人谋杀杰克），也许时间之维就把一切发生过的事情都取消了……这么想只是为了确认这一点，如果他在这个世界救下了杰克，那就意味着过后他没有可能遇到杰克了，发生过的每一件事，过后可能也会改变。

改变什么呢？甚至连推测的可能都没有。他从没想过这是他追寻的尽头。而且可以肯定地说这种事后的推理终究是一种虚拟现实；如果他曾见过那个身着黑衣的男人，不管会有什么后果，不管会有什么似是而非的悖论，不管冥冥之中注定了何种命运，他肯定会用他进入的那个身体的头部朝沃特当胸部顶去。罗兰别无选择，只能这样做，对这事儿他控制不了，就如一把枪不能拒绝手指去扣动扳机射出子弹。

如果所有的一切都得到地狱去解决，那也只好随它去了。

他快速地扫视着簇拥在拐角的人群，张望着每一张面孔。（他看女人的面孔也像看男人一样仔细，万一有人假扮女人呢。）

沃特不在那儿。

他慢慢地放松下来，像是紧扣着扳机的手指在最后一刻松弛下来了。不；沃特不在这个男孩附近，枪侠不知怎么觉得这不是那一天。绝不是那一天。是挨近那个日子了——不到两星期，也许一星期，甚至也许只差一天——但还不是那一天。

于是他返回了。

他在路上看见……

6

……震惊之下他茫然不知所措：这是他穿过第三道门钻入其脑袋里的那个男人，那时他坐在一处破败的出租房窗前等着什么人——那幢房子里尽是这种被人遗弃的房间——被人遗弃了，夜间却被醉鬼和疯子占据。你知道什么是醉鬼，因为你闻到过他们身上浓烈的汗臭和刺鼻的尿骚味。你知道什么是疯子，因为你也许领教过他们那种心神错乱的怪模怪样。这房间里仅剩的家具是两把椅子。杰克·莫特都拿来用了：一把坐着，一把顶住开向过道的房门。他不想受到突如其来的打扰，当然最好是别给人打扰的机会。他靠近窗口朝外张望，同时隐藏在斜斜的阴影线后面以免被什么闲逛的路人瞧见。

他手里捏着一块粗糙的红砖。

这砖块是从窗外扒来的，那儿许多砖头都松动了，这些砖头有年头了，边角风化了，但拿在手里很沉。大块的砖头黏合在年头久远的砂浆上就像粘在船底的吸附物。

这个男人想用砖头去砸人。

他可不管砸着谁；作为一个谋杀者，他是机会均等论者。

过了一会儿，一个三口之家从下面沿着马路走过来了：男人、女人、小姑娘。那姑娘走在最里面，显然是想让她避开车辆。这里离车站很近，但杰克·莫特可没留意什么车辆交通。他在意的是像这种能够被他利用的楼房太少了；这房子已经毁了，里边丢满乱糟糟的废弃物，破木条、碎砖头和碎玻璃。

他只朝外探出了几秒钟，他脸上戴着太阳眼镜，金黄色头发上扣着一顶不合时令的针织帽。这也像是一把椅子顶在门把手下面，一个道理。即使是在你还没有感觉到有什么危险值得担心时，减少那些可能存在的危险也并无坏处。

他穿着一件过大的汗衫——几乎长及他的大腿中段。这种可以遮掩真实身材（他很瘦）的大号衣衫肯定是他特意选用的。这种大汗衫还有另一项功用：每当他对人进行“深水炸弹攻击”时（玩“深水炸弹攻击”这一手是他时常萦绕于心的念头），总要弄湿裤子。这种宽松下垂的汗衫正好能遮住工装裤上湿乎乎的印渍。

现在他们走近了。

别开枪袭击，等一下，再等等……

他在窗边颤抖着，拿砖的手收回到自己肚子旁边，又伸出去，再又收回来（但这回收到半腰上停住了），然后他身子扑了出去，这会儿完全清醒了。他总是在倒数第二下出手。

他投出砖头，看着它落下。

砖头落下去，在空中翻着筋斗。阳光下杰克清晰地看见那上边挂着的砂浆。在这一时刻几乎其他每一样东西也都清晰可辨，一切都以极其完美的准确性和完美的几何形态演绎着其中的物质关系；这事情是他对生活的一种实体性的推进，如同一个雕塑家用锤子敲打凿子改变着石头，一块粗粝的物体就这样创造出某种新的东西；这是世界上最了不起的事情：富于理性，也充满狂喜。

有时他也会失手，或是干脆扔偏了，正如一个雕塑家也可能会凿出一些毛病，或是凿坏了，不过这回却是完美的一击。这块砖头不偏不倚地击中那个穿着鲜亮的格子裙的姑娘头部。他看见了鲜血——那颜色比砖头鲜艳。当然，溅开的鲜血最终也会干结成同样的褐紫红色。他听见那母亲发出尖叫。他立马开溜。

杰克蹿出房间，把原先顶在门把手下面的那把椅子扔到远处的角落里。（跑过房间时还踢掉了他刚才等待时坐的那把椅子。）他猛地脱掉那件大汗衫，从背后的包里取出一块扎染手帕。他用手帕拧开门把手。

不会有指纹留下。

只有菜鸟才会留下指纹。

门转开了，他把手帕塞回包里。他下去穿过大厅时装成一个喝得晕晕乎乎的酒鬼。他没朝周围看。

四处东张西望也是菜鸟。

老鸟知道看来看去会让别人心生疑窦。四处张望可能会被认为是事件知情者的某种证据。有些自作聪明的条子没准就会把你作为事件嫌疑人而盯上，你就可能受到调查。只因为你曾神经兮兮地朝四周张望了一眼。杰克觉得没人会把他和犯罪活动联系到一起，即使有人认为这一“事件”颇为可疑并会对此展开调查，但是……

冒可以接受的风险。把可能存在的危险降低到最小。换句话说，应该总是把椅子顶在门把手下边。

他走过满是尘土的走廊，那儿油漆剥落的墙面上裸露着里边的板条，他垂着脑袋，自言自语地嘟囔着，就像你在街上时常可以见到的那些流浪汉。他依稀听见那女人——那女孩的母亲的尖叫，他估计是——尖叫，声音从楼前那儿传来；那呜呜咽咽的动静自不必理睬。*所有这些事情发生之后的举动*——那种嘶喊，那种惘然无措，那些伤者的泣啜（要是那伤者还能哭得出来），杰克都不会在乎。他在乎的只是这一点，这个推动之举改变了事物的日常进程，给那爝火不熄的生命重塑了新的肌理……还有，也许，命定的一切不仅仅是这一击，而是呈环状向四周推衍，就像把一块石头扔进平静的池塘。

谁说他今天不是塑造了一个宇宙，或者说，就在未来的某个时刻？

上帝啊，怪不得他湿了自己的工装裤！

他走下两截楼梯没碰上人，但他还是这么表演着，走起来不时晃一下身子，但绝不弄出趔趔趄趄的样子。晃一下身子是不会被人记住的。而一个夸张的趔趄却有此可能。他嘟囔着，但绝不说一句能让人听明白的话，不做戏的表演总比演得夸张过火要好。

他从破败不堪的后门出去，走进一条小巷，那儿满是人家丢弃的垃圾，还有印满日月星辰的破瓶子什么的。

事先他早已安排了逃离的路径，每一件事都做了筹划（冒可以接受的风险，把危险降到最小，凡事都要做一只老鸟）；而这种做事有计划的个性正是他让同事们印象深刻的原因，自然让人觉得他是一个很有前途的人（不消说他也有意奔前程，可他不想奔到监狱里去，也不想奔去坐电椅）。

有几个人沿街跑来，拐进了这条小巷，他们只是跑进来看看是哪儿发出尖叫，没有留意杰克·莫特，他已经摘去不合时令的针织帽，只是还戴着太阳镜（在如此晴朗的早晨，在这地方并不显得突兀）。

他拐进另一条小巷。

出来时转到另一条大街上。

现在他从容地走在一条比前面两条小巷都干净的巷子里——朝哪儿看几乎都挺像样。这条巷子通向另一条大街，北边的街区那儿有一处公交车站。不到一分钟他就看到了一辆到站的公交车，这也是事先计划的一部分。车门一打开杰克就上去了，把十五美分硬币投入硬币箱。司机没多看他一眼。挺好，但即便司机多看了他几眼，看到的也不过是一个穿牛仔裤的怪怪的家伙，像是那种无业游民——身上那件大汗衫就像从救世军垃圾袋里捡来的东西。

准备，要有准备，做一只老鸟。

杰克·莫特的秘密是做什么都很成功，无论工作还是游戏。

车子开过了九个街口后，经过一处停车场。杰克下了车，走进停车场，打开自己的车（那是一辆不起眼的二十世纪五十年代中期的雪佛莱，外观仍然很不错），开车回纽约城去。

他现在一身轻松，毫无挂碍。

7

片刻之间，枪侠窥见了所有这些事情。在他受到震惊的意识对其他镜像关闭之前，本来他还能看到更多。这虽然不全，却已足够。足够了。

8

他瞧见莫特用一把爱克特美工刀从《纽约每日镜报》第四版上裁下了一条，不厌其烦地确认那个专栏上的新闻。“悲剧事故后黑人女孩昏迷不醒”，大标题这样写道。他看见莫特拿出胶水涂抹在裁下来的报纸背面，把它粘贴到剪贴本里。莫特把它贴在剪贴本空白的一面中间，翻过去的前几页里还有许多剪报。他看见打开的那页上的新闻这样写道：“五岁的奥黛塔·霍姆斯，去新泽西伊丽莎白镇参加一个快乐的庆祝活动，现在却成了一桩残忍离奇的事故的受害者。两天前参加了她姨母的婚礼后，这女孩和她的家人一起步行前往车站，这时一块砖头砸下……”

然而，如此加害于她，他并非只做过这一次，是吗？不是的，上帝啊，不是的。

从那天早上到奥黛塔失去双腿的那天晚上，这中间的许多年里，杰克·莫特投掷过多少东西，推过多少人啊。

然后，是奥黛塔再次遭殃。

第一次他把某件东西推向她。

第二次，他在某件东西面前把她推倒。

我打算用的是什么人呐？这是哪类人——

接着他便想起了杰克，想起把杰克送进这个世界的那一下推搡，他想起听到的黑衣人的笑声，这一下他崩溃了。

罗兰昏厥过去。

9

他醒来时，正瞧着一排排整齐的数字列在绿色的纸片上。

纸片两边都画上了杠杠，所以那每一个数字看上去都像是牢室里的囚徒。

他想：这玩意儿不搭界。

不是沃特的笑声。难道是那种——计划？

不，上帝啊，不——没有什么东西比这更复杂的了，也没有什么比这更管用的了。

可是一个念头冒出来，至少，脑子里触动了一下。

我出来多久了？他倏地惊起。我从那门里过来时约摸九点光景，要不还更早些。过了多久——？

他接着来。

杰克·莫特——现在他只是枪侠摆弄的一个偶人——抬头看了一眼，看见桌上那个贵重的石英钟显示着一点十五分。

上帝啊，那么晚了吗？那么晚了吗？可是埃蒂……他准是累坏了，不能再撑下去了，我得——

枪侠转过杰克的脑袋。门仍然矗在那儿，但从那儿望见的情形竟比他想象的更糟。

门的一侧有两个黑影，一个坐在轮椅里，旁边是另一个人……但这人已残缺不全了，只能用他的胳膊撑着自己，他下半截腿被那个出手极快的野蛮东西抓走了，就像罗兰的手指和脚趾一样。

那黑影移动了。

罗兰顿时以饿蛇捕食般的速度鞭笞着杰克·莫特，迫使他把脑袋转开。

她看不见我们，在我准备好之前看不见的。等我准备好了，除了这男人的背影她什么也看不见。

黛塔·沃克在任何情况下都不可能看见杰克·莫特，因为透过这扇敞开的门只能看见那个宿主所看见的景象。只有当莫特朝镜子里看时，她才有可能看见莫特的脸，（虽说这有可能导致一种似是而非的自我复制的可怕后果，）但即便那时，这对两个女士中的任何一个也都可能毫无意义；关键在于，对莫特来说这女士的面孔没有任何意义。虽说他们彼此有着不共戴天的隐秘关系，但他们从来没见过对方。

枪侠不想让这个女士见到那个女士。

至少，现在还不是时候。

直觉擦出了火花，愈益接近一个成熟的计划。

可是在这儿已经呆得太久了——光线提醒他现在准是下午三点了，也许都过了四点。

从现在到日落之后螯虾出现，埃蒂离生命终止还剩多少时间？

三小时？

两小时？

他也可以回去救埃蒂……但这正是黛塔·沃克想要的。她设好了一个圈套，就像那些惧怕老虎的村民故意放出一只羔羊作为牺牲品来诱使老虎进入箭矢范围。他也许是应该返回自己病病歪歪的躯体……但时间不够。他只能看见她的影子，是因为她正躺在门边，他那把左轮枪让她紧紧攥在手中。这当儿，只要罗兰的那具躯体一动弹，她就会开枪，结果了他。

由于她对他还是心存畏惧，他的结局可能至少还算幸运。

埃蒂的结局可能是在嘶叫中恐惧地死去。

他似乎害怕黛塔·沃克那种粗野的叽叽咯咯的声音：*你想跟我玩吗？灰肉棒？肯定的，你想来干我！你不会害怕一个老跛子黑女人吧，是不是？*

“只有一条路，”杰克嘴里嗫嚅着，“就这一招。”

办公室的门开了，一个戴眼镜的秃顶男人朝里边望进来。

“你是怎么在做多夫曼的账的?”这秃顶男人问道。

“我病了。我想我得去吃中饭了。我得离开了。”

秃头男人担心地看着他。“也许是病毒,我听说一种挺可怕的病毒在到处传染。”

“也许。”

“那么……只要你在明天下午五点之前把多夫曼的事儿做完……”

“好吧。”

“你知道他那脾气的——”

“是的。”

那秃头男人,这会儿似乎有些局促不安,一个劲儿地点头。“好吧,回家去吧。你看上去是跟平时不大一样。”

“是啊。”

秃头男人匆匆离去。

他感觉到我了,枪侠想。这只是一部分,不是全部。他们都怕他。他们不知道为什么,但他们都怕他。他们的害怕是对的。

杰克·莫特的身子站起来,看见了自己带来的手提箱(那是枪侠进入他意识时带进来的),于是把桌上的纸都归拢来塞了进去。

他感到一阵冲动,想要悄悄回望一下那道门,但随即克制了这种冲动。除非他对一切冒险都做好了准备,否则在回到那儿之前,他不能再回头去看。

这当儿,时间已非常紧迫,还有一些未了的事儿得去完成。

第二章

甜饵

1

黛塔躲在石崖的浓阴里，那是两块豁裂又斜靠在一起的巨石，这模样像是某些老年人到石头跟前去倾诉自己古怪的秘密。她看见埃蒂沿着碎石遍布的山坡上上下下地搜寻着，用嘶哑的嗓音叫喊着。他脸颊上的青楂子终于长成了胡须，乍一看去你也许会把他认作一个中年人，只是有那么三四次，他走近她时（有时近得她一伸手就能抓住他的脚踝），靠得很近时，你才能看出他还是个孩子，像一条挨踹的狗似的无精打采。

奥黛塔会感到内疚，而黛塔却如天然的捕食者般，严阵以待。

当她最初爬到这儿时，她觉出手掌下边吱啦吱啦的，像是秋天落叶在树冠渐稀的枝条上发出的动静。她眼睛调节过来后看见那原来不是树叶，而是一些小动物的骨骸，是某种猎物，如果那泛黄的古老骨骸颜色不假，那应该是年代久远的事了，这里曾是一个兽穴，那种黄鼠狼或是白鼬之类的东西，可能是在晚上一路嗅着气味钻进这片林子里低矮的灌木丛，这儿的诱猎者——凭着自己的鼻子跟过来逮住了猎物。然后它就被杀死、吃掉，然后那猎者又把吃剩的部分拖回这儿贮藏，等夜幕降临再度出猎。

现在有一个更大的猎物在这儿，黛塔最初的念头是仿照前边那个原住民的伎俩：耐心等到埃蒂睡着，他肯定要睡觉，趁那工夫就做了他，把他的尸体拖到这儿来。这样两把左轮枪都在她的手上了。她可以潜到门那边躲着，等着大坏蛋回来。她最初想像对付埃蒂那样三下五除二地把大坏蛋的躯体干掉，但一想这样不好，为什么呢？如果大坏蛋没有躯体可以回来，黛塔要逃离这儿回到自己的世界就没门儿了。

她有可能让大坏蛋把自己带回去吗？

也许不行。

可没准能行。

如果他知道埃蒂还活着，也许就行。

于是这就有了一个更好的点子。

2

她的狡黠的本性根深蒂固。如果谁敢当面暗示她这一点，她也许会朝人家粗声大笑；然而她内心的不安全感也同样根深蒂固——出于后者，她把前者归咎于她碰到的任何与自己智力相当的对手。这就是她对枪侠的感觉。她听到一声枪响，便朝枪响的地方望去，只见一股硝烟从他剩下的那支枪口里冒出来，从那门里过去之前，他重新上了子弹并把枪丢给埃蒂。

她知道这对埃蒂是一种什么暗示：所有的子弹都安然无恙，没有受潮；这把枪可以护身。她也知道这对她是一种什么暗示（当然这大坏蛋知道她在窥望；虽说他俩开始聊天时她其实就睡着了，没准就是那声枪响惊醒她了）：*离他远点，他可是带着真家伙的。*

但魔鬼很可能琢磨得更细。

如果这场小小的作秀是专门冲她而来，那么大坏蛋意识里是否并没有她和埃蒂都可能看不明白的别的意图？也许大坏蛋并不这么想——*如果她看见这发子弹可以射击，那么，她从埃蒂手里拿来的那些子弹也一样能用。*

估计他猜到埃蒂可能会睡过去，可难道他就不明白她可能会候准时机偷了那把枪，然后悄悄挪回山上躲起来？是的，大坏蛋可能已经预见到所有的事情了。他是一个聪明的白鬼子。能足够聪明地预见黛塔逮住这小白娃子的最佳时机。

所以，大坏蛋很可能是有意给枪里上了坏子弹。他曾骗过她一次；干吗不来第二次？这回她仔细检查过枪膛，里边真是上了子弹而不是空弹匣，是的，看上去都是真子弹，但事实上也许不是。他甚至不会冒险搁进一颗可能会是干燥的子弹，难道不是吗？他本来就把所有的子弹都安排好了。毕竟，枪就是大坏蛋的事业。为什么他要来这一手？为什么，为了诱使她暴露自己，显然就是这回事！这一来，埃蒂就会拿那把真能管用的枪来制住她了，同样的错误他不至于再犯一次，不管是不是在极度疲惫的状态下。事实上，愈是疲倦的时刻他倒可能愈加留意不能犯第二次错。

不错的试探啊，白鬼子，黛塔在她阴森森的兽穴里想道。这个黑漆漆的洞窟，虽说逼仄却还舒服，地面上铺着松软的地毯，那是小动物们腐化的尸骸。*不错的试探啊，但我不吃这一套*。

她不必向埃蒂射击，她只消等候。

3

她唯一担心的是枪侠可能会赶在埃蒂睡着之前回来，好在他这会儿还在外头。门底下那个死气沉沉的身子还是纹丝不动地躺在那儿。也许他在找他需要的药时有麻烦了——她都能想到，那准是招惹上别的什么麻烦了。像他这种人要找事儿还不是跟火烧火燎的母狗招惹一群发情的公狗一样容易吗？

埃蒂寻找那个名叫“奥黛塔”的女人足有两个钟头了,(噢,她恨死了这个名字,)一直沿着山丘上上下下呼喊个不停,直到喊不出声音来。

至少埃蒂还是按照黛塔的期待在做:他下山回到那处只是一个小三角的海滩,在轮椅旁边坐下,郁闷地向四周张望着。他攀住轮椅的一只轮子,这手势几乎就是在抚摸。过一会儿,他手放开了,深深地叹一口气。

这个情形给黛塔喉咙里带来一阵剧烈的疼痛,她的脑袋也突然从一边痛到了另一边,像是夏日的一道闪电,她似乎听到一个声音在叫唤……在叫唤或是在喝令。

不,你不能,她想,实在不知道她正在想什么或是在和什么人说话。不,你不能,这回不能,现在不能。不是现在,要不然再也别这样。这蓦然而生的疼痛又钻进她脑子里,她两手攥成拳头。紧绷的脸庞透出一股坚定气概——这虎视眈眈的畸形嘴脸不啻是一种自嘲——那是无以复加的丑陋和几乎是圣洁的坚毅混合一起的表情。

闪电般的疼痛没有再来。那种似乎由疼痛传递的声音也没有重新出现。

她等着。

埃蒂用拳头支着下巴,撑着脑袋。不一会儿脑袋开始垂下来了,拳头滑到脸颊上。黛塔等着,那双黑眼睛炯炯发亮。

埃蒂突然抬头,硬撑着站起来,走到水边,撩起水洗脸。

很对嘛,白孩子。这个世界可没什么犯罪羞耻,否则你也不会给带到这儿来了,对不对?

埃蒂这回坐进了轮椅,感到这样更舒服些。他对着那道打开的门凝视了好长时间,(你在那儿看见什么了,白孩子?黛塔愿掏二十元的票子听你说说,)随后又坐到沙地上。

又用手撑住脑袋。

很快他的头又一点点垂下来了。

这回一点没耽搁，他的下巴很快就贴到胸前，虽说涛声阵阵，她还是能听到他的呼噜声。很快，他就朝一边歪倒，蜷起了身子。

她惊讶、讨厌、恐惧地发现自己内心竟对躺在下面的这小白男孩生出了一丝怜悯之意。他看上去就像一个除夕之夜守了半宿却被赶上床的小不点儿。这时她想起他和那大坏蛋是怎么拿有毒食物来引逗她嘲弄她，而等她伸手去拿的最后一瞬又怎么挪开去了……至少他们还怕她会给毒死。

如果他们怕你会死，何必一开始就让你吃那带毒的东西呢？

这个问题叫她害怕，正如那一瞬间的怜悯之情让她害怕一样。她以前是不对自己提问的，何况在她的意识中，这提问的声音似乎根本不像是她自己的声音。

他们不是想拿这有毒东西来害我，是想要我犯病，我一旦呕吐呻吟他们就会笑我。

她等了二十分钟，然后朝海滩爬下去，用她强健的双手，像蛇那样扭动前行，眼睛一刻也不离开埃蒂。她本来还可以再等上一个小时，甚至再多等半小时；这能使操蛋的白鬼子在睡梦里沉得更深。可她实在等不起了。大坏蛋随时都有可能回来。

当她快接近埃蒂躺着的地方，（他还在打着呼噜，那动静就像锯木厂的圆锯正锯着一处疖疤，）她捡起一块石头，正好是一头光溜一头尖锐。

她握住光溜的一头，继续逶迤蛇行，爬到他躺卧之处，眼睛里闪着谋杀的凶光。

4

黛塔的计划简单得残酷：用石头尖锐的一头去砸埃蒂，一直砸到他跟石头一样毫无知觉。然后拿过他的枪等着罗兰回来。

如果他身子突然坐起，她或许会给他一个选择：把她带回到她自己的世界去，如果拒绝，就死路一条。要么你跟我一起出去，她也许会这样对他说，等你那男朋友一死，你想怎么着都行。

如果那大坏蛋交给埃蒂的枪不能用——这也有可能；她还从来没碰到过像罗兰这样让她又痛恨又害怕的人，她无法估量他的狡猾程度——她要用同样的法子对付他。她要用石块或者干脆赤手空拳地对付他。他病病歪歪，又丢了两根手指，她可以拿翻他。

但当她挨近埃蒂时，一个不安的念头又冒了出来。这又是个问题，好像又是另外那个声音在发问。

如果他知道了怎么办？如果他知道你第二次又去谋杀埃蒂怎么办？

他什么也不会知道。他忙着给自己找药都来不及。我知道的是，他自个儿也快倒下了。

那个异样的声音没有回应，但疑惑的种子已经播下，她听到过他们的谈话，当时他们还以为她已睡着。大坏蛋想要做什么。她不知道那是怎么回事。黛塔只知道那是跟什么塔有关系的事儿。也许那塔里尽是金银珠宝，大坏蛋想弄个盘满钵满。他说他需要她和埃蒂还有另外一个什么人一起去那儿，黛塔猜也许他只能这么做。为什么别的那些门也在这儿？

如果这是一个魔法，而她又杀了埃蒂，他可能会知道的。如果她就此断了他寻找塔的路子，想来不啻是断了那操蛋的白鬼子的命根子了。如果他知道自己没有活下去的理由了，那操蛋的白鬼子就什么事儿都可能做得出来，因为这操蛋的白鬼子压根儿就不可能搞出比狗屎像样的名堂。

生怕大坏蛋回来的念头不由让黛塔打了个寒战。

可是，如果不杀埃蒂，她该做什么呢？她也许该趁埃蒂熟睡这当儿把他那把枪拿过来。可是，如果大坏蛋回来的话，她还能摆弄两把家伙吗？

她还不知道。

她的眼睛瞟到了轮椅，她把它推开去，却又一把拽了回来。轮椅皮靠背上有一个很深的口袋。她找出一根卷拢的绳子，他们曾用这玩意儿把她捆在轮椅上。

看到绳子，她明白自己该怎么做了。

黛塔改变了计划，朝枪侠无声无息的躯体爬过去。她要从他那个背包（他叫做"皮囊"）里找她需要的东西，然后用绳子，尽可能迅速地……然而就在这一刻，她瞥见门外的情景，一下呆住了。

也跟埃蒂那时一样，她还以为自己看到的是什么电影镜头……只是瞧这情景更像是哪部电视警匪剧。场景是一家药店。她看见药剂师吓得瑟瑟发抖，黛塔没法笑话他。因为正有一把枪指着这药剂师的脸。药剂师好像在说什么，但他的声音隔得太远都变了调，好像是被隔音板阻挡了。她说不出是怎么回事，她没看清拿枪的是什么人，但这会儿她根本不必亲眼看见那直撅撅地站在那儿的家伙，是不是？她知道那人是谁，当然知道。

就是大坏蛋。

但站在那儿的不像是他，好像是个胖胖的小狗屎墩儿，好像是他的一个同伙，要不就是让他附身了，没错。他很快就又找到了一支枪，是不是？我打赌是这样。你倒是动手啊，黛塔·沃克。

她打开罗兰的皮袋，里面隐隐地散出一股陈年的烟草味儿，这气息久已不闻了。从某一方面说这很像是一位女士的手袋，一眼看去都是些杂七杂八的小玩意儿……再细看，那是一个浪迹天涯的男人为应付各种不测之需而准备的物品。

她在想，大坏蛋寻找他那个塔的行程倒也是一段悠长的好时光。如果是这么回事，那么这儿留下来的一堆玩意儿（虽说有些也够破烂的）倒是令人惊诧不已。

你得动手了，黛塔·沃克。

她拿了她需要的东西，又默不作声地向轮椅那边蛇行而去。一到那儿，她就用一条胳膊撑直身子，然后像渔妇似的从口袋里拽出绳子。她每时每刻都留意着埃蒂，提防着他醒过来。他倒是一动不动，直到黛塔用绳索套住他的脖子，拉紧了，把他拖走。

5

他被倒着拖走，起初他还睡着，以为自己在做什么被活埋或是窒息而亡的噩梦。

很快他觉出了绳索勒在脖子上的疼痛，他的嘴巴被塞住，渗出的唾液淌到下颏上。这不是做梦。他使劲拽住绳子想用力站起来。

她强健有力的手臂把他拉得紧紧的。埃蒂一个扑通背部着地摔倒了。他那张脸变成了酱紫色。

“老实点！”黛塔在他身后尖刻地嘲笑他，“你老实听话我就不杀你，如果你不听话，我马上勒死你。”

埃蒂垂下手，竭力平静下来。他脖颈上黛塔打的活结松开一点，能让他断断续续地留一口游丝般的气儿，这光景你只能说比憋死要好。

当狂跳的心脏稍稍稳住一点时，他想打量一下周围，绳索立马勒紧了。

“甭想。你只能瞧那海，灰肉棒。眼下你只能朝这个方向看。”

他转过头朝海面看，绳子马上就松了松，能让他可怜巴巴地透点儿气了。他左手偷偷地朝左侧裤腰摸去。（她瞧见这动作了，他不知道，她正咧嘴笑他哩。）那儿空无一物，枪被她拿走了。

当你睡着的时候，埃蒂，她就会爬到你身边。当然这是枪侠的声音。我这会儿跟你说什么都没用，但是……我告诉过你了。这就是你的浪漫故事——一根绳索套住你的脖子，一个拿着两杆枪的疯女人在你背后。

但是如果她想杀了我，我睡着那会儿就能下手了。

那你觉得她想干什么呢，埃蒂？送你一份迪斯尼世界双人豪华游？

“听我说。”他说，“奥黛塔——”

这个名字刚从他嘴里冒出，脖子上的绳子马上就狠狠勒紧了。

“不准叫我这个名字。下回不准再拿别的什么人的名字喊我。我的名字叫黛塔·沃克，如果你还指望给你肺里留点气儿，你这小白狗屎，最好记着点！”

埃蒂咳呛着，鼻孔喘不上气，只能使劲地扒着绳子。眼前爆开了一个空无一物的大黑点，就像绽放一朵恶之花。

那勒紧的绳子最终又给他松了松。

“听明白没有，白鬼子？”

"是。"他这回答只是一声叫唤。

"那么说吧,说我的名字。"

"黛塔。"

"叫我全名!"听着这危险的歇斯底里的女人嗓门,埃蒂这会儿真庆幸自己看不见她。

"黛塔·沃克。"

"很好。"绳索又松了点。"现在你得听我的,白面包,你这么做算是有脑子,如果你想活到太阳下山。你就别想给我玩什么花招,刚才我见你还想玩掏枪的把戏,你睡着那工夫我早从你身上把枪拿走了。你别想来骗黛塔,她眼睛可尖了。你还没想怎么着她就看见了,一定的。

"你别想耍你的机灵劲儿,别以为我这没腿的好对付。我丢了腿以后学会了许多西情,现在我手里有操蛋的白鬼子的两杆枪了,我得拿它们来做点什么,你说西不西?"

"是的,"埃蒂哽咽地说,"我没耍花招。"

"嗯,不错,真的不错。"她嘎嘎笑着,"你睡着那工夫我像条母狗似的忙个不停。七七八八的事儿全搞定了。现在我要你做的是,白面包儿:把手放到背后去,摸到那个绳套——跟我套在你脖子上的玩意儿一样的那个。一共是三个绳套。你睡觉时我一直在动脑子,你这懒骨头!"她又嘎嘎笑起来。"摸到绳套,你自己把两只手腕串到一块儿去。

"然后我手一拽你会觉出这些活结就抽紧了,很快你就会有感觉的,你也许会说,'这可是我的机会来了,我得拿这绳子去套那黑母狗。瞧吧,这下她可摆弄不成那个抽抽绳了',可是——"这时黛塔的嗓音变得更加瓮声瓮气,更像是那种搞笑剧里南方黑人说话的腔调。"——你打算冒险之前,最好回头瞧一下。"

埃蒂照办了。黛塔这会儿看着愈发显出一副邪恶相,她这蓬发垢面的模样可能比她本人的凶残更能给人恐怖的一击。她一直穿着枪侠把她从梅西公司掳来时的那身裙子,这会儿裙子已是破破烂烂,污秽不堪。她操起从枪侠皮袋里找到的那把刀子——他和罗兰用它割过藏毒品的胶带——把自己的裙子一划两半,扯来一块做临时枪套,鼓鼓囊囊地挂在她臀部两侧。磨损的枪柄一边一个翘在外头。

她的声音有点含混不清,因为牙齿正咬着绳子。一截新割的绳头露在她咧开的嘴边;绳子那头叼在她嘴巴另一边——绳子拴在他脖子上。这是一幅野蛮的食肉动物的恐怖形象——咧开的嘴巴叼着绳子——他看呆了,一脸恐惧地望着她,这一来她的嘴巴咧得更开了。

"你想在我摆弄你手的时候玩花样。"她瓮声瓮气地说,"我就用牙齿抽紧你,灰肉棒。这回我可不会松劲了,明白啦?"

他根本说不出话来,只是点点头。

"好。没准可以让你多活一阵。"

"如果我活不了,"埃蒂哽着声音说,"你也别想再去梅西公司偷东西,再也别想去那儿找乐子了,黛塔。他会知道的,到头来谁都没戏。"

"闭嘴,"黛塔说……几乎是在哼哼唧唧,"你只有闭嘴。留着你那念头跟那家伙说吧。能让你尝尝的是再来一道绳套。"

6

你睡着那工夫我一直在忙乎,她这么说的,一阵恶心使他悚然惊觉,埃蒂这才明白她忙乎的是什么。这绳子做了三个连在一起可以扯动的活结,第一个趁他熟睡时套在他脖子上了。第

二个把他的手捆到背后。这会儿她从旁边恶狠狠地推搡着他，要他把脚踝扳到屁股那儿。他明白这姿势意味着什么。她从裙子里伸出罗兰的一把左轮枪戳着埃蒂的太阳穴。

“你不这样做我就得那样做了，灰肉棒，”她还用那种哼哼唧唧的声音说话，“如果我一下手，你就死定了。我不妨往你脑袋上扬些沙子，用头发盖住你脑袋上的枪眼。他还以为你在睡大觉呐！”她又嘎嘎地笑了。

埃蒂把脚扳上来，她手疾眼快地用第三个绳套拴住他的脚踝。

“捆上，尽量捆得像草场上的牲畜一样。”

这形容真够绝的，埃蒂想。如果他嫌这姿势不舒服想把脚往下伸伸，势必把拴在脚踝上的绳子抽得更紧。这一来又把脚踝和手腕之间的绳子抽紧了，而后就抽紧了他手腕和脖子上的绳套……

她拖着他，生拉硬拽地朝海滩拖去。

“嗨，干吗——”

他刚想往后挣扎一下，身上所有的一切都抽紧了——包括呼吸。他只好尽量不去挣扎，由她拖着走(把脚弄上去，别忘了，屁眼，你想把脚放下就得把自己勒死)，由她拖过粗粝不平的地面。一块尖利的石头划破他的脸颊，一股热乎乎的血流淌出来。她大口喘着粗气。层层卷起的浪花冲刷着岩石洞穴，这声音越来越响了。

要淹死我？甜蜜的基督啊，她想做的就是这个？

不是，当然不是。他想起，其实在拖过蜿蜒的潮汐线之前他就明白她想怎么着了，那阵子他的脸就像耙地似的耙过那片海草缠绕的地方，不用等他见到海盐渍烂的东西像溺毙的水手的手指一般冰凉，他就明白是怎么回事了。

他想起亨利曾经有一次说过，有时他们会射中我们这帮人里边的一个，一个美国人，我是说——他们知道一个越南士兵是没用的，因为任何越南佬陷在丛林里我们都不会搭理的。除非是刚从国内来的新兵蛋子。他们会在他肚子上打个洞，让他哭天喊地地叫唤，然后逐一干掉前去救他的人。他们的救援行动一直折腾到那家伙死掉为止。你知道他们管那个人叫什么吗，埃蒂？

埃蒂摇摇头，被他说的这番情形吓得浑身发冷。

他们管他叫甜饵，亨利说过。一道甜品，用来引诱苍蝇，甚至能引来一头熊。

这就是黛塔的算计：用他来做甜饵。

她把他拖到潮汐线七英尺以下的地方，一句话不说就丢下他，让他面朝大海待在那儿。枪侠从门道里看见时，潮水还没有涨上来淹没他——枪侠可能正是落潮时分看到他的，潮水再涨上来可能是六小时以后。远在那之前……

埃蒂眼睛朝上翻了翻，看见太阳把金色的光线洒向海面。这是几点呢？四点？差不多。太阳落山时大约七点。

他担心潮水上涨之前那漫长的夜幕。

天黑下来，那些螯虾们就会钻出水面；它们将询问着爬向海滩，而他被捆绑着无助地躺在那儿，它们会把他撕成碎片。

7

这段时间对埃蒂·迪恩来说简直没完没了。时间这概念本身成了一个笑柄。他甚至连恐惧也顾不上了——管它天黑以后会发生什么事情，腿上一阵阵难熬的颤痛持续不断，到头来痛感令他发出了不可忍的尖叫。倘若他想放松一下肌肉，所有那些活结都将一下子抽紧，脖子上的绳套已经勒得他要死要活，他只能竭力把脚踝往上拉高，以减轻勒住脖子的那股劲儿，能让自己稍稍吸口气儿。他觉得自己可能挺不到晚上了。到那会儿他恐怕已经再也不能把腿往后提上去了。

第三章

罗兰得手

1

现在杰克·莫特知道枪侠在他身上。如果他是另外一个——比方说埃蒂·迪恩或奥黛塔·沃克——罗兰也许会跟他随便聊几句，以缓解他惊愕之下的困惑——那是必然，因为突然发现他的自我里粗鲁地挤入了一个搭乘者，而且这人的脑子还在驱动他的整个生命。

但莫特是个恶魔——没准比黛塔·沃克还要坏——枪侠压根儿不想跟他多费口舌。他能听到那男人的叫唤——*你是谁？我这是怎么回事？*——但罗兰根本不去理会他。枪侠现在集中考虑自己迫在眉睫的几桩事，他使用这男人时一点内疚也没有。叫唤变成了恐惧的嘶喊。枪侠还是不搭理他。

这男人的大脑凹槽仅让他当作地图册和百科全书的合成物来使用。莫特所有的信息都是罗兰需要的。他的计划是粗线条的，但粗线条通常会比缜密的思路更管用。当计划实施起来时，世间没有什么造物能比得上罗兰和莫特这样天造地设的一对儿了。

当你只是做一个粗略的计划时，就有很大的空间容你即兴发挥。一个稍纵即逝的征兆就能激发一个即兴的行动，这一直是罗兰的强项。

2

一同走进电梯的是一个肥胖男人，眼睛上架着玻璃镜片似的东西，就像五分钟前那个脑袋探进莫特办公室的秃头男人一样。（在埃蒂的世界里似乎许多人都戴这个，他的莫特百科全书把这玩意儿称作“眼镜”。）他瞄了一眼杰克·莫特拎着的手提箱，便对莫特说。

“去看多夫曼，杰克？”

枪侠什么也没说。

“如果你以为能说服他不要转租，我得告诉你那是浪费时间。”这胖男人说着，随即朝一个急步退后的同事眨一下眼睛。小厢室的门关上了，突然他们下降了。

他梳理着莫特的意识，不去理会他歇斯底里的抵拒，发现这种下降没事，并非失控。

“如果我这话说得不着边际，对不起，”胖男人说。枪侠想：这人也有点吃不消了。“你处理这种麻烦事儿比公司里任何人都拿手，我是这么想的。”

枪侠一声不吭。他只是等着走出这个下降的小棺材。

“我也是这么跟人说的，”胖男人还一个劲儿地唠叨着，“喏，昨天中午我还跟——”

杰克·莫特脑袋转了过来，从金丝眼镜后面瞪了他一眼，这会儿看来杰克那双蓝眼睛似乎都有点走形了。“闭嘴。”枪侠冷冷地说。

胖子马上变了脸色，冷不丁地朝后退了两步。他鼓鼓的臀部贴在后面的仿木护板上，这时移动着的小棺材突然停住。门打开了，枪侠“穿”着杰克·莫特这具皮囊像是穿了一身过于紧仄的套装，动作呆滞地走了出去，干脆没朝后边瞧一眼。胖男人手指按在电梯的**开门**按钮上，一直待在里边，直到莫特从眼前消失。*总这样绷着也该放松一下了*，胖男人想，*但这次恐怕非常严重。可能是崩溃了。*

胖男人想道，得让杰克·莫特去某处休养地待一阵才是，这倒是一个不错的主意。

枪侠对他这想法一点都不会奇怪。

3

穿过一个回音嗡嗡的厅室，他的“莫特百科全书”告诉他这叫大堂，通常而言，是这摩天大楼里的办公人员进进出出的通道，见到街上明亮的阳光（“莫特百科全书”说这条街有两个名字，一谓第六大街，一谓美国大街），罗兰的宿主一声尖叫停住了脚步。莫特的惊厥并非一命呜呼；倘若莫特死了，枪侠凭着敏锐的直觉当即就能感觉到，那么他们的命运就可能永远被放逐到超越任何物质世界的虚无中去了。不是死亡——是晕倒。由于过度恐惧过度惊骇而晕厥，正如罗兰进入这男人的意识时发现他那些秘密时也惊讶不已一样，这就是频繁交互中的命运巧合。

他很高兴莫特晕过去了。这家伙不省人事没关系，只要不影响罗兰读取他的知识和记忆就行——还真的没影响——很高兴他这就歇菜了。

这黄色轿车是一种公共交通工具，被称作“储珠车”或是“凯巴”什么的，要不就是叫“海克斯”①。掌控这些出租车的是帮派，“莫特百科全书”告诉他，是两拨人：墨西哥人和犹太佬，要拦一辆车，你得像小学生在课堂上那样举起手来。

罗兰举起手，有几辆“储珠车”显然是空车，而司机从他身边

---

① “储珠车”（Tack-Sees）、“凯巴”（Cabs）、“海克斯”（Hax），都是罗兰对英文出租汽车一词不正确的拼读。

驶过却没停下，他看见那上面有个写着下班的标识牌。因为是大写字母，枪侠就不需要借助莫特了。他等了一会儿，再次举起手。这辆“储珠车”在路边停下了，枪侠坐进了后座。他闻到了陈年的烟味，还有经久不散的甜腻腻的气息和香水味儿。这气味闻着像是他那个世界里的马车。

“去哪儿，哥们？”司机问道——罗兰吃不准这是哪种车，墨西哥人的还是犹太佬的，他也不打算问个明白。在这个世界里这也许很失礼。

“我不太清楚。”罗兰说。

“这可不是什么交心治疗小组[1]，哥们，时间就是金钱呐。”

叫他把旗子放下，[2]“莫特百科全书”告诉他。

“把旗子放下吧。”罗兰说。

“这要开始计价的。”司机回答。

告诉他你会多付他五元钱小费，“莫特百科全书”指导他。

“我会多付你五元小费。”罗兰说。

“让我瞧瞧，”司机回答。“钱到手才算数，吹牛可不行。”

跟他说如果不想要钱就操他自己，“莫特百科全书”马上教他。

“你是想要钱，还是想操你自己？”罗兰用阴冷的口气问。

司机两眼害怕地朝后视镜瞥一下，不敢再说什么了。

罗兰这回向杰克·莫特咨询了一大堆丰富的知识。司机又飞快地朝后视镜瞄一眼，在十五秒钟时间里，这乘客就那样坐着，脑袋微微垂下，左手捂在额头上，好像得了偏头痛。司机打定主意要这家伙出去，否则就报警，可这当儿乘客抬头和颜悦色

---

① 交心治疗小组(encounter group)一种精神病集体疗法，鼓励患者与他人进行交流并自由表现情绪。

② 美国的出租车招徕乘客时竖起旗形标识牌，把旗子放下意即开始计价。

地说，“请你送我到第七大道和第四十九大街。这趟车程我会在你表上计价之外再添十美元，不关你出租公司的事儿。”

一个古怪的家伙，这出租车司机（一个佛蒙特来的**英格兰新教徒后裔**，一心想打入演艺界的小子）心想，不过，也许是个挺有钱的怪人。他发动起车子。“我们这就去那儿，伙计。”他说着便驶入车流，心里想着，越快越好。

4

即兴。是这个词。

枪侠从出租车里下来时，看见一辆蓝白相间的车子泊在那排房子前，他把车上警察这字样读做了警杀——这当儿没去查莫特的知识仓储。两个枪侠坐在车里，喝着什么——咖啡，好像是——盛在白纸似的玻璃杯里。是枪侠吗，没错，——可是看上去他们的体形都偏胖而且肌肉松弛。

他摸到莫特的皮包，（只是这个皮包也太小了，好像不是个真正的皮包；一个真正的皮包几乎大得像一个背囊，可以装入男人所有的东西——如果他没有带太多的东西上路，）给了出租司机一张数字为二十的纸币。司机飞快地开走了。这一趟他算赚发了，但这乘客如此古怪，司机觉得自己每一分钱都赚得不易。

枪侠看着商店门口的提示。

克莱门茨枪械及运动商品，那上面写着。**军火弹药，捕鱼索具，官方证照**。

枪侠不是每一个词都认得，但朝窗子里一看，就知道来对地方了，莫特带着他找到要找的柜台。那儿陈列着一些护腕、徽章什么的……还有枪，多半是步枪，还有手枪。这些枪都被拴在一起，当然这没关系。

他知道自己需要的是什么——如果——他看见那玩意儿了。

罗兰咨询杰克·莫特的意识，足足超过了一分钟——这精明诡诈的脑瓜足够配合他的任何意图。

5

一个穿蓝白西装的警察用胳膊肘捅了捅另一个。“瞧那儿，”他说，“一个多严肃的性价比购物者。”

他的同伴笑了。“噢，上帝，”他用一种女里女气的声音说。那戴着金边眼镜、身穿公司套装的男人研究过橱窗内的陈列品后走到里面去了。“我想他是打算买副性趣手铐吧。”

第一个警察陡然大笑起来，却被满嘴热乎乎的咖啡呛住，一口喷回聚苯乙烯塑料杯里。

6

一个店员几乎马上就迎上来，问他想买什么。

“我想知道……”这个穿一身老派的蓝套装的人回答，“你们有没有一种纸……”他停顿一下，显然在深思，然后抬头看着他。“一种图表，我是说，标示左轮枪子弹的图表。”

“你是说口径图表?”这店员问。

顾客停顿了一下，然后说：“是的，我兄弟有一把左轮枪。我拿它射击过，那已经好多年了。我想要是看到子弹我会知道多大口径。”

“噢，那敢情没错，”店员回答，“可是也很难说。那是点二二，还是点三八？还是——”

“你把图表给我看，我就知道了。”罗兰说。

“请稍等。”店员疑惑地打量一眼这个身着蓝套装的男人，然后耸耸肩。操，心想顾客总是对的，虽说他自己也闹不明白……如果他付钱，那就是对的。有钱才算，吹牛不算。“我拿《射手圣经》给你看。也许你应该看看那个。”

“好。”他笑了。《射手圣经》。这书名倒真有派头。

这人在柜台下面翻找了一阵，拿出一本翻得很旧的书，这跟枪侠看过的那本一般厚——这家伙捧在手里好像是捧着一堆石头。

他拿到柜台上打开，转向枪侠。“看一下吧。这么说多年以来，你一直都在瞎打瞎撞地放枪？”他看上去愣了一下，接着又堆出一脸笑容。“请原谅我的双关语。”①

罗兰没听见他说什么，俯身趴在那书上，研究着那些看上去极为真实的图片，“莫特百科全书”把这些仿真度极高的图片叫做“找片”。

他慢慢地翻着书。不是……不是……不是……

他几乎快要失望了。然而，就这工夫他蓦然抬头，兴奋不已地看着那店员，弄得对方都有点怕了。

“这个！”他说。“这个！就是这个！”

他点着的这张照片是温彻斯特“点四五”手枪子弹。其实这并不是他的那把枪的子弹，因为如今再也没有人工拆卸的枪了，但他不必询问什么数据（对他来说数据也许不代表什么）就认定

---

① 他说的“放枪”（shoot）也有下流的意味。

这种子弹可以从他的枪膛里击发。

"噢，好吧，我看你已找到你要的东西了，"店员说，"可你也不必激动成这样儿，伙计。我是说，不过是子弹嘛。"

"你们有这货？"

"当然。你想要几盒？"

"一盒有多少子弹？"

"五十。"店员这会儿是带着真正的疑问在打量枪侠了。倘若这男人是打算买子弹，他必定会知道他得出示带照片的持枪证。没有证件，就别想买弹药，枪都不能摆弄；这是曼哈顿行政区的法律。问题是，这家伙倘是真有持枪证，怎么会不知道一个标准弹盒装多少颗子弹呢？

"五十！"他揉揉下巴惊讶地瞪着店员。他这是即兴发挥，没错。

店员朝左边挪了挪，挨近现金出纳机那儿……然后像是不经意的样子，渐渐靠近他自己放在柜台下面的那把点三五七梅格步枪，那枪里上满子弹随时可以击发。

"五十！"枪侠重复了一遍。他还以为是五颗，十颗，顶多十几颗呢，但这……但这……

你带了多少钱？他问"莫特百科"。"莫特百科"不知道，说不上一个准数，可他觉得自己皮夹里至少应该有六十块钱。

"一盒多少钱？"没准六十块下不来，他估计，但这男人也许会劝他拆零买，要不……

"五十颗子弹十七块，"店员说，"可是，先生——"

杰克·莫特是个会计师，这回一点也不耽搁，答案马上应声而出。

"来三盒，"枪侠说，"三盒。"他用一只手指点了点那张找片。可以发射一百五十次的子弹！啊，众神啊！这世界的储存是多么丰富啊！

那店员没有动弹。

“你们没有这么多，”枪侠说。他一点儿也不感到惊讶。因为这事儿太好了以至都不能想象这是真的。一个梦吧。

“噢，我有温彻斯特点四五，比这大的子弹我都有的是。”店员又朝左边走了一步，更靠近现金出纳柜和那把枪了。如果这家伙是个疯子，店员这会儿一眼就能瞧出，他一眨眼就能在他肚子上凿一个窟窿。“我们还有老式阴阳枪的点四五子弹哩。我想知道，先生，你是不是有卡？”

“卡？”

“带照片的持枪证件啊。除非向我出示你的证件，否则我不能把子弹卖给你。如果你想无证购买弹药，你就把自己送到西切斯特①去了。”

枪侠瞪着店员，脑子里一片空白。这对他来说完全是对牛弹琴。他一点都不明白这是什么意思。他的“莫特百科全书”对这男人的话的解释也是含糊其辞，在这种情况下，莫特那些含含糊糊的说法很不可靠。莫特这辈子都没有拥有过自己的枪。他是用其他怪招来实施那些恶心的计划的。

这个男人又向左边挪了一步，眼睛一点也没有离开顾客的脸，枪侠想：*他有枪。他以为我想找麻烦……或者没准他要我找麻烦。这样好找借口朝我开枪。*

即兴发挥。

他想起那几个身穿西装坐着蓝白车辆巡街的枪侠。枪侠，是的，和平维持者，以武力维持世界安定的人们。但这些家伙看

---

① 西切斯特（Westchester），美国宾夕法尼亚州东南部一市镇，这里指设在该镇的监狱。

上去——至少一眼扫过去——就像这世界上其他那些无所事事的人们一个样儿，软塌塌的，毫不起眼——只是穿着制服戴着帽子，没精打采地坐在车里喝咖啡的两个人。也许他判断错了。他寄希望于他们——这是他从来没有过的。

“噢，我明白，”枪侠说着，在杰克·莫特的脸上做出抱歉的微笑。“很抱歉。我可能是跟不上趟了，这时代变化也太快了点——变化太快——我已经好久没有正式持有枪支了。”

“没关系。”店员说话时，显然放松些了。也许这人没什么不妥。或许他是搞什么恶作剧来着。

“我不知道能不能看看那套清洁工具？”罗兰指着店员身后的货架说。

“当然。”店员转过身去拿，当他顾着那头时，枪侠从莫特的上衣口袋里掏出皮夹。他动作飞快，店员背对着他的时间不超过四秒钟，但当他转过身来对着莫特时，皮夹已落在地板上了。

“这可是好东西，”店员说着，一边微笑着，认定这人没什么不正常。他知道那种糟糕的感觉。他自己在海军里待的时间也够长的。“你买这套清洁工具不需要那个该死的许可证。自由买卖真是太棒了，不是吗？”

“是啊。”枪侠一本正经地搭腔道，一边假装仔细地察看那套工具，其实一眼就足以看清楚那劣质工具箱里的劣质家什。他一边看，一边踮着脚小心地把莫特的皮夹推到柜台下面。

过了一会儿，他带着歉意把清洁箱推了回去。“很抱歉，这个就算了。”

“没关系。”店员说着，兴致一下荡然无存。既然这家伙不是个疯子，显然只是看看而已，不是个买主，他们的关系就结束了。全是废话。“还想看些什么？”他嘴里这样问，眼睛却告诉这个蓝套装可以走人了。

“不啦，谢谢。”枪侠离开时回头看了一眼。莫特的皮夹已往柜台底下推进去好大一截。罗兰放下了自己的甜饵。

7

卡尔·德勒凡和乔治·奥默哈警官喝完咖啡，打算开路，这工夫那个穿蓝套装的男人从克莱门茨商店出来了——两个警官都认为这家伙是个“牛角火药筒”（警察俚语，指在合法售枪店里搞非法勾当，或是卖枪给那些持有合法证件的单打独斗的抢劫者，或是成批倒腾武器给黑手党）的角色，他们瞧着这人走近他们的警车。

他走到车旁，在副驾驶座上的奥默哈那边窗口弯下身来。奥默哈以为这家伙是个娘娘腔——是那种平常会玩性趣手铐之类把戏的奇怪家伙。除了卖枪，克莱门茨的店主还见缝插针地做些手铐生意。这在曼哈顿是合法的，大多数人买这玩意儿去不是为了做什么业余的霍迪尼。（警察们都不喜欢这事儿，但警察的想法能改变什么吗？）这些买主大部分是喜好施虐或受虐这一口。但这男人完全不像是个搞同性恋的。他的声音呆板而无特色，文绉绉的还有点阴沉。

“那个柜台上的家伙拿了我的钱包。”他说。

“谁？”奥默哈迅速挺直身子。他们盯上贾斯汀·克莱门茨有一年半时间了。如果能把这事弄明白了，没准他俩就能把蓝西装换成警探的徽章了。但也许这是个白日梦——因为事情来得太巧了简直不像是真的——但只是——

“那个柜台上的。那——”一个短暂的停顿。“那个店员。”

奥默哈和卡尔·德勒凡交换了一下眼色。

“黑头发的？”德勒凡问。“有点壮实的？”

又是一阵停顿。“是的，他的眼睛是褐色的。这边有道小小的疤痕。”

这个人有点什么不对劲……奥默哈当时不可能怀疑他，而事后却回忆起来，因为事后脑子里没有多少想头了。其中主要的原因，当然啦，非常简单，一个金灿灿的警探徽章是想也甭想了，而且弄到后来能死乞白赖地保住这份工作也算是造化了。

多年以后，当奥默哈带两个儿子去波士顿科学博物馆参观时，突然间他对这事儿有了顿悟。他们在那儿看一种机器——是电脑——用手指嗒嗒地输入命令，但除非你在第一次开机时按平方取中法设置你的问题，否则电脑每次都得操你一回。因为它得停顿一下去检查内存，找寻所有可能的最佳策略。他和儿子都被迷住了。可是，一件阴森森的怪事突然蹿上心头……他马上就想起了那个蓝套装，他也有那种怪模样，和他说话的感觉就像是在跟一个机器人说话。

德勒凡没有这种感觉，九年后的一个夜晚，他带着自己的独子（当时是十八岁，刚要上大学）一起去看电影，开场三十分钟后，德勒凡对着银幕站起来尖声大叫：“就是他！就是**他**！就是那个在克莱门——”

有人对他喊着叫他坐下！可是不必操这份心了，德勒凡，一个体重超重七十磅的老烟枪，没等抱怨的观众发出第二声叫喊就死于致命的心脏病了。那个穿蓝套装的人那天走近他们的巡逻车，告诉他们，他的钱包被偷了——他跟那电影明星长得并不像，但那几句致命的话却是一模一样；还有那种文质彬彬的残酷劲儿。

这部电影，当然啦，就是《终结者》①。

---

① 《终结者》(*The Terminator*)，阿诺德·施瓦辛格主演的好莱坞科幻大片，一九八四年出品。

8

两个警察交换了一下眼色。那个穿蓝套装的人说的不是克莱门茨，却跟另一个人有点像："胖子强尼"霍尔顿，克莱门茨的小舅子。可他居然蠢到去偷这人的钱包，这却是——

——也许是这家伙脑筋搭错了，奥默哈不再多想，他得用手捂着嘴巴，掩住一丝微笑。

"你是否能把整个事情确切地给我们讲一遍，"德勒凡说，"先说你的名字吧。"

这男人的回答有点前言不搭后语，又让奥默哈吃了一惊。在这个城市里，有时候似乎有百分之七十的人把"操你自己"挂在嘴边，就像美国人说"祝你愉快"一样顺口，他以为这个男人会这样说：嗨，那个店员拿了我的钱包！是你去给我拿回来，还是我们站在这儿玩二十个问题的游戏？

瞧这人套装剪裁精良，指甲修剪得体。也许这家伙擅长对付那些官僚的胡扯。说真的，乔治·奥默哈不是很在意这个。想到可以利用胖子强尼对阿诺德·克莱门茨施压，奥默哈嘴巴里直淌口水。一个晕乎乎的瞬间，他甚至想到了利用霍尔顿来引出克莱门茨，而后用克莱门茨去引出真正的大家伙——比方说那个意大利佬巴拉扎，或者是吉奈利。那不是太离谱的事儿，完全不离谱。

"我的名字叫杰克·莫特。"那男人说。

德勒凡从他屁股后面的口袋里掏出拍纸簿。"地址？"

一个短暂的停顿。像是机器，奥默哈又想到这上边了。一阵沉默，然后就像是突然想起来的一声低语。

"公园南路 409 号。"

德勒凡记了下来。

“社会保险号？”

又是一个短暂的停顿之后，莫特背了出来。

“你要明白，我问你这些问题是为了确认身份。如果那人确实拿了你的钱包，我可以说，在我把钱包拿到手之前，你已经向我报警了，这样才对。你明白吗？”

“明白。”这回那人声音里带出些许的不耐烦。这倒让奥默哈对他有了一点儿好感。“最好别再磨蹭了。时间都过去了，而且——”

“你是说事情会起变化，我猜。”

“事情会起变化的，”穿蓝套装的人附和道，“是的。”

“你皮夹里有什么照片之类能作为证明吗？”

一个停顿。然后说：“有一张我母亲在帝国大厦前拍的照片。照片背后写着：‘这是很愉快的一天，很漂亮的景色，爱你的妈妈。’”

德勒凡飞快地写下，然后啪地合上本子。“好啦，这就行啦。不过还有一件事，你得给我们签一个名字，等我们把钱包拿回，我们需要把你的签名和你的驾照、信用卡或是其他什么东西上的签名比对一下，看看是否一致。行吗？”

罗兰点点头，虽说照他理解的那样做了，虽说能够从莫特的知识存储中调取他所需要的东西来应付各种事儿，但在莫特意识缺席的状态下当场摹写他的签名却是侥幸一搏。

“跟我们说说事情的过程吧。”

“我去给我的兄弟买些子弹。他有一把点四五的温彻斯特左轮枪。这人问我是不是有持枪证。我说当然有。他便要求看一下。”

一个停顿。

“我拿出皮夹,给他看。一定是我在翻皮夹给他看的时候,他看到了里面有不少——”稍稍停顿了一下“二十块的票子。我是个税务会计。我有个客户名字叫多夫曼,他刚刚得到一笔小小的退税,是在一个延长的——”停顿一下“——诉讼案子后。这笔钱是八百美元,但这个人,多夫曼,是——”又停顿一下“——是我们受理过的最大的一击[①]”再停顿一下“请原谅我的双关语。”

后来奥默哈脑子里回忆起这人说的最后几个词,终于恍然大悟。我们受理过的最大的一击。不坏。他笑了。当时他意识里没觉得这人像机器人,丝毫没有那种靠手指嗒嗒输入命令进行工作的感觉。这家伙相当真实,只是他有点不安,大概是想摆酷来掩饰什么吧。

“多夫曼无论如何是要现金的。他坚持要现金。”

“你认为胖子强尼瞧见你顾客的那些钱了。”德勒凡说。他和奥默哈走出蓝白相间的警车。

“你们就是这么称呼这家商店里的那人的?”

“噢,有时候我们还用更糟糕的称呼呢。”德勒凡说。“你把持枪证给他看过后发生了什么事,莫特先生?”

“他要我给他看得仔细些。我把皮夹给他,可他根本没瞧我的照片,却把皮夹扔到地上。我问他这是什么意思。他说这是个愚蠢的问题。然后我要他还我皮夹。我真是让他给气得要发疯了。”

“这倒是。”德勒凡瞧着这人阴沉的面孔,觉得没法想象这人发疯的样子。

“他还笑哩。我绕着柜台转,看见了那皮夹。这时他拿出

---

① 最大的一击,原文 the biggest prick,这里的“一击”(prick)与“价格”(price)是谐音词,所以下文中有双关语的说法。

了枪。”

他们正朝那家商店走去。这会儿停下了。他们与其说是害怕不如说是兴奋。

“枪?”奥默哈问,想确定一下自己没听错。

“就在柜台底下,现金出纳机旁边,”这穿蓝套装的人说。罗兰记得那一瞬间他几乎要放弃原来的计划去夺那人的枪了。这会儿他跟那两个枪侠解释自己为什么不上前单打独斗。他是想靠他们来解决问题,而不是让他们丧命。“我想这枪是架在一个装有机关的盒子里。”

“一个什么?”奥默哈问。

这回是一个很长的停顿。这男人前额皱了起来。“我不知道怎么准确地表达……就是那种你把枪放进去的东西……。没有人能打开它,除非你知道怎么去按——”

“一个弹簧夹!”德勒凡说。“天呐!”这对搭档又交换了一下眼色。两人原本都不想第一个开口告诉他,那胖子强尼早已把他皮夹里的现金拿走,而皮夹则扔到屋后的背街小巷里去了……但这又弄出一把藏在弹簧夹里的枪……事情就不一样了。抢劫只是一种可能,而一件上满子弹藏匿在那儿的武器却是跑不了的事儿。也许没那么夸张,只是搭点边。

“后来呢?”奥默哈问。

“当时他跟我说,别想找回那皮夹了。他又说——”停顿一下“又说我可以拿回我那被扒的——我那被扒的皮夹,这意思是——去街上找那皮夹,还说如果我想好好活着的话,最好记着点。我记得就在这段街区见过一辆警车停在路边,我想你们也许还在。所以我就离开了那店铺。”

“很好,”德勒凡说,“我和我的搭档先进去,这是快刀斩乱麻。给我们一分钟时间——完整的一分钟——只是以防万一有什么麻烦。然后你进来，但你得站在门边。明白了吗？”

“明白。”

“好。我们去打爆那个狗娘养的。”

两个警察先进去了，罗兰等了三十秒钟，然后也跟进去了。

9

胖子强尼·霍尔顿不仅是在抗辩，简直就是咆哮。

“那丫疯了！丫进来时，甚至都不知道自己要什么东西，等在《射手圣经》上查到他要的货后，还不知道一盒子弹有多少颗，一盒要多少钱，他说什么我要凑近点看他的持枪证，压根儿是我听过的最狗屁的屁话，丫根本就没有持枪证——”胖子强尼点爆了似的叫喊着。“他在那儿！就那爬虫！就是他！我看见你了，伙计！我看见你的脸了！下回再让我看见你，给我留点神！我向你保证！我他妈的向你保证——”

“你没有拿过此人的钱包？”奥默哈问。

“你知道我没拿过他的钱包！”

“你不介意我们看一下陈列柜后面吧？只是为了确认一下。”德勒凡强硬地说，“只是为了确认一下。”

“简直是，他妈的，超级王八蛋！这柜子是玻璃的，你看见有什么钱包在那儿啦？”

“不，不是那儿……我是说这儿，”德勒凡说着挪向现金出纳机。他的嗓音跟猫打呼噜似的。从此处开始，柜台托架上加固着一条几乎有两英尺宽的电镀钢条。德勒凡回头看看那个穿蓝套装的人，他点了点头。

“我要你们这些家伙全部给我出去，”胖子强尼喝道。他脸色一下子变白了。“如果你们带了搜查令，那就不一样了。但是现在，你丫的全都给我出去。这他妈还是自由国家呢，你——知道吗！嗨，离开这儿！”

奥默哈眼睛瞟过柜台。

“这是非法的！”胖子强尼咆哮道，“这他妈的不合法，国家宪法……我他妈的律师……”

“我只是想把你这儿的货看个仔细，”奥默哈和颜悦色地说，“你这展示柜他妈的也太脏了点。我得看仔细了。对不对，卡尔？”

“没错，伙计。”德勒凡一本正经地说。

“瞧瞧，我发现了什么。”

罗兰听到咔嗒一声，倏忽之间身穿蓝套装的枪侠有如握住了一支火力超巨的大枪。

胖子强尼，终于发现自己是这房间里唯一和警察得知的那个天方夜谭故事唱反调的人，现在这警察已搜到了他的梅格枪。

“我有持枪证。”他说。

“带着吗？”

“当然。”

“证件是它的么，这把藏起来的枪？”

“是的。”

“这枪注册过吗？”奥默哈问，“有，还是没有？”

“这个……我好像忘记了。”

“没准还刚使过呢，你也忘了？”

“操你。我要叫我的律师来。”

胖子强尼转身想走。德勒凡一把拽住了他。

“问你一个问题，你是不是被准许在弹簧夹装置里私藏一把致命武器？”他还是像猫打呼噜似的柔声柔气地说话。“这可是个有意思的问题，因为就我所知，这纽约城里没有颁发过这样的许可证。”

两个警察看着胖子强尼；胖子强尼也回看着他们。他们没有人注意到罗兰把门口“**营业中**”的标识牌换成了“**关门**”。

“也许我们可以着手解决这个问题，如果我们能发现这位先生的钱包，”奥默哈说道。即便魔鬼本人也不能以如此有说服力的口气这般哄人。“你知道，没准他掉在这儿了。”

“我告诉过你了！我压根儿不知道这丫的什么钱包！丫肯定是吃错药了！”

罗兰弯下身子。“在这儿，”他加重语气说。“我看见了，他拿脚踩住了。”

这是撒谎，但德勒凡的手仍然搭在胖子强尼肩膀上，猛地把他往后一推，弄得胖子强尼没法申辩他的脚是否在那儿踩过。

必须现在出手。两个警察弯腰往柜台下面察看时，罗兰不动声色地挪向柜台。他们这会儿并在一处，两人脑袋也靠在一起。奥默哈右手上还拿着那把店员藏在柜台下的枪。

“该死的，在这儿！”德勒凡兴奋地说。“我看见了！”

罗兰朝他们称为胖子强尼的那家伙疾速瞥了一眼，确定他没玩花招。他只能老老实实地贴墙呆着——他被推搡到墙那儿，说真的，这会儿他倒希望自己能被推进墙里去——他举着两手，眼睛睁得像两个“O”形，真是大受伤害。看上去他似乎实在不明白他的星座怎么没告诉他今儿会惹来这场祸水。

那儿没什么问题。

“有了！”奥默哈高兴地回答。两个人在柜台底下张望着，手摁在膝盖上。现在奥默哈弯下左膝伸手去拿那钱包。“我看见了，那——”

罗兰跨上最后一步。他一只手握成空心拳向德勒凡右边的脸颊砸过去，另一只手砸向奥默哈的左脸颊。突然间，胖子强尼认为糟透了的一天又弄出了一场更大的乱子。这个幽灵般的身穿蓝套装的人把两个警察的脑袋砰地撞到一起，那动静就像是两块用什么东西裹着的石头互相对撞。

警察瘫倒在地。这个戴金丝眼镜的男人站在那儿。他用那把点三五七梅格枪指着胖子强尼。枪口大得足以发射登月火箭。

“我们没有任何麻烦，对不对？”这怪人用沉闷的声音问道。

“是的，先生，”胖子强尼马上说，“一点也没有。”

“站在那儿。只要你的屁股一离开那堵墙，你的小命儿也会离开你自己。明白吗？”

“明白，先生，”胖子强尼说，“我当然明白。”

“好。”

罗兰把两个警察拽开。他们两个还活着。那挺好。不管他俩多么迟钝，肌肉多么松弛，他们总归还是枪侠，还试图帮助一个处于麻烦中的陌生人。他没有杀了他们的冲动。

可他以前做过这事儿，不是吗？难道不是吗，阿兰，他的一个歃血兄弟，不就是死在罗兰和库斯伯特冒烟的枪口下吗？

他的眼睛没有离开这个店员，他用杰克·莫特的古奇软鞋的鞋尖朝里边探触。他探到了钱包。一脚踢了出来。钱包打着转儿从柜台底下滑到胖子强尼身边。胖子强尼一下惊跳起来，马上就像一个牧鹅女发现一只老鼠似的缩起身子。那一忽儿，他的屁股确实离开了墙壁，而枪侠当即就发现了。他不想给这人一颗子弹。他宁愿把枪砸过去或是用斧头劈过去，因为这么大一把枪开起火来没准会招来这周围的一半邻居。

“捡起来，”枪侠说，“慢慢地。”

胖子强尼伸手去捡，当要抓住钱包时，他放了个响屁还大声尖叫起来。差点被弄晕的枪侠忽而意识到，这家伙把自己的放屁声听作了枪响，以为自己死到临头了。

胖子强尼站起身，一个劲儿地颤抖着。裤子前面湿了一大块。

“把钱包放在柜台上。钱包。我说。”

胖子强尼照办了。

“现在该说到子弹了。温彻斯特点四五的。可是，我每一秒钟都要看得见你的手。”

“我得伸手掏裤兜，掏钥匙。”

罗兰点点头。

胖子强尼急忙开锁取货，随之装着一盒盒子弹的抽屉从货柜里滑出，罗兰在旁暗暗思忖。

“给我四盒，”他最后说。他还是不敢想象会需要这么多的子弹，可是拥有这些子弹的诱惑使他无法拒绝。

胖子强尼把盒子搁上柜台。罗兰抽出一盒打开，心里还在想这是不是一个玩笑或是一个梦。可这些子弹却是真真切切，全都是好的，干干净净，闪闪发亮，没有一丝划痕，从未上过膛，也从未卸过膛。他拿起一颗对着光线细看了一会儿，又搁回盒子。

“现在去拿一副手腕带来。”

“手腕带——？”

枪侠咨询了“莫特百科”。“手铐。”

“先生，我知道你要的是什么。现金出纳机——”

“照我说的办，快。”

老天，这都没个头啦，胖子强尼心里呻吟道。他打开柜台另一处，取出一副手铐。

“钥匙?”罗兰问。

胖子强尼把手铐的钥匙放在柜台上。发出轻轻的咔嗒一声。一个晕过去的警察突然发出一声呼噜,强尼不由得小声尖叫起来。

“转过身去,”枪侠命令。

“你不会朝我开枪吧,不会吧,说你不会!”

“不会,”罗兰声音呆板地说,“你立马转过去,我就不会开枪打你,如果你不照做,我就开枪。”

胖子强尼转过身去,开始抽噎起来。当然这个男人说过不会开枪的,可是这人的许诺是不好相信的,他是杀人不眨眼的家伙。他的抽噎渐渐变成了哭泣。

“求求你,先生,看在我母亲份上别朝我开枪。我母亲老了,她是瞎子,她是——”

“她活该倒霉有你这么个脓包儿子,”枪侠阴郁地说,“把手腕靠在一起。”

强尼呜呜哭着,湿漉漉的裤子沾在他胯下,他把手腕靠在一起。咔嗒一声,手铐就锁上了。他不知道这幽灵般的怪人围着柜台转来转去想干什么。他也不想知道。

“面对墙站好,我叫你转过来才可以转身。你要是不听话,我马上杀了你。”

希望的火花照亮了胖子强尼的意识。也许这家伙不会杀他。也许这家伙没有发疯,只是精神不正常。

“我不会的,我向上帝发誓。向他所有的圣徒发誓。向他所有的天使发誓。我向他所有的苍穹——”

“我发誓,你要还不闭嘴我会一枪打穿你的脖子。”幽灵说。

胖子强尼闭嘴了。对他来说,面壁而站的这段时间好像是永远没有止境了。事实上,那只不过二十秒钟左右。

枪侠蹲下来，把店员的枪搁在地上，飞快地四下巡睃一眼，确信这一切都是真实的，然后从警察后背上将他们那两把枪解下。两人都没事，只是昏过去了，罗兰断定实无大碍。他们两人呼吸都很正常。那个叫德勒凡的耳朵里流出一缕血痕，但也就这点伤了。

他又瞥一眼店员，卸下枪侠们的枪带把他们捆起来。然后他脱下莫特的蓝色套装，把枪佩在自己身上。这两把玩意儿不是他的枪，但又佩上武器的感觉很好。真他妈的好。比他想象的还好。

两把枪，一把给埃蒂，一把给奥黛塔……等奥黛塔打算用枪的时候。他重新穿上莫特的套装，把两盒子弹塞进右边口袋里，还有两盒塞进左边口袋。那身原先很挺括的衣服现在变得鼓鼓囊囊了。他拿起店员的那把点三五七马格南枪，把子弹搁进自己裤袋里。然后把枪扔到房间另一头。枪砸在地板上把胖子强尼吓了一大跳，又憋着喉咙尖叫起来，又是一道热乎乎的液体流到了裤子里。

枪侠站起身，告诉强尼可以转过身了。

10

胖子强尼转过身来时再打量一眼这个戴金丝眼镜身穿蓝套装的幽灵，不由得瞠目结舌。有那么一忽儿，当他背过身的时候，他真真切切地觉得这闯入者已变成了一个鬼魂。而这会儿胖子强尼似乎又从他身上看到了一个更具某种真实感的人物，那就是时常出现在影视枪战片里的传奇人物，他孩提时代就跟那路角色混了个脸熟：怀特·厄普、多西·霍利代、布奇·卡西蒂①，而他就是这些人物中的一个。

接下来他眼里的图像便清晰了，他意识到这疯子在做什么：他拿了警察的枪，插在自己腰上。他还一本正经地穿西装打领带，这模样按说相当滑稽可笑，可是搁在他身上不知怎么并不让人觉得可笑。

"开手铐的钥匙在柜台上，等警察醒来，他们会给你打开的。"

他拿过钱包，令人难以置信地找出四张二十元的票子，搁在玻璃柜台上，然后把钱包塞回衣兜。

"这是买弹药的，"罗兰说。"我把你那支枪里的子弹卸了。等离开你这儿，我得扔掉那些子弹。我想，枪里找不到子弹，这儿也找不到钱包，他们很难定你的罪。"

胖子强尼哽咽了。他一生中像这样的遭遇也真是难得碰上。

"离这儿最近的——"一个停顿，"——最近的药店在什么地方？"

胖子强尼突然明白过来了——或者以为自己明白了——这前前后后的每一桩事儿。这家伙是个吃药的主儿。这就是答案了。怪不得他那么古怪。也许正亢奋着呢。

"街角有一家，走过去半个街区，门牌是第四十九号。"

"如果你撒谎，我回来打穿你的头。"

---

① 怀特·厄普(Wyatt Earp, 1848—1929)、多西·霍利代(Doc Holliday, 1851—1887)，二人均为美国西部拓荒时期的传奇警长，他们的故事成为许多美国西部片和电视剧的创作题材。布奇·卡西蒂(Butch Cassidy, 1866—1911)是同一时期美国西部的铁路抢匪，好莱坞一九六九年拍摄了以他为主人公的《布奇·卡西蒂与桑丹斯·基德》一片，由大明星保罗·纽曼主演，翌年获奥斯卡四项大奖。

“我没撒谎！”胖子强尼喊着，“我在上帝的父亲面前发誓！我在所有的圣徒面前发誓！我在我母亲的——”

然而，门晃动了几下合上了。胖子强尼呆呆地站了一会儿，不敢相信疯子已经走了。

随后他费力地绕着柜台走到门口。转过身，用手摸索着，在找门锁。他折腾了好一阵才摸到，总算把门锁上。

这时候，他身体才慢慢瘫软下来，坐在那儿喘着粗气，呻吟着，向上帝和所有的圣徒、天使发誓，一旦这两头猪醒来，打开他的手铐，他下午就去圣安东尼大教堂，他要去忏悔，要去悔罪，要去参加团契活动。

胖子强尼·霍尔顿要去和上帝在一起。

刚才真是他妈的太悬了。

11

下沉的太阳像弧扇似的挂在西边海面上。明亮的光线变得逼仄刺眼，直刺埃蒂的双眸。长时间对着这般强光会使你的视网膜永久性地灼伤。这是你在学校里学到的许多有趣的知识之一，从那儿学到的东西能帮你谋得一个职位，比如兼职的酒吧侍者，或是养成一种有趣的癖好，当一个搜寻和采购街头毒品的全职混混。埃蒂不眨眼地注视着阳光。他觉得视网膜灼不灼伤已无关紧要。

他不再乞求他身后那个女巫似的女人了。首先，这没用。第二，乞求只能降低他的人格。他一直过着人格低下的生活；他发觉自己在生命余下的几分钟里再也不想贬低自己了。几分钟是他现在仅剩的时间。他所有的一切只是在阳光消逝之前还有意义，到了天黑以后，那些大螯虾就要出来了。

他也不再期望奥黛塔在最后一刻归来的奇迹出现，正如他也不再指望黛塔能明白如果他死了，她就得永远呆在这个世界里，只能束手待毙。十分钟之前他还相信黛塔只是虚张声势地吓唬他；现在他可看明白了。

不管怎么样，还是比每一下勒进一英寸要好些，他想。然而，夜复一夜目睹那些令人憎厌的大螯虾，他真不能相信这会是真的。他祈告自己死前可别发出尖叫。虽说知道这不可能，他还是想试试。

"它们马上就要爬到你身上了，白鬼子！"黛塔嘶喊道。"从现在开始，每分钟都有可能！来吃它们最美味的一顿晚餐！"

这不是什么吓唬，奥黛塔不可能回来了……枪侠也是。最后的痛楚也是最为刻骨铭心的痛楚。他相信，在他和枪侠一同徜徉海滩的这段日子里，他们两人已经成了——搭档，或者是兄弟——他也曾确信，罗兰至少会尽自己最大努力来救他。

但是罗兰没来。

也许他不想来，这有可能。也许他来不了。也许他挂了，被药店里一个保安杀死了——狗屎，真是笑话，世上最后一个枪侠让一个超烂的警察给杀了——或者是让出租车给碾死了。也许他一死门就不见了。也许这就是她不玩虚的原因，因为没什么虚的可玩了。

"从现在起每一分钟都有可能！"黛塔在那儿尖声叫嚣，埃蒂不再担心自己的虹膜什么的，因为那最后的亮光消失了，四下余晖寥落。

他凝视着海浪，残阳映在海面的昏黄景象已从眼前慢慢消退，他等着第一批大螯虾从海浪里扶摇而现，跌跌撞撞地爬出来。

12

埃蒂转过脸去躲避那第一只，但已经晚了。他的脸让一只爪子撕下一块肉，爆裂的左眼球飞溅出来，白森森的骨茬显露在暮色中，怪物闪烁其词地甩出问话，那坏女人哈哈大笑……

停止，罗兰对自己喝令道。这样的想象比孤立无援更糟；这是心神大乱的缘故。没必要这般胡思乱想。还有时间。

此时此刻——即与前述同一时间。残阳还滞留在罗兰的世界里，罗兰甩着杰克·莫特的身躯一路而去，胳膊悠悠地摆动着，走到这条街第四十九号时，这双猎杀者的眼睛就锁定了那个写有"**药**"字的招牌，他这样发愣地盯着招牌，以至路人见状都转身避开。下坠的光线完全碰到海天交接之处尚有十五分钟光景。万一埃蒂撞上了厄运，也还没到时间。

然而，枪侠并不完全了解那边的实际状况；他只知道那边已经过了这儿的时间，这儿太阳还当空照射，倘若按这个世界的时间行事，后果有可能会是致命的……尤其是对埃蒂来说，他将在难以想象的恐惧中死去，而他脑子里却一直在猜测不停。

他总有回头看一眼的冲动，想看见那边，这冲动几乎难以抑制。但他还是不敢去看。他知道只能不看。

柯特严厉的声音打断他的思绪：控制你能够控制的，嫩小子。让别的事儿都闪过去好了，如果你非得照这念头做，一上去你就得开火。

没错。

却也难。

非常难，有时候就是很难。

如果不是心急火燎地要把这个世界的事儿尽快了却，离开这狗屎地方，他应该能注意到人家为什么都在瞪眼瞧他，且有意躲开身子，可是这当儿即使他明白了也不能怎么样。他根据“莫特百科全书”，朝蓝色招牌那儿大步流星地走去，去取他的躯体需要的凯——福莱克斯。虽说两边的衣兜都满满当当地塞着东西，莫特的衣摆还是一甩一甩地朝后翻卷着。缠绕在臀部的枪带整个儿暴露出来了。他不像那枪带原来的主人那样把它佩挂得整整齐齐，他以自己的方式佩挂枪带，交错地啷当悬挂在臀部下方。

在四十九街的店员、小贩看来，这人一如胖子强尼眼里所见：整个儿一个亡命之徒。

罗兰到了凯茨的药店，走进去。

13

枪侠在自己的时代里见识过那些魔术师、巫师和炼金术士。他们中间有狡黠的江湖骗子，也有白痴一类冒牌货，说来那些人的愚蠢比他们自己能够承认的程度还过分（这个世界从来不缺蠢人，所以蠢人都能存活；事实上大多数蠢人还活得挺欢），只有少数那么几个能够主持人们悄言私语的醮事——召唤魔鬼和亡灵，他们能用符咒杀人，也能用某种神妙的药水给人治病。这些人里边的一个——枪侠相信他自己就是魔鬼——那会儿人模人样地装扮起来，自称弗莱格。他跟此人只有过一面邂逅，那是在他的世界临近终结之际，骚乱和最后的冲突已经到来。有两个年轻人紧随其后，他们看去神情绝望，一脸肃然，一个叫丹尼斯，一个叫托玛斯。他们三人携手共赴的日子只是枪侠生命中迷茫而狂乱的一个片断，但他永远不会忘记，弗莱格就在他眼皮底下把那个冒犯自己的年轻人变成一条狂吠的狗。他记得非常清楚。随后那黑衣人就登场了。

接下来是马藤。

在他父亲离去时马藤诱惑了他的母亲，马藤本欲将罗兰投界死境的折磨，结果却养成了他初出江湖的男子气。马藤，他想，在他到达黑暗塔之前……或就在那时，他们还将不期而遇。

以上回述只是想说明这样一点，基于他对魔术和魔术师的认识，他眼前的凯茨药店竟与他想象中的迥然不同。

他还以为那是一个燃着蜡烛的阴暗房间，苦涩的烟味四处弥漫，那些坛坛罐罐里边装着叫不上名目的药粉和膏剂，或是春药什么的，上面覆盖着厚厚的尘垢和百年蛛网。他还以为会看见一个身披斗篷的汉子，没准又是杀机重重的凶险之辈。他透过透明的玻璃橱窗瞧见里面有人在走动，就像在商店里闲逛似的，想来他们只是一种魔幻布景。

可那些人不是魔幻道具。

所以，枪侠走进门一开始只是呆呆地站在那儿，一时间惊诧不已，然后带有讽刺意味的是他还有点惊喜交加呢。他置身于这样一个世界，每走一步都有一种新鲜玩意儿足以让他目瞪口呆，这个世界里车子能在空中飞行，纸张和沙子一样便宜。不过在他看来，最新奇的就是这些人了，相比之下其他所有的奇观都不在话下：在这儿，这神奇之地，他只看见呆板的面孔和掩沓的身子。

这儿足有上千只瓶子，里面都是药剂，都是春药，但“莫特百科全书”把这些定义为冒牌医生的药剂。譬如，这儿有一种药膏说是可以治疗脱发，但没准一点用处也没有；还有一种号称能不留痕迹地消除手背和手臂上的斑点，也是扯淡。这儿有些药物号称能治疗什么，其实那压根儿就不需要治疗：比如让你肠道蠕动起来或是让它别太起劲，把你的牙齿弄得更白，头发弄得更黑，还有什么能使你呼出的气息更好闻些，好像你不往嘴里塞些桤木松鼠嚼片就无法做到这一点似的。这地方没有什么魔术，只有一大堆琐琐碎碎的破烂儿——虽说也有阿斯丁，也有一些看上去似乎还能治个小病小灾的东西。可是看到大部分玩意儿都如此之烂，罗兰已让这地方弄得六神无主。看上去这儿向人们承诺的法术，似乎只是一种悦人的氛围，而不是什么有魔力的药剂，这就是奇迹消失之后的奇迹吗？

然而，在他进而查询“莫特百科”之后，却发现这地方并非如他表面所见。真正的药剂被安全地放置在看不见的地方。你若要得到那类药物，首先须得到男巫的许可。在这个世界里，男巫被称作**衣生**①，他们把神奇的配方写在一张纸上，这张纸“莫特百科”称作**处方**，枪侠不认识这个词。他估计还需作进一步查询才能明白，但也不必麻烦了。他知道自己要的是什么，快速查询过“莫特百科”后，他知道能在这家店里找到自己需要的东西。

他沿着过道走向一处高柜台，上面写着“**处方药**”几个字。

14

这家开设在第四十九街上的凯茨药店是老凯茨在一九二七年创办的，除了卖药，还兼营冷饮生意（还有各色小零小碎的男女用品），现在是他那独生子继承这份家业，看来也将一辈子打理这摊子。虽说他才四十六岁，看着却颇显老迈之相。凯茨是个秃头，皮肤发黄，身子虚弱。他知道人家都说他像是一具活死

---

① 罗兰误把 doctor（医生）这个词当作了 docktor，这里按谐音译作“衣生”。

尸，却没人知道个中原委。

这会儿雷斯邦太太在电话那头大叫大嚷，如果他还不把该死的处方药马上给她送去，她就要控告他，马上，**就是立刻**。

你想怎么样，太太？我把这蓝色的巴比妥盐液体倒进电话里？他真要这么做，她至少会帮帮忙闭上那张嘴。她没准会把话筒侧过来举在嘴上哇哇大叫。

这念头让他诡秘地一笑，露出一口黄牙。

“你不明白，雷斯邦太太，”他听她叫嚷了一分钟——足足一分钟——时间就显示在他那块二手手表上——打断了她的话。他本想像以往那样冲她喊一通：别朝我嚷嚷，你这傻屄！跟你的**医生**叫嚷去吧！是他给你下的套！行啦。该死的江湖医生开出这种处方就像是吹泡泡糖，当他们决定停止给她用药时，谁来承受这泡屎？外科医生？噢，不！是他！

“你说什么，我不明白？”这声音在他听来像是一只愤怒的黄蜂在罐子里嗡嗡乱转。“我明白我给你们这破烂药店做成了许多生意，我明白多少年来我一直是这里的忠实主顾，我明白——”

“你得去和——”他透过半边眼镜向那母狗的“罗洛戴克斯”卡片上瞄了一眼。“——去和布鲁姆霍尔大夫说。你的处方已经过期了。联邦法律规定没有处方配出‘安定’是违法行为。”说到底你应该知道怎么做……除非你打算违规开方，他想。

“这是疏忽！”那女人尖叫道。这会儿她嗓音里已略显惊慌了。要是换了埃蒂，马上就能辨出这种声调：那是没上路的毒品雏儿。

“那么，打电话给他，让他纠正过来，”凯茨说，“他有我们这儿的电话号码。”是啊，他们都有他这儿的电话。这恰恰就是麻烦之所在。他才四十六岁，看去就像个快死的人，就因为那些该死的医生。

我想保住这儿的一点薄利，别让生意打水漂，就得告诉这些狗屁瘾君子去操他们自己，就是这样。

“我没办法打电话给他！”她尖叫道。她那声音钻进他耳朵里让他痛苦不堪。**“他和他狗屁的男朋友到什么地方度假去了，没人知道他们在哪儿！”**

凯茨感到一阵酸劲渗进胃里。他有两处溃疡，一处已经治愈，另一处还在出血，这母狗般的女人就是让他溃疡发作的原因。他闭上眼睛，这样他就没看见他的店员们正瞪眼瞧那戴金边眼镜穿蓝色套装的家伙走向处方药柜台，也没看见拉尔夫，那个胖子保安（凯茨付他少量津贴，总还是很痛惜这笔开销；他老爸那时从来不需要什么保安，但他老爸——上帝已让他归于尘土——生活的年代，纽约城还是个城市，不是大粪坑）突然一改平日睡眼昏花的模样，去摸屁股后面的枪了。他听到一声女人的尖叫，他还以为她发现这儿所有的露华浓都在大甩卖，憋不住那股兴奋劲儿，他迫不得已把露华浓都拿出来甩卖，是因为这条街上那混蛋道伦兹正拿削价倾销来整他。

他脑子里想着道伦兹和电话里那只母狗，幻想着这两人身上一丝不挂地涂了蜂蜜在沙漠灼热的太阳下让群蚁围噬的情形，这当儿枪侠像一个死神似的悄然临近。**他**一身蚂蚁，**她**也一身蚂蚁，太妙了。他觉得这是最最严酷的刑罚了，肯定是最严酷的。他老爸固执地要自己的独生子继承家业，除了药学教育费用，别的花销他一概不付，所以他只有子承父业一条路，当上帝召回了他老爸，一时间的消沉无疑是人之常情，可是这种低迷状态却延续了他整个人生，这样的生活弄得他未老先衰。

这是彻底的无望。

他闭着眼睛，心里想着这些事情。

“如果你过来，雷斯邦太太，我可以给你十二颗五毫克的安定片。这样行吗？”

"这家伙总算找到理由了！谢天谢地，这家伙总算找到理由了！"她那头挂断了电话。没有一句感谢的话。可是如果哪天再碰上那自诩医生的花花肠子，她没准会一头栽倒用自己鼻头去擦他古奇软鞋的鞋尖，她没准会给他口交，她没准会——

"凯茨先生，"一位店员拐弯抹角地用一种蹊跷的口气喊了他一声，"我想我们可能有麻——"

这当儿便传来一阵尖叫。随着枪响，有什么东西应声坠地，这使他从遐想之中猛然惊醒，瞬息之间他还以为自己心脏在胸膛里发出哔哔的怪声，没准将要就此停摆。

凯茨睁开眼睛凝视枪侠的双眸，随后调转视线注意到那人手里握着的枪。他再向左边看去，只见保安拉尔夫正捂着自己的一只手，脸上鼓突的双眼直瞪着那个闯入者。拉尔夫的点三八手枪——他当警官的十八年里使用的家伙（他最近还用这枪在第二十三警区的地下靶场里开过火；他说在值勤的那些年头里他有过两次掏枪经历……谁知道呢？），现在被打飞在角落里。

"我要凯福莱克斯，"这家伙瞪着一双鹰隼似的眼睛，毫无表情地说，"我要许多。这就要。没有**处方**。"

有那么一会儿，凯茨只是呆呆地看着他，嘴巴张得老大，他的心脏在胸膛里怦怦乱跳，胃里不停地翻腾着一股酸汤。

他想，这家伙打上门来就为这个？

他说的是真的吗？

15

"你不知道，"凯茨总算能张口了。这声音在他自己听来也挺古怪，其实也没有什么特别古怪的，他只是觉得自己这副口舌有点别扭，像是拿一片棉絮在法兰绒衬衫上蹭来蹭去。“我们这儿没有可卡因。这是任何情况下都不准——”

“我没说可卡因，”戴金边眼镜穿蓝套装的人说，“我是说凯福莱克斯。”

我知道你是这样说的，凯茨几乎要对这疯子说出口，转而一想可能会激怒他就不说了。他曾听说药店里有些玩意儿对提高某种运动速度有用，像安非他明，还有六七种别的什么药（包括雷斯邦太太的宝贝安定片），都能帮助刺激中枢神经，但他想——青霉素抢劫恐怕是药店历史上的第一次。

这时他老爸的声音（上帝召回了那个老杂种）告诉他不要慌乱，别那么呆头呆脑，要赶紧出手。

但他想不起该做什么。

这人拿枪指着他要东西。

“快，”拿枪的人说，“我时间很紧。”

“你，你要多少？”凯茨问。他抬眼瞥过抢劫者的肩膀，这会儿看见的情形几乎让他不敢相信自己的眼睛。那不是这个城市。不管怎么说，看上去这儿好像正发生着什么事情。老天照应？凯茨真的有人照应吗？这事儿都可以上吉尼斯世界纪录了！

“我不知道，”拿枪的人说，“你有多少都往袋子里装吧。拿个大号的口袋来。”说完，他不作任何警告就转过身子再次用枪砸了东西。一个男人大声叫唤起来。平板玻璃砸落到街边人行道上，碎片溅落一地。几个行人被玻璃划破了皮肉，倒没什么大碍。在凯茨药店里面，女人们（没有几个男人）都在尖叫。防盗警报器又震耳欲聋地炸响了。顾客惊慌失措地拥向门外。拿枪的人转身对着凯茨，他面部表情丝毫未变：那张脸上始终带着威胁的耐心（却并非总能这么撑着），“赶紧照我说的做。我的时间很紧。”

凯茨噎回了想说的话。

“是，先生。”他说。

16

枪侠已经看见店堂左侧上方那扇曲面反射镜了，他对此颇觉新奇，当时他正走向那处柜台，就在那背后藏着许多神奇药剂。他知道，这种曲面镜的创意已超越迄今为止他自己的世界里任何能工巧匠的智慧，虽说曾经有段时间，类似的东西——他在埃蒂的世界和奥黛塔的世界里见到过许多其他这类东西——也许已经做出来了。他曾在山底洞穴中见过文明的遗存物，也在别处见过这样的东西……遗风似古，一如德鲁伊特①神石（有时这些东西就置于魔鬼出没之处）。

他也明白这种镜子的功用。

那保安动手时他反应迟了点——莫特那副眼镜戴在他眼睛上是个麻烦，对他自己的视力多少有些限制——但他还是及时转身开枪击中那家伙的手。这样的射击对罗兰来说只是常规动作，虽说当时他还应当出手更快些。可是那保安却认为不这么简单。拉尔夫·莱农克斯到死都会发誓说那家伙的出手快得不可思议……要不，那快如鬼魅的动作恐怕也只有像老式西部片里演的安妮·奥克莉②才能做到。

多亏这面镜子，它安在那儿显然是为监视窃贼，罗兰靠了它

---

① 德鲁伊特（Druit / Druid），古代凯尔特人的祭司、巫师、占卜者。

② 安妮·奥克莉（Annie Oakley，1860—1926），美国女神枪侠。作为马戏团明星，她的拿手绝活是从几十码外快枪击中演员嘴上叼着的烟头。

比另一位出手更快。

他注意到那开店的巫师两眼越过他的肩膀看了一会儿，枪侠自己的眼睛马上朝镜子瞥去。他看见镜子里一个穿皮夹克的男人跟在他后面走向中间的通道。手里拿着一柄长刀，毫无疑问，那人以为这番偷袭必定成功。

枪侠转过身从胯下朝对方开一枪，他知道第一枪很可能没有打中，他对这种武器还不熟悉，再说他不想伤了那个准英雄身后那些呆若木鸡的顾客。最好是从胯下再给他一枪，那就能解决问题，同时上去占据一个有利位置以免误伤在场的顾客，这样总比乱枪中打死哪位偏偏拣这个倒霉的日子来买香水的女士要好些。

枪须悉心呵护。目标得看准了。记住被他缴了枪的那两个枪侠矮矮胖胖、疲疲沓沓的模样，他们似乎只是佩着武器，而不是掌握武器的人。这对他来说是一个奇怪的事儿，但在罗兰看来这个世界就是一个奇怪的世界，让他无从判断；何况他也没时间去推究。

这一枪正好射穿那人的刀柄上方，留在他手里的只是一把刀柄。

罗兰平静地打量着穿皮夹克的人，他的凝视准是让这位准英雄陡然想起某处的一个紧急约会，他急忙扔下残破的刀柄，转身挤入拥向门外的人群。

罗兰转过来向巫师下达他的命令。否则还会有混乱和流血。巫师刚要挪步去打点这事儿，罗兰用枪管在他瘦骨嶙峋的肩头一拍，把他吓了一跳，“是……”他一边说着一边转过身来。

“不是你。你待在这儿。让你的学徒去做。”

“谁—谁？”

“他。”枪侠不耐烦地指着他的店员。

“我该怎么做，凯茨先生？”剩下那店员是个小伙子，苍白的脸上那些粉刺格外触眼。

“照他说的做，你这傻屄！照吩咐做，凯福莱克斯！”

店员走到柜台后面一个货架那儿，拿出一只瓶子。“转过来让我看清那上面的字。”枪侠命令道。

店员照办了。罗兰认不出这些字；这不是他认得的那种字母。他查询了“莫特百科”。凯福莱克斯，“百科”作出确认，罗兰意识到要这样核对起来完全是浪费时间。他知道他不认识这个世界的字，但这些人懂。

“瓶子里有多少片？”

“嗯，这些是胶囊，事实上，”这店员战战兢兢地说，“如果你喜欢片剂，算——”

“别管那么多。这些可以服用几次？”

“噢，啊——”浑身颤抖的店员拿着瓶子看，瓶子差点从手里滑落，“两百次。”

罗兰的感觉就像他在这个世界里以很少的钱买到一大批弹药那般兴奋。在恩里柯·巴拉扎那个密室药品柜里搜到的九瓶凯福莱克斯，总共才够服用三十六次，他又一次感觉良好。如果这二百次吃下去还不能把感染的病毒杀死，那就不可能杀死了。

“给我。”穿蓝套装的人说。

店员递过去。

枪侠撸起外套的袖子，露出杰克·莫特的劳力士表。“我没带钱，但这也许可以作为相应的补偿。不管怎么说，我希望能抵得过。”

他转身朝那保安点点头，后者就着一把翻倒的凳子坐在地上，瞪大眼睛看着枪侠，看他走了出去。

就这么简单。

药店里足有五分钟没出一点声音，只有警报器嘟嘟嘟地叫唤，这声音甚至把街上熙熙攘攘的人声都盖过去了。

“上帝在天上。凯茨先生，我们现在怎么办？”店员悄声问。

凯茨拿起手表，掂了掂。

金的。真金的。

他不敢相信这是真的。

他只能相信这是真的。

某个疯狂的家伙从街上闯进他的店里，射伤了他那位保安的一只手，还把另一人手里的刀子打掉了，而所要拿到的全部物品不过是他最不可能想到的药物。

凯福莱克斯。

这些药大抵只值六十美元。可是为此他却给了价值六千五百美元的劳力士金表。

“怎么办？”凯茨问，“怎么办？首先是把这只腕表藏到柜台底下去。你从来也没见到过。”他瞟一眼拉尔夫。“还有你。”

“我没见过，先生，”拉尔夫马上说，“只要你卖了它后我能得到我那一份儿，我压根儿就没见过这块表。”

“他们会像打狗似的把他打死在街上。”凯茨带着毫无遗憾的满意的口气说。

“凯福莱克斯！可是这家伙甚至连一点鼻塞的症状都没有。”店员纳闷地说。

第四章

抽牌

1

在罗兰的世界里，太阳的弧底刚刚触到西部海域，金灿灿的光线沿着水面投射过来，被捆缚得像只火鸡似的埃蒂躺在那儿。就在埃蒂曾被带走的这个世界里，奥默哈警官和德勒凡警官慢慢从昏迷中苏醒过来。

"把我从这副铐子里解开，行吗?"胖子强尼用轻蔑的口气问。

"他在哪儿?"奥默哈傻傻地问道，一边伸手去摸他的枪套。没啦。枪套，枪带，子弹，枪，都没啦。枪。

噢，妈的。

他开始想着内部事务调查处那些狗屎会向他提出的问题，那些家伙从杰克·韦伯的《法网》[①]上就弄懂了所有那些套路，这时候，那把丢失的枪的金钱价值突然对于他变得重要起来，其重要性不亚于人口之于爱尔兰岛、矿藏之于秘鲁。他看了看卡尔，卡尔的武器也没了。

噢，亲爱的耶稣啊，竟成了一对小丑，奥默哈沮丧地想着。这时胖子强尼又在示意奥默哈拿起柜台上的钥匙给他打开手铐，奥默哈说，"我应该……"他顿住了，因为他本来想说*我应该打穿你的肚子而不是打开你的手铐*，不过他可没法朝胖子强尼

① 杰克·韦伯(Jack Webb，1920—1982)，美国电视剧和电影演员、制片人。《法网》(*Dragnet*)是他主演的一部电视剧，一九五五年至一九七〇年间连续播出。

开枪了，不是么？这儿的枪都是用链子串着上了锁的，还有就是让那戴金边眼镜的怪人拿走了，那家伙看着十足就是个好公民，居然轻易地从他和卡尔身上把枪给拿走了，就像他奥默哈从一个孩子身上拿走一把玩具枪那么容易。

倒没怎么样，他从柜台上拿起钥匙给胖子强尼打开了手铐。他发现被罗兰踢到角落里的那把马格南点三五七枪，便过去捡起来，他找不到合适的枪套，就把这玩意儿塞进自己裤腰里。

“嗨，这是我的枪！”胖子强尼嗷嗷地叫了起来。

“是吗？你想要回来？”奥默哈只能慢吞吞地说话，因为他脑袋还痛着。这会儿他最想做的事情就是找到那个金边眼镜先生，就近把他钉在一面墙上。用一枚钝钉子来钉。“我听说，在阿提卡[①]对像你这样的胖家伙，强尼，有这么一个说法：‘垫子越大越容易抢。’你真想把枪要回去吗？”

胖子强尼一声不吭地转身走开了，但奥默哈还是瞧见了他眼里淌下的泪水和裤子上沾湿的一块。他没有一丝怜悯之情。

“他在哪儿？”卡尔·德勒凡忿忿地扯着嗓子问。

“他走了，”胖子强尼毫无表情地说，“我只知道这些。他走了。我还以为他会杀了我。”

德勒凡慢慢站起身。他感到脸颊一侧有点痛，他用手去摸，然后瞪着手指。血。操。他去摸自己的枪，摸来摸去，一直摸到确信自己的枪和枪套都没了为止。奥默哈还只是头痛，而德勒凡却感到自己的脑袋就像被人当作了核爆试验场。

“丫拿走了我的枪。”他对奥默哈说。他口齿不清，简直听不出在说什么。

“彼此彼此。”

---

① 阿提卡（Attica），古代希腊中东部地区，现为希腊的一个州。

“他还在这儿?”德勒凡朝奥默哈走了一步,向左边倾斜了一下,好像他是在波涛颠簸的船甲板上,随后他竭力矫正自己的步态。

“早溜了。”

“多长时间了?”德勒凡看着胖子强尼,后者没吱声,他背朝着他俩,或许以为是德勒凡在跟他的搭档说话。德勒凡哪怕是在事事顺遂的情况下也没有一副好脾气,他大声朝着胖子咆哮起来,这一来他脑袋好像马上就要裂成千百个碎片了:“*我问你话呐,你这胖狗屎!那操他妈的杂种离开有多长时间了?*”

“五分钟吧,也许,”胖子强尼木讷地说,“他拿了子弹和你们的枪。”他停了一下,“还付了子弹钱。我简直不敢相信。”

五分钟,德勒凡想。这家伙准是坐进了出租车。他们在巡逻车里喝咖啡那当儿就见他从出租车里出来。那已经快到高峰时间了。出租车在这个时间段里并不好找。*也许*——

“快点,”他对乔治·奥默哈说,“我们还有机会揪住这家伙的领子。我们得把枪拿回来——”

奥默哈把拿到手的梅格枪给他看。起初德勒凡只是瞅着他们两人,随后真切的印象才慢慢凑拢来。

“好啊。”德勒凡晃悠着身子走动着,一开始兜出去的圈子不大,但慢慢就走开去了,就像被人朝下巴上狠击一记的职业拳击手。“你拿着吧。我用仪表板下的那支霰弹枪。”他猛然冲向门口,这回倒没有东倒西歪,只是得扶着墙壁才能蹒跚地挪动脚步。

“你行吗?”奥默哈问。

“只要能抓住他就行。”德勒凡回答。

他们离开了。比起那穿蓝西装的人离去时,胖子强尼对他们的离去并没有显得更高兴些,但也差不多,几乎差不多。

2

从枪店里出来后，德勒凡和奥默哈甚至都没合计一下这家伙会从哪个方向坐出租跑掉。他们要做的是赶紧听一下电台调度的消息。

“十九号，”她的声音重复播送着。抢劫正在发生，出现枪击。“十九号，十九号。位置在西四十九街三百九十五号，凯茨药店，劫匪是高个子，沙色头发，蓝色西装——”

枪击，德勒凡心里嘀咕一下，脑袋更痛了。不知道他是用乔治的枪还是用我的枪？还是两把一起用？如果这狗东西杀了什么人，我们就倒霉了。除非让我们抓到他。

“走，”他简捷地对奥默哈说，后者不需要他再说一遍。他和德勒凡一样明白眼下的局面。他打开顶灯和警报器，随着一声尖嚣驶进车流。这会儿车子很难开快了，已进入了高峰时段，奥默哈驾驶着巡逻车压着路肩走，两只轮子在人行道上，两只轮子在马路上，行人像一堆鹌鹑似的四下避闪。他的车一路往前挤，也不顾把前面一辆满载什么东西的大卡车后轮刮了一下，径自奔向第四十九街。他瞧见前方人行道上散落的碎玻璃在闪闪发光。他们都听见了警报器刺耳的尖叫声。路上行人有的躲进门道里，有的躲在垃圾箱后面，但住宅楼里的居民却都探出脑袋急切地朝外张望，好像这是一场不看白不看的精彩火爆的电视剧或是电影。

这个街区没有来往的车辆，出租车和通勤车也都四处逃散了。

“但愿他还在那儿，”德勒凡说着拧动钥匙，从仪表板下方取出一支霰弹枪，又拿出几个弹夹。“但愿那狗娘养的还在那儿。”

他们两人都没明白这一点，当你去对付一个枪侠时，通常还是留有余地为好。

3

罗兰走出凯茨的药店时，把那大号药瓶塞进搁了子弹盒的莫特的外衣口袋。他右手捏着卡尔·德勒凡的点三八手枪。触摸手上这把枪的感觉真是爽呆了。

他听到警报器的嚣声，看见呼啸的车子朝这儿驶来。是他们，他想。他举起枪，随即想起：他们也是枪侠。枪侠是在执行他们的职责。他又转身走进巫师的店里。

"看到他了，操他妈的！"德勒凡尖叫道。罗兰的眼睛瞄向曲面镜当即就看见其中一个枪侠——就是那个耳朵流血的——正拿着霰弹枪斜靠在窗外，他的搭档把尖声鸣叫的车子停在路边，橡皮轮胎撞在路肩上，这时他把一颗子弹塞进枪膛。

罗兰扑在地板上。

4

凯茨不必瞧镜子也能看出是怎么回事，先是那亡命徒，再是这一对儿疯狂的警察。噢，天呐！

"蹲下！"他对店员和拉尔夫——那保安喊了一声，然后就跪在柜台后面，这当儿根本顾不得去看他俩是不是也蹲下了。

就在德勒凡扣动霰弹枪扳机前的一刹那，他的店员从他头顶上猛地卧倒下来，就像橄榄球比赛中紧急阻截时擒抱对方四分卫的架势，凯茨的脑袋被撞到地板上，下巴上磕破两处。

在一阵痛楚钻进他脑袋的同时，他听到了霰弹枪的射击声，听到窗上残存的玻璃炸飞的声音——伴随着砰砰啪啪一阵枪声，那些须后水瓶子、古龙水瓶子和香水瓶子、漱口水瓶子、咳嗽糖浆瓶子，还有天晓得什么东西，都在发出碎裂的声音。数千种气味升腾起来，搅和成一股极其难闻的刺鼻的气味，在他昏过去之前，他又一次呼吁上帝让他老爸的灵魂腐烂，因为他用这个该死的破药店拴住了他的脚踝。

5

在一阵疾风般的霰弹枪扫射之下，罗兰瞧见那些瓶瓶罐罐、箱子盒子都朝后飞去。一只摆满钟表的玻璃柜被打成碎片，里边大部分手表都被打烂了。碎片向后飞散形成一片闪亮的云雾。

他们不知道里面是不是还有无辜者，他想。他们没弄清楚就用霰弹枪来扫射！

这是不可饶恕的。他感到非常愤怒，强压着满腔怒火。他们是枪侠。他宁愿相信他们是脑子被打昏了才这样蛮干，也不愿相信他们是有意识这么胡来，居然不顾是否会伤及无辜。

他们可能是想逼他出去，或者逼他开枪还击。

但他低着身子匍匐爬行。地上的碎玻璃划破了他的双手和膝盖。痛楚把杰克·莫特的意识给唤醒了。这会儿他很高兴莫特的意识能回来。他需要他。至于杰克·莫特的双手和膝盖，他才不管呢。他忍受这点痛楚小菜一碟，对于这个恶魔来说，这伤口对他身体的折磨也算是罪有应得。

他匍匐着爬到玻璃残缺不全的窗子那儿。在门右边一侧。他缩着身子，把右手上的枪塞进枪套。

他不再需要它了。

6

“你干什么，卡尔？”奥默哈尖叫道。他的脑子里突然显现出《每日新闻》的头条消息：**西街药店混战中警察大开杀戒，四人毙命**。

德勒凡没理会他，往霰弹枪里又压进一个弹夹。“我们去逮住那混蛋。”

7

接下来发生的事情正中枪侠下怀。

两个警察真是被气疯了——居然被这么个不起眼的家伙给耍了，那人看上去就跟这个城市满大街数不胜数的呆瓜没什么两样；这当儿他们被撞过的脑袋还痛着，他俩像发痴似的一边举枪乱射一边冲了进来。他们冲进来时朝前俯着身子，就像打仗的士兵在进攻敌方阵地，正是这种姿势表明他们总算明白对手还在里面。当然在他们想来，他已经完全乱了方寸，正顺着过道逃窜哩。

他们踩着人行道上嘎吱作响的玻璃碴，用霰弹轰开门扇，一头冲了进去，这当儿枪侠嗖地起身，双手握成一个拳头对准卡尔·德勒凡后脖颈那儿狠砸了下去。

在调查委员会面前作证时，德勒凡宣称：自己只记得趴在克莱茨枪店柜台下找那怪物的钱包，此后的事情他一概想不起了。调查委员会成员认为，这种情况下所谓记忆缺失症是相当方便的解释，不过德勒凡也相当运气，只是被停职停薪六十天。如果换了一种情况（比如这两个白痴不是拿枪朝可能还滞留若干无辜者的场所扫射），甚至连罗兰都会同情他们。当你的脑壳在半小时内被暴扁过两次，就别指望那脑筋还能派什么用处了。

德勒凡倒下了，就像软塌塌的燕麦口袋似的，罗兰从他松开的手里拿过那把霰弹枪。

“站住！”奥默哈喊道，嗓音里混合着愤怒和惊愕。他正要举起胖子强尼的梅格枪，但这一手罗兰早就料到了：这个世界的枪侠动作真是慢得可怜。他完全有时间朝奥默哈打上三枪，但没必要。他只是扬起霰弹枪，凭借膂力朝上挥动了个散射面。这下来得突然，飞出去的弹丸稍带击中了奥默哈的左脸颊，那声音宛如棒球击球手的挥棒一击，随后便是一声堪比轮船汽笛的凄鸣。奥默哈整张脸向右歪斜了两英寸。后来经过三次手术用了四枚钢钉才把面部重新整合过来。那一瞬间，他还带着难以置信的表情木然而立。终于他两眼朝上翻白。膝盖一软，砰然倒下。

罗兰站在门道里，一时忘记了正呼啸而来的警笛声。他拉开枪栓，拆了里边的推拉部件，把那些粗短的红色子弹筒一股脑儿扔到德勒凡身上。折腾完了，把枪也扔给了德勒凡。

“你这危险的傻瓜，本该让你一命归天，”他对那不省人事的家伙说，“你忘记了你父亲那张脸了。”

他跨过那家伙的身子，走向枪侠们的车子，那车子发动机还在空转。他一个大步跨进车门，滑进驾驶座。

8

你会驾驶这车吗？他问杰克·莫特，这家伙语无伦次地尖声叫嚷着。

他没有得到有效的答案；莫特还在尖叫。枪侠意识到这是一种歇斯底里，这并非真的歇斯底里。杰克·莫特做出这副迷狂样儿有其目的，是想避免跟这个古怪的绑架者对话。

听着，枪侠对他说。我的时间只允许我这样说——每桩事只说一遍。我的时间非常紧迫。如果你不回答我的问题，我就用你右手大拇指插进你的右眼。我尽量使劲把手指插进去，然后把你的眼珠子抠出来，像甩鼻屎似的扔在这车的座位上。我只消一只眼睛就够用了，说到底这又不是我的身体。

比起莫特要跟他说的，他的话不至于有更多的谎言；他们双方的关系是冷冰冰的、不情愿的，但他们的关系又是紧密的，也许比最亲密的性交还要紧密。这样的关系，说到底，不是两具躯体的结合，而是两个意识的最终会合。

他说到就会做到。

莫特深知这一点。

歇斯底里立马打住了。我会驾驶，莫特说。这是罗兰进入这人的脑子后他们第一次理性的交谈。

那么开吧。

你要我往哪儿开？

你知道一个叫“村庄”的地方吗？

知道。

去那儿。

村庄的什么地方？

现在只管开车好了。

如果我使用警报器的话会开得更快些。

很好。开吧。还有这一闪一闪的灯也打开来。

这是第一次完全控制了他，罗兰把自己往后撤一下，让莫特就位。当莫特的脑袋转过来看着德勒凡和奥默哈这蓝白相间警车的仪表板时，罗兰的视线也转了过来，但不再是动作的主控者了。但如果他是个真实的存在而不仅仅是一个脱离肉体的灵魂，他就可以踮着脚站在一边伺机而动，只要出现一点异常的蛛丝马迹就扑上去重新控制局面。

没有，还没有这样的迹象。这家伙不知(上帝知道)杀死或祸害了多少无辜的人，却非常害怕丢掉自己的宝贝眼珠子。他点火起步，拉动操纵杆，突然他们就蹿了出去。警报器鸣叫起来，枪侠瞥见车架上的灯一闪一闪地亮着。

开快点，枪侠严厉地喝令。

9

尽管一路拉响警报，杰克·莫特不停地按着喇叭，但在这样的高峰时段，他们还是花了二十分钟才抵达格林威治村。在枪侠的世界里，埃蒂·迪恩的希望就像倾盆大雨之下的堤堰，很快就要崩塌了。

大海已经吞没了半个太阳。

好了，杰克·莫特说，我们到了。他说的是实话(他要说谎也没门)，但是在罗兰看来，这里的一切跟其他地方也没什么两样：令人窒息的建筑、人流、车流。不仅地面拥堵，空中也不通畅——充斥着没完没了的喧闹声息和有毒废气。这样的废气，他估计是能源燃耗所致。这些人能住在这样的地方简直是个奇迹，女人们生出来的孩子居然不是怪物——就像山脚下的缓慢变异种。

现在我们上哪儿？莫特在问。

这是最难的一步了。枪侠已有所准备——尽最大可能做好准备。

关掉警报器和警灯，把车停在路边。

莫特挨着路边消防栓把巡逻车停下。

这儿有这座城市的一个地铁车站，枪侠说。我要你带我去那个车站，就是可以让乘客上下列车的地方。

哪个车站？莫特问。这时他的意识中闪过一丝惊慌，莫特对罗兰不可能有任何隐瞒，罗兰对莫特也一样——但这不至于持续太久。

若干年前——我说不上多少年头——你在一个地铁车站把一个年轻女子推倒在驶来的列车前方。我要你带我去那个车站。

这个命令招致一阵短暂的却是异常顽强的反抗。枪侠赢了，但相当费力。在杰克·莫特的行为方式中，其人格矛盾也像奥黛塔似的。但他不是她那种精神分裂症患者；从时间上来说，他对自己所做的一切都非常清楚。他隐匿着自己的秘密——将作为推者的这一部分生活内容隐匿起来——他把这秘密小心地掩藏着，就像暗中盗用公款者隐匿自己的黑钱。

带我去那儿，你这杂种，枪侠又说了一遍。他再一次举起右手大拇指慢慢伸向莫特的右眼，离眼球只有半英寸了还在向前挪动，这时他屈服了。

莫特的右手扳动操纵杆，汽车又开动了。他们向克里斯多弗车站开去，就是在那儿，大约三年前，A 线列车轧断了奥黛塔·霍姆斯的双腿。

10

“好好留神那儿，”步行巡警安德鲁·斯坦顿对他的搭档诺里斯·威佛说。这时德勒凡和奥默哈的蓝白警车在不到前面那个街区的途中停下了。停车场没有空位，开车的找不到地方泊车，结果就这样将车挨着别的车停在路上，弄得后面的车辆差点撞上来，他手忙脚乱地从它旁边绕过去，这就像供应心脏的血脉无助地被胆固醇阻塞了。

威佛检查了这辆车右侧顶灯旁边的号码。七四四。没错，这正是他们从调度中心得知的号码，就是它了。

闪光装置还亮着，看来一切都没有什么不妥之处——直到车门打开，驾车者推门而出。他一身蓝色套装，瞧着也没错，却没有金灿灿的纽扣和银饰件。他的鞋子竟不是警察通常穿的那路款式，除非斯坦顿和威佛漏过了这样的通告，说是当值警官从今往后将改穿古奇鞋。这可太不像了，他倒像是刚刚在曼哈顿上城袭击警察的那个家伙。他走出车子，没去留意从他旁边经过的那些喇叭抗议声。

“该死的。”安迪[①]·斯坦顿喘着粗气。

*请保持高度警惕，调度说。此人有武器，而且极为危险。*调度的声音一向都是世界上最乏味的——就安迪所知，他们几乎总是喜欢把“极为”这个词的发音强调得过分，弄得像牙医的钻头一样往他脑子里捅。

---

① 安迪是安德鲁的昵称。

在四年来的行动中，他今天第一次掏出了武器，他瞟了威佛一眼，威佛也拔出枪了。他们两个站在一家熟食店外面，离地铁入口台阶三十英尺的样子。他俩是老搭档了，彼此之间保持着一种只有警察和职业军人才有的心照不宣的默契。不必多说一个字，他们就返身跑进熟食店，枪口示意着对方的位置。

"地铁?"威佛问。

"没错。"安迪迅速向入口处瞟一眼。现在正是高峰时间，地铁台阶上都是人，都在赶向自己要搭乘的列车。"我们必须马上逮住他，不能让他靠近人群。"

"动手吧。"

他们齐步出门，像并辔而行的双驾马车，这两个枪侠显然要比先前那两个更危险，罗兰本该及时辨认他们。毕竟他们更年轻，这是一；还有就是他不知道调度员已经给他打上极为危险的标签，所以斯坦顿和威佛把他当作旗鼓相当的猛兽来对付。*如果我命令他停下而他还不立刻停下的话，他就死定了*，安迪想。

"站住!"他高喊道。一边两手握枪蹲下身子，威佛在他旁边也做出同样的动作。"*警察！把你的手举起——*"

这是那人跑进地铁车站之前发生的。他跑起来快如鬼魅，简直不可思议。安迪·斯坦顿接通了对讲机，把音量调到最高。他转动着脚后跟四处观察，感到一阵不动声色的冷静突然笼罩了全身——罗兰本来也了解这种感觉。同样的情势他遭遇过多次。

安迪的枪瞄着那个跑动的人形，扣动了点三八手枪扳机。他看见那个穿蓝西装的人身子旋了一下，想要站稳脚步，然后倒在人行通道上。地铁里的人群一下子尖叫起来，几秒钟前还只顾埋头赶路，想着搭乘下一班火车回家的人们，这会儿像鹌鹑似的四散开去。他们发现这天下午活命可比赶火车要紧。

"真他妈正点，"安迪说，他的声音非常沉稳。连枪侠都要敬服他了。“让我们过去瞧瞧那是什么人。”

11

我死了！杰克·莫特尖叫着。我死了，你让我给人杀了，我死了，我死——

没死，枪侠回答。透过眯缝的眼睛，他看见警察正向这边过来，枪口还是朝外端着。比他先前在枪店里碰到的那两个要年轻，速度要快。其中至少有一个是神枪侠。莫特——罗兰都在这一个身子里——本来应该挂了，奄奄一息，或至少是受伤不轻。安迪·斯坦顿是想一枪了事，他的子弹穿过莫特的弓箭牌衬衫左边口袋——但也就到此为止了。两人的性命，外在的和内在的，都被莫特的打火机给救了。

莫特不抽烟，但他的老板——莫特相当自信地打算在明年这时候坐上他这个位置——是抽烟的。莫特买了一个两百美元的登喜路银质打火机。他和弗莱明汉先生在一起的时候从来没给他点过一支烟——因为这会让他看起来像个马屁精。只是有一次，就那一会儿工夫……通常当某个上司在场时，他拿出打火机表现一下，会得到的良好效果是：a)杰克·莫特不张扬的礼节；b)杰克·莫特的绅士品味。

考虑周详方能把握一切。

这回把握的可是他自己和罗兰的性命。斯坦顿的子弹击碎了银质打火机而不是莫特的心脏(这只是一种普通型号，莫特对名牌商标——著名的商标牌子——有着强烈爱好，但只停留于表面)。

不消说他也稍带受了伤。当你被一支大口径手枪子弹击中时，就没有什么毛发无损的道理。打火机在莫特胸前狠狠撞出一个窟窿。打火机本身碎了，莫特的皮肤上划出了几道伤口；一块银质碎片几乎把莫特的左乳头一切两半。灼热的子弹点燃了打火机内液体燃料层。只是当警察过来时，枪侠还躺在那儿纹丝不动。那个没有开枪的警察在向人群高声呼喊，嚷嚷着要他们靠后，靠后，真他妈的。

我着火了！莫特尖叫道。我着火了，让我出去！**出去！出去**——

枪侠依然躺着不动，倾听着那两个枪侠沿着通道过来的脚步声，根本不去理会莫特的嘶叫，也全然不顾胸前突然蹿起的那股煤焦油和皮肤焦灼的味儿。

一只脚滑到他胸部下边，当这只脚抬起时，枪侠听任自己被软塌塌地翻了个身。杰克·莫特的眼睛还睁着。他那张脸松弛地垂落下来。打火机的残屑还在燃烧，但刚才在火里尖叫的这人已经没有声息了。

"老天，"有人咕哝道，"伙计，你打的是曳光弹吗？"

莫特外衣翻领上冒出缕缕烟雾，从边缘齐整的枪眼里冒了出来。逸散的烟雾在枪眼周围的衣领上熏出一大块凌乱的污渍。警察一闻就知道，那烟雾中满是荣生打火机可燃气体烧灼皮肉的味道，这当儿火又着起来了。

安迪·斯坦顿，到目前为止一切都做得完美无瑕，可是他偏偏犯了一个错误，这个错误在柯特看来是不可原谅的，甭管他前面的表现如何出色，这一来就只能叫他下课了，柯特会告诉他，一点疏忽就足以搭上性命。斯坦顿明明可以杀死这家伙——没有一个警察真正明白这种情况，除非他自己就在现场——谁料这一枪却让这人身上着起火来，这倒让他有种莫名其妙的恐惧感。于是他弯腰走到跟前，也没细想地就去拨弄那具躯体，他还没来得及留意那双灼灼闪动的眼睛（他还以为这人已经死了），枪侠的双脚就猛然踹到他肚子上了。

斯坦顿舞着双手朝后一仰，倒在自己搭档身上。枪从他手里飞了出去。他的搭档好不容易站稳身子，正要把斯坦顿身子挪开，这时听到一声枪响，他手上那支枪竟像是中了邪似的不翼而飞。那只手只觉得异常麻木，像是被锤子砸了一下。

穿蓝西装那人站起身，朝他们端视片刻，说："你们干得不赖，比其他那些强多了。所以我得奉劝二位。别跟着我。这事儿到此结束。我不想杀死你们。"

说完他旋风般地跑向地铁台阶。

12

台阶上挤满了人，当枪声和叫嚷声连成一片时，往下走的人群都掉转身子往上跑，这纽约人独一份儿的臭毛病就是爱赶热闹，好奇心驱使他们不能不瞧瞧这事情有多糟糕，却不知有多少人在这肮脏地儿洒血丧命。但不知怎么搞的，他们还是为那个匆匆蹿下台阶的蓝西装让出一条通道。其实也不奇怪。他手里拿着一把枪，还有一把别在腰上。

还有，他全身冒火。

13

罗兰不去理会莫特一声比一声厉害的叫喊，衬衫，内衣裤和外套都呼呼地着了起来，银质打火机开始熔化，熔化的金属滴沥下来灼烙着他的腹部。

他闻到污秽的气流在涌动，听到正有列车朝这儿呼啸驶近。

差不多就是这个时间；这一刻几乎马上就到了，在这瞬息之间他要么抽取三张牌，要么就丢掉全部的牌。这是他第二次感到整个世界都在震颤，脑袋已开始发晕。

他在站台上丢开那把点三八手枪。解开杰克·莫特的裤子搭扣，露出里边活像妓女紧身内裤的白色底裤。他没时间去理会这种古怪的装束。如果行动赶不上趟（他倒无须担心这具躯体被活活烧死），他买来的那些子弹就报销了，随之这躯体就会爆炸。

枪侠把装子弹的盒子塞进内裤。又掏出装凯福莱克斯的瓶子，也同样塞进内裤。现在内裤已被塞得鼓鼓囊囊。他用力剥下燃火的西装外套，随即毫不费事地脱下冒烟的衬衫。

他听着火车轰隆而来的声音，这会儿能看见它的灯光了。他无从得知这是不是碾过奥黛塔身体的那一趟线路上的列车，但他知道就是这趟车。就塔而言，命这样的东西既有仁慈的一面，就像那只打火机救了他一命，又有痛苦的一面，像火一样出奇地燃烧起来。就像那正在驶近的列车，随之而来的过程既合乎逻辑，也极为残酷，这是一个惟须刚柔相济方能驾驭的进程。

他迅速拉上莫特的裤子，又撒腿奔跑，只见人群都为他闪开一条路。他身上冒出的烟更多了，先是衬衣领子，然后头发也烧起来了。莫特内裤里沉甸甸的盒子老是挤撞着他那一对球，痛楚一阵阵钻进小腹。他跨过一个旋转栅栏——像流星似的一闪而过。放我出来！莫特尖叫着。放我出来，我要被烧死了！

你活该被烧死，枪侠狠狠地诅咒道。你要遭遇的事情还抵不过你的罪愆呢。

你说什么？**你什么意思？**

枪侠没搭理；事实上他走到站台边上时就甩开莫特了。他觉出其中一盒子弹就要从莫特荒唐的内裤里滑落出去，便用一只手托住它。

他把自己一丝一毫的精神力量都投向那位女士。他不知道这种通灵传心的口令是否能被对方听见，也不知道对方听见了是否能遵从，但他还是照样将那意念传递出去，迅如离弦之箭——

这是门！透过门看！马上！马上！

列车轰隆声撼动整个世界。一个女人尖叫着："噢，我的天他要跳了！"一只手攀着他的肩膀想把他拽回来。这时罗兰把杰克·莫特的皮囊推过黄色警戒线，推下站台。他跌入与列车直面相迎的路轨上，两手捧住胯下，那是他要带回去的行李……当然，他得及时抽身，须在那一瞬间脱离莫特。他倒地时呼喊着她——她们——连声呼喊：

奥黛塔·霍姆斯！黛塔·沃克！瞧！马上看啊！

在他呼喊时，列车朝他碾了过来，滚动的车轮风驰电掣般地无情地碾了过来，枪侠最后转过脑袋，目光直穿门扉。

一下就看到她的脸。

两张脸！

她们两个，我同时看见她们两个——

不——莫特尖声惨叫，在最后分裂的那一刻，列车碾倒了他，把他碾成两截，不是在膝上，而是在腰上，罗兰纵身朝门而去……穿过去了。

死了杰克·莫特一个。

弹药盒和药瓶都重新出现在罗兰自己的肉身旁边。他紧紧抓着这些东西，过了一会儿才松手。枪侠硬撑着起来，他知道自己又回到了那个生病的、发烧发得胸口乱颤的身体，听见埃蒂·迪恩在尖叫，而黛塔在用两副嗓音尖叫，他看着——只是一会儿——为了辨清他所听见的：不是一个，是两个。两个都是没有腿的，两个都是黑皮肤，两个都是大美人。但其中一个是巫婆。

内心的丑陋非但没有被外表的美丽所遮掩，反倒更显狰狞。

这时埃蒂又发出凄厉的叫声，枪侠看见一只大螯虾已蹿出水面，朝着埃蒂爬去，黛塔把他丢在那儿，他被绑作一团，无助地躺卧着。

太阳沉没，黑暗到来。

14

黛塔在门道里看见了她自己，透过她自己的眼睛看见她自己，透过枪侠的眼睛看见了她自己，那一瞬间她的分裂感也和埃蒂当初一样，只是更狂暴。

她在这儿。

她在那儿，在枪侠的眼睛里。

她听见列车驶近的声响。

奥黛塔！她尖叫着，蓦然明白了每一件事：她是什么人，事情是什么时候发生的。

黛塔！她尖叫着，蓦然明白了每一件事：她是什么人，谁干了这事儿。

短暂的一瞬间，那是从里面被翻到外面的感觉……随之而来是更剧烈的死去活来的折磨。

她被一掰两半。

15

罗兰脚步踉跄地跑向埃蒂躺身的地方。他跑起来的样子就像被抽去了脊骨。一只大螯虾已扑到埃蒂脸上来了。埃蒂尖叫着。枪侠一脚踢开它。他急忙俯身拽住埃蒂的胳膊。他把埃蒂朝后拖,但太迟了,他力气不够,它们朝埃蒂扑来,该死的,那玩意儿还不止一只——

一只怪物爬上来问嘀嗒—啊—小鸡,这当儿埃蒂又尖声大叫。那怪物撕下埃蒂的裤子,顺势扯去他一块肉。埃蒂又要叫唤,却让黛塔的绳套活结卡住脖子一点声音也发不出了。

这些东西都爬了上来,慢慢接近他们,嘁嘁嚓嚓饥渴地向他们爬来。枪侠用尽最后一点力气,一个后仰跌倒下去。他听见它们爬过来的声音,它们一边问着可怕的问题,一边嘁嘁嚓嚓地爬过来。也许这也不太坏,他想。他赌过每一件事情,押出去的也就是失去一切而已。

在愚蠢的困惑中,他自己的枪发出的雷鸣般的轰响令他惊呆了。

16

两个女人直面相觑,两具身体像蛇那样缠绕在一起,手指以同样的姿势掐住对方喉咙,掐出同样的印痕。

这个女人想要杀了她,但这个女人不是真实的;她是一个梦,是让砖头砸出来的一个梦……但眼下梦变成了现实,这个梦掐住她的脖子,在枪侠救他的朋友时,她想要杀死她。这个梦魇衍变的现实正对着她的脸尖声大叫,热腾腾的口水雨点般地落到她脸上。“我拿了那个蓝盘子,因为那女人把我留在了医院里,还有我从来没有得到过有点意思的盘子,所以我得砸了它,当我看见一个白男孩时我就要打爆他为什么我要伤害一个白男孩因为他们非要逼我去商店偷东西，而商店里那些有点意思的玩意儿都西卖给白家伙的，而哈莱姆①的兄弟姐妹却在饿肚子，老鼠吃掉他们的孩子，我就西那个孩子，你这母狗，我就西那个，我……我……我……！”

杀了她！奥黛塔这样想，却知道这不可能。

她杀了巫婆自己不可能还会活下去，同样巫婆杀了她也不可能一走了之。她们两个可能就这样互相死掐，让埃蒂和那个呼唤过她们的

（罗兰）/（大坏蛋）

在水边被活活吃掉。这一来他们全都玩完。她也许会

（爱）/（恨）

让它去。

奥黛塔松开黛塔的脖子，不去理会还在死劲掐住她的那只手，对方还在使劲掐住她的气管。她不再去掐对方的脖子，而是伸手抱住了对方。

“不，你这母狗！”黛塔尖叫着，但这声音里含义复杂，既有恨意也有感激。“不，你放开我，你最好是放开——”

奥黛塔失音的嗓子无以再做回答。这时罗兰踢开了第一只螯虾，第二只又爬上来想把埃蒂的胳膊一口吞噬，就在这当儿，她在女巫的耳边悄声细语地说：“我爱你。”

有那么一忽儿，那双手掐得紧紧的，几乎像一个死结……然后慢慢松开了。

消失了。

她内里的东西又一次被翻出了外面……这时候，突然之间，谢天谢地，她是完整的一个人了。自从那个叫杰克·莫特的人

---

① 哈莱姆(Harlem)，纽约的一个黑人居住区。

在她孩提时代把砖头砸到她头上，自从那个白人出租司机朝他们一家人瞟了一眼就掉头拒载（以她父亲的骄傲，他不会再叫第二次，因为害怕再次被拒）以来，这是第一次，她成了一个完整的人。她是奥黛塔·霍姆斯，但那另一个——？

快点，母狗！黛塔喊道……但这还是她自己的嗓音；她和黛塔融合了。她曾是一个；她曾是两个；现在枪侠从她当中抽出了第三个。快点，否则他们要被当晚餐了！

她看了一下子弹。没时间用它们了；这当儿把他的枪重新填弹可能没戏了。她只能抱着一线希望。

“还有别的吗？”她问自己，随即出手。

突然，她棕色的手上发出雷鸣般的巨响。

17

埃蒂看见其中一只大螯虾晃悠着身子盯着他的脸，它那满是皱褶的丑眼窝里精光四射。它那双爪子伸向他的脸。

嗒嗒—啊—，它刚一上来，就四脚朝天栽倒在地，汁液四下溅开。

罗兰看见一只大螯虾朝他挥动的左手扑来，心想另一只手也完了……接着那大螯虾外壳炸开，壳内绿色的汁液溅射在黑色的夜幕里。

他一转身，看见一个女人，她的美艳令人窒息，她的狂怒也让人心跳冻结。**“还不快点儿，操你妈的！”**她尖吼道。**“你们还不快点儿！你们快要给它当餐点了！我要一枪从你他妈的屁眼里打穿你的眼睛！”**

她又崩了朝埃蒂曲起的双腿之间疾速爬去的第三只怪物，

那东西想把埃蒂给阉了吃掉，却被一枪掀翻。

罗兰曾隐约觉出这东西似乎有点智商，现在得到了验证。

剩下那些便退却了。

左轮枪出现一颗哑弹，接着又开火了，逃窜的螯虾中有一只被她打成了一块块碎肉。

那些亡命之物逃得更快了。一时间看似全无胃口。

这当儿，埃蒂却被勒得死死的。

罗兰摸索着他脖子上那些缠来绕去的绳头。他看见埃蒂脸色渐而由紫变黑。埃蒂的挣扎也渐渐失去气力。

这时一双更有力的手上来推开他。

“我来对付这个。”她的手上拿着刀子……他的刀子。

对付什么？他想到这一点时意识有点飘散了。既然我们两个都得仰仗你的慈悲之心才能活命，你还要对付什么？

“你是谁？”他用嘶哑的声音问，这时他宛似坠入比黑夜更加阴沉的死寂之中。

“我是第三个女人，”他听到她在说，感觉中她像是对着一口深井说话（而他正落在这井里）。“我是曾有的我；我是没有权利存在而存在过的我；我是你救下来的女人。”

“我感谢你，枪侠。”

她吻了他，他知道这个，但是在这之后很长一段时间里，罗兰所知道的就只有黑暗。

最后的洗牌

最后的洗牌

1

这几乎是一千年来第一次，枪侠没有去想他的黑暗塔。他只惦着蹿到林间空地池塘边的那头鹿。

他左手倚在一根倒下的原木上朝那边瞄准。

肉食，他这么想着，一枪打了出去，同时一口唾液暖呼呼地涌进嘴里。

偏了，他在枪响后一毫秒之内想道。它跑了。我全部的手艺……没了。

那只鹿倒在池塘边死了。

很快，黑暗塔又重新拢住了他整个身心，但现在他只祈愿所有的神祇保佑他的目标仍然凿实可信，还有关于肉食的念头，肉食，肉食，还是肉食。他把枪重新插回枪套——这是他现在唯一带在身上的枪——爬上了那根原木，在那根原木后边，他耐心地从下午一直等到黄昏，等待着可做食物的大家伙来到池畔。

我正在好起来，他带着某种好奇举起自己的刀子。我真的是在好起来。

他没有理会站在他身后那个女人，她那双棕色眼睛正用估量的眼神注视着他。

2

海滩尽头那场恶斗之后，六天来他们别的什么都没吃，只吃了大虾肉,喝的只是咸涩的溪水。那段时间几乎没有给罗兰留下什么记忆;他一直在说胡话,处于神志失常的谵妄状态。有时他把埃蒂叫做阿兰,有时称他库斯伯特,而那女人他总是喊为苏珊。

等他的高烧一点点退下去,他们开始费力地向山上攀登。埃蒂有时让那女的坐到轮椅里推一阵子,有时让罗兰坐进轮椅里,那当儿埃蒂就得把那女的揹在背上,她的胳膊悠悠荡荡地绕着他的脖子。大部分时间里不可能这么走,这样一来行进的速度就太慢了。罗兰知道埃蒂有多疲惫,那女的也知道。但埃蒂从不抱怨。

他们有食物了;在罗兰的生命徘徊于阴阳两界的那些日子里,高烧中一切都是那么云山雾罩,他晕晕乎乎看见久已逝去的时间和久已逝去的人,埃蒂和那女的,杀了又杀,杀了又杀。那些大螯虾逐渐远离他们栖息的海滩,但到那时为止,他们还是吃了不少肉,接下来他们渐渐进入野草杂生的地区,他们三人都强迫自己嚼食野草。他们对绿色太渴望了,任何带绿色的东西都行。渐而,他们皮肤上的溃疡开始消退了。有的草苦涩难咽,有的倒有些甜味,可他们不管什么味道的都往嘴里塞……只有一次例外。

枪侠从疲惫的瞌睡中醒来,见那女的在使劲拔一把草。他对那草太熟悉了。

"不,不要这种!"他沙哑地喊道,"决不能拔这个!留神,而且记住!决不能要这种草!"

她看了他很长时间,把草扔在一边,没有要求他作任何解释。

枪侠仰面躺着,心里却有一种冷静的亲密感。有些野草吃了可能会要人命的,而这女的刚才拔的那种草就会使她遭殃。

它曾是鬼草。

凯福莱克斯在他肠道里造成一连串的胀痛，他知道埃蒂很担心这种状态，但吃了野草之后这症状就给控制住了。

最后他们进入了真正的森林地带，西海的声息渐渐远去，只是偶尔的一阵风声还会带来隐隐的涛声。

而现在……*有肉了*。

3

枪侠走近那头鹿，想用右手的无名指和小指捏住刀子。但不行，手指上没力气。他用笨拙的手掌攥着刀子，从鹿的大腿间一直划到胸腔。要趁血还没有凝结之前把血汩汩放出，否则血凝在肉里那肉味就糟蹋了……可是这一刀也划得太糟了。一个笨手笨脚的小孩还能干得更好哩。

你得学着灵巧点儿，他对自己的左手说，准备再划一刀，划得更深一些。

一双棕色的手捂住他的手，拿下了刀子。

罗兰转过来看。

“我来干吧。”苏珊娜说。

“你干过吗?”

“没有，但你可以告诉我怎么做。”

“好吧。”

“肉。”她说着朝他露出微笑。

“是啊，”他也朝她微笑一下，“肉。”

“出什么事了?”埃蒂喊道，“我听见一声枪响。”

“感恩节大餐正在准备中!”她朝那边回喊，“快来帮把手!”

忙过之后，便是饱餐一顿，他们快活得就像两个国王和一个女王，枪侠挨到快要瞌睡时，抬眼看着天上的星星。感到天穹一片澄清的凉爽，他想，多少年来这是自己最接近满意的状态了。

他睡着了。做起梦来。

4

这是塔。这是黑暗塔。

它矗立在残阳似血的背景下，茫茫平原笼罩在凝重的暮霭之中。他看不见阶梯，只是盘旋而上，盘旋而上——在砖砌的外壳里面，他能看见窗子，沿着楼梯盘旋而上的窗子，看见许多以前认识的人，如鬼魅似的从窗前一闪而过，向上，向上，他们向上走着，一阵沉闷的风带来一个声音，在呼唤他名字。

罗兰……来啊……罗兰……来吧……来吧……来吧……

“我来了，”他轻声说着便醒过来，突然坐了起来，浑身冒汗，发抖，似乎高烧仍控制着他的身体。

“罗兰？”

埃蒂。

“唔。”

“做噩梦？”

“噩梦。好梦。黑暗的梦。”

“塔？”

“是的。”

他们看看苏珊娜，她还在睡梦中，一动也不动。曾经有一个女人名叫奥黛塔·苏珊娜·霍姆斯，还有个女人名叫黛塔·苏珊娜·沃克。现在这是第三个：苏珊娜·迪恩。

罗兰爱她，因为她能战斗而且不屈不挠；但他也害怕她，因为知道自己将牺牲她——还有埃蒂——没有疑问，没有踌躇。

为了塔。

上帝诅咒的塔。

“该吃药了。”埃蒂说。

“我不再需要吃药了。”

“吃下去，闭嘴。”

罗兰从皮袋里喝着凉凉的溪水把药吞下去，打了一个嗝儿。他没在意。这是带肉味的嗝儿。

埃蒂问：“你知道我们往哪里走吗？”

“往塔的方向。”

“当然，是啊，”埃蒂说，“可我觉得自己像是从得克萨斯来的乡巴佬似的，不看看公路交通地图，却说要去阿拉斯加的什么狗洞。那是在哪儿？什么方向？”

“把我的皮包拿来。”

埃蒂去拿了。苏珊娜动弹了一下，埃蒂停住了，他脸上被篝火余烬映照得红一块黑一块的。她再度安睡后，他才回到罗兰身边。

罗兰在包里翻找着，从另一个世界拿来的子弹把皮包撑得沉甸甸的。这些都是他人生经历中留下来的物什，从这里边找出他要的东西没费多少时间。

一块下颏骨。

这是那黑衣人的下颏骨。

“我们要在这儿待上一阵子，”他说，“我会好起来的。”

“你知道什么时候会好起来吗？”

罗兰微笑了一下。颤抖渐渐平息下去，汗水在夜晚凉爽的风里收干了。但在他的意识中，他仍然看得见那些人形，那些骑士、朋友、爱人和曩昔的敌人，看见他们在那些窗子里盘旋而上，盘旋而上，一晃而过；他看见那座黑暗塔的阴影，在那里面他们经过漫长的流血与死亡之地，在无情的审讯后被囚禁在黑暗之中。

“我说不上来，”他说着，朝苏珊娜点点头，“但她知道。”

“然后呢？”

罗兰举起沃特的下颏骨。“这东西曾说过。”

他看着埃蒂。

“它还会再说一遍。”

“那是危险的。”埃蒂的声音有些呆滞。

“是的。”

“不只是对你。”

“是啊。”

“我爱她，伙计。”

“明白。”

“如果你伤害了她——”

“我将做我需要做的。”枪侠说。

“那我们都不算什么，是不是？”

“我爱你们两个。”枪侠看着埃蒂，埃蒂看着罗兰在愈发微暗的篝火中泛光的脸颊。他在哭泣。

“那不是问题的答案。你会继续走下去，是不是？”

“是。”

“一直走到最后的尽头。”

“是的，一直到最后尽头。”

“不管发生什么。”埃蒂带着爱恨交加的情感注视着他，这是一个人对另一个人的意志和欲求无能为力的痛苦情感，这使人愈益感到无助。

树叶在风中呻吟起来。

“你真像亨利，伙计。”埃蒂开始哭了。他不想哭，他讨厌哭泣。“他也有一个塔，只是他的塔不是黑的。记得我跟你说过亨利的塔的事儿吗？我们这对兄弟，我想本来也该是一对枪侠。我们有那个白色塔，他要我跟着他一起干，这是他唯一的要求，于是我就跟着他折腾开了，说什么他也是我的哥哥，你明白吗？我们也到那儿了。找到了白色塔。但那是毒药。那毒药害了他。本来也会杀了我。你遇见了我。你不止救了我的命，你还救了我操他妈的灵魂。”

埃蒂抱住罗兰吻了他的脸颊。吻到他的眼泪。

“那又怎么样？再跟着你鞍前马后干一场？走下去再去会会这家伙？”

枪侠没说一个字。

“我是说，我们没见过什么人，可我知道他们都在前头，每当塔的事情扯进来时，就会有一个人出现。你在等一个人，因为你得跟这人干一场，最后还是吹牛不算付钱才算，也许在这里是子弹说了算。是不是这回事？这就走人？去会会那家伙？如果那该死的要命情形同样再来一遍的话，你们也许还得把我留给那大龙虾。”埃蒂瞪着两只大黑眼圈看着他。“我以前是肮脏的，伙计，但如果说我想明白了什么的话，那就是我不想肮脏地去死。”

“那是不一样的。”

“不一样？你想告诉我你没有鬼迷心窍过吗？”

罗兰什么也没说。

“谁来穿过某个魔法门来救你，伙计？你知道吗？我知道。没有人。你抽了所有你可以抽取的。从今往后你只有一样东西可以抽，就是他妈的枪，因为你所有的东西只剩下了这个。就像巴拉扎。”

罗兰什么也没说。

“你想知道我哥哥唯一教过我的一件事吗？”因为在流泪，他的嗓音变得颤抖而粗嘎。

“想知道啊。”枪侠说着倾身上前，眼睛专注地凝视着埃蒂的眼睛。

“他跟我说，如果你害了你爱的人，你会遭天罚的。”

“我已经遭天罚了。”罗兰平静地说，“但也许惩罚就是拯救。”

“你想叫我们都死吗？”

罗兰什么也没说。

埃蒂揪住罗兰破烂的衬衫。“你想让她死吗？”

“到时间我们都得死，”枪侠说，“这并不只是这个转换中的世界才会发生的事。”他正面直视着埃蒂，他淡淡的蓝眼睛在这般光线下几乎成了发暗的蓝灰色。“但我们都将非常了不起。”他停顿一下。“这比赢了一个世界还要了不起，埃蒂。我不会拿你和她的性命去冒险——我也不会让那男孩送命——如果不是一切都摆在那儿的话。”

“你在说些什么？”

“每一件事，”枪侠平静地说，“我们要走，埃蒂。我们要去战斗。我们要去受伤。最终，我们将获胜。”

现在是埃蒂什么也不说了。他想不出要说什么。

罗兰轻轻搂住埃蒂的胳膊。“甚至还有这该遭天罚的爱。”他说。

5

最后埃蒂在苏珊娜身旁睡着了，罗兰抽取了这第三人，造成了一个新的三人行。罗兰清醒地坐在那儿，聆听夜空的天籁之音，由着风把脸颊上的眼泪吹干。

毁灭？

拯救？

塔。

他终将抵达黑暗塔，在那儿他将赞颂他们的名字；在那儿他将赞颂他们的名字；在那儿他将赞颂他们所有人的名字。

太阳染红了暗褐色的东方，罗兰，不再是最后的枪侠，而是最后的三个枪侠中的一个，终于睡着了，进入激烈的梦境，梦里只有一行宁静的蓝色字幕不停地拉过：

我将在那里赞颂他们所有人的名字！

后记

这套名为“黑暗塔”的长篇故事的第二卷到此为止，整个故事拟作六卷或七卷完成。第三卷《荒原》，是罗兰、埃蒂和苏珊娜寻找黑暗塔途中发生的故事；第四卷《巫师与玻璃球》讲述魔法和诱惑之事，但是那些冥冥之中注定要发生在罗兰身上的事情大多出现在他追踪黑衣人（那是他与读者初次相遇）之前。

我感到惊讶的是这部作品第一卷被人接受的程度，因为这跟我所熟知的那些传奇故事完全不同，对于那些读过它而且喜欢它的读者我深怀感激。你们知道，这番写作似乎成了我自己的塔；那里边的人物时时让我萦绕于怀，罗兰当然是最让我挂心的。难道我真的知道那座塔是怎么回事？真的知道等待着罗兰的是什么吗？（一旦他抵达那里，事情的发展或许并非一如既往，考虑到真实的可能性，你也须做好自己的心理准备。）是……抑或不是。十七年来，所有这些故事一再向我发出召唤。第二卷的篇幅比第一卷长出一些，仍然留下许多未解答的问题，而故事的高潮还远在后面，但比起第一卷来，我感到这是一个更为完整的故事。

塔也更近了。

斯蒂芬·金

一九八六年十二月一日